茅台镇

（第二部）

袁兰雁 著

孔學堂書局

目录

第二十一章　001

第二十二章　022

第二十三章　044

第二十四章　064

第二十五章　083

第二十六章　103

第二十七章　123

第二十八章　144

第二十九章　163

第三十章　183

第三十一章　201

第三十二章　220

第三十三章　240

第三十四章　259

第三十五章　276

第三十六章　295

第三十七章　312

第三十八章　329

第三十九章　346

第四十章　362

第二十一章

1

民国十一年（1922），农历闰五月二十二那天，一年前在上海成立的那个小党——中国共产党，在上海的英租界南成都路辅德里625号召开了他们的第二次全国代表大会。出席会议的12个人代表着全国195名中共党员。这样一个会议按说连登上当地报纸的资格都没有，小嘛，人微言轻。那为什么还值得在这里说一说呢？因为这次会议不仅影响了中国的未来，同时还深深触动了远在"地无三里平"的贵州腹地的文家。

先说"中国的未来"。

据说，中国共产党这次12个人的会议根据俄罗斯当权者大胡子列宁关于民族和殖民地问题的理论，结合中国半殖民地半封建社会的性质，制定了他们党的最高纲领和最低纲领。最高纲领是：组织无产阶级，用阶级斗争的手段，建立劳农专政的政治结构，铲除私有财产制度，渐次达到一个被他们称为"共产主义"的社会。而最低纲领则是中国现阶段的革命任务，有好几条：1. 消除内乱，打倒军阀，建设国内和平；2. 推翻国际帝国主义的压迫，达到中华民族的完全独立；3. 统一中国，使之成为真正的民主共和国。

关键人家共产党不光是嘴上说说，1922年的9月14日，距离他们在上海订立最高纲领和最低纲领两个月不到，共产党就按照自己的章程干了一回大事情。他们鼓动安源路矿17000多名工人举行了一次大罢工，硬是逼着被他们称为"资本家"的那些有钱人低了一回头，第一次显示了这个小政党的能量。

说实话，一个成立了才一年多、代表着不到200号人的小党，能明确提出反帝反封建的政治纲领，这在中国历史上是破天荒的。在当时，无异于来自西域的阿拉伯民间故事——天方夜谭，听的人不过是觉得好玩，摆摆龙门阵而已。

再说文家。

都知道二老爷家的少爷吧？对，文德范，他母亲柳月红是文知礼的二太太。文德范四岁那年，应该是光绪三十四年（1908），柳月红曾经又怀上了一个的，二老爷还因此去蔡花蕾那里游说来着，说生了孩子想办一个堂会热闹热闹，蔡花蕾也答应了。没承想后来就流产了，连马神仙也没分析出一个所以然来。而且柳月红的肚子从此往后就再没有出现过"状况"，柳月红为此一直伤心着。二老爷民国五年（1916）不是娶了三姨太周慧敏吗？就是因为柳月红的肚子怎么弄都弄不出动静来，于是，才娶的周慧敏，这是二老爷的原话。了解二老爷的人都不说话，大家都知道她柳月红就是再弄出多少"动静"来，二老爷该娶姨太太，还得娶。当然，二老爷娶周慧敏绝不是单单图快活，而是有再生他几个"储"起来的打算。没想到周慧敏也是哪里的"管道"不通畅，而且根本没办法使之通畅，这就白白荒废了二老爷的一番功夫。二老爷本就是个只拿钱不干活的主，短时间内没好意思再跟蔡花蕾开口娶四姨太之类的事。时间一长，还把心性给拖没了。由此，文德范便成了二老爷家那边唯一的男丁，金贵得要死。

农历壬戌年（1922）的文德范年满十八。十八岁就是个初生牛犊不怕虎的年纪，天是王大他是王二。还别说，人家文德范既不像他爹好色，也不像他娘好赌，而是喜欢读书。连蔡花蕾都说，狗日的看不出来嘞！那样子的爹妈居然就养出一个随他家老太爷的孙子来，你说到哪里说理去！

要说文德范完全走的老太爷的路子吧，也不。他虽然也像文大同那样在前一年秋天考取了最早由德国人开办，后来搬到吴淞去的"私立同济医工专门学校"（1927年更名为国立同济大学），只是还没半年，就有消息传回来，说是文家少爷去了北平。

文德范刚去上海那阵子，一家人都为老文家的第二个大学生而欢欣鼓舞，特别是隔壁院的二老爷。见着个人就讲一遍文德范的事迹，见着个人再讲一遍文德范的事迹，"文德范的事迹"大概是差不多吃了一辈子闲饭的二老爷最大的满足。上午刚说过，下午见面还得说一遍，否则心情就没表达安逸。还专门跑过大院这边来，说是咨询一下，问老大去上海怎么走，意思他也准备循着老大那年去上海的路线走一遭。还没等到动身的念头成熟起来，那边就传来文德范去了北平的消息。而且消息是有人托一个路过贵阳的茶叶贩子口头传递的，再想问个一五一十，茶叶贩子已经没了踪影。把一家人急得嗷，光说个北平，什么地方，什么营生，什么理由，什么什么……你总要有个说法才对嘛！祖宗哦！

老大就安慰兄弟，说："不用急，都十八的人了，也许是学校里面一个什么事由，总是有他去北平的道理的。你都……呵呵，不急，哈。"老大本来想说你都闲散了一辈子了，多等这几天也不怕。后来一转念觉得人家文知礼是来说正经事情的，他也不容易有正经事找着自己，话就没说出口。

文知礼说："啧，哎！你的意思……等等看？"

老大说："等等看。"

那你还能怎么的？想去看一趟都没个准地点，而且自从离开了上海就再没找家里要过一分钱，连蔡花蕾都跟着急，说吃哪样嘛！一家人只能是望不到尽头那么等。

没想立夏第三天，文德范冷不丁就回来了。文家两边院子就看见人来人往的，大家奔走相告，一家人这才将悬了好长时间的心收了回来。特别是柳月红，那段时间连打麻将的心情都没有了，到底是自己嫡亲的骨血，哪儿哪儿都牵挂着。

文知礼直接把文德范领到了蔡花蕾跟前，一家人这才把这个"王二"的情况一五一十搞清楚。

原来，文德范在私立同济医工专门学校上学的第二个月，就被共产党专门负责学生这一块的一个"同志"给相中了。就因为人家文德范学习好，门门功课都名列年级前几名，那时候正是共产党急于招兵买马的时期，于是这个同志先是想办法认识了文德范，这个比较简单，然后是建立感情，最后劝导加入组织就难一些。如果加入的是国民党，因为人家是执政党，大家都晓得，会容易些。你一个名不见经传的小党，总共百十号人马，总纲领还是建立"共产主义"，文德范倒是听说过三民主义，真没听说过"共产"是个什么主义。

要不怎么说文德范这样的青年人是"王二"呢？胆子就是大，跟共产党的这位同志认识还没两个月，就在一个弄堂里的挂着花布窗帘的小屋子里举着右手宣了誓，那位同志念一句，文德范跟着念一句，言之凿凿要为共产主义事业奋斗终生。

打这一天起，文德范就不仅仅是老文家的文德范了，还是共产党里的文德范同志，不论说话办事，包括所思所想，都要符合党的章程，按照党的方针、路线办，服从组织安排，遵守党的纪律等。才有了后来离开私立同济医工专门学校，前往北平壮大组织一说。

跟共产党的最高纲领相比较，文德范在同济的学业当然就显得渺小些，于是，文德范同志只能服从组织安排。由此就出来个到文家传递消息的茶叶商，当然也是组织里面的同志。

在北平工作了一段时间之后，党组织觉得这小伙子还行，于是文德范又被安排到了更加艰苦的地方，这就回到了自己的家乡，其任务和在北平一样，壮大组织。

蔡花蕾前因后果听完文德范的故事之后，第一句话就让文知礼很不安逸，她说："搞了半天跟你爹还是一个路子，不务正业嘛！"

文德范说："老太太，一开始我也跟你老人家的想法一样。"

蔡花蕾想想，说："意思……以后我也会跟你一样变过来喽？"

"《国际歌》里面最后一句是这么说的，"文德范居然唱起来，"英特纳雄耐尔就一定要实现！"完了还用劲捏着拳头晃了几下，信心十足的样子。

蔡花蕾根本没听明白"英特"什么东西，就说："英特？说些哪样哦？"

文德范说："英特纳雄耐尔是法国话共产主义的意思，就是说共产主义一定要实现。"

蔡花蕾说："共产主义是个啥子嘛？"

文德范刚要开口，被老大拦住了，他知道"主义"这种东西不是老文家这个堂子能够说得清楚的，就说："那……你靠啥子吃饭嘛？"

文德范说："大伯，我们老文家还缺我一口饭？"

老大下意识看看二老爷，说："哦，倒是哈。"

那个时候，于1921年5月在广州建立政权的临时大总统孙逸仙，在这一年的6月间遭了一劫。广东海丰人陈炯明发动叛乱，被迫离开广东来到上海的孙中山提出了"联俄，联共，扶助农工"三大政策，共产党因此得以光明正大地展开活动，除了执政党地位之外，其他与国民党无异。文德范因此除了荒废了学业之外没有可以被别人指责的地方，而且人各有志，你愿意办烧房办书局，人家就愿意办党务，虽然还得靠着家里吃饭，只要人没荒废掉，也行。

看着文德范捏着拳头斗志昂扬地唱起"英特纳雄耐尔"那劲头，文家人只能这么想。

只是蔡花蕾心里的疙瘩解不开，说好好一个娃儿，前些年还说随老太爷来着，怎么一下子就……

老大赶紧说："正常，正常！什么党都有扩大队伍一说，就好比我们云辉烧房，一期完了想二期，总在琢磨着怎么扩大，共产党也一样。"

2

文家人也不全都一码事跟着蔡花蕾的主流意识走，也有喜欢文德范回到文家大院的人，而且这个人一定跟文德范的叛逆意识有异曲同工之妙，对，文珠。

自从徐子、文珠两个有情人在小眼睛的鼎力相助之下抱在了一起，虽说之后徐子一直把持着尺度，觉得再往前走就对不住人家主人家了。人人都说大小姐变了个人，脸色什么的不用说了，心境也更换了一遍，这种状况下的女人方方面面都安逸得很。文珠也知足，觉得在文、何两家目前这种不明不白且不战不和的状态下，还能够安安生生地在家里待着，就已经是幸福了，况且还有心上人这么有一搭没一搭地亲近着，一个女儿家还求什么？

直到文德范回来。

文德范比文珠小八岁，按理是个小仔，但人家是在北平、上海闯荡一圈回来的"大学生"，在文珠心里，书读完没读完不重要，重要的是人家走南闯北什么都经历过。跟文德范在一起，文珠就感觉自己不过是个井底之蛙。人家文德范北平、上海、国民党、共产党，还有什么三民主义、什么共和、什么英特纳雄耐尔的一通连珠炮一般的说辞，文珠直接插不上嘴，只有听的份。

从前，文珠有个什么事情要找文德范，直接咋咋呼呼地喊"文德范"。现在不了，跟着人家组织里面的习惯叫上了"德范同志"，你还别说，马上就有了一种别样的亲近感。对文珠这样一个多年来一直浸泡在"情感"两个字里面且反复被煎熬着的大家闺秀来说，文德范说的那些词汇以及所表达的意思和内涵，文珠莫名其妙就被吸引住了。

文德范用在上海和北平积累起来的工作经验，很快在贵阳及周边遵义呀、安顺呀好几个大一点的地方开展起工作,而且卓有成效。当然嘛,在一个地无三里平、人无三分银的地方跟人家讲分田分地、翻身做主人的道理,其吸引力不言而喻。单单为了一口饱饭,都不用提"英特纳雄耐尔"等更高深的道理,就会有不少人跟着你跑。

文珠总算有了一个除了卿卿我我之外可以关注的事情,就是帮着文德范整理一下文书呀,这在文德范的组织里叫文件,抄写一些名单呀,汇总一下资料呀,总之和原来一成不变的生活不一样了,而且所有工作都跟文家没一点关系。文珠不但自己热衷于德范同志交代下来的"工作",还把徐子也拉了进来,也是抄抄写写之类,意思分享一下幸福感。

没多久,徐子就被老大叫了停。

老大将徐子叫到书局周世涛的办公室,完全心平气和的声音,说:"他们两个去闹腾也就罢了,反正闲着也是闲着,你难道也相信办党务能办出个锦绣前程来?什么事情能干,什么事情不能干,还用得着别人一件一件讲?图书部的事情都办好了吗?你信不信我马上就给你找出三件五件没办好的事情来?"

徐子低着头,说:"信!"

老大停了停,说:"不光你自己,还得劝着点大小姐。二老爷家是二老爷家的情况,我们这边是我们这边的情况,要分分清楚。哪里能听见风就是雨的?都图书部掌柜了,分寸全靠自家把握,懂不?"

图书部徐掌柜说:"懂!"

当天下午,文珠的电话再次打到书局,让徐子帮她去哪里哪里取个什么表格时,徐子当即找了个理由给推了。晚上见了面通常也只能说点尽可能短促的话,徐子就说:"不知怎么老爷就知道了,看来今后只能靠你自己跟德范同志交涉了。"

文珠瞪大了眼睛,说:"这有什么嘛!又不是什么偷鸡摸狗的事情!"

徐子说:"书局那边也一大堆事情,而且老爷既然说出了口,我也只能如此了。"

文珠说:"那我去找爹!"

徐子急忙拦着,说:"你这不是害我吗?文珠!"

文珠看着徐子一脸的忧伤,想了想,说:"那行,明天我让德范同志自己跑一趟。"

文珠也造孽，就因为跟何家那么不清不楚地悬着吊着，没事都不敢到街上去，怕被人家何家逮个正着，再泡回苦水里去。你真要是被人家逮回去了，老文家同样没有打到别人家门上去的道理。因此，文珠自打回到家里，五六年了，再没有跨出过文家院门一步。

3

李汝珍的《镜花缘》里面有一句话，叫作"天道不测，造化弄人"。刘彩云那几天空闲时正看《镜花缘》，读到这一句就感觉特别对心思，心想可不是吗，一家人都指望文德范衣锦还乡，结果人家就去干了党务。

文德范的事还只是个小感叹，让刘彩云大大感叹一回的，则是自己家的女儿——文珠。

秋分还差着几天，天气比夏天热得更夸张些，关键是闷，就是热里面还让人透不过气来的那种感觉，一连几天都这样。有时候天边飘过来一团乌云，好像快要下雨的样子，一家人的心情顿时松了下来，只等着安安逸逸凉快一回。结果一阵风之后，天顶上又放了光。

文珠就冲着天骂，说："逗起闹是不是？"

刘彩云连忙说："文珠啊，不要乱说！老天爷想咋个就咋个，随他，晓得不？"

文珠说："妈，人家文德范说的，旧世界都要被推翻，我不过说说老天爷……"

刘彩云急忙打断女儿，说："旧世界可以被推翻，就像大清国。老天爷就不行，晓得不？"

文珠说："妈，我就说你不懂嘛！文德范说从来就没有救世主，也不靠神仙皇帝。老天爷是哪个嘛？说都说不得？"

刘彩云皱起了眉头，说："啧！你这个娃儿……"

正说着，小红端着碗银耳莲子羹进来，放到刘彩云旁边的八仙桌上。文珠一见，马上吞了一口清口水，说："哟，我也想喝一口嘞！"

刘彩云说："喝嘛，你。"

文珠端起来就喝，第三口还没吞下去，就感觉胃里面一紧，一股子东西直往上翻腾，都没来得及放下碗，哇的一口就吐在桌子上，紧跟着又翻了几下，只不过是些清口水。

刘彩云赶紧接过碗，空着的那只手还在文珠背上抚着顺着，说："急哪样嘛！"

文珠说："我没急啊！"

"没急？没急那你……"当妈的突然收住了话头，两只眼睛怔怔地看着女儿。

文珠看着母亲诧异的目光，说："咋个吗？"

刘彩云试着放松一下自己，然后说："文珠，是不是……觉得哪儿不舒服？"

文珠说："没有啊！"

刘彩云想想，说："要不……要不请马神仙看看？"

文珠瞪大了眼睛，说："不至于吧？不过就呕了一下。"

刘彩云还想说什么，憋了半天，"哦"了一声。

晚上都躺下了，已经憋了好几回的刘彩云终于没憋住，心想文珠真要是有个什么情况，到最后人家问你为什么不早说，我担待不起嘛！于是就跟老大说了。还说白天之所以没敢追问下去，是担心万一不是，文珠肯定会撒泼一回，到时候一家人都不安逸。

老大说："你的意思……如果是了，一家人就会安逸？"

刘彩云说："啧！你这个人……我不是担心再伤着文珠吗！"

老大脸上的五官眨眼之间都揪在了一起，说："到底是还是不是啊？！"

刘彩云也急了，说："我咋个晓得嘛！我要是晓得我也去开个医馆了！这最终不是还得请马神仙才断得了吗？"

老大说："赶紧赶紧！赶紧找马神仙！记着，避开老太太！"

不论文珠如何排斥、闹腾，最终还是让马神仙的那几根干瘦手指轻轻放到了自己的脉线上。

马神仙的三根手指轮番用力，还不到一分钟便起身离去。看着老大家两口子忧心忡忡的脸，马神仙只点了一下头。

老大顿时感觉一阵眩晕，摇晃了几下最后还是被马神仙和刘彩云给架住了。

那个时候吧，随便哪方面的科学都只是起步阶段，生命延续大都还循着老祖宗的路子，怀孕不怀孕的全看点子。你越是千方百计想让种子扎个根吧，哎，它就是不见动静。于是就着急，什么多子丸啊，什么添丁汤啊，不分剂量就拼着命地吃喝；还有些野路子，说什么什么姿势，什么什么时辰容易怀上啊，反正尝试着都弄一遍。最终，该扎不下根的还是扎不下根，比如二老爷家；而那些不方便扎根的人或者情况吧，一弄一扎根。造化弄人哟！

比如，文珠跟徐子。

徐子和文珠自打那次得益于小眼睛的穿针引线，扎扎实实拥抱了一回之后，差不多一年的时间里，两个人瞅着机会就偷偷在一起说说话，当然，条件宽松的时候也会抱一抱、亲一亲什么的。只是中间岔着文家老大这尊佛，徐子不论说话还是亲嘴的时候，心里都一直忐忑着，从开始一直忐忑到结束，直到逃也似的远远跟心上人分开，还要四下看看没什么情况了，那颗揪紧的心才会松开来。这已经就是天大的好了，哪里还敢越雷池半步？因此，好长时间了，徐子一直坚守在"小打小闹"的尺度之内。

这当然得益于小眼睛，按理人家是主人家安插的一根"眼线"，结果成了《西厢记》里面的红娘。所有幽会竟然都是这个"眼线"一手一脚安排的，真正算得上是主人家的悲哀。文珠和徐子因此都高看了小眼睛一眼，觉得天底下没有再比这个小眼睛的姑娘更善解人意的了。文珠甚至都想换一个什么称呼来喊小眼睛，以表达自己对人家的感激之情。思前想后了好几天，还是觉得"小眼睛"这个称呼亲切可人。徐子也是，见着小眼睛的时候不论是否有笑一笑的心情，一定要堆起一脸的笑容，还顺带着欠欠身。就算没有图书部掌柜这一说，人家徐子在老大鞍前马后也十好几年了，犯不着跟小丫鬟点头哈腰的。哎，人家徐子就用这样的方式来表达对小眼睛的敬重。

人们把憋了好久之后的男女比喻成干柴烈火，意思放到一起的结果可想而知。只是徐子这把干柴在跟文珠那堆烈火接触时，很多时候都有"理智"这个挡板在中间隔着。想想人家主人家除了传说中的干儿子的名分之外，这么些年来其实也跟干儿子差不多，只有这么好了。知遇之恩嘞，还不要说路边捡回来那一段,你还好意思引火烧身什么的?

　　再说文珠,从老何家跑回来,当爹的已经担着天大的干系了,如果再闹出个什么乱子、绯闻之类,别说老大了,就是文珠自己都觉得说不走。你相当于在一家人的伤口上撒辣椒面、芥末、盐等辛辣佐料的混合物,要人家的命嘛!

　　这是两个人都理智的时候。

　　但是,人如果随时随地都在理智的挡板后面躲藏着,那这个人大概就是个顶顶没趣的人了。而且,你一把干得透透的柴,经常挨烈火那么近,即使不被燃烧,你还能保证一次两次的不被烈火烧着点边边角角?而且,人的感情是一种递进着的关系,就好比上楼梯,楼梯永远不是人们的目的,只是借以到达某个目的地的中间环节。徐子和文珠正是在情感的这架楼梯上,一次上升一级地这么走着,最终到达了目的地。

　　在目的地那儿,好像到处都是漫无边际的五彩祥云包裹着的热情,又好像滚烫的海水融化进了肌肤表面的每一个毛孔,徐子和文珠终于被自己淋漓尽致地燃烧了一回。

　　事后,两个人都害怕。徐子甚至双手合十跪在床前反反复复告诫自己,就这一回就这一回就这一回就这一回……

　　就这么一回,一粒饱满的种子就在那片黑油油的土地上扎下了根,开始自由地、欢实地孕育并成长起来。

4

　　按说早期的妊娠反应大约在停经六周开始,文珠在刘彩云屋里呕吐是反应的第一次,那天掐头去尾也就三十天不到,就是说文珠的妊娠反应没按常理出牌。

　　算着时间该来"红潮"的时候没来,在文珠这里不是新鲜事。在老何家那么郁闷、憋屈、被欺凌,死的心都有过,只是文珠不是那种随便一死了之的弱女子,她心里还装着徐子哥呢!这种生活状况下"红潮"紊乱是肯定的。那时候月经被称作"红潮""入月",还有叫"桃花癸水"什么的。

　　因为文珠对自己的身体情况了解不多,也就没在意。加上前些时候徐子跟着文大同去了湖北，即便知道情况也没个诉说对象。直到被刘彩云押着让马神仙号了脉，紧接着母亲尾随马神仙去了外间屋，最后听见一阵子乱七八糟的声音。

文珠虽然不知道那是爹弄出来的动静，她只是将从呕吐开始的一系列情况汇总在一起，一想，都坐过一回花轿的人了如果还不明白是怎么回事，那就是憨。文珠不憨。

文珠用手摸着自己的小腹，愣怔怔不知道在想些什么。突然，嘴角竟漾起一丝笑意，转眼之间眼泪就下来了，关键让人明晰地感觉那是喜悦的泪水，是幸福的泪水。

女人就是这样，总是让你猜不着摸不透。前些时候还在担心怕给爹妈添乱，现在乱子真的来了，居然凭空就生出些归属感出来。文霏霏不是生了吗，文大同家还生了一男一女呢，这回也该着我了。文珠想。

文珠出嫁那回，老文家家庭成员中所有人都欢天喜地，刘彩云虽然有自己的看法，总归要服从蔡花蕾跟丈夫的意志。再者说，到底是喜庆事，值得高兴一回的。

唯独文珠一个人昏天黑地。尽管有徐子陪着自己悲哀，但没人知道啊！

这回反过来了，文珠一个人高兴，全家人悲哀，连徐子都在悲哀之列。

当老大从刘彩云嘴里知道了女儿的态度时，一拍脑门喊道："哦哦！当初真该把徐子认作儿子的呀！！"

意思总没有哥和妹成亲的道理。

现在为难了吧？不让老太太知道是万万不可能的了，现在老太太知道了生气是大家一起生气，以后她如果知道我们在瞒着她，那时候就是她老人家一个人生气。而且事不宜迟，必须快刀斩乱麻般迅速将事情解决掉，否则，越拖越麻烦。老大在和刘彩云嘀咕了一夜之后，两个人来到蔡花蕾屋里。

讲述过程中，蔡花蕾没说一句话，只是眉心那儿揪着一个疙瘩，从头到尾没舒展开。

老大说完了，蔡花蕾还是没说话，痛苦地闭上眼睛，轻轻叹了口气。

老大从椅子上往前一滑，"扑通"一声跪在地上，说："妈，儿子不孝！"

坐在老大旁边的刘彩云还说什么呢，马上跟着跪嘛！

因为事关重大，开讲之前就把所有下人都喊走了的，老太太屋子的门窗都紧闭着。上午的阳光斜斜地透过窗户上的五彩玻璃落在老大和刘彩云身上,花里胡哨的,显得有点滑稽。

蔡花蕾轻声说:"起来起来。跪不跪的于事无补嘛,早晓得……我都懒得说了!反正就这么个情况,咋个办对人的伤害最小,总要拿出个主意来。哎呀!起来说话嘛!"

老大和刘彩云这才起身来,还不敢坐,老大说:"我们就是来听妈的意思的。"

蔡花蕾说:"哎呀!我要是死了,不是还得你们自己做主啊?"

老大说:"我们倒是商量了一下,就是……快刀斩乱麻……"

"慢着!"蔡花蕾打断儿子,说,"那要是……连文珠一起……斩了呢?"

老大看看刘彩云,说:"不会吧?"

蔡花蕾说:"不会?你咋个晓得?这样的例子少了?那年刀把镇王家,那还只是摔了一跤,小产嘞,不就娘两个都……"

刘彩云说:"那……妈的意思……"

蔡花蕾顿了顿,长长地舒了一口气之后,说:"媳妇啊,还有老大哈,那年一对双双呱呱坠地,先就走了一个,哈!现在这个……又在苦水里面泡了一回,好不容易回来了,不管她做了什么,总之我不能眼看着文珠……"蔡花蕾的眼泪下来了,哽咽着说,"总之,我一个白发人不能送黑发人……两次嘛!!"

刘彩云马上跟着,呜呜呜地竟哭出声音来……

老大也没忍住,只见他迅速抹去脸上的泪水,说:"可是……"

蔡花蕾一抬手拦住儿子,说:"是,我晓得你要说礼义廉耻,什么都摆在那儿的。我只说一件事。那年你爹,承蒙丁宝桢丁大人赏识,圣旨都送到家门口了,从六品嘞!但是,就因为你家老外公遭了难,家里没有了顶梁柱,你爹毅然决然就留了下来。按说……忠孝不能两全,自古以来男人大都是奔着忠去的,就到你爹这儿选了一回孝!后来跟丁大人一说,人家不但不怪罪,把皇上钦赐的羊脂玉扳指送给了你爹不说,还将茅台镇的盐岸也交给了你爹,这才让我们老文家一步一步走到今天!老大,看跟什么比,若是跟人比,人命关天!你的道德那边……总该让让步的!至于怎么办,那不是我老太婆的事情。我说清楚了吗?"

这回该老大眉心那儿揪成一坨了,他万没想到这个霸道了一辈子的女人在道德跟人命较劲的时候，又霸道了一回。他长久地看着母亲那两只依旧盈着泪水的眼睛，最终点了头。

刘彩云还说什么呢？早先老大跟她讲"快刀斩乱麻"的道理时，她也觉得有道理；现在老太太的这番话，从情感上说，才是真正对上了自己的心思。

去老太太那里之前，老大跟刘彩云统一好了口径的，主要由老大讲，刘彩云打帮帮腔。处理方案也想好了的，孩子一定要拿掉，再把徐子发配到茅台镇去，永远不准回贵阳，眼不见心不烦。

现在想起来，其实快刀斩乱麻还简单些，先什么后什么都想好了的。现在一切推翻了重来，老大还真不知道该怎么办才能不让事情败露，眉心的那个疙瘩越揪越紧。

刘彩云看着难受，就说："我说个主意，你看看行不行？"

老大说："啧，那还不赶紧说来听！"

刘彩云想了想，说："茅台镇。"

老大瞪大了眼睛，说："不行不行！那地方发配徐子还可以，人多眼杂那么个地方，你们刘家的亲戚一大堆，还有盐号、烧房那么些眼睛，等于敞开在光天化日之下让大家看！不行不行！"

刘彩云说："你听我说嘛！我也想过刀把镇，只是那里大凡有个风吹草动就会引来整个镇上的人。而茅台镇呢，虽然刘家文家的熟人也多，但那里毕竟是老刘家的根基。文珠这样的情况，你还能把她放到深山老林去？就是要找一个既有根基又还远离贵阳的地方。那地方既闭塞，又有妈和刘青云一家。而且那地方是文珠的福地，那年都落了河了，大难不死还学会了游水！难道你能找一个比茅台镇更好的地方？"

老大当然没找出一个比茅台镇更合适的地方来。

蔡花蕾在听了汇报之后，说："那地方也还稳当，我看行。只是什么情况都要有个预判，出现什么情况了怎么应付，自家心里要有个数，未雨绸缪才不会乱了方寸。但是哈，两个娃儿必须受到惩罚，要不然，还会有乱子！"

老大看着母亲，咬着牙关点着头，说："那是肯定喽！！"

5

文珠是从母亲那里知道老太太的那些说法的,在刘彩云的劝阻下,才没直接冲到佛堂去跪在老太太跟前。

文家大院目前知道这件事的就四个人,而且老大和刘彩云商量好了的,说是知道的人越少越好。这样大家就得装成没事人一样,万不能没事找事把事情扩大。道理跟文珠一讲,文珠还说什么呢!就等着小眼睛搀扶着蔡花蕾回了房间,再等刘彩云支走了小眼睛,文珠这才跪倒在蔡花蕾跟前,直接扑在老太太两个膝盖上开始哭。

蔡花蕾开始还想憋着,最后到底没抵挡住那种伤心的哭声的感染,也跟着哭起来。刘彩云早在老太太之前就开哭了的,于是,三个女人哭作一团。

还是蔡花蕾先缓过来,叹口气说:"你们啊,总之就是不让我省心,想着法子收拾我来着!起来起来。"

文珠没动,刘彩云要过来扶,被蔡花蕾止住了。

蔡花蕾捧起文珠的脸,用自己已经打湿了的手巾擦着上面的泪水,说:"要听话,要听爹妈的话,他们两个不容易,做儿女的一而再再而三地添乱子,折他们的寿嘛!晓得不?"

文珠的眼泪又涌了出来,同时点了点头。

通常负责唱黑脸的老大一直等到徐子和文大同出差回来,等文大同一五一十将湖北之行的情况说了一遍,这才让文大同先走,留下了徐子。

老大声音不高,但是透着一股子杀气,只听他低声喝道:"跪下!"

徐子先是一怔,看看老大阴沉着的脸,膝盖一弯便跪在了地上。徐子不知道文珠的事情,但是自己做了什么没做什么,心里清清楚楚的。跟了老大这些年了,他能垮起个脸喊跪下,一定有喊跪下的理由。前因后果数一遍,就剩下了"目的地"那桩事情,还用得着别人说"你知道我为什么喊你跪下"之类的憨话吗?

徐子一下子伏在地上,无比伤痛地说了句:"徐子错了!"

老大其实比了解文大同还要了解面前跪着的这个人,他甚至听得出来徐子的声音里面情绪的真与假。人是个聪明人,也能干,只是干起混账事情来也是一把好手嘞,而且哪件事情不热闹不干哪件!老大想起这些,牙根都痒痒,冲上去一飞脚直接把这厮踹到院子去的心都有了,都后悔当年没跟茅台镇盐军安定营的洪教头学两招"隔山打虎"什么的。

正如老太太那天说的,惩罚是必需的。老大心里也盘算过,图书部掌柜拿掉是肯定的,还不解气;原先想好的发配到茅台镇去,现在不行了;遵义也不行,离茅台镇太近,眼面前守着都有本事整出乱子来,天高皇帝远的就更放心不下了。既然文珠要去茅台镇,那徐子只能在贵阳,至于让他干个什么才具有惩罚的意味,老大没想好,那就先撸了图书部掌柜再说。

老大说:"从今天起,你的图书部掌柜……免了!从我这里出去,直接卷铺盖走人,搬回仓库……守夜!至于怎么处理……你自己先面壁思过!滚!"

徐子拉开房门之前还想说点什么,见老大侧着身子一副势不两立的架势,便知趣地带上了房门。

尽管徐子估计的事情八九不离十,但是总归没人明确说出来。文珠怎么个情况、事情怎么败露的、其他人怎么个态度,走之前要不问个明白,搬到仓库那边就更不方便了。还好,老大没指派什么人监督徐子"卷铺盖",通常这都是文昌寿的事情。徐子想想,能打听消息的,眼下就剩下小眼睛了,赶紧加快了脚步,朝佛堂走去。这个钟点,小眼睛该跟老太太在佛堂。

果然,被烟雾缭绕得若隐若现的菩萨脚下,小眼睛随着两个师父以及老太太正在吟诵《佛说阿弥陀经》:

又舍利弗,

彼佛国土,

常作天乐,

黄金为地,

昼夜六时,

而雨曼陀罗华。

其国众生,

常以清旦,

各以衣戒，

盛众妙华，

供养他方十万亿佛……

徐子心中有事，哪里还顾得上男女声四个声部整合出来的抑扬顿挫。好在两个师父倒背如流不用看，都闭着眼睛；老太太面佛而坐，只有小眼睛侧坐在老太太边上，余光一下就看见了徐子招了两下的手。两人连比画带挤眉弄眼，最后小眼睛放下了手里的经书，徐子赶紧闪到一边。

小眼睛出来，跟着徐子来到佛堂侧面墙根脚，他怕里面听见。

小眼睛说："什么事啊徐子哥？"

徐子四下看看，说："我离开这一段时间，究竟发生了什么事情？"

小眼睛想想，说："没发生什么啊！"

徐子说："没发生？不会吧？那老爷为什么让我搬到仓库去，还……还不让我在图书部干了？"

小眼睛瞪大了眼睛，说："什么时候的事情？"

徐子说："就是刚才。"

小眼睛想想说："哦……是，嗯，老爷、太太跟老太太前些时候是有什么事情在回避着我，但我真不知道是什么事。如果让我猜……嗯，肯定跟大小姐有关。"

徐子一听就急了，说："哎呀，啧！要我怎么样都没什么关系，我就怕大小姐……"

正说着，有脚步声由远而近过来。徐子赶紧说："先说到这儿，反正你帮着打听一下，哈，小眼睛！"

没等小眼睛点头，徐子已经拐上了通往客厅的青砖甬道，正好跟文昌寿遇着，徐子皮笑肉不笑的表情算是跟人家打了个招呼，便匆匆离去。

文昌寿看看刚刚拐进佛堂的小眼睛，再看看徐子心事重重的背影，歪了歪头，走了。

忧心忡忡的徐子搬去了盐号的仓库，心却留在了文家。还不敢过去打探，就盼望着小眼睛能够多少传递点消息过来，以便让那颗悬浮着的心早点落下来。

虽说徐子这边还没收拾安逸，总归暂时告一段落。接下来轮着文珠了，老大鼓了好几回勇气，就是迈不动腿，好像哪儿被什么东西拴着，又仿佛底气什么的差着一小点，总之犹豫不决。

想说给刘彩云听吧，张不开口，怕人家轻看了自己；不说吧，刘彩云又是一大家子人里面唯一可以说得上话的对象。就这么硬生生憋了两天，憋得脸上都冒出个火疖子来，刘彩云看见之后说："哎哟，这个年纪不该嘞！"

老大这才开了尊口，先是长叹一声，然后说："哎呀！想来想去，文珠那里……还是你去说的好！"

刘彩云看着他，说："你呀，到底是我们家老太太家儿，赶根赶种！"

老大又是一声长叹。

刘彩云说："我可以去试试。但是哈，我既不会打，也不会骂，如果达不到你和老太太心里要求的那种惩罚，你不要怪我！"

老大说："该受处罚的，我都不怪，会怪你？一来一个姑娘家，当爹的，你好意思指着人家鼻子说怀了孩子的事情？二来她要是一哭，我的头就大，哪里还谈得上惩罚嘛！所以啊，还是你去的好，就算两娘母哭作一堆，你也可以顺着那股劲说说她！"

刘彩云说："看嘛！"

正如事前预想的一样，刘彩云和文珠抱头痛哭了一场。同时也和预想的不一样，刘彩云一句责备的话都没说，而是把自己当年媒婆都登了门了，自己还羞着扭朝一边，老外婆如何老远跑来苦口婆心一通劝，最终证明婚姻美满的故事说了一遍。当时没觉得什么，文珠那儿也是听进去了的样子。晚上躺下之前跟老大一复述，老大就问："你这样……好像在把你的美满跟她的苦难放在一起比嘞？"

刘彩云说："咋个会？我是想说，大人的话，做儿女的当时可能不理解，但是后来……咦！好像不对哈？"

老大说："哎，你自己能想通，最好。"

刘彩云想想，说："就是就是，而且当时一点没感觉嘞。咦！才四十……七嘞，脑筋就……这么个词不达意？不算太老嘛！哎哟！是不是要找马神仙看看？哎哟！晓得文珠会咋个想？"

老大说："好了好了，不管她咋个想，总之明白了大人的心思也算没有白费口舌。我还在想嘞，去茅台镇以一个什么名义好？一个女人家平白无故在一个地方待那么久，总应该师出有名才对。我觉得……要把刘青云喊过来商量一下才是。"

刘彩云说："那当然最好。"

老大说："明天我就让李备跑一趟，对，就这样。"

刘彩云见老大似乎收住了话头，便翻了个身对着老大，说："唉！我是不是真的老了？"

老大依旧背对着刘彩云，说："也不觉得嘛。四十七哈？不老。睡觉。"

那天晚上，刘彩云翻来覆去就是睡不着。不是觉得老大的鼾声大了，就是感觉床铺下面好像哪儿不平展。

6

刘青云是第五个知道文珠事情的人。听完之后的第一句话就是："姑娘太可怜了嘛！啧！"

刘青云说："千万不要费气巴力去找什么说法，什么说法对一个大肚皮女人都不管用。就是悄悄咪咪去，最后再悄悄咪咪回来。"

刘彩云说："七八个月嘞，咋个悄悄咪咪吗？"

刘青云说："姐不用操心，反正去茅台镇是确定了的，总之不会让我家外甥女受一丁点气就是，你放心！"

刘彩云说："放心不是一句话嘞，你起码要说个办法嘛！"

刘青云说："你还不要说，也是我家外甥女的点子高。春节前就说要在我们家宅院起一圈院墙的，事情一多就没动，现在我回去就动工。你想嘛，我修个二人高的院墙，一直围到妈的猪圈那儿，你想想看，里面既宽敞，外面还看不见，还方便文珠活动。"

刘彩云还说什么呢！

刘青云把怎么来怎么去都想好了，说好完工了他和林家漪亲自来接文珠过去，林家漪不过是来陪文珠，马车上的帘子严丝合缝挡着，里面坐着什么人外人根本不知道，还说马车直接进到刘家院子里面，保准天衣无缝。

刘彩云想哭来着，最终还是忍住了，说："自家兄弟，我就不说什么了！"
最后刘青云对老大说："到时候还是请李备跑一趟，这样更稳当。"
老大说："当然当然！"

一个月之后，刘青云和林家漪到达文家的时间被刻意安排在晚上，林家漪不常来，面生，目标要大些，就等在车上没下来，总之知道的人越少越好。而且刘青云跟文珠甥舅两个散步一般来到大门边，没事人一样出了大门，直接上了停在台阶下面的马车。都是当年革命党跟革命党接头时的方法，偶尔在家庭内部用一用，还真管用。在院子里就碰见过小红，硬是没让这丫头看出一点破绽来。

黑暗中，老大和刘彩云隔着窗户的彩色玻璃看着刘青云和文珠慢慢消失在青砖甬道尽头。刘彩云一下子靠在老大身上，老大抬手搂住妻子的肩头，他感觉到了刘彩云因为哭泣而抖动的身体。

然而，大家都不知道的是，在另外一扇窗户后面还站着一个人，黑暗中根本看不清是谁。只是冷不丁从蔡花蕾屋里响起了召唤的铜铃声，黑影便一下子不见了。

第三天下午，徐子就接到了小眼睛让人送过来的一个贴着茅台烧商标的空酒瓶子，来人说了，小眼睛说的，交给徐子就行。

徐子说："别的什么都没说？"

来人说："没说。"

一个多月了，徐子被禁锢在这个"发配地"都快要憋疯了，小眼睛那边一点动静都没有。徐子知道，小眼睛都没有弄清楚的事情，其他人就更不可能知道了。有时候半夜睡得恍恍惚惚的，一下子被梦中哪儿传来的一声尖叫惊醒过来。四处看看，完全没了梦中嵯峨的悬崖峭壁，还是那间四壁空空的小屋，徐子便放开喉咙大叫一声，"嗡嗡"的回音在头顶的空间里萦绕着，轰鸣着，总算是发泄了一回。

仓库就这么一个好处，随便你怎么号，外面听不见。

盼星星盼月亮一般，终于等来了小眼睛送来的东西，徐子急忙关上房门，点上油灯，凑近昏黄的火苗，一眼就看见那张茅台烧商标边上空白的地方，写着一个不大的"大"字，字边上还画着一个横着的箭头。

徐子皱起了眉头:"什么意思吗?"

为了把送酒瓶过来的人蒙在鼓里,小眼睛也算是挖空了心思。一个酒瓶,一个"大"字,外加一个箭头,把徐子都搞蒙了。徐子拿着瓶子翻来覆去地看,生怕漏掉什么,结果还是只有酒瓶、大、箭头。

徐子心想,小眼睛一定不会只说半截话的,一定会表述一个完整的意思。徐子说:"大……大小姐?对,就是大小姐!箭头?箭头?走?去……去了什么地方?"

徐子都屏住呼吸了,最后把酒瓶子往床上用力一墩,喊道:"茅台镇!"

徐子一下倒在小床上,用手捂住脸,发出的声音像是哭,反正憋恼火那种,然后声嘶力竭地喊了一声:"文珠!!"

7

从文家怎么出来,路上怎么走,如何在遵义故意耽误一些时候,以便把到达茅台镇的时间推迟到夜晚,一切都是按照设计好的路线图这么一直到了刘青云家。一家人跟做贼一样,说话的声音都压得很低,仿佛外面就有人贴着新砌的青砖围墙正在偷听。

文珠自然被老外婆安排在她母亲当年的那间闺房里。看着母亲当年留下的那些痕迹,文珠的心情跟差点淹死那年完全不一样了,床边坐一坐,小板凳上坐一坐,摸摸被子再摸摸枕头,莫名其妙就会生出些感慨来,想想一个新生命即将在这里诞生,眼睛一酸,泪水就涌了出来。

好长时间没见着徐子了,文珠经常这么想。

就是因为一家人都在为自己腹中的这个小生命背负了一切,而且煞费苦心,包括舅舅、舅妈、老外婆,如果再去为了徐子让家人伤心,自己也太那个什么了。任性惯了的文珠第一次在想到徐子的同时想起了家人,也许这跟肚子里的小生命有关。从现在起直到新生命诞生,自己唯一要做的事情就是保重好自己,最终让她和徐子合作培育的这颗种子平平安安结出果实来。

带着幸福的憧憬,文珠居然和衣睡了过去。

差不多二更天,刘青云突然惊醒,一翻身坐起,还点亮了油灯,直眉瞪眼看着身边的林家漪，连声说："完了完了完了！"

林家漪睡眼惺忪，用黔北味道的广东话问道："什么啊？"

刘青云说："啧！我跟姐夫他们商量来商量去，连怎么走出文家大门，怎么上马车都商量好了的，你猜漏掉了什么？"

林家漪说："猜什么嘛，你赶紧讲嘛！"

刘青云说："孩子生下来怎么办？谁来养？"

林家漪想都没想，说："哎呀！看你急成那样，大不了我来养就是嘛！"

刘青云张着嘴巴半天不知道该说什么……

林家漪说："怎么嘛？不行？"

刘青云说："哎呀！啧！哎呀！啧……"

林家漪急了，说："哎呀啧，哎呀啧，什么嘛？到底怎么嘛？"

刘青云说："不急不急，我的意思，姐跟姐夫要是知道了，还不知道会怎么感谢你呢，真是！"

林家漪把脸扭开，说："感谢什么嘛！我哥该感谢姐夫的事情那么多，一家人呢，该做什么……就做什么嘛！"说完一口气吹灭了灯，躺了下去。

黑暗中，刘青云从心底开始漫延开来的温度一下子让全身都热了起来，他一下子钻到林家漪的被窝里面，两手紧紧搂住林家漪，心里说，老子先来感谢你一回！

第二十二章

1

文珠的事情无论被安排成什么样子，好或者歹，好歹总算暂时告一段落。蔡花蕾那里也是点了头的，她还说让小眼睛跟着过去，说是熟角子，里外有个照应；还有一层意思是不要过于麻烦刘青云一家。

老大想了想，说："那样恐怕不好，一来多一个生人就会多一分引起当地人注意的可能，二来你老人家这里少了一条腿，不方便不说，万一因此出个什么情况，一家人都担待不起。对吧？"

蔡花蕾还能说什么呢，就说："那你就多拿点钱给人家刘青云家，人家也不容易。"

老大略一迟疑，便被刘彩云抢到了话头。

刘彩云说："那倒没关系。自家亲亲的外甥女，也就是吃点喝点，我兄弟那边不会有问题。"

老大赶紧跟着说："也是也是。"

从老太太那里出来，老大借口要去书局那边看看，便叫文昌寿安排李备跑一趟。等到坐上了马车，一颠一颠地开始行进了，老大突然感觉身边少了点什么，一想，少了徐子。

这么些年了，凡是坐马车去哪里，不论远近，总少不了徐子，如同自己的影子。前些日子在气头上，想起徐子的时候只会心烦，现在文珠那边安顿下来了，突然就感觉形单影只了。咦！看来还丢不开这个冤家对头嘞，老大心想。

刚才，老太太说起多给刘青云一点钱的时候，老大的回答有意无意就慢了半拍，故意让刘彩云抢了个先。为什么？因为现在的文家老大已经没有了当年的底气，开始捉襟见肘了。

辞去财政部部长那年，省主席不过软软地说了让文家带头认捐的话，老大眼睛没眨一个就划了十万银圆过去。事情要搁到现在，文家老大不仅眼睛要眨，恐怕只能得罪人家省主席了。

在文家，"捉襟见肘"只能说给刘彩云一个人听，关键人家刘彩云还不相信，说不会哟。老大就一样一样数。

自打用六十万两银子办了造纸厂，原先想好的除了能解西南三省纸张之燃眉外，多少本钱多少利啊，多少年之后收回投资啊，包括从此不再受老何家的掣肘等，全都因了日本人的背信弃义而成为泡影。周世龙魂断东瀛之后，随着当事人的离去，日本那边的官司犹如一只断了线的风筝，最终会飘到哪儿去，没人知道。当年，周世龙守在日本，面对面盯着日本人，人家都有本事不认账，现在人不在了，跟随周世龙去日本的随员也因为造纸厂的不死不活而各奔了前程，日本人最终还会赔你的钱？做梦吧！老大就是这么问自己的。不得已，最终请来了上海那家曾经帮着鉴定机器故障责任的公司的技师，用东拼西凑找来的配件修复了机器，勉强开工。

之所以说"勉强"，是指机器停了这么长时间，加上贵州"天无三日晴"的气候特点，再加上造纸厂好些工人雇用的都是当地人，简单培训之后就跟着师傅干，大都不懂得设备保养什么的，因此锈蚀是必然的。重新运转之后，不是这里出问题，就是那里出问题。因而，整个机器停停走走，断断续续，还有赚钱一说吗？少贴一点人工工钱什么的，就算烧高香了。

这是一头。

按说，书局是可以赚钱的，多少而已。只是老太爷一开始就秉持的办学、送书之风，到老大最了得的时候，文家不仅捐了四个初级学堂一个中级学堂，送书更是一个学校一个学校地送，而且已经不仅仅是老太爷那时候的《三字经》《菜根谭》《六事箴言》那几本了，老大凭着自己的喜好增加了一长串书名，什么《山海经》《国语》《淮南子》《战国策》《楚辞》等，多了；单单《山海经》就包括《山经》五卷，《海经》八卷，《大荒经》五卷，共一十八卷。同时告诉周世涛，没钱了说一声就是，口气大得很。因此，书局开支完所有费用，结余的，全都变成了文家老大那一长串书单里的某一本。一开始，上坟的时候老大还在老太爷高大的墓碑前数一数都印了什么书来着,到后来都记不清了,干脆免了,只管印,只管送。这也需要不少钱吧?

第三呢,丰汇盐号,由于众所周知的原因没了气候。倒是没垮掉,小打小闹卖一点,敷着走,基本上指望不上。

第四便是"老窖"——存在家里跟银号里的现钱,我们这边管这个叫"老窖"。那也不多,十几万,生不出什么利钱不说,属于日常开销这一坨,有进项的时候不断往里面添,现在看不到进项了,那还不是用一点少一点?

老大扳起手指头数来数去,文家现在就剩下最后两坨,一是茅台镇的烧房,二是遵义的差不多八千亩田土。

而且嘞,那些已经用习惯了的开支,一时半会儿你根本停不下来,比如,老二家的月银。你只能在那些临时需要支出的部分加以控制,日常那部分你还不能少,少了人家要跟你吵。

所以,当蔡花蕾说多给刘青云一点的时候,除了刘青云那里本身不需要什么钱之外,老大想的就是能省一点就省一点。总之摊子大了,随便哪里动一动都是钱。关键在于跟当年反过来了,那时候是进得多,出得少;现在不仅进项少了,出项还不断有一搭没一搭地增加着。

现在看来,有意为之的造纸厂成了老大心里的痛,而并非刻意成就的云辉烧房跟田产倒成了文家的靠山。

前些时候,四川一家造纸公司一个姓马的老板不知道从哪儿听说了贵阳这边聚兴造纸厂的情况,马老板估计也有"解西南三省纸张之燃眉"的抱负,想把老大这一套设备盘到四川去,就像当年老大从日本盘到贵阳来一样。但是马老板和文老板有三点不同:第一,人家知道文家这堆东西现在如同烫手的山芋,心里头盘算着拦腰砍一半的价,价格便宜;第二,人家从贵阳盘到重庆,路途近,运费便宜;第三,人家造纸搞了多少年了,懂行。这两项便宜再把懂行加在一起,马老板便亲自到了贵阳。绕山绕水绕到造纸厂,借个看看纸张的理由就深入了造纸厂里头,上上下下把机器打量了一遍。天哪!不比不知道,一比才晓得自家那点家当都不好意思叫设备,不能比嘛!当然,人家马老板绝不会当着造纸厂的人说出这种带着惊叹号的话,免得让人家看出自己"急"的端倪来。

马老板自家纸厂的那些"家伙"跟眼前这些东洋设备比起来,只能算是一些小打小闹的玩意。看着这样史无前例的大家伙，眼馋是肯定的，同时还坚定了"腰斩"的信心。

在设计好的时间和设计好的地点，马老板和周世涛见了面。先是走马观花重新参观一遍，然后先什么后什么按事先设计好的路子这么一走，最后说出了中心思想：买。

周世涛心中一动，因为他已经见识了文家老大因为这套设备导致的烦恼——说焦头烂额更准确些。所以，当马老板说出想法之后，周世涛马上觉得这应该是一个有可能双赢的买卖。周世涛也不惑，既然人家都知道先什么后什么，我们这边也应该张弛有序，同样不能让对方看出"急"字来。于是便以自己不能做主为由，送走了马老板。人家前脚出门，周世涛后脚就给老大打电话。没想老大头一句话就问："谁说的我要卖东西？"

周世涛被噎了这么一下，捋捋头绪，说："哦，是这样，既然有这么个事情，我觉得告诉文先生一下比较好。"

老大说："哦，知道了。"

第二天，当周世涛将老大的原话告诉匆匆赶来的马老板时，马老板并没有气馁，而是让周世涛转告文家老大，说物尽其用才是实业之道，并说他还会再来，而且留下了通信地址什么的。

周世涛在老大面前照例转达了马老板的原话。不过他心里知道，早晚有一天，文家老大一定会为这个事情来找自己。

"驾——"随着李备的一声吆喝，老大这才从思绪中回过神来。他这次专程来造纸厂，跟周世涛说的是过来看看，其实就是想最后确定一下，自己费气巴力搞起来的这么一大坨，到底是死是活。

周世龙之后，老大之所以让周世涛代管着造纸厂，就是想让周世涛过来深入接触一下，也好替自己拿个主意。他没想过卖，不过是想看看有什么办法能让造纸厂再次正常运转起来，或者该叫起死回生？

中国人啊，几千年传承下来的不光光是精华，糟粕也不少，比如，"要面子"。

老大就觉得家产什么的只能买，不能卖，卖就是罪过，人家就会说你是"败家玩意"什么的，有点难听。

其实啊，"买卖"是连在一起的一个整体概念，少了哪边都不能单独成立。

需要的时候买进来，不需要了就卖出去，只要不是朝着"精光"那么卖，卖跟买一样都是经营的需要，都是理财的方式之一。这个道理老大没仔细想过，也许他这种有了一定身家的人就不高兴这么想，他就觉得卖就是败家，就觉得不光彩。

周世涛没什么财产，就没有老大那样的心理负担，看问题想事情就客观，只是有些话由自己说出来容易被人家误解为"怂恿"。因此，话只能说一部分，剩下的让人家自己去悟，同时留有进或者退的余地，这符合遵义沙滩出来的有文化、有教养的人的处事原则。

老大连坐下的心情都没有，就站着说话："怎么样，先生能够给我一个什么样的建议吗？"

周世涛想想，说："呵呵，这个……是这样，文先生，建议还谈不上，只是把我过来这些时候看到的一些情况和自己的想法说说。我感觉啊……目前除了机器本身的情况，以及工人熟练程度有待提高等之外，这里面我还发现另外一个情况，就是造纸原料的持续供应问题。我们现在使用的造纸原料要么是遵义那边几个县收购的，要么是四川运过来的。假设我们的机器没有任何问题，按照这台机器的设计能力，开工之后会不会有原料供应不上的问题呢？如果出现了原料供应不足的情况，是不是有解决的办法呢？而且要具体到什么样的办法……如果这些个问题不能得到有效解决，恐怕……"周世涛留了后半截话，让主人家自己去接。

老大看着周世涛，他并没有想如何去接那半句话，而是在想，到底是周世龙的兄弟，甚至比老哥子想得更缜密，更长远些。

老大说："行，我知道了，你容我想想。"

2

为了外甥女，刘青云可谓煞费苦心。丈二的青砖高墙一围，老刘家顿时就有了深宅大院的气派，这才只是开始。为了让文珠开心，不光在院子里种满了花草树木，凭着自己年轻时候学的一点半生不熟的木匠手艺，让已经二十岁的大儿子刘广黔打下手，硬是在新围墙圈出来的土地中间竖起了一座木头凉亭。

按说他可以找几个木匠来做的，只是觉得人多眼杂，怕人家把文珠的事情泄露出去，这才自己亲自披挂上阵。还别说，远远看过去还真看不出大毛病，是个凉亭。

是嘞，刘广黔都二十了。茅台镇就那么一个学堂，读得起书的人家大人娃儿都一个出处。刘广黔十六岁那年说什么也不读了，跟他爹当年一样，也是个"劳力者"的命。早早地被安排进了云辉烧房，也是一样一样地学着做。去年找人说了桩媒，女家是桐梓那边的，日子定在今年秋天，什么都准备齐整了，就等着听"百鸟朝凤"。

对于大表姐文珠的到来，你要是对孩子们一开始不说实话，等到肚皮一天天大起来了再绕回去说，那时候自圆其说的难度肯定很大。刘广黔二十岁，刘秀珍十五岁，刘承义十一岁，都不是随便就能糊弄的年龄了，最小的刘承义起码也知道肚子里装着的是个小娃儿。三个大人商量下来，干脆都说清楚，包括做饭的厨娘。直接就说贵阳的表姐是来乡下生孩子的，因为姑爹姑妈不愿意外面的人知道这件事，所以不能对任何人说。在几个孩子心中，姑爹姑妈那是相当有分量的角色，除了经常都有遵义或者贵阳的好吃的东西带过来，刘广黔和刘秀珍还知道烧房是姑爹的，亲情之外还存着一份敬畏。

三个大人同时还商定，假如有哪个娃儿问起表姐这是跟谁有的孩子，稀里糊涂就说人在贵阳，对付过去就行，不用说得明明白白。

刘青云总的说一遍，林家漪又挨个跟每个娃儿说了一遍，也只能这样了。至于事情会如何发展，谁也不知道。

文珠心情相当好，青砖围墙和木头凉亭的重要性还在于，那都是专门为自己量身定做的，只要一想起这个，愉悦之情便油然而生。加上大人娃儿都一家人一样，嘘寒问暖，珠姐长珠姐短的，完全没有了在贵阳谁都防着你一手的那种隔阂；再加上随时随地抚摸着不断变化着尺寸的肚皮，文珠有生以来从来没这么持续地安逸过。

只是临走那天爹交代的"决不准越雷池半步"的话，听着就让人有对着干的冲动。后来想想一家人该做不该做的事都为自己做了，再要想对着干，自家都不好意思，不出门就不出门嘛！

你不要看老大当面垮着脸说话，没人的时候偷偷塞了一样白绢手巾包着的东西到文珠手里，还小声交代，说是心烦的时候捏在手里玩玩，小心保管。文珠回到自己屋里一看，竟是老太爷传下来的那只羊脂玉扳指。全家人都知道那是老太爷的心爱之物，现在传到了文家老大手里，当然也是老大的心爱之物。文珠顿时有些感动，说可怜天下父母心，爱并且痛苦着，一点都不假。

这些是文珠知道的，还有文珠不知道的。

文珠自打去了茅台镇，文家大院那边为她的突然消失费了好多神。先是文大同，追着刘彩云问怎么好些日子没见着文珠了，说文心仪想她姑妈了。刘彩云就说到茅台镇散心去了。时间一长，不光文大同，连隔壁院的赵青梅也在问。甚至有一天，二老爷见着老大也问，老大便耐着性子，说大概在舅舅那里玩疯了，估计该回来了。

文大同回去说给金雨天听，说有点怪嘞。

金雨天心里也嘀咕，直觉告诉她绝不会只是"散心"那么简单，就告诉文大同不要再去问了。

文大同说："为什么？"

金雨天说："啧，不回来一定有不回来的道理，你反反复复问，妈会不高兴。"

文大同说："是嘞，神不棱登的！"

金雨天说："你说对了，而且一定有人家神不棱登的道理，所以说，再问就会自讨没趣。耶，没见着文心仪？"

文大同知道金雨天是在故意绕开话题，也附和，说："好像在老太太那里。"

在蔡花蕾屋里，文心仪正跟文大喜上演武打戏。不用说，哭的还是文大喜，关键是蔡花蕾不仅不拉架，还在一边笑，仿佛挺有趣的一件事。直到文心仪越发放肆了，蔡花蕾这才拍一下桌子，喝道："好喽好喽！打几下就算了嘛，没得完了？儿马婆！小眼睛，把儿马婆手里面的东西拿过来还给人家老辈子。自己有一个就行了嘛，贪心得很！"

小眼睛就去将文心仪手里的劳什子拿过来给了文大喜，文大喜这才将哭泣改为抽泣。

人啊，上了年纪总是愿意在这样的氛围里面享受平静而轻松的生活过程。蔡花蕾就特别喜欢看到文心仪跟文大喜这样辈分上倒置的情况，明明是两个小娃儿打架，一到了文心仪和文大喜这里，她会觉得多出一些别样的情趣来。

对于有兴趣的事情，蔡花蕾话就多；而对于那些早已经没有兴趣的事，比如生意之类，早就心安理得地交给了老大。那天，老大就因为造纸厂的去留问题来跟她商量，还被她"歌颂"了一回。

蔡花蕾说："老大，你让我活得自在点嘛，行不？这些事情嘛，以后就不要问我了。生意嘛，赚了亏了，都正常。就好比打麻将，输赢你都要认账，赢了你揣着，输了你就给人家。尽是输，你不来；你尽是赢，人家不来，对不？原来你家老外婆尽是赢那种打法，是我们哄着她老人家玩，那不是做生意，是尽孝道。生意场上无定式，自家把握。哈！"

老大说："哦，知道了。"

蔡花蕾顿顿，说："文珠……咋个说？"

老大说："刘青云有信过来，说是还不错，心情还舒畅。"

蔡花蕾说："那就好。还有一个事，徐子是不是一直……"

老大忙说："哦，已经说了，明天就回这边来。"

蔡花蕾说："那就对了，茅台镇那边盯着点，什么情况预先要有个准备。"

老大说："刘彩云都在准备着呢！"

蔡花蕾说："那就行。没事了，你去吧！"

老大说："好。"

3

就这样，文珠在公主般待遇的环境里，虽然藏着掖着躲着，肚子照例一天天大了起来，直到接近了被女人称为"鬼门关"的分娩前夕。

生孩子是女人的天职，没什么道理好讲。那个年月什么都落后，更没科学可循。前面说了，没有科学就要看点子，点子好的时候，一用力得一个，一用力得一个，顺顺当当的。要遇着点子不好的时候，那就没准头了，手段都用尽了，娃儿就是下不来。其实就是娃儿不在位置上，横着或者斜着，哪里下得来吗？这时候产婆子就会喊："要大人还是要娃娃？！"意思只能要一个。如果这家喊了一声要娃娃，那不是女人的"鬼门关"是什么？

终于，文珠来到了鬼门关跟前。

那是癸亥年立秋的第二天，阴历六月二十七，按公历算，1923年8月9日。秋老虎，又地处赤水河的低洼河谷，正是一年之中热得最夸张的那几天。根据高大脚和林家漪的估算，文珠大概就是这几天了。为了保险起见，同时也是为了掩人耳目，刘青云立秋前两天就将产婆子接到家里来了，说好多给一倍的价钱，条件就一个——守口如瓶。

产婆子是刘青云托刘广黔还没过门的媳妇娘家妈妈家的二姨妈在桐梓那边找来的，有点远。不过主人家路费吃喝全包还给两份钱，就不算拐弯抹角的亲戚关系，产婆子也愿意走这么一趟。

接近中午时分，刚刚吃了点东西就冒出一身臭汗的文珠说是要去换一身衣服，大家就由了她。没想到半袋烟工夫就听见刘彩云的闺房里面传来一声尖叫，全家人的汗毛全都齐刷刷地竖起来了，像听见命令一般赶紧朝那个方向奔去。

只见文珠倒在地上，两手捂着肚子正叫唤着，扭曲的脸上分不清哪是眼泪哪是汗。还用得着讨论吗？

还是人家桐梓过来的产婆子有经验，谁抬人谁打水谁拿家伙一通喊，没多一会儿就在刘彩云的闺房里架势好了。

男人们都懂，自觉地退到了外厢。娃儿们只是觉得好玩，刘青云就不一样了，到底担着干系呢，铁青色的脸上挂满了汗珠，蹲在墙角一言不发，心里一个劲地想，怎么就倒在地上了？怎么就倒在地上了？还是刘秀珍知道心疼人，找了块帕子塞到爹手里。

刘青云拿着帕子问刘秀珍："干什么啊？"

刘秀珍说："一脸的汗，擦擦。"

刘青云"哦"了一声，用帕子在脸上胡乱抹了两下。就这个时候，里面传来了产婆子凄厉的声音："要大人还是要娃儿？！"

刘青云头皮顿时一阵麻，一屁股坐在地上，"喝喝……"，只知道发这么一个音节。这时候，又听见高大脚歇斯底里一声喊："刘青云！！！"紧跟着还是产婆子的声音："要大人还是要娃儿？你吭个气嘛！"

两个声音叠加在一起，规定性就比较明确了。刘青云是当家人，这种情况谁当家谁表态。如果他不在场，高大脚当然也做得了这个主。现在刘青云在场，高大脚就只能歇斯底里了。

刘青云回过神来。刚才他完全处于一种麻乌的状态。"麻乌"是我们这边的方言，凡是混乱、无序、麻木、恍惚等，或者全都交织在一起的状态，就叫"麻乌"。

因为事前产婆子跟他说过，说万一……产婆子说我们只是打个比方哈，万一出现了紧急情况，我会问你要大人还是要娃儿，比方哈，只是比方，产婆子接着说："到时候你要给我一个准话！"

刘青云说："我？"

产婆子说："对呀，就只有你嘞！"

刘青云讷讷地说："要是……要是没有出现嘞？"

"那就谢天谢地了嘛！我现在是打个比方。比方说出现了刚才说的那种情况，你一定要吭个气，我这里才好下手段。当然喽，一般情况不可能的。我说清楚了哈？"产婆子说。

刘青云都懒得理她，心想什么狗日的远房亲戚，尽说些憨包话！刘青云终于找到了一个很恰当的、能够表达此时此刻心情的词汇。

然而现在……刘青云哪里还有工夫前因后果去分析一遍嘛，直接地、本能地吼了一声："大……大人！！"

吼完之后，眼泪紧跟着就下来了。

刘秀珍尽管没有弄明白眼前到底发生了什么，也还是跟着他爹一起哭了起来。刘秀珍一哭，刘承义也跟着哭。这屋里除了刘广黔盘腿坐在角落里一言不发之外，一片哭声……

后来才知道，文珠是踩在小板凳上去拿柜子上层的汗褂时没踩踏实，小板凳一翘，大小姐便人仰马翻。而且生下来的是个男婴，这个情况在中国，必然加重所有人的悲伤程度。

事后，产婆子一个劲埋怨自己，说都是因为自己的乌鸦嘴才导致的这个结果。刘青云不说话，还是林家漪过来安慰产婆子一番，将先前说好的钱一分不少塞进产婆子的包袱里，同时叮嘱再三，让她把这段故事无论如何烂在肚子里，不能传出去，产婆子连连点头，林家漪这才送走了满心懊悔的远房亲戚。

文珠醒过来之后，哭得死去活来的，边哭边数落，说："要走两个一起走就算了嘛，干什么留我一个人在人间受苦嘛！呜呜……"

高大脚和林家漪轮番过来陪着文珠掉眼泪。担着干系的刘青云心都碎了，站不是坐不是的，你要是能跟孙猴子一样看得见别人身体里面的那些家什、刘青云的心一定在滴着血。特别是那天夜里四更天，他和刘广黔悄悄咪咪到赤水河对面的坡地上将男娃儿埋了之后。按理这事该请两个外人去干，就因为怕别人知道，只能亲力亲为。而且没名没分的，只能葬在这样的荒郊野地。刘青云的心，因此又多了一份沉重。

刘青云自打事先听了产婆子的那一通"憨话"就想好了：肯定要大人嘛，太简单不过的道理了，保住了大人，娃儿还能再要嘛。而且刘彩云跟姐夫交到自己手里的是文珠，保住了文珠，还回去的还是文珠。换个婴儿你试试，文家大院不哭翻天才怪。所以，尽管出现了大家都不愿意看到的情况，刘青云心里起码还是有了物归原主的宽慰，日子还长嘛。

等一切都告一段落之后，刘青云便踏上了去贵阳的路。是嘞，只有他去，才能表达完整老刘家这边深深的歉意。文珠这里有妈和林家漪盯着，而且这种天大的事情最好能够在第一时间让文家知道。因此，刘青云离开茅台镇的时间是事情的第二天一大早。

老大第一眼看到一脸愁云惨雾的刘青云，就知道凶多吉少。等到刘青云前因后果这么一说，老大突然觉得身体里面哪儿有什么东西正在往下走，紧跟着就有了轻松的感觉。就像憋了一路的一泡屎，紧赶慢赶到家后倾腹而下之后那样的畅快，轻松。

一家人鬼鬼祟祟差不多八个月了，怕这怕那，防着这个防着那个，现在这个结果虽然有些于心不忍，但对于几边都好。

至于刘彩云，首先当然是要痛痛快快哭一场。只不过她心里也有跟老大一样的思路，虽然痛，却少了好多后续的麻烦。

老大想想，觉得还是刘青云在的时候直接去告诉老太太要好些。于是等到刘彩云哭得差不多了，也不管她的眼睛红不红泡不泡，三个人一同朝老太太那里走去。

蔡花蕾愣了半天，按理也可以哭一台的，最终只是闭着眼睛摇了摇头，然后对刘青云说："辛苦你们家了！"

刘青云这个时候更加感觉自己当时的决定是对的，真要那什么了，这里还不闹翻天啊，而且不敢声张，那种只能憋在心里的号啕，整死人哦！

听了老太太的话，刘青云赶紧说："是我们没有把事情办好，辜负你老人家了！"

蔡花蕾说："谋事在人成事在天，历来如此，怪不得人，哈！"

老大说："青云他们的意思，让文珠在茅台镇多住些时候，等心情平复一些再回来。"

蔡花蕾说："要得，要得。"

刘彩云说："好些了你跟我说一声，我去接她回来。"

老大说："也是，免得文珠再多出些想法来。"

刘青云是专程过来送消息的，老大家两个也没有心肠留他吃顿饭什么的。出了老太太的房门，老大直接将刘青云送出了大门，从茅台镇过来的那驾马车就停在台阶下面。

送走了刘青云，老大急匆匆回到自己屋里，见刘彩云依旧在创痛之中，犹豫了一下，还是将一直憋着的一句话说了出来。

老大说："呃……长此以往，徐子还得有一个稳妥的安排才是。"

刘彩云看看他，长叹一口气，说："当然是这个理，只是……最好不要再伤了两个娃娃。"

老大说："啧！要不就敞开来说，总不至于一而再再而三嘛！"

刘彩云想想，说："那也只能……对徐子哦？"

老大说："就是对徐子！"

刘彩云突然说："要不……我去说一回？说不定……"

老大歪头看着刘彩云，想想，说："耶，也许是个办法哈？"

当天晚上，徐子在书房见到了太太。

刘彩云循着说破无妨的想法，开门见山直接就说文珠生下一个男婴，最后因为胎儿的位置不对而没有存活。说完这一段，刘彩云停住了，她是在等待，等待徐子应该具备的人之常情。

徐子进来之后就一直站着，因为不知道是什么事情，垂着个头，手脚不知道该往哪里放。听太太说完了，他的身体突然开始发抖，整个人慢慢往下坠，最后跪在了地上，伏地而泣。

没有声音，就看见无法控制的、颤抖的身躯……

刘彩云最见不得这个，眼泪也跟着下来了，她把脸扭朝一边。

好半天，徐子才缓过劲来，用袖子抹去脸上的泪水，还顺带着擦了擦抛洒在地板上的，这才撑起身子，坐在自己腿上，稳了稳神，说："徐子……让老爷太太失望了！"

刘彩云用手绢擦干了眼泪，端起桌上的茶碗喝了几口水，将茶碗放下，盖上盖子，这才说："你起来。"

徐子说："不用，太太，徐子跪着……还好受些！"

刘彩云看看他，把头扭朝一边，说："那年……老爷把你从路边捡回来的时候，文珠和文龙半岁还不到，老爷还给你定了一个四月二十九的生。这么些年了，不光我，老太太都记着这一天，年年都让徐孃给你煮一碗鸡蛋面，跟自己家娃儿没什么区别。谁不想自己家娃儿好？都盼望着他们壮壮实实，聪聪明明的。要说……老爷是老爷的想法，要是依着我，文珠就该嫁给你的，青梅竹马不说，主要还心心相印，情投意合！"

徐子的眼泪断了线的珠子那么淌，收都收不住。

刘彩云眼泪又下来了，只是没停止说话："但是咋个办嘛？有些事情都由不得你想清楚，铺天盖地就扫过来！哪个愿意？还都是些合理不合情的事情，要不人家苏东坡会写出'但愿人长久，千里共婵娟'？但愿了嘛，就是说不容易，难嘛！但是，再苦再难，我们都不能做亲者痛仇者快的事情！人之所以不同于猫啊狗的，就是人心里有杆秤，知道什么能做什么不能做。人心里的这杆秤啊，也有秤盘秤砣，你要是摆不平，它就会倾斜，就会迷失。文家上上下下到处都是看着你们长大的人，大家都希望你们好，都希望你们幸福！我敢说，绝没有一个人盼着你不好的，你信不？"

徐子还有什么话好说吗？只剩下了点头。

刘彩云顿顿，说："所以，老爷说了，说……还让你留在这边，文珠回来也一样。"

最后这一句是刘彩云临时想起的，当然不是老大的意思，话赶话就说了出来，过后她问老大行不行。

老大说："你说都说出来了，还什么行不行？"

刘彩云说："耶，不行么，再改转去嘛。"

老大说："改哪样？我也觉得是个办法。你还不要说，你这个说法……说不定还好。"

刘彩云说:"所以啊,有时候换个人效果会不一样。"

老大说:"唉,这次刘青云真是下了功夫了,好像,真没人知道嘞?"

刘彩云想想,说:"唉!但愿喽!"

4

老大心里其实并不踏实。

世上哪有不透风的墙?鸟儿从天上飞过都会留个影子,这样的老话耳熟能详。希望没人知道,不过是一厢情愿,愿望而已。

果然,刘青云他们潜伏在正合烧房的那个"卧底"送来消息,说何万年突然就辞退了原先那个不愿意干酿酒之外事情的掌柜,从仁怀县城请来一个面相还算和善的新掌柜,叫姜腾蛟。从名字上看,姜腾蛟家老辈子心气高,希望自家儿子如腾云驾雾的蛟龙。后来高大脚找算命先生为姓姜的算过,人家说唯独姓氏配不过,如果姓能换成"江""海"之类就更好,大嘛,那这个名字就天衣无缝了。

按说,人家换个掌柜,云辉烧房这边没必要大惊小怪,跟自己没什么必然联系,只是姜腾蛟走马之初的一个行动让人生疑。正合烧房在离自己不远的背街上租了十多间房子,随后新买了一百多口大缸,就是茅台镇上家家户户都有的那种大酒缸。自己家烧房是个什么规模,多少个窖池,一年能出多少酒,需要多少个大缸,这都是定数。突然间增加这么多大缸,干什么?

这么一个消息要说还是不关云辉烧房什么事,人家买大缸来备着、装水、盛酒、玩,都不关你任何相干。只不过这个消息是和另外一个消息一前一后到达的,这就不得不让刘青云多了个心思。

十天前,刘青云家一个远房姨妈——那年跟随高大脚去刀把镇挑婆家毛病队伍里的一员——突然就颠颠地赶了一百二十里路跑来报信,说是桐梓那边一个产婆子路过姨妈他们村子讨水喝的时候,平白无故就掉起眼泪来。问吧,人家还不说,只知道哭。最后问急了,而且打听到这个村子距离茅台镇一百二十里了,这才说出了原委。把话说出来了,心情才慢慢平静下来,不然都走不了路那种情况。

姨妈说:"你猜怎么着?"

高大脚说:"哎呀,猜哪样嘛猜?我最烦你这一条,猜猜猜,直接说!"

姨妈说:"好嘛。产婆子说啊,说她做了一回对不起人的事,说是因为自己的乌鸦嘴,硬是把茅台镇一户人家的男娃儿给说掉了!晓得不?后来一说哪家哪家,说门口有一块上马石,还是高墙大院。我一想,上马石?茅台镇除了你们家有上马石……莫非别家也有我不知道?又一想,大脚家没有高墙大院啊?我不来一趟吧?又怕真是你们家,到时候你们会说我们亲戚一场,知道了都不来告诉一声,要怪我!来了一看,真是高墙大院嘞!这回心里头踏实了,咋个嘛,儿媳妇又生了?可惜哟!啧啧啧啧!"

姨妈正说着,林家漪扶着文珠从里面出来,文珠一身坐月婆装束,头上还包了块白布。搞得人家赶了一百二十里路刚刚喘了口气的姨妈目瞪口呆,还乱安,说:"耶,刘青云啥时候娶了个小?"

高大脚能怎么说?总不能随着姨妈乱五乱六地张冠李戴吧?说刘青云娶小倒是不碍,只是万不能安在人家文珠身上嘛。而且高大脚年纪大了,一时间也想不出个万全之策,就只能如实相告,否则姨妈口无遮拦,不打破砂锅问到底,那才不是姨妈。

前因后果说了一遍,最后高大脚还特别追加了一句,说:"这件事就你我晓得,千万不能说出去哦!"

后来,姨妈在说给她认为十二分可靠的那些姐妹们听的时候,自然也要强调同样一句话,千万不能说出去哦!

等刘青云从烧房回来,一眼看见高大脚身边的姨妈,以及姨妈身边的文珠,心里就一句话,完了!

在高大脚屋里,刘青云一直阴沉着脸,高大脚就说:"我总不能听任姨妈把文珠说成是你家小老婆嘛!对不?"

刘青云说:"哎!早知道有这么一出等着,还用得着跑到桐梓去请产婆子?!"

高大脚急忙声明:"不过我交代你家姨妈了的,叫她不要出去乱说。"

刘青云觉得茅台镇发生的这些事情必须让老大知道。两件事情前后脚地紧跟着出现,你就只能假设何万年已经知道了文珠的事,而且直觉告诉他,正合烧房的那些个大缸,十之八九是冲着云辉烧房的。至于大缸后面还有个什么其他意义，或者说有个什么阴谋，刘青云脑袋瓜子都想痛了，还是想不出来。转念一想，既然百里之外的姨妈都知道了文珠的事，那就没必要再藏着掖着了，干脆通知刘彩云，让她过来接文珠。

刘青云是随刘彩云一起坐李备的车到达贵阳的，而且李备还是按照刘彩云的意思选择了晚上到达。刘彩云说管他的，能少一个人知道就少一个人知道。只是刘彩云坚决不准文珠再用高大脚特有的那些繁杂的坐月婆装束，一样不落，全都留在了茅台镇。

经过一个多月的调养，文珠也从悲痛、虚弱中慢慢恢复过来，虽说不能跟健康人比，基本还看得过去，白皙的脸上透着点浅浅的灰色。刘彩云没敢让她马上去见老太太，直接送进了她自己的房间，一直帮着小眼睛伺候文珠睡下。

刘青云和老大在书房叽叽咕咕一直到后半夜，最后得出了结论。

老大说："不管他了，既然没个头绪，我们也不用去瞎琢磨，总之兵来将挡，水来土掩就是。好在有我们的人随时提供消息，总不至于措手不及。"

刘青云说："行，那我明天就回去。"

老大说："要不多歇一天？反正也不少这一天，再说还有苏继伟。"

刘青云说："不了，还是回去踏实。"

老大说："那我就不留你，已经给文昌寿说了，李备听你安排。"

刘青云站起身，想想说："姐夫，文珠的事怪我……"

老大一把抓住刘青云的手，说："这就见外了！我和刘彩云都说了，是我们家欠你们家的。刘彩云就说自家兄弟，什么都不用说。我觉得刘彩云说得对。"

刘青云说："好嘛，那我就不说了，你早点休息。"

老大看看表："哎哟哎哟！三点过一刻了，赶紧赶紧！"

5

何万年确实知道了文珠的事情，而且真就是从一百二十里外刘青云家姨妈的那个村庄得到的消息。

怎么会呢？

这还要从何万年是商界前辈说起。既然是前辈，人家对于商家的生存之道总是有自己的一些心得，要不大家不会选他当省商会会长。

在接手正合烧房时，深谙人心之道的何万年亲自点兵点将，提拔了几个普通工人到诸如管事之类的小头目位置上，还特别在薪水方面有所倾斜，所谓一朝天子一朝臣，培养起属于自己的一帮子人。被提起来的人肯定高兴嘛，这叫被赏识。等到有一天该这些小头目用十分力的时候，人家就都用足，毫不吝惜。其中一个小头目家婆娘的娘家姓王，就是刘青云姨妈他们村子的，那天产婆子边喝水边哭诉的时候，小头目家婆娘回娘家办事情正好在现场。要不说无巧不成书呢？

在茅台镇，人人都知道云辉烧房和正合烧房势不两立的前世今生，同时还知道何家跟文家的儿女亲家以及媳妇一去不归等一应掌故。于是，小头目家婆娘回到茅台镇马不停蹄就跟自家男人说了。小头目恍然大悟，说难怪平白无故修这么高一堵围墙哦，搞了半天有名堂。守着茅台镇，人家肯定就比刘青云家姨妈消息要灵通些。大家都知道刘青云并没有娶小，那么，产婆子为谁忙？人家也晓得使用排除法，哪个哪个不可能，哪个哪个前几天还看见，排查到最后，刘家没一个能够生产的女人，那就只能是外来的了。于是又接着分析，怎么样一个女人能够让老刘家为其大动干戈建一圈丈二高墙？密不透风地生下孩子了外人都不知道？这个女人非同小可。而且，一定是个见不得天日的女人，否则不可能这么大个动静，里面肯定有戏码。

小头目跟自家婆娘合计来合计去，最终做了个决定，去"虎穴"走一趟。不弄清楚来龙去脉，两个人睡觉都不踏实。第二天，小头目家婆娘就踏上了去老刘家的路。只见刘家大门紧闭着，小头目家婆娘不甘心，百无聊赖在街市上转了两圈之后又折回去，终于看见刘承义在路边跟几个小孩子玩。小头目家婆娘不过花了点买冬瓜糖的小钱，便从刘承义嘴里得到了"文珠姐姐"四个字。

消息传到何万年那里，反应程度之激烈可想而知。关键骂了一通之后根本不解气，准备冲到文家去吧，想想不对，臭了文家的同时最终还有一顶绿帽子在等着老何家，而且，好像自己家伤得更重些。不行！何万年一拍桌子，咬牙切齿喝道："老子今天就不信啦！！"

算计了一圈，何万年决定拿烧房下手。而且要快。换掉正合烧房只晓得酿酒的现任掌柜是第一步，找来姜腾蛟是第二步。何万年第一句话就跟新掌柜说清楚了，一个目的，拿翻云辉！

何万年说了，事成之后掌柜那一份钱之外，另有重谢。

其实何万年并不知道，人家姜腾蛟敢来揭这张榜，就憋着一个现成的办法的，而且曾经在仁怀县有效施展过。

那年，仁怀街上两家烧房也是明争暗斗来着，搞得鸡飞狗跳墙的，其中一边就找上了姜腾蛟。姜腾蛟原先就是个勾兑师傅，朋友多，脑筋好用，也喜欢帮忙。之所以应了朋友这担差事，除了友情，人家还丢下了"重谢"二字。在分析了两家情况之后，姜腾蛟决定仿制对方烧房的产品，包括酒瓶、商标贴，大量囤积之后，贱卖。

仁怀县境内凡是用赤水河的水酿制的酒，没有本质区别，大同小异，因此仿冒起来不费什么事，成本低。果然，没出三天对方便俯首称了臣。在姜腾蛟的人生经历里面，这回算是得意之作。之后便有人请他去当掌柜，时间一长，便在仁怀县有了点名气。

现如今接手茅台镇排行第二的烧房，而且东家指名道姓要"拿翻云辉"，完全沿用过去的办法行不行，他心里没底。人家对方是茅台镇的头牌不说，财大气粗之外还有做过省里面大官的背景，不敢掉以轻心。琢磨了好几天，姜腾蛟也没想出更好的法子。只不过在跟何万年谈了几次之后，姜腾蛟感觉到老板想出出气的意思要多于非得整垮不可的意思，这就容易一些。终于，姜腾蛟想起了巴拿马博览会上的那个金奖。

那年，林家如和文家为了这块金牌打官司，直闹到省主席那里去了，最后由官家定夺两家都有份这段故事，在仁怀县尽人皆知。只不过除了"尽人皆知"的故事之外，之后两家烧房都没有将金牌运用于实际经营中。姜腾蛟到底脑筋好用，就感觉这块金牌给他提供了一个天大的机会，于是决定在商标贴上大做文章。具体办法是加工一套除了"正合烧房出品"几个字之外，其他跟云辉烧房一模一样的商标贴，同时别出心裁在商标贴上面加印上一个醒目的金牌，再配上同样醒目的"荣获巴拿马万国博览会金奖"几个字，让所有第一眼看到的人都感觉眼前一亮，加上本来就没有差别的酒，以及一模一样的酒瓶，这么个大动干戈之后，低价抛售。

方案交给何万年时，姜腾蛟特别加重了最后这四个字的读音。

何万年说："你打算整多少？"

姜腾蛟说："两万瓶。"

"哟！"何万年想想，说，"到哪里去弄那么多酒？"

姜腾蛟说："何会长放心，茅台镇就是个大酒缸，别说两万，五万也不在话下。我们只要准备好装酒的大缸，顶多拿回来再勾兑一遍，调整一下酒的味道就是。"

"嗯！"何万年松了一口气的样子，说："就这么办。你记着一条，能松能紧，紧！能轻能重，重！"

姜腾蛟说："要得。"

这之后，才有了刘青云听说的那些大酒缸。

6

按照既定方针，姜腾蛟开始大肆收购散落在茅台镇正街和背街上所有烧房的酒，只要你家有酒，不论多少年陈酿，人家正合烧房通收。那几天，茅台镇原先热闹的酒街上家家关门闭户，酒卖完了嘛，人都集中到自己家烧房加班加点酿酒去了。

而在正合烧房新租来的那几个宅院里，新买的大缸全都装得满满当当的，经过江腾蛟亲自勾兑之后，临时雇来的人没日没夜就重复那么几个简单动作，装瓶—贴商标贴—装箱；再装瓶—再贴商标贴—再装箱。很快就把正合烧房那几间从来没有装满过的库房塞得满满的。

第一步完成之后，姜腾蛟便开始实施第二步。

原先，茅台镇上的酒，因为酒的品质没有本质差别，所以价钱也都大同小异，酒铺的地段差一点，就卖便宜一点；当街一点就贵一点，总之差别不大。除了云辉跟正合两家因为堂子大，名正言顺比其他小烧房高着一成多两成不到。赚钱主要靠量，这方面云辉烧房独占鳌头。

按照何会长的思路，姜腾蛟将原先降两成的打算改成了三成，而且不是云辉跟正合价格的三成，是在茅台镇平均价格基础上的三成，这就厉害了。那些事先得到正合烧房通知的、各个地方的商家们便纷至沓来，将正合烧房的账房挤得个水泄不通，人人手里高举着银票使劲朝里面挤，生怕正合烧房反悔似的，真有点大灾之年那些粥棚跟前的景象。这在茅台镇，是头回得见。

崭新的商标贴加上不变的品质，再加上让人不敢相信的降价幅度，正合烧房的库房很快就被搬空了。肯定嘛，相当于天上掉下来了馅饼。平常该进五箱的，这回人家借钱也要进五十箱，就冲着商标贴上那块万国博览会的金字招牌，买回来存着，一定有"下崽"的可能。

那几天，正合烧房成了茅台镇的交易及舆论的中心，从四面八方赶过去看热闹的和买酒的客商将正合烧房围了个水泄不通。

一开始，刘青云和苏继伟不明就里，后来打听清楚了，于是也垮着脸挤在云辉烧房门口看热闹的工人中间，看着经过自家烧房门口朝人家正合烧房那边流动着的人群。刘青云免不得在心里骂了一句：狗日杂种！

自从正合烧房的这出戏码现了端倪，刘青云在一个街坊手里得到了两瓶正合烧房加班加点赶出来的酒。他将自己家的两瓶"茅台烧"跟正合烧房的这两瓶"茅台烧"并排放在自己的办公桌上，一眼看上去，人家"荣获巴拿马万国博览会金奖"那一溜亮闪闪的字以及那块金牌，着实让人很受刺激。除此之外，你还真找不出其他差别来，包括"茅台烧"几个字的字体、颜色、摆放位置，都是一个模子拓过来的，不过是将"云辉烧房制"几个字里面的"云辉"改成了"正合"而已。

看着桌上的酒瓶，刘青云皱着眉头，右手搓着下巴上的胡茬，咕哝道："我们怎么就没想到这块金牌呢？"

平心而论，如果你硬是要将两瓶酒分出个正路邪道来，正合烧房的这一招还真靠不上邪道；你要说是正路吧，他妈的又确实是一种死不要脸的做法！姜腾蛟？能想出这么一个办法来，狗日的也真是个人才嘞！刘青云想。

一个礼拜下来，这么些年来从来没断过客人的云辉烧房竟然门可罗雀，刘青云开始心烦起来。

在茅台镇，烧房的利润如同和尚头顶的虱子，清清楚楚都摆在那儿的。两成是好的，有时候为了走量，就只能压着价格卖，一成多一点。现在正合烧房这么个卖法是倒贴，人家客商能不趋之若鹜？

一开始，刘青云心里还说，老子看你能撑多久！结果一个礼拜了人家还在卖，半个月了人家还在卖，一个月了，人家根本就没有停一脚的意思，刘青云这才将原先认定的"闹剧"看成了威胁。

必须有个办法嘞，否则玩不下去嘛。

和苏继伟商量下来，决定跑一趟贵阳。那晚上，刘青云心烦意乱，在宅院中间那个木头亭子里坐到差不多后半夜，依旧没有睡觉的心情，突然身后响起林家漪的声音："你明天还要早起哦！"

刘青云吓了一跳，说："哎哟！你走个路硬是轻巧得很嘞，猫儿一样！"

林家漪说："该睡了嘛。"

刘青云说："你以为我不想睡？要睡得着嘛！"

林家漪索性绕进来在刘青云对面坐下，说："总不会坐一夜吧？"

刘青云皱着个眉头，说："有人成心不让你睡安稳觉嘛！"

林家漪说："你是说那个姓姜的吧？妈还找人算了一卦，说他要是姓江河那个江，更不得了。"

刘青云苦苦一笑，说："妈也是，关她哪样事嘛！"

林家漪说："正合烧房也是安了心了，就是不知道能撑多久哈？"

刘青云说："已经一个月了！"

"我是说，如果有人买得多，不知道他能撑多久。"林家漪将重音放到了那个"多"字上。

刘青云看着林家漪，想想，说："咦？是嘞，假如……有人，买他家……两千，要不四千，要不八千，或者一万，他能撑多久？"

林家漪说："我就是这个意思嘛。"

刘青云说："嘢，真的看不出来嘞！"

林家漪说："哪样吗？"

刘青云起身就走，边走边说："走走走，睡觉，不睡白不睡嘞！嗨呀，要说那年我见着你的第一面，心里面就那什么……缘分嘞！"

第二天，在遵义前往贵阳的驿道上，刘青云身上的骨头都快被抖散了，嘴里还没停了催促赶马车的"快快快"。

到了地方，赶马车的终于用黔北口音回了一句，说："哎呀！照刘掌柜的意思马应该会飞！"

刘青云懒得理他，跳下马车喊道："等着。"

两个时辰之后，刘青云叫醒了打盹的车夫，马不停蹄又踏上了归途。只不过这回马车上面多了一个人——王举才。

对，丰汇盐号贵阳分号的掌柜。这些年盐号的生意大大萎缩，应该说赚不了什么钱了，但摊子还在，像王举才这样的为文家的基业流过汗水的人都还在，老大的原则只要你自己不说走,统统留着。这不,总有派上用场的时候。

刘青云把自己在马车上已经想了不知多少遍的计划跟老大一讲,老大立即想起了王举才。都不用化装,人家站出去就是个走南闯北的正经商人。麻烦一点的倒是资金,一时间难得凑齐那么多现钱。老大说不怕,正好遵义的田产管理部下月初有一笔钱要送过来。

老大一拍桌子,说:"老子也赌他狗日的何万年一回!砸锅卖铁也赌!这样,我马上写信给田产部的谢掌柜,让他把那笔钱直接交给你们,你们就放放心心在茅台镇敞开了收,我看到底谁玩谁!"

刘青云有些犹豫,说:"有……多少?"

老大说:"啧!你放心,不够我会想办法,跟着就给你送过去。他何万年都不怕亏本,我们还怕找不到这样的便宜货嘞,马上去!"

你还别说,人家王举才大摇大摆走进正合烧房账房时的那几步,真还就吸引住了在外圈查看情况的姜腾蛟的眼球。只几句话,王举才将一张银票往茶几上一拍,说:"我全要了。"

姜腾蛟看看对方,心里高兴你还得憋着,就说:"王先生……还是看看东西的好?"

王举才说:"嗨!茅台镇我就认两家,一家云辉,一家正合。只是你们家这个价钱,估计云辉那边够呛。还是你们有气派呀,哈——哈哈哈哈!"

姜腾蛟说:"王先生过奖!只是……"

王举才这才摘下一直戴着的一副圆圆的黑玻璃眼镜,盯着姜腾蛟说:"你可不要跟我说你没东西哟!"

姜腾蛟说:"不会不会!不过今天客商太多,轮到王先生这一单大概……要明天中午了。而且我们已经安排好了,正合烧房出钱请王先生在茅台镇住一晚。不知道王先生……"

王举才伸出一个手指头指着姜腾蛟,说:"一言为定!"

第二天傍晚时分,当姜腾蛟手下的伙计急唠唠地跑来,说那个王先生的十挂马车好像拐进了云辉烧房的大门嘞。姜腾蛟脑门上的汗一下子就下来了,一屁股跌坐在椅子上,想说说:"难怪……难怪他要那么多哦!"

晚上,姜腾蛟坐在疾驰前往贵阳的一挂马车里面,头靠在马车夫递过来的一个软和垫子上,也没能让自己偏头痛的程度松活一丁点。

第二十三章

1

1924年（民国十三年）9月间，杭州西湖雷峰山上的雷峰塔平白无故就塌了。

雷峰塔是977年吴越王钱弘俶为庆贺妃子黄氏得子而建，当时称黄妃塔；后因建塔的小山叫雷峰山，改称为雷峰塔；与北山上的保俶塔南北对峙，称一湖双塔。雷峰塔是西湖的一个知名景致，叫"雷峰夕照"。说是每当夕阳西下，塔影横空，映衬在金色光照下的雷峰塔总能让人流连忘返，正所谓"孤峰斜映夕阳红"。连《白蛇传》这样的民间传说也将雷峰塔牵扯其中，说是法海和尚最终将蛇精白素贞镇于雷峰塔下。现在好，雷峰塔一倒，蛇精出来又不知道会牵扯到哪位书生。让"雷峰夕照"成了虚名不说，消息传到贵阳，还在文家惹出些是非来。

自从文珠去了乡下，文德范就像断了左右臂，别扭极了。你别看不过是些琐碎的整理整理文件、归纳归纳报告之类的事，原先头天哼个鼻音，第二天规规整整的东西就摆在了自己的案头——文德范将他爹的一张书桌称为"自己的案头"。多少年了，书桌在二老爷家这边一直只是个摆设。自打从北平回到贵阳，文德范很多时候都是在"自己的案头"度过的。虽然大学只念了几天，但是走南闯北一圈下来，还真有了点被一些"小资"称为"气质"的东西。后来有了恋爱的经历之后，文德范才算真正理解了"气质"这个名词的含义，他觉得不过是男生女生相互对上眼了之后，为相爱寻找的一个理由，一个借口。

哎，人家文德范真还就遇见了一个觉得他有气质的女生。

女生叫谢知雨，贵州松桃人，刚刚由松桃师范学堂毕业，因为家里吃穿不愁，于是想到贵阳高一级的学堂来继续深造，经接近文德范的同学介绍认识了文家少爷。那几天正是文德范需要帮手的时候，一个有追求的女生也跟文珠一样，很快就被文德范充满诱惑力的理想以及世界观所征服，心甘情愿为德范同志做一些力所能及的事情。对此德范同志看在眼里，想想文珠好长时间不露面，没一个确切的归期，便将谢知雨确定为"积极分子"，并且放到了"随时发展成为组织成员"那一拨。都是壮大队伍的好事，何况还是个妙龄女子呢？

谢知雨正好在贵阳没着落，恰巧就遇上文德范这样需要帮助的有为青年，两个人有点"踏破铁鞋无觅处"的意思。一来二往，早就到了谈婚论嫁年纪的德范同志自然而然就产生了跟文珠在一起的时候没有过的感觉。

比如，人家谢知雨跟他说话的时候，德范同志会莫名其妙地脸红。他第一次用别样的眼光瞄了瞄谢知雨，还别说，谢知雨长得小乖小乖的。说小乖小乖，首先是说谢知雨个子不高，至于乖，应该是说谢知雨的五官什么的长得都对，该大的大，不该大的不大。就是北方话说的"可人"，我们这边就叫小乖小乖。

谢知雨已经过了"青春整二八"那样应该思春的年龄，当然知道德范同志跟自己说话的同时还释放了一些"革命"之外的东西。只是人家谢知雨觉得情况出现得稍微快了一点点，于是便将自己的反应控制在若即若离的尺度上，既让你惦记着，又让你觉得需要一点慎重。谢知雨也没恋爱过，只不过有的女生天生就懂得男女之间从前因到后果的一系列过程，根本不用专门去学。

文德范既然动了心思，很快便将谢知雨带到"自己的书桌"跟前，人家三下两下便将上面散乱了很久的东西收拾得干干净净、整整齐齐。

一个妙龄女子来到二老爷家，其轰动效果不言而喻。最急的当然是二老爷跟柳月红。谢知雨来了几回，柳月红就在书房的玻璃门外面撩开白色的纱幔偷看了几回。这还觉得没看安逸，借着丫鬟进去续水的机会，直接进去问文德范要不要留人家吃饭。文德范的思路跟他妈差不多，也觉得应该前进一步了，也许是谢知雨觉得还该矜持一定的时间，便彬彬有礼地谢绝了。

就这么一回，柳月红在文知礼跟前便把谢知雨说成了天仙。

文知礼歪着头想想，说："你这意思……你家儿就是董永喽？那你干脆就说办也办得不就完了？"

二老爷说话从来都是直来直去，直奔主题。"办也办得"说的就是文德范的婚事。虽然人家谢知雨才来了几次，什么情况都还只是个轮廓，文知礼觉得男人和女人就那么点事情，有什么好绕的？

　　柳月红当然熟悉自家男人的风格，马上就说："办得，办得！"

　　柳月红和文知礼在文德范不在的时候议论过这事，都觉得要是有一桩婚姻能将文德范"拴"在贵阳，最好。就二老爷家的情况看，大姑娘文霏霏已经是泼出去了的，目前身边就剩文德范一个娃儿。文知礼很多时候就生柳月红和赵青梅的气，说你们看看人家老大家，刘彩云四十几了还帮老大生了一个儿，你两个倒好，都是独蛋，从此再没下文！说老三更甚，连独蛋都见不着一个！老三就是周慧敏，民国五年娶进来的，至今不见一点动静，唯一的好处是打麻将不用因为三缺一到处去找角子了，正好凑一桌。

　　由此，二老爷对于文德范男欢女爱方面的情况就格外上心，随便一个风吹草动就能吸引住一家人的眼球。现在"办也办得"都说出口了，文知礼觉得应该跟儿子说说看。之所以只敢说"说说看"，是因为人家正儿八经考上的大学都敢拂袖而去，当爹的对这个儿子没有把握也是很自然的事情。

　　那天，好不容易把文德范等回来了，文知礼便尾随着来到了书房。也不说话，凑近"自己的案头"，假装浏览上面堆得整整齐齐的文件，显得很随意的样子。

　　文德范说："有事？"

　　文知礼也不正面回答，说："耶，是不一样嘞，都是那个小姑娘搞的？"

　　文德范说："哦，是啊。"

　　文知礼说："看来还是有点缘分哈？"

　　文德范不解，看看对方，说："缘分？"

　　文知礼说："是啊。"

　　文德范说："爹，你到底想说哪样嘛？"

　　文知礼懒得绕来绕去的，就说："我是说，要不……干脆就娶过来了嘛。"

　　文德范一下瞪大了眼睛，说："想什么呢？我们是同志！"

　　文知礼也瞪大了眼睛，说："同志？哪样意思嘛？不就是个称呼嘛，莫非……男不婚女不嫁？"

　　文德范放下手里的文件，说："爹，我的事情你们不要管，行不？"

文知礼看看儿子，鼓起眼睛说："我们不管……哪个管？男大当婚女大当嫁，要是……"

文德范抬手截住文知礼的话头，说："爹！本来该有的事情，你们一管，我就让它办不成，你信不？"

对于一个随随便便就会拂袖而去的儿子，他干下了什么事情你都不要惊奇。这方面文知礼早有前车之鉴，所以也不恋战，三十六计，走为上计。文知礼转身离去。

但是，二老爷并没有善罢甘休，他觉得好不容易有了这么个由头，绝不能让"同志"这么个莫名其妙的借口就给耽误了，他想起了蔡花蕾。他文德范再横，在老太太跟前还总是规规矩矩的。于是，文知礼找了个老太太刚刚念完"佛说阿弥陀经"回到自己屋里心情正舒畅的当儿，过来游说。

不论文德范现在是个什么状况，当年读书读得很有心得的时候，文家的大人们还是大加赞赏的，就是说有个基本印象。

蔡花蕾听完了老二的陈述，皱起了眉头，想想说："你咋个……就能肯定你家文德范会听我的呢？"

文知礼眼睛一鼓，说："我看他胆子搞大喽！老太太的话都不听他听哪个的？真的是！"

蔡花蕾"啧"了一声，又叹了一口气，最后才说："老二啊，你晓不晓得，西湖边上的雷峰塔，前些日子平白无故就倒了？就是压着白娘子的那个雷峰塔。"

文知礼想想，说："哦，我倒是没听说。只是……这跟文德范的事情有哪样关系嘞？"

蔡花蕾说："老二啊，文德范那样的娃儿，一来不是随便说说就能说得通的；二来压着妖精的雷峰塔平白无故就倒掉了，说明什么？"

文知礼说："说明什么？"

蔡花蕾说："说明这个甲子年诸事不顺，懂不？所以啊，不是我不帮你，要帮也只能等着翻了年再说，懂不？"

文知礼明显不高兴，说："要说你偏心，你老人家还不认账。这要是放在文珠身上啊，嘿嘿……"

蔡花蕾眼睛一瞪，说："嘿嘿哪样嘿嘿？人家文珠的情况……"

二老爷知道没戏了，没等老太太的话说完，转身就走。

蔡花蕾也不管有人听没人听，一拍桌子说："所以说人要明事理呀！嘿，这还多出个是非来，啐！"

2

文珠回到家里，好长一段时间都沉浸在丧子之痛的哀伤中。知道情况的人都过来安慰，特别是蔡花蕾和刘彩云，除了睡觉的时间，文珠不是在蔡花蕾屋里就是在刘彩云屋里，总之没让她有打单的时候。不仅如此，蔡花蕾还交代小眼睛，让她没事多到大小姐屋里看看，说千万别出什么事。

小眼睛第一眼看到文珠时，什么话都没说，文珠的眼泪便夺眶而出，两个人抱头扎扎实实哭了一场。尤其是文珠，之前陪着自己伤心的一直都是些老辈子，当然那也值得伤心，只是真没有当着小眼睛这样的小姊妹哭起来那么由衷，那么动情，那么安逸。小眼睛也清楚，大小姐这是拿自己当徐子呢，这才哭得那样伤心。

文珠要回来那几天，徐子主动跟老大提出来有什么差事需要自己跑腿的，老大明白他的意思，说正好有一个去湖北签订新一年纸张合同的差事。其实徐子事先在文大同那里打听好了的，在老大这里不过是演一遍戏。

徐子害怕见着文珠。

文珠的脾气人人都知道的，只要有可能，一定会想方设法来见面。不见吧，说不走，人家刚刚死里逃生回来；见吧，自己总不能这么快就将那天太太语重心长说的那些肺腑之言抛在脑后吧？人嘞，很多时候不怕人家红眉毛绿眼睛地跟你对着干，就怕别个软软和和说一些走心的道理，让你根本没办法说不。况且这个家一定会给予大小姐足够的关怀的，自己在这里没名没分的，只会添乱。

就这样，在文珠回家的前一天，徐子带了图书部的一个职员踏上了远去武汉的路程。

所以，小眼睛就成了目前能找到的、除徐子之外最亲近的人。

文珠靠在小眼睛的肩膀上，刚刚哭安逸了的眼睛水蜜桃一样红泡泡的，让人看了心里难受，这样的氛围特别适合讲述比较悲情的故事。

文珠说:"那几天,只要一闭上眼睛,产婆子声嘶力竭的喊声就会把我惊醒……"

"她喊哪样嘛?"小眼睛都等不得人家文珠一二三四地顺着次序一样一样讲出来,急着问。

文珠学着产婆子的声音:"要大人还是要娃儿!"

小眼睛说:"你咋个说呢?"

文珠说:"哪里轮得着我说,连老外婆都轮不着,人家是在问外面的舅舅!"

小眼睛说:"哦,那舅舅咋个说?"

文珠说:"我哪里还听得见舅舅咋个说?要大人还是要娃儿,哪有这种说法嘛?就听见脑壳里面嗡一声,哪样都不晓得了!等我醒过来,他们……他们已经把我儿子……埋了!呜呜……"

小眼睛叹口气,说:"要说舅舅也没的错哈,当然要保大人嘛,大人保住了,娃儿以后还可以生嘛。"

文珠哭腔哭调地说:"晓得我以后还能不能生哦?"

小眼睛说:"啧!说哪样哦?不光光能生,还要多生他几个嘞!"

文珠又哭,说:"我和哪个生嘛?徐子哥面面都见不着一个。小眼睛,我咋个这么命苦嘛?!"

小眼睛赶紧说:"这就是大小姐的不对了。徐子哥出差,人家是公务!"

文珠说:"早不出差晚不出差,偏偏我回来他就出差!反正历来你都偏向他!"

小眼睛心想完了,正想把这个话题赶紧说说清楚,转念一想生孩子也算是生病嘞,而且是大病,你跟人家一个病人有什么好计较的?不接她的话就是了。就转了个估计大小姐会感兴趣的话题,说:"你知道文德范找了个女学生不?"

文珠果然瞪大了眼睛,说:"女学生?"

小眼睛说:"你躺好,我慢慢给你摆。"

刚刚把大小姐放平躺好,外面响起了小红的声音:"小眼睛,老太太叫呢。"

小眼睛说:"正好你休息一会儿,我去看看。"

文珠说:"你要快点来!"

"知道知道。"小眼睛出去时,轻轻带上了门。

文珠刚刚闭上眼睛没一会儿就听见门响,睁开眼睛就喊:"赶紧跟我说说文德范的事情！"

进来的是金雨天，还牵着已经三岁的文心志。

金雨天拉拉文心志，说："喊大姑妈。"

文心志甜甜蜜蜜喊了一声："大姑妈好！"

没想这就足以让文珠触景生情想流泪来着，金雨天急忙支使文心志，说："跟大姑妈抱一个呢！"

文心志就是这点乖，听话，让做什么做什么。马上扑上床去，跟文珠抱在一起，完了还在大姑妈脸上亲了一口。文珠自然还了文心志几下。你还别说，硬是把刚刚冒起来的再哭一场那劲头给憋了回去。

金雨天说："行了，这回可以去找小叔姐姐他们玩去了。"

文心志翻身下床，一溜烟跑出门去。

文珠说："搞了半天是来应付差事的。"

金雨天在床沿上坐下，说："怎么样，好些了？"

文珠说："好不了啦，哪像你们！"

金雨天知道她埋怨什么，就说："你呀……哎，对了，刚才你说文德范什么事来着？"

文珠说："小眼睛说文德范找了个女学生？"

金雨天说："是，我倒是听文大同说过，叫什么……谢……知雨，好像，说是干的都是你原来帮文德范干的那些事，说是干着干着文德范就开始惦记起工作之外的事情来了，好像人家还不干。"

文珠说："谢知雨不干？"

金雨天说："谢知雨不干。也不知道是真不干呢，还是故意端着。听说家在威宁什么地方，地方倒是听说过，好像那边大米少，说洋芋当饭吃。"

文珠说："嫂子啊，你去给文德范讲，叫他不要急，那什么……谢知雨早晚一天找上门来。你不要看文德范嘞，费气巴力考上的大学就敢甩着去干共产党，也不是等闲之辈！还别说，我就喜欢他那样的性格。"

金雨天说："文大同也这么说，还说他在上海的时候怎么就没遇着共产党，要不然……说不定现在也在贵阳招兵买马呢！"

3

文大同虽然比文德范大十岁，一个光绪二十年，一个光绪三十年，从外表看没这么大差别，反正不是文大同显年轻就是文德范显老。虽然两家人两个院子住着，到底没离开文理渊一根血脉传下来应该有的精气神。两兄弟相同相似之处还多，比如都喜欢读书、都考取了上海的大学、都对干党务有兴趣等，总之都是老文家那种做派，这当然是指老大这边主流这根线。二老爷松松垮垮都快一辈子了，儿子站出来就不随他，就走主流。

兄弟两个这就叫血脉相通。再加上文德范跟着共产党还把口才练出来了，小时候都是听文大同说，哪有文德范说话的份？现在好，人家说话跟写文章差不多，连草稿都不用打，啪啪啪啪还很有煽动性，这就让文大同高看了这位本家兄弟一眼。

就这样，文大同空闲的时候就会多了些朝隔壁院子跑的念头，在二老爷一辈子没用过几回的书桌那儿，跟本家兄弟说说话，天南地北，中国外国都扯一扯。

两个人先是说上海，再说中国，然后说全世界，最后再说回贵阳来。年轻人都喜欢说一些理想主义色彩比较浓的话题，其实他们也不是完全就都理解自己说的那些话，只是两个人在一起对聊的时候，人家那边什么主义之类的词汇用得特别频繁，你这边要是答对不上，那就叫话不投机。文大同当然不想让小自己十岁的文德范轻看了自己，也学着挑拣一些有分量的词汇来用，一来二往，文大同嘴里主义之类的词汇渐渐也多了起来，时间一长，跟本家兄弟难分伯仲。

但是，文大同最终没跟文德范走到一起，是因为文大同有一个管得住自己的老婆。

金雨天当然不同于婆家的少爷小姐们，她没有那样的环境和本钱放纵自己的人生。别说放纵了，稍不留意都有可能让自己和家人小心翼翼堆积起来的理想毁于任何一次失误。所以，金雨天当然不会同意自家男人放下看得见摸得着的生活，去追求那些虚无缥缈的理想。

一开始说给文大同听，人家不以为然，还将已经轻车熟路了的一套说法再说给金雨天听一遍。结果可以想象，谁也说服不了谁。

金雨天不着急，她清楚自己这边还有几个重量级的后盾呢，你孙猴子的跟头再厉害，最终也没翻出如来佛的手掌心。在金雨天身后，刘彩云、老大、蔡花蕾，一尊比一尊大一截的佛都在那儿蹲着呢，还怕收不了你个孙猴子？

而且人家金雨天就凭戏子这个出身，有的是办法。那些一幕一幕演绎了多少年代的戏剧，哪一出不是在展示着一个个鲜活的人生故事？自从有了戏剧，历来都是最好的人生教科书。《西厢记》里面，张生想见崔莺莺，老夫人派红娘盯着见不了面，怎么办？找红娘嘛！什么钥匙开什么锁。后来红娘不是用棋盘挡着张生，还唱呢，"叫张生你躲在棋盘之下，我步步移来你步步爬……"最后不是跟崔莺莺见着面了？办法有的是，戏里现成的，戏外都能用。

金雨天找了个不咸不淡的借口，就跟蔡花蕾把她们家长孙的情况说了一遍，还不说自己的意见，只说不知道大人们会如何看待这个问题？那还用问吗？接下来就该文大同受教育了，一个完了，后面还跟着一个，红脸白脸都有。

先是白脸。

老大说："总之你想好，如果你觉得文家这个摊子最终要由你年幼的兄弟文大喜来担当，也不是不行，无非就是爹妈、老太太再多累一些时候，也行！只不过你要想想清楚，想清楚了过来跟我说一声就是。"

白脸下场了，该红脸上。

刘彩云说："其实啊，你读书读得多，《礼记·大学》里面怎么说的？正心修身齐家治国平天下，那都是一连串的因果关系。先什么后什么都摆在那里的，一样做完了再做另外一样，不能乱。四年大学要多读好多书！不是说人之初性本善嘛，都是一点点学来的。'正心'是什么？就是完善你自己，自己完善了才会有后面的一切。这点道理还用得着我来说？"

最后该蔡花蕾，也不知道算什么脸，就说："爹妈都是为你好，晓得不？其实这也不怪你，人心有时候会走偏，不怕，再偏回来就是！"

就算文大同真是孙悟空，他能顶得住这样轮番的攻势？

晚上见着金雨天了，明知道是她告的状，也想说道说道，没想人家在戏剧里磨砺得炉火纯青的、那种不卑不亢的表情，让文大同都到了嘴边的说辞硬生生又吞了回去。金雨天也不看他，边铺展被褥边拿文珠说事，说："看来大小姐还是喜欢文德范那样天不怕地不怕的，我看啊，她是嫌徐子太那个什么了一点。"

文大同懒得搭她的腔，结果被金雨天一手指头戳在腰眼上，说："我说了半天你没听见啊？"

文大同如果再撑下去估计场面会起变化，到时候自己还得费气巴力去挽回，还不如现在就顺着人家走的好，简单。就说："我觉得还是徐子好，天底下的缘分都是一物降一物，她觉得文德范那样的好，人家文德范还未必看得上她。话说回来，也只有徐子能容得了她，知足吧！"

金雨天说："哎呀，想想也怪可怜的，也不知道什么时候是个头！"

文大同说："这就叫煎熬！哪像我，逆来顺受惯了。"

金雨天说："哟，你怎么就逆来顺受了？不就是爹妈说了些天理人伦的道理吗？怎么就是逆来顺受了？要是都像人家德范同志那样想干什么就干什么，你倒是高兴了，爹妈怎么办？老太太怎么办？文心仪、文心志怎么办？你要能想出个稳妥的办法，安顿好一家老小，不要说招兵买马，就是去'治国平天下'，也不会有人拦着！"

"哎呀！"文大同说，"我才说了一句，你治国平天下都出来了，不让人说话嘛！"

金雨天说："那倒不是，说话要在理上，有道理的话随便说，没道理的话还是少说的好。即便是有道理也还要看看环境，看看人家对方的心情，看看即将出口的话这个时候该不该说，对吧？何况你自诩'逆来顺受'还真不在道理上，对吧？"

文大同说："行行行，是我没道理，好吧？"

金雨天说："你真的没有道理！"

文大同说："我是这样说的啊！"

金雨天说："但你心里并不服气。"

文大同说："哎哟！你意思口服还得心服？"

金雨天说："那当然啊！"

"你的意思还要当场心服口服？"文大同故意把"当场"说得很重。

金雨天说："那倒不一定哦！"

文大同说："那行，你让我想想。"

这就是台阶。人家既然都搭了个台阶了，你也要知道踏上去，文大同懂。等到文大同将煤油灯的芯子拧到最小，拱到被窝里面照例贴到金雨天的身体时，金雨天背着身子没动弹，要是往常，金雨天会转过身子来应和自家男人的。

文大同说："哟，还为刚才那事情？"

金雨天没说话，但是意思都在那儿明明白白摆着的。

文大同默了片刻，说："心要是不服，那我就用背对着你了，是吧？"

要说下台阶，金雨天比文大同老到。转过身来的时候，汗褂子上的一溜扣子全都被分得扣是扣眼是眼的，一颗不剩……

有人播种，通常情况下都会有收获。不久，传出了金雨天怀孕的消息。一家人都很高兴，特别是蔡花蕾，说好，多一个是一个。

4

徐子终于由武汉回来了。都说武汉的夏天不是人过的，男女老少都穿着差不多接近膝盖的大头短裤，直接就睡在马路牙子边的竹榻子上，手里的大蒲扇从躺下一直拍打到迷迷糊糊睡着。即便是睡着了，抓着大蒲扇的手依旧不会松开，随时预备着再拍几下的。就这样的天气，徐子也愿意待在武汉。身上再热，心里面总归是平静的。现在回到凉凉爽爽的贵阳，身上倒是不热了，心里却一直疙疙瘩瘩，就是消停不下来。

徐子也难。

按说人家文珠死里逃生一回刚刚回来，他这个始作俑者无论如何都该去慰问一下，说上几句贴心的话总是人之常情吧？然而现在的情况是，在徐子这里人之常情的事情，在老爷太太那里就犯忌。人家头上顶着的那些"干系"比起徐子这点人之常情来，不知道大了多少倍。在汉口的旅店里，徐子在热浪中煎熬的时候，就把回到贵阳之后可能发生的情况都想透了的，起码在眼下这段时间里，除了躲着，再没有第二个办法。

所以，回到贵阳的徐子都没敢去大院那边露个脸，直接在书局打了个电话，刘彩云接的，徐子扯了个书局这边忙之类的把子，就住在这边不过去了，说话过程中一直吞吞吐吐，遣词造句完全没了章法，粗糙得很。

刘彩云当然听明白了的，也觉得文珠刚刚平静了一些，这个时候万不敢再去惹。都不说谁对谁错了，闹起来大家都不安逸，大热天的还容易上火，到时候没准病他一个两个的，麻烦嘛！于是就默许了徐子的说法，同时还想好了这边也不跟文珠说，就当徐子没回来。

刘彩云晚上跟老大说了，老大连头都没点一个。还能说什么呢？已经是个天大的娄子了，自己还得咬着牙关扛着，只要不再添乱就行。

老大说："唐僧去趟西天，不过是想拿些经书回来，就九九八十一难，天底下的所有妖精都在半路上等着他。我们还没想要东西，不过就想过点清净日子，唉！也不知道还会有什么妖精在什么地方等着，这才是开始嘞，看喽！"

刘彩云叹了口气，说："不晓得哪天是个头！"

是哦，人情债务不像经济债务，借多少还多少，顶多加点利钱，很具体的数字。人情债既没有数字也没有尽头，还不完的，永远都在归还利钱，"本钱"那一坨永远挂在自己心头，沉重不说，还时常撕咬人的灵魂。徐子就背上了这样的人情债。背上了这种债务的人你从他脸上就看得出来，萎靡不振的，心事重重的，郁郁寡欢的，那就是被"本钱"压的，可怜哦！

徐子现在走到哪里都感觉低人一等，完全没有挺一下胸脯的欲望，总觉得腰杆伸不直，身上哪里都松松垮垮的，总之撑不住。

虽说被老大言之凿凿地免了图书部掌柜，但是干的依旧是图书部掌柜那些事情，一样不少。手底下那些人照例徐掌柜徐掌柜地喊，有几次徐子很想纠正一下，后来一想也就是个称谓，什么都没改变，你要是一本正经去跟人家说"已经不是图书部掌柜"之类的话，还凭空给了人家背后指指戳戳的机会，甚至进而还有鼓动人家去探究缘由的负面效果，找事做嘛。再说人家主人家也没当众宣布什么，大概就周世涛一个人知道。徐子知道遵义沙滩人的性格，绝不会像刘青云家姨妈那样听见风就有雨下那种。

再说，当初徐子压根就没有把"图书部掌柜"的任命看作多大一个事情，也就是主人家安排的一个事由而已。

就如同纸包不住火，徐子早已经回到贵阳的消息不知怎么的就让文珠知道了。文珠的想法也没错，回来了你总该吭个气嘛！闷着就能把问题解决了？文珠给小眼睛说起这件事的时候，不像没了孩子那么伤心，而是一种小眼睛从没见过的表情。你说是恨吧，也不完全；说是伤心吧，又没有眼泪。虽说小眼睛心里是赞同徐子的做法的，完全是无可奈何。但此时此刻她只能顺着大小姐的心思说话，还不要说老太太事先交代过，即便事先没交代，单凭大院里面唯一一个被大小姐看作自家姐妹的丫鬟，小眼睛也只能站在大小姐的立场上帮着开导。

看着文珠那一双悲哀里面还夹杂着一些迷茫和恨意的眼睛，小眼睛有点不知所措了。说徐子吧，人家没错；说文珠吧，人家也没错。小眼睛终究没想出比不说话更好的办法。于是先是拉过文珠的手来，顺势将眼前这个弱女子揽在自己怀里，一只手还在大小姐背上轻轻拍着，也是一种慰藉。

打那天起，文珠病了。马神仙过来号了脉，说不是什么大病，看那症状主要还是精神方面的问题，想了想，写了一剂开胸顺气的方子，其实就是一服可吃可不吃的药。临出门时跟刘彩云耳语了几句，便告辞离去。

刘彩云转身便将马神仙的交代告诉了蔡花蕾，说："马神仙说了，大小姐的病是心病，得有对路子的办法。"

蔡花蕾看着刘彩云，说："那就是说哪把钥匙对哪把锁？"

刘彩云点点头，看看老大，又摇摇头。

一直站在边上的老大有点憋不住了，垮着脸说："还嫌文家不够乱是不是？再添点来劲的作料！啐！"

刘彩云不吭气，看着蔡花蕾。

蔡花蕾阴沉着个脸，咽了口唾沫，说："马神仙的判断是职业的判断，没有任何情绪。所以，按马神仙说的办。"

老大急了："妈！"

蔡花蕾也不看他，说："活人不能遭尿憋死嘛，老大！徐子从外面回来晓得回避，说明他心里明明白白的，对不？再说文珠，估计这回也是痛到底了的，不论心灵还是身体，对不？现在马神仙都说是心病了，你就只能按照心病的办法弄，对不？人啊，一朝被蛇咬，十年怕井绳，这是老话。徐子这个娃儿也是，大老远地回来了，大大方方过来打个招呼，有哪样吗？都是心里面有病，怕这怕那，最后没病整出病来，对不？"

老大还说什么呢？只是想找个台阶下，便转身朝门口去，给人的感觉是拂袖而去的样子。

屋子里剩下的两个女人都知道，这不过是他全身而退的一种伎俩，都不用去理会。

刘彩云说:"妈,那我就去安排一下,让徐子过来了了这桩心事。"

蔡花蕾说:"利害关系他们都懂,让小眼睛盯着就行。"

刘彩云说:"要得。"

就这样,在小眼睛在场的情况下,徐子来到书房跟文珠见了面。当然嘛,该哭哭,该说说,总之小眼睛的脸一直扭朝一边。等这次治疗心病的过程完了后,小眼睛就感觉脖子那儿有根筋没回到原来的位置,还带着些酸痛感。

5

还有一个人也落下了心病——何万年。

这回赔了夫人又折兵,吃了一回哑巴亏,何万年气了好久。先是生姜腾蛟的气,说他妈的姜腾蛟就是个酒囊饭袋,整个一个废物,成事不足,败事……只是这些话都没当着姜腾蛟的面说,不过是发泄一下。后来平静一些了,想想还真不怨人家姜腾蛟。多好的一个计策,而且事先也知会过自己,自己也是点了头的,要怪只能怪敌人太狡猾。也不知道哪里找来个戴黑玻璃眼镜的家伙,轻轻松松就捡了那么个大便宜。人啊,有时候吃亏吃在暗处,别人不知道,这还不打紧;这回的亏吃到了光天化日之下,关键吃亏之外还有窝心、难堪、屈辱等附加的一些感受,真正把何万年这个老江湖气得不轻。

何万年气量小,吃一回亏立马就想报复回来那种。这一回的亏吃得大,随随便便一个小报复根本解不了气,就想再找一个诸如上次马师长弄出的那种动静。一打听,人家马师长奉调到广西剿匪去了,一时半会儿回不来。目前扎在贵阳周边军队的那些头头又不熟,而且跟丘八打交道不确定的因素很多,没有一定程度的把握你还不敢轻易"下锭子",就是给钱。加上刚刚吃过一回哑巴亏,凡事都多了一份小心。于是,何万年决定等等看。这次就因为急了,最终吃了哑巴亏。等吧,只要你有心,还怕找不到机会?

何万年说:"老子就不信啦!"

没多久,机会果然自家就找上门来了。

上一年那个没买成聚兴造纸厂造纸设备的四川人马老板,一直没打消这个念头，今年换了个思路，东打听西打听就打听到了省商会何会长这里。何万年听来听去，总算听明白了这个四川人是想买文家老大的造纸机器。何万年虽然还没想清楚这其中有没有自己所期望的那种机会，但无论如何总归跟文家是有干系的。于是他让马老板等两天，容他把情况摸摸清楚再说。总之没轻易放掉这个机会。

送走了马老板，何万年思来想去得不出个要领，晚饭都没吃香。眼看着就到了睡觉的点了，突然就想起了远在茅台镇的姜腾蛟，那可是个足智多谋的家伙啊！何万年当即让人赶紧去发了加急电报到茅台镇，说第二天无论如何要见到姜腾蛟。

第二天天擦黑，姜腾蛟赶到了贵阳。

一见面，姜腾蛟开口就喊：“何老板，你不知道嘞，马车都换了三挂，这才……哎哟！”

何万年说：“好了好了，辛苦辛苦！说正事哈。”

等何万年前因后果将马老板跟文家老大的事情一说，姜腾蛟马上皱起了眉头，说：“何老板，如果……那什么，是不是先吃了饭……"

何万年这才想起，人家光顾着赶路了，现在前心正贴着后背呢。忙说："对对对，先吃饭，先吃饭！”

那天，两个人商量到后半夜，分析来分析去，最终没按何老板的思路走，而是吸取上一回的教训，放弃一个"斗"字，改为努力促成这桩买卖。

姜腾蛟说："何老板你想嘛，根据你说的情况，只要这桩买卖完成了，第一，文家老大由日本国折腾来的这一单大生意无疑以失败告终，这比你打他一顿还难受吧？第二，我们先跟四川人说好，事成之后要给多少佣金，这相当于有人出钱让你欣赏文家老大的难受。还有比这安逸的事情吗？第三……"

何万年顿时瞪圆了眼睛，说："还有第三啊？"

姜腾蛟说："那是啊！第三，文家老大的造纸厂一垮，贵阳团转的纸张供应不是又归还到你老人家名下了吗？这个一箭几雕的买卖，你老人家不去促成，哪个去促成？嗯？"

何万年长久地看着姜腾蛟。

姜腾蛟说："咋个嘛，不对呀？"

何万年忙说："不不不！我是说，我到底没看错你这个……朋友哦！"

何万年本来想说个"掌柜"什么的，转念一想这完全不足以表达此时此刻的心情，便憋着转出个"朋友"来。果然，姜腾蛟脸上立马就有了下级得到上级赏识之后通常都会有的那种表情，既高兴又还要掩饰着。

那天晚上，何万年睡了一个囫囵觉，一直到公鸡打第三遍鸣。

根据姜腾蛟的提议，何万年到了第四天中午才把四川人约过来，目的就是要吊足马老板的胃口。果然，马老板开口就说贵阳怎么这么干燥，几天下来嘴巴都起泡泡了。何万年心想这就对了嘛，一开口就要马老板出一万现大洋的佣金。

马老板这些天百无聊赖地待在旅馆里早就加减乘除都算清楚了的，已经想好了，你何会长再大的狮子口，拿两万现大洋总该堵得满你那张大嘴了吧？没想何会长还算谦虚，拦腰这么一下，还不算太"狼"。

"狼"也是我们这边的方言，贪心的意思。四川紧挨着黔北，也用这个"狼"字。

马老板故作沉思状，并且赶在何会长说话之前拍了一下桌子，说："罢罢罢，只要事情办得好，这些都是应该孝敬何会长的。"

憋马老板的这些天，何万年跟姜腾蛟也没歇着，一直在盘算如何将这桩买卖撮合。你在人家马老板面前喊多少都不要紧，关键要做成了买卖你才拿得走钱。

何万年说："马老板在贵阳要是没什么事，那就请先回去。我们这边紧跟着办就是，一有消息马上告知。这样两边都不耽误，好吗？"

马老板说："这样最好喽！拜托拜托！"

说定之后，何万年干脆就把姜腾蛟留在了贵阳。一来茅台镇那边这一段时间没什么要紧事，二来这件事从设计到执行都一个人，思路清晰，稳靠。

等到正儿八经坐下来琢磨这件事了，何万年才觉得这也不是个轻而易举的差事。文家老大那是出了名的"一根筋"，当年省主席的账他都敢不买，你要是没得一个几边都说得上话的人，事情恐怕就难。而且文家老大自从辞了官差，这些年跟外界接触不多，问了好几个人，都说文家老大当年那么轰轰烈烈买回来的东西，现在真不方便去开这个口。包括马神仙，也是好言好语地推辞了。绕了一圈下来，头绪还只能从老文家内部去找。说到文家内部，都不用一个一个去捋，何万年说，就二老爷文知礼了。

二老爷在文家是个特例，钱挣不回一分，却在有整有零地往外花。要不是老太太紧钉着不松口，二老爷的姨太太娶他个五六个估计都打不住。就因为花钱的口子多了，又没有一个能支撑自己随心所欲的进项，别看是大门大户，也有手紧的时候。蔡花蕾曾经说过让他去找一个正经生意做做，需要多少钱她出，二老爷也正经当回事情托人打听过，最终因为没有按月的固定进项那么安逸，最起码不用你去奔波嘛，哪里有四个人在家里"圆起"安逸？"圆起"就是打麻将，这是二老爷家这边除睡觉之外最耗时的一项群体活动。

所以，当何万年把二老爷约到"桂美轩"说是小聚一下，一听说有五千现大洋的"好处"，文知礼便拍胸打肚将事情揽了下来。

文知礼说："说得那个一点，我这是救他嘞！"

文知礼没做过生意，不知道生意场上什么该说什么不该说。当然，酒桌上的话起主要作用的是酒。就这一句话，何万年心里就多了个小九九，最起码知道了造纸厂在老文家的景况，他感觉自己又多了一分胜算。

6

文知礼不是那种为了多少米不折腰的人，只要价格合适，不就是折折腰嘛？问题是他面对的文家老大是一个多少米都不折腰的角色，假如没有一个缜密的计划，五千大洋能不能到手还在其次，关键是老文家背着那么一个几十万"袁大头"的大包袱，累嘛。从这个意义上说，文知礼的这个计划于老文家这个"公"字很近，当然，在这个"公"字后面有一点小"私"，不过是顺带。

为了做足文章，二老爷专门跑去造纸厂一趟。周世涛见过这位二老爷，那是在文家的堂会上，总有一桌两桌的客人吃五喝六的声音最大，闹得很。一打听，说是二老爷的弟兄伙，这就把为首的二老爷给记住了。

一听说二老爷是来看看造纸厂的经营状况的，周世涛都有些不大相信自己的耳朵，后来确认之后，周世涛就如实将情况一一告知，人家到底也是主人家嘛。

等周世涛讲完了，文知礼连声说："那就好，那就好。"

周世涛不知道二老爷说的"那就好"是什么意思,又不好问,就当人家二老爷没事过来转转,怎么迎进来就怎么送出去。

原先文知礼只是听说了一些造纸厂的情况,现在来龙去脉都摸清楚了,说起话来也算是有的放矢。只不过他事先想好了的,无论你千条理由万条理由,唯独不能沾着个"何"字,因为这是文家老大的大忌讳。否则五千现大洋肯定拿不到手不说,自己的耳根还会好长时间不得清净。顺着既定方针,文知礼胸有成竹地踏上了"五千现大洋"之路。

他先是找了个老大不在家的时间,在蔡花蕾跟前念叨了一遍。

蔡花蕾看看他,说:"你今天是不是起早了?"

文知礼说:"啧!妈!我是担心你老人家不晓得这些情况,就顺便过来说几句,关起早起晚哪样事嘛?"

蔡花蕾说:"咋个不关嘞?这些事你该给老大说的,念给我一个老太婆听有哪样用嘛!"

文知礼等的就是这句话,忙说:"好好好,你老人家接着念你的经,我走,哈,我走!"

等隔天见着了老大,文知礼说:"那天……我去了造纸厂一趟。按说不关我的事,只是那么大一坨趴在那里不死不活的,总归心痛嘛!上次四川那个马老板,前些天托朋友打听到了我这里,说是上次就想买我们设备的,说你不卖。我说……老大,人家也是为了那些东西不至于荒废了,这才几次三番追着我们。单说物尽其用这一条,成全了人家马老板,其实也是成全了我们自家。人啊,最怕就是暴殄天物,那是罪过嘛!"

就这一段话,文知礼、何万年再加上姜腾蛟一起琢磨了一个下午,字斟句酌加工出来的。你还别说,老大还真的有所触动那样子,看看文知礼,再看看五色玻璃外面满是乌云的天空。好一阵子,才说:"我知道了。"

文知礼想说"意思我等消息",转念一想,算了,话说多了万一冒出一点半点不该说的,反倒是麻烦。便轻手轻脚出了门,招呼都没打一个。

晚上睡觉时,老大跟刘彩云说:"你别说,读过书跟没读过书到底不一样。"

刘彩云想想,说:"说谁呢?"

老大说:"今天二老爷来过,几句话说得还中规中矩。"

刘彩云说:"人不惹,就是……说个什么事情?"

老大说:"造纸厂那些设备,四川那个马老板又来了。"

刘彩云说:"哦。"

老大见刘彩云没了下文,还是想把话都说出来了安逸点,就说:"盘给人家也是物尽其用,我也想通了。"

刘彩云说:"是,你自己想通最好。"

老大说:"你的意思……"

刘彩云马上打断说:"哎哎哎,我没什么意思,睡觉,哈!"

老大说:"嘿,你真的有意思嘞。"

刘彩云突然翻身下了床,说:"忘了交代给文大喜换一床厚一点的被子了!"说着趿拉着鞋走了。

这是刘彩云家两口子经常会用的办法,免得多出些"口水"来。每每等刘彩云转回来,老大即使没睡着也会装作发出点鼾声什么的。

循着物尽其用的原则,最终价钱定在二十万大洋。比起当年花六十万两银子大动干戈盘回来,相当于甩卖。

写好了文书,老大一点都高兴不起来,主要还不是钱多钱少,而是让他想起了为此而命断东洋的周世龙。画完了押,老大让文昌寿在汉云楼订了个包间,算是尽地主之谊。

马老板酒力一般般,没喝几杯就连声说不行不行了。二老爷马上说:"耶,马老板,男人说什么都可以,唯独不能说不行,对吧?"

老大想想,和老二为个什么事情在一起单独喝酒,记忆里好像平生还是第一次。一听到他说的那些带着荤腥的话,就想起了话不投机半句多的老话来,随即添了碗米饭,喝酒算是告一段落。最后只剩下二老爷一个人在那里自斟自饮。

其间,老大去了一趟茅房,回来时正好听见二老爷的声音:"狗日何万年没出着一分力气,凭什么就……就一人一半?嗯!"

老大一怔,旋即停下了脚步。

就听见马老板的声音:"那我就不晓得你两个是个什么情况了。"

老大浑身一紧,一下子从头顶一直麻到脚板心,僵在了那里。他这才明白了,老二原来这是跟何万年串通好了的哦!老大不由得咬紧了牙根。

等他重新回到座位，因为激动而涨红的脸也基本恢复了本色，不知道的人当然看不出他脸上因为愤怒之后而呈现出来的淡淡的青色。仿佛是突然想起来的，老大说："哦对了，马老板，文书上面好像少了个什么字。"

马老板急忙拿出文书。

老大接过文书，二话不说就撕成两半，然后两片纸叠在一起再撕成两半，最后将碎纸片塞进了自己的口袋。让马老板和文知礼瞠目结舌。

马老板"你你你"了半天最终没"你"出个所以，还被文家老大拦住。

老大说："马老板，好在钱和货都还没有交割，文家老大现在反悔还来得及。就当这个事情没发生过，今天这顿饭算是交个朋友，今后到贵阳有个什么事情，说一声就是。"

马老板张着嘴巴要说话，被老大再一次拦住，老大说："我知道你要问为什么，我这就告诉你。在贵阳，文家跟何家的恩怨情仇不是一天两天了，我不知道你居然找了他，随便换个什么人，今天这桩买卖就成了的，唯独他何万年，免谈！"

文知礼这时候也回过劲来了，喊道："要不了多久，那就是一堆废铁，你晓得不？！"

老大站起来，捏起的拳头一下砸在桌子上，桌面上所有家什都跳了一下，原先有点青色的面孔现在变成了铁青，他低声吼道："一堆废铁……那也得烂在我们文家！咋个？！"

第二十四章

1

　　在北平，有个热闹去处叫东四。挨着东四，有条胡同叫东四十条。东四十条往西，差不多快到地安门跟前有一个胡同叫铁狮子胡同。胡同东西长约700米；南边与南剪子巷相通，北边自东向西与中剪子巷、麒麟碑胡同连着。

　　据说，明朝崇祯年间的田贵妃的爹田畹就居住在这条胡同里，就因为田畹家宅第门前有两尊铁铸的狮子，胡同便因此得了这个名。

　　铁狮子胡同5号，是一座由东、西三个院落组成的宅院，建筑面积约1500平方米。府门朝南，有三间房那么大，府门两侧各有一间南房，是警卫或者回事房之类。在大清国活摇活甩、将死将活那年月，这座宅院是大清国负责外交事务的顾维钧顾先生的家。这里虽说不能跟紫禁城比，说它是深宅大院还是可以的。内有大小房屋三十几间，北边还有花园，花园内假山、亭轩什么的敢跟苏州的狮子林、拙政园比；宅院四周有回廊环绕，气派是肯定的。

　　按说顾维钧的宅院再气派，要放到中国这么个大堂子来看，也算不得什么。只因为后来这个宅院在民国十四年间被段祺瑞政府用作孙中山在北京的行馆，随后孙先生又仙逝在这座宅院内，这才将这座宅院罩上了历史的光环。

　　1924年11月，孙中山先生应冯玉祥之邀，扶病北上，共商国是。离开广州之后，绕道日本，于12月4日到达天津，受到数万民众欢迎。由于一路颠簸以及北方跟南方气候上的差异，导致先生旧病复发。本就为国是而来，不得已一边接受治疗，一边依旧接见北平、天津各界人士。原先准备22日到达北平的，不料于18日得悉段祺瑞政府"临时执政府行文各国使署，有尊重历来条约之意",这当然包括那些让人诟病的不平等条约,孙中山因此大失所望,导致本就严重的病情加剧,不得已滞留在天津,一直挨到12月31日。

12月31日,孙中山先生抵达北平,受到两万多民众欢迎,随后入住北京饭店。1月26日就医,即被确诊为肝癌晚期,在协和医院接受外科手术后,2月18日移至铁狮子胡同行馆接受中医治疗;3月11日,孙中山自知不久于世,便由夫人宋庆龄扶腕,在《孙中山国事遗嘱》及《孙中山致苏联遗书》上签了字。1925年3月12日,孙先生仙逝于铁狮子胡同5号。

据说,孙先生临终时,竭尽全力留下最后遗言:和平、奋斗、救中国。

孙先生逝世后,前往吊唁签名者达七十余万之众,参加送殡者也有三十万有余。其中,作为治丧处成员的共产党人李大钊撰写的挽联最长,足足二百五十字。

上联:广东是现代思潮汇注之区,自明季迄于今兹,汉种孑遗,外邦通市,乃至太平崛起,类皆孕育萌兴于斯乡;先生挺生其间,砥柱于革命中流,启后承先,涤新淘旧,扬民族大义,决将再造乾坤;四十余年,殚心瘁力,誓以青天白日、满地红旗,唤起自由独立之精神,要为人间留正气。

下联:中华为世界列强竞争所在,由泰西以至日本,政治掠取,经济侵凌,甚至共管阴谋,争思奴隶牛马尔家国;吾党适丁此会,丧失我建国山斗,云凄海咽,地黯天愁,问继起何人,毅然重整旗鼓;亿兆有众,惟工与农,须本三民五权,群策群力,遵依牺牲奋斗诸遗训,成厥大业慰英灵。

在贵阳,各界人士置身于沉痛悼念的气氛当中,挽联啊、黑纱啊、还有白花黄花的,到处都是。文德范当然也不例外,想想孙先生领导的辛亥革命推翻了延续了两百多年的一个朝代,功劳苦劳都摆在那儿的,撒手人寰时不过五十几岁,让人不禁悲从中来。在德范同志心里,一种预感从孙先生离开人间那一天就莫名地萦绕在心头。他感觉孙先生这一走,共产党的好日子也许就到了头了。虽然北平也好,广州也好,乃至贵阳,政治气氛上还看不出什么变化,但文德范感觉得到,孙先生如同一个大家庭里一位老人家,国共两边一直都碍着他老人家的面子,心平气和地履行着他老人家的三大政策。现在老人家走了,没人镇着了,中国的一些老话就会起作用。比如,"一山难容二虎""三天无生意,兄弟杀兄弟"等。后来有人添油加醋,在一山难容二虎后面加了句"除非一公一母",虽说只是调侃,但前提是认可一山难容二虎这个基本情况的。

文德范就是这样认为的。既然镇着两边的人走了，接下来任何可能发生的事情不过只是时间问题。也许表面上风平浪静，暗地里却都在较着劲。

　　具体到文家大院这个小堂子，同情共产党的人还是有，只是不多。大多数人还是赞同过青天白日满地红的日子，毕竟那是看得见摸得着的生活。虽然文家老大对政治一直没什么兴趣，但如果政治触动了他们的生活基础，人家也是会有个明确的态度的。比如，辛亥革命，除了少条辫子，生活一切照旧，这样的革命他们举双手赞成。至于文德范加入的共产党，一是还小，到1925年1月在上海召开的第四次全国代表大会不过才代表着全国994名党员，这还要算上文德范以及他在贵阳发展的那些新同志；二来虽然共产党也有一些动作，终归不如人家国民党领导的北伐战争那么轰轰烈烈，家喻户晓。

　　也是文家家大业大，衣食无忧，你要换一个既要求生计又要干革命的人家试试，没准就被生活压弯了腰，已经就放弃了职业革命。

　　其实，天底下就缺一个先知。谁也不知道共产党将来怎么样，谁也不知道国民党将来怎么样，像文德范这样的年轻人完全是凭着热情和信念在干，他要是知道后来国民党对共产党的围剿与屠杀，也许就转回去读书了；同样，他要是知道共产党最终得到了中国的天下，也许他就不会那么忧心忡忡了。

　　这只是也许。

2

　　民国十四年（1925）的端午节，是夏至之后的第三天，也是刘彩云的五十岁生日。按说是大寿，自从1893年正月十七嫁到老文家，三十一年了，刘彩云从来没过过生日。早些年，碰着蔡花蕾高兴的时候，她老人家也会满面春风地端一碗压着两个荷包蛋的面条上来，"咚"的一声墩在刘彩云面前，什么话也不说就回到自己座位上坐下，也不看儿媳妇。害得人家刘彩云吓一跳，看看老大，最后由衷说一声"谢谢妈"之类的话，还得把两个鸡蛋分给文珠和文龙。荷包蛋分完了，蔡花蕾这才心安理得地开始吃饭。那意思明摆着的，懂事好处。你若要把荷包蛋自己吃了试试看，保管你连着几天都有脸色看。要遇着她老人家不顺心的时候，面还是照样煮，两个鸡蛋也还是照样压，只是端面的人换成徐孃而已。

这么多年了,这个规矩都成了套路,一眼就分辨出蔡花蕾那儿天的心情。

1925年涨端午水那儿天,瓢泼大雨不分白天黑夜地下,说是贵阳好些低洼地方的人家都进了水。下大雨其实也是老天爷在考验人类,看看你们有没有本事将多出来的这些水贮存起来,以便没水的时候用。

那天,老大吃完了早饭刚要出门,小眼睛跑过来说老太太那边有事请老爷过去一趟。来到蔡花蕾屋里,才知道老人家连早上那遍经都还没念,就等着跟儿子说事情。

蔡花蕾指指八仙桌那边的椅子,让坐下,意思短时间还说不完。

老大坐下,说:"妈,你老人家说。"

蔡花蕾看看窗户外面没断过的雨滴,说:"也不晓得端午节那天雨是不是停得住?"

老大也看看天色,说:"哦,这可说不准。不知道……什么个事情?"

蔡花蕾说:"哎呀,我都琢磨儿天了。你看哈,刘彩云嫁到我们家都已经三十一年了,不算不晓得,那天我就吓了一跳!要说呢,人家老刘家也是中规中矩的人家,这些年也没少为咱们文家出力……"

老大本想打断老太太,说点"天经地义"之类的话的,都到了嘴边又刹住了,心想听完了再说,免得老人家不高兴。

"不论茅台镇还是贵阳,我就觉得应该感谢人家一回。还不要说五十大寿这一说,也该着给人家高高兴兴办一回寿的。你觉得呢?"蔡花蕾说。

老大想想,说:"我好像记得是你老人家说的,说是老辈子在,小辈不做寿什么的?"

蔡花蕾说:"是,那是老外婆在的时候我说的话。现在不一样,现在是我这个老辈子在说。假如当年老外婆也说要给我做个寿什么的,我肯定不会驳老外婆的面子!"

还说什么呢,言下之意不希望有人驳她蔡花蕾的面子嘛。

老大忙说:"那……老太太的意思怎么办呢?"

蔡花蕾事先想好了的,说:"八个字,热热闹闹,高高兴兴,就行。"

老大说:"晓得了。"

蔡花蕾的想法就是要感谢一下大儿媳妇。人家一辈子在你们老文家生儿育女，忙里忙外，跟孙先生一样，功劳苦劳都摆在那儿的，大家都看得见。天底下最难相处的关系就是婆媳关系，老婆婆天生一份戒备心，害怕媳妇跟自己抢儿子。其实就是一种心病，一生都"带病"生活着，关系能好得了？蔡花蕾从老大结婚那天的"火疖子"开始，也是"病"了一辈子了，现在能想到这一层，应该是心病被时间这个"大夫"调理得差不多了的一种表现。

虽说老大对于母亲是绝对的服从命令听指挥，当得知蔡花蕾能够为儿媳妇的事琢磨好几天，还是相当温暖人心的。还说什么呢？按照指示办就是嘛。

晚上临睡之前把事情跟刘彩云说了，讲述过程中还特别渲染了一下老太太的仁爱之心，当他看到刘彩云把脸转朝里面，背对着自己时，老大知道效果已经达到了，便端起小柜子上已经没什么味道的茶水喝了一口，然后躺了下来。

这就叫男人的责任。当老婆婆在儿媳妇身上体现出善意的时候，不论大小，你一定要用心地加以强调，哪怕夸张一点，总之是为两边好；而那些不利于团结的情况，你根本不用去深究谁对谁错，就是相互不让对方知道就行。有时候两边不过就是一口气，释放完了就完了，没必要让另外一边知道。当然，如果你是怕她们之间事情不够多，那另当别论。

端午节那天，天公作美，从头一天夜里就是满天星斗，一大早东边天色就格外亮堂，一扫"端午水"那些天的阴霾，不由得让人精神了许多。

尽管是老太太本人起的意，老大还是特别交代了文昌寿，总的原则不要超过民国十年蔡花蕾六十大寿那一回。这话其实是刘彩云说的，老大也认可，觉得这就叫婆媳之间的礼尚往来。刘彩云还说了，主要是让老人家高兴。

文昌寿说："那还不简单，请个戏班就是。"

刘彩云说："对了，再加上文大同夫妻两个的《坐宫》，老太太一定高兴！"

在中国，端午节是个祭祀性质的节日，不像春节跟中秋，一家人必须热热闹闹地聚在一起吃一顿，那叫团圆饭。端午节不一样，随便在哪家吃都行，因此，那天来的客人就格外多。徐孃遵嘱准备了六桌，另外多备一桌的材料，叫多多益善。结果来了差不多九桌的人。

你比如文知琴家，原本就请了两个大人两个娃儿，结果两个亲家也跟来了，说是亲家之间也难得一聚，何况还是这么个好日子。还有二老爷家，因为是刘彩云的由头，人家老大那边也没主动提出来，他这边就不好意思将通常那些无事不登三宝殿的酒肉朋友都叫上，但是又于心不甘，就把三个老婆的爹妈呀、弟妹什么的都叫上，不吃白不吃那意思。

没办法，赶紧派人临时去采买，再将原先确定的菜谱调剂调剂，该分的分，该合的合，最后搞成九桌，备半桌。只是忙坏了徐孃手底下那帮火头军。

正好，那段时间由重庆过来一个叫"历家班"的戏班，说是擅长架子花脸，周围团转名气大得很，钱自然要比一般的戏班多。

老大说："不怕，就历家班了！尽他们家擅长的戏路来。不过话要跟人家说清楚，一开始是我们家的《坐宫》。"

文昌寿说："说了说了，人家的胡琴跟锣鼓家什都算帮忙。"

原先说好白天晚上都是花脸戏，白天《李逵探母》；晚上《瓦口关》、张飞的戏。说给蔡花蕾听，憋了半天没说话，最后说了句："白天晚上的，是不是应该换个口味？"

当然嘛，谁花钱就得按谁的思路走，最后将晚场换成了《贵妃醉酒》。虽说历家班走的不是梅派路子，只不过贵阳人谁也没听过梅先生《贵妃醉酒》的现场，谁唱出来都一样，就《贵妃醉酒》了。蔡花蕾就喜欢青衣念白里面那种委婉幽怨、千转百回的韵味，她觉得有一种苍凉感，听着安逸。

刘彩云相当高兴。倒不是因为自己在婆婆娘心里的位置，而是一家人这么齐斩斩地欢聚一堂，本身就是上了年纪的人的最爱。加上还是老婆婆自己的主意，那么霸道一个人，终于"心细"了这么一回，着实让人感动。看嘛，绕来绕去还是因为在别人心里的那点位置。

按照老大的安排，茅台镇的亲戚是必须悉数到场的。电报都写好了，只等着李备跑一趟电报局的事。结果刘彩云说算了。

老大说："怎么呢？"

刘彩云说："算了！老太太的一片心我很高兴，让她老人家清清静静听一回戏，多好。人多应酬就多，再说我妈也走不动了，刘青云他们事情也多。算了吧！"

老大知道刘彩云是怕文家人挑她娘家人的礼，就说："你呀，就是想得多！"

刘彩云说："好好好！想得多想得多，就这么办了。"

在对待茅台镇老刘家的问题上，老大历来听刘彩云的，她觉得怎么就怎么，你还会比人家更了解她自己那些至爱亲朋了？

文德范把谢知雨也喊来了，说是让没见过面的老辈子都认识认识女学生，二来也是让平日里清素度日的小谢饱一顿荤腥。

锣鼓点子热闹起来的时候，以蔡花蕾为首的、有面子的一干人马全都在客厅里梁山泊英雄排座次一般坐整齐了，谁在谁的左边，谁在谁的右边，都用小纸片写好了名字的，不会乱。刘彩云被安排在蔡花蕾左手边，至于右手边安排谁坐，说了几个人，蔡花蕾都感觉有厚此薄彼之嫌，最后干脆让老大自己坐，这才感觉圆满了。

老大坐下来之后，心想谁坐都一样，老太太到底是上了年纪了，跟从前是不一样嘞。再看看四周，人们该吃零食的吃着，该喝茶水的喝着，该看戏的看着，一切都是他希望看到的那种效果——歌舞升平。

突然间，挨着小戏台最近的一桌平白无故就出了情况，就听见谁跟谁叫上板了那种，声音还一声高似一声。站在老大身后的文昌寿都不等吩咐，直接就奔了过去。

吵架的声音越来越大，最后不但那一桌的人站起来了，相邻几桌的人也都站了起来。紧跟着锣鼓胡琴也歇了菜，小戏台上面的"李逵"刚刚亮了个相，直接来到戏台边上看戏台下面的"戏"。

老大哪里还坐得住，颠颠地出了房门。

后来搞清楚了，出事那桌是二老爷一家，除了家里几个女眷之外还有女眷的娘家人。什么事呢？文德范和谢知雨因为来得晚了一点，被安排在隔壁一桌，坐下来之前文德范也跟这边桌子的人点了点头，算是打了个招呼。二老爷一看谢知雨也来了，就想在人家娘家人面前有个说法，其实就是想亮烧一下。

"亮烧"是我们这边的方言，跟"炫耀"差不多一个意思。

这时候，《李逵探母》刚刚开场，二老爷就让柳月红过去叫文德范和谢知雨过来这边桌跟老辈子们挨一排二打个招呼，按说也在理上。只是文德范觉得戏都开始了，那样会影响别人看戏，就把当妈的又支使了回去，说时间还多，不急这一会儿。柳月红回来一说，二老爷脸上就挂不住了。一开始满桌的人都听见了二老爷的话的，现在没个结果不说还当着这么些个至爱亲朋的面，要是平常在家里，二老爷也不是不能忍，今天这个场面有点大，伤自尊是肯定的，关键还当着这么些平素不大见面的人。二老爷一下子没忍住，噔噔噔噔就直奔到儿子身边，气呼呼说："耶！老子真还请不动你啦？"

德范同志那些天正为自己的事业忧心忡忡，总之心里也有疙瘩。眼下明明是怕影响别人看戏,怎么就成了"请得动请不动"的事了。只不过还是按着性子,站起来压着声音对二老爷说:"爹,现在能不能不说这个事?"

二老爷原本就蹿着火,儿子这种不甩账的态度如同往火苗子上面泼油,"腾"一下子就点燃了所有该燃烧的东西。二老爷高声喝道:"你还认得我是你爹呀?嗯?"

文德范吃软不吃硬的性子也来火了,只是有碍于这样一个场合,便咬着牙关"嗯"了一声,脸色是铁青的。

还说什么呢?两边桌子的人都过来劝嘛,最后的结果是柳月红和谢知雨拉走了文德范。

老大赶过来时,二老爷已经回到了自己座位上,只不过斜着个身子,大口大口吞着茶水,仿佛在用茶水浇灭心中的怒火。

3

蔡花蕾和大儿子苦心经营的美好终于被二儿子家两爷子给搅和黄了。虽然戏还是白天夜晚一段不落,但是情绪都不对了。为了尽可能缓和一下满院子的尴尬,文大同和金雨天按照事先安排在晚场《贵妃醉酒》之前演绎了《坐宫》里面最安逸的那段。效果还不错,客人们的情绪在一片赞许声中得到了缓解,特别是吃了一顿丰盛的晚饭之后,酒足饭饱地品着新换的茶水,开始享受装扮得雍容华贵的杨玉环演绎的那段应山应水的西皮导板:

海岛冰轮初转腾,

见玉兔,玉兔又早东升,

那冰轮离海岛,

乾坤分外明,

皓月当空,

恰便是嫦娥离月宫……

哎呀,实在是安逸得很!大家都感觉不虚此行。二老爷家那一帮子亲戚,离开时还千恩万谢的,完全忘记了先前那一幕。

真正倒霉的还要数人家谢知雨,好容易一个开怀畅饮畅吃的机会就这么给耽误了。不得已，两个人在街边凑合吃了一碗开水面。

那天晚上，文德范和谢知雨在街上漫无目的地走着，一条街来来回回走了好几遍，文德范总之不想回家。谢知雨让他去自己住处，文德范又觉得太晚了不方便。就这样，两个人瞎逛到差不多午夜，文德范才将小谢送回到住处。

谢知雨是和一个女同乡在一条背街上租的房子，就一间房，两张床之间还没什么遮挡，哪怕中间有一条床单隔着也好。这也是文德范不愿意去她那里的主要原因。

摸黑回到自己房间，文德范也懒得洗脸刷牙什么的，和衣就上了床。翻过来翻过去不知道多少回，就是睡不着，家里的事、小谢的事以及共产党的事轮番跳出来折腾人，总之不让他平静。

那天晚上，躁动的绝不止文德范一个人，二老爷跟柳月红也"躁动"到差不多鸡叫头遍，两个人在琢磨儿子的事情。

鉴于文德范一个时期以来动不动就被点燃的火气，特别是今天还当着那么些平常基本不走动的亲戚的面，当爹的觉得该有个具体办法了，要不然今后烦心的事只会越来越多。柳月红还提供了一个情况，说是儿子一个时期以来脸上不清净，暗红色的豆豆走了一拨又回来一拨，没消停过。

二老爷一副过来人的口吻，说："你看嘛，就是该放放水了嘛！"

柳月红懂得二老爷说的这个"水"是什么水，立即应和道："哦，我就是这个意思！"

二老爷说："意思都晓得，问题是要有办法嘛！油盐不进那么一个家伙，又不是没说过，不听嘛！嗯！我硬是想……"

柳月红说："咋个？"

二老爷说："捶这狗东西一回！"

柳月红说："啧！那咋个行！而且我还怕你老人家捶不动他喽！"

二老爷吼道："捶不动……老子也要捶！"

柳月红突然想起说："耶，要不然……干脆直接去小谢家把亲提了，等他醒转来，几边都搞得差不多了，看他咋个办！"

二老爷想想，说："耶，哟……也是个办法哈！得行得行！"

柳月红说："先弄清楚小谢家的门牌号数，拿着彩礼直接去说！"

二老爷说："把生米给他煮成熟饭，我看他扳。"

"扳"也是我们这边的方言、扑腾、挣扎的意思。

小谢家地址有点信手拈来的意思，二老爷在德范同志的"案头"抽屉里轻易就找到了一封信，估计是小谢回家时传达思念之情的。二老爷都没敢进一步窥探信的内容，只是一五一十抄下封皮上面的地址，将信封照原样放回去。二老爷不憨，他不想平白无故多些事情出来。

剩下的那些诸如彩礼呀、媒婆呀之类的事情，就该柳月红了。要不是文知礼拦着，当妈的真想跟着走一趟威宁。

威宁在贵州西边，挨着云南的昭通和宣威。如果说贵州是中国的"人无三分银"之地，那么威宁就是贵州的"人无三分银"之地，一个字，穷；两个字，很穷。因此，当贵阳文家的彩礼送到威宁城里头谢家，谢知雨的爹只听媒婆说了文家是贵阳的大户，都没有再具体分析一下其他因素，就照单收下了二老爷家的一应彩礼，虽说事先连招呼都没有打一个，有些唐突。

把两个娃娃的生辰八字一交换，看看没什么明显相克的地方，就相当于领取了后来才有的"结婚证"了。而且，来之前柳月红就给媒婆交代清楚了的，说是只要没什么大情况，直接就可以把日子定下来。这相当于"特命全权"。

媒婆从带来的包袱里面找出一本当年的黄历，和文德范的"老丈人"一起找了一个秋分过后两天的日子，八月初八，数字听起来蛮安逸，再一看边上一溜小字，写着"宜：会友、嫁娶、治病、安葬"几个字，便将日子定了下来。农历乙丑年八月初八，公历1925年9月25日。

回到贵阳跟柳月红一说，柳月红跟二老爷都觉得日子定得远了点，只是事先没有特别交代，人家也不知道你们家的具体情况，只能将就。

柳月红说："也好也好，数字很吉利嘛。"

等送走了媒婆，二老爷才说："我是怕夜长梦多，你都不晓得什么时候就动着他哪根筋了！"

文知礼的担心不是没有道理，那是建立在对儿子了解的基础之上的。事情都走到这一步了，接下来的程序你就得一样一样跟着走，首先就是要让文德范知道，这是最起码的，恰恰也是二老爷和柳月红最头痛的。说吧，不知道会是个什么结果，心里没底，心肯定就虚；不说吧，那就是个天大的笑话，还真不能够。两个人合计来合计去，先是说请老太太帮个忙，二老爷就说不去讨那没趣，自家屋里的事情自家解决；算过来算过去，最后决定动员赵青梅去做这根"蜡烛"。

柳月红说："不说德高望重吗？再怎么着，她也算是文德范的大妈不是？"

二老爷心里没底，就说："试试看？"

事情说给赵青梅听，人家头一句话就把文知礼给噎了回去。

赵青梅说："现在晓得我是大妈了？那年我们家文霏霏出嫁，还是花的当家人的钱，有的人枕边风就一波接着一波地吹，大概还以为我不晓得呢！"

文知礼最烦婆娘之间的争风吃醋，一听这话就来气，但是眼下有求于人，什么样的火气都不能马上发作，就憋着火气说话："哎呀！你家他家，还不都是老文家？只看着自家屁眼大那么一丁点事情，就不能……就不能为老文家想想？"

赵青梅一听这话更不安逸，说："是，一个婆娘家能把自己屁眼大那么点事情管好就不易，哪里还敢伸手到别人家去！"

二老爷最终没憋住，拂袖而去，边走嘴里边叨念："行！行行行行！老子看你犟到底！妈嘞个逼！"

赵青梅过去"砰"的一声砸上门，愤愤道："顶齐天你就不来我屋里，吓老娘不懂？啐！"

这样，就只剩下"硬着头皮自己上"这一条路了。二老爷想了大半天，还是抹不下这块脸，就怂恿柳月红上。

柳月红瞪圆了眼睛，说："老爷，不是我不愿意上嘞，现在我们两个一个红脸一个白脸，对不对？要是真把我也逼成了白脸，我是怕中间没个说软话的人，到时候难堪都是小事，真要是把儿子惹毛了，再做出个什么能让一家人都后悔的事情，咋个办？"

文知礼无可奈何，于是长长地叹了一口气，吼道："咦！老子也是遇到喽！"

柳月红就安慰，说："咋个办嘛？就这么一个独巴丁！"

文知礼气不打一处来，又吼："所以呀，皇帝家养了那么些个婆娘，那都是有道理的呀！"

吼归吼，事情最终还得自己一手一脚去做，文知礼不由得想起了自己小时候。那年老大迎娶刘彩云，自己虚岁才十五，就吵着闹着也要娶一个媳妇回家。

现在好，二十一了，满满当当男大当婚的年纪，嘿，还得跟做贼一样悄悄咪咪地整，生怕惊动了"大驾"。也不知道自己前世作了什么孽，整个调了个个。

把前因后果分析了好多遍之后，二老爷终于在一个设计好的时间和地点跟德范同志摊了牌。事先还制订了一个应急方案，让文德范的三个妈都集中在书房隔壁的屋子里，说好只要听到这边出了状况，三个妈一起过来"灭火"。

那天，文德范瞟了一眼老爹，头都没抬，说："有事？"

无论怎么难以启齿，今天必须启齿，二老爷双手抹了一把脸，大概相当于把脸放到了荷包里面，然后说："哎……嘿嘿，是这么个事情，前些时候……我和你妈……在你的婚姻问题上做了一回主，当然，这也是天经地义哈……"

文德范停住了手里的钢笔，看着对方。

二老爷顿时有些局促，顿了顿，说："我们托人……去了谢知雨的家乡一趟……"

文德范说："威宁？"

"威宁。"二老爷瞟瞟儿子警惕的眼睛，想快点把话说完了算，便加快了语速，"跟她家里人把你们两个的事情讲定了，时间选在八月初……"

没等二老爷把第二个"八"字说出口，文德范的脸就青了的，都语无伦次了，说："你们……你们……"接着用拳头在"案头"上没命地捶着，使"案头"上那些东西一起跟着他的节奏跳个不停。

这边动静一起，三个妈便应声冲了进来，围着已经歇斯底里的文德范，拉的拉，劝的劝……

柳月红哭着喊着："儿哟！我们都是为你好嘞……"

文德范满脸泪水，嘶喊道："你们这是亵渎！亵渎！！"

4

后来，柳月红问二老爷，说："啥子叫……泄毒吗？"

因为在那些"之乎者也"的书里面没见着过，二老爷也不知道具体哪两个字，想想，说："哎呀，大概就是我们说的糟蹋之类？反正差不多。"

柳月红说："糟蹋？咋个就叫糟蹋吗？现在的娃儿啊，你就跟他说不到一起，哎呀！啧！"

这还不算完，让柳月红和二老爷万万没想到的，是文德范自那天下午离开家之后，居然再没有回来。第三天了，二老爷家那边完全没了主张，吵吵嚷嚷过来找老大商量，问到底是自己去找还是报官。蔡花蕾这时候开了口，说都不。

蔡花蕾说："你家那个儿子是个有主张的汉子人，你们放心，既饿不着他也冻不坏他。出门是他自己的主意，那回来也必须是他自己想通了之后，急也没用。老二啊，不是我说你，文德范的脑筋比你的好用，像你们那种先斩后奏，想把生米煮成熟饭的伎俩，文德范用在你们身上，可以；反过来你们用，就只能是弄巧成拙，晓得了吧？"

说归说，第二天蔡花蕾还是安排给文大同和徐子一个事情，说就这几天，无论如何把文德范的去向打听清楚。蔡花蕾知道，让同辈人去做这件事最合适，即便文德范不安逸，最多也只能理解为家里人放心不下；你换成老二家两个试试，那肯定又是另外一场"火拼"。

两天之后，文大同过来回话，说文德范临时借住在他们一个同志家里，同时还搞清楚了这个同志是汉云楼的一个二厨，遵义人，已经是两个娃儿的爹，家里地方不大，临时收拾出来一间小偏房让文德范将就着住，估计不是长久之所。文德范还让文大同转告二老爷，说他已经正式跟谢知雨分了手，叫他们不要再费那份心了。

蔡花蕾一怔，说："真就分手了？！"

文大同想想，说："像是。你知道文德范的，说这种话都带着钢声。"

蔡花蕾说："咦！造的什么孽嘛？好好两个娃娃情投意合的，非要插这么一杠子，这回好喽！你去跟二老爷说，就说他们干了一件天大的好事！成事不足败事有余，活该！"

原话说给二老爷家听，柳月红当场就哭了起来，二老爷也气毒了，由着性子开骂，总之哪句不难听就不用哪句。挨到晚饭时分，二老爷索性一醉方休，最后是由柳月红和两个丫鬟抬到床上去的。

那天夜里，蔡花蕾怎么也睡不踏实，折腾到天亮，非得让文大同领着去汉云楼二厨家走一趟不可。老大看看劝也劝不转，就让文大同跑一趟，说无论如何让文德范回一趟家。文大同都出了门了，老大又追出来交代，说："你跟文德范说，随便他天大的理由，老太太这里必须有一个让她老人家满意的说法，否则叫不孝！懂不？"

就像蔡花蕾说的，人家文德范是聪明人。不但尽了一回孝，还没有违背自己的原则。他当着文大同的面给老太太写了一封信，老太太长老太太短的，还请老太太放宽一百个心，信誓旦旦说他文德范如果不找一个这里那里都比谢知雨强的女孩子，绝不进文家的门。

蔡花蕾读完信，叹口气，说："也不晓得他们共产党是怎么教娃儿的，越来越犟。"

老大就说："妈放心，我跟文大同他们都说好了，他们随时会关照文德范，不会让他受苦的。"

蔡花蕾说："这些娃娃呀，总之就是不想让你过安逸日子。还有小眼睛，你那天说的，我也想了。是嘞，眨个眼睛就二十六了，找个婆家那也是天经地义。只是……只是多顺手的一个小丫头，真要说是换一个，那里去找这么知冷知热的人！唉！"

小眼睛比文珠大半岁。和她差不多时候来文家的丫鬟玉娟和小红，早早就嫁了人了。玉娟跟夫家去了乡下；小红因为嫁了书局那边一个排字工人，所以还留在文家做事。现如今小红已经是两个娃娃的妈了，就因为文家待人厚道，加上小红家婆婆娘不但身体好，带孙子还有瘾，使得小红除了急唠唠坐了两回月子之外，一直没离开过文家。还有文珠，不论欢喜还是悲哀，总算是结过婚的人。数来数去，偌大个院子就小眼睛一个人还是处女。前些年刘彩云跟老大说过，老大也觉得是个事情，转念一想那老太太屋里就不是个事情啦？便支使刘彩云先去探探小眼睛的口风，结果人家小眼睛说不急，这倒让老大心里有了一个借口。后来……到了自己都觉得有点说不走的时候，老大这才跟老太太开了口。

都知道蔡花蕾是刀子嘴豆腐心，加上小眼睛的乖巧，一老一小这么些年还处出感情来了。老大一说，老太太的第一反应是沉默，脸上那表情怪怪的。是那种晓得是情理之中的事情，但是感情上排斥。最后说了一句："问我干什么，你去问小眼睛嘛！"

小眼睛这边的情况更复杂些。除了和老太太的情感因素，小眼睛还有生存压迫感。来文家十二年了，生活无忧，平平静静不说，每每还有月银拿，逢年过节另外的红包也有感觉沉手的时候。而且,来文家之前爹妈脚前脚后就走了的,有个姐吧,嫁人之后难产血崩,也没了,说起来也是个苦命人。举目一看,四周还就数文家这些人亲近;加上文珠有始无终的婚姻以及姐姐死于难产的伤痛;还有,好不容易爱上一个人吧,结果还是大小姐的心上人。所以,当刘彩云再次来探底时,小眼睛压根就没有想法,只不过好像又不便把话说绝了,今后真要出现个什么情况也说不清楚,因此还是那句话,不急。

蔡花蕾听了,就说:"你看,不是我的原因吧?总没有逼着人家出嫁的道理。"想想又说:"当然,也没有永远留在咱们文家的道理,这样,翻了年,再说。"

不管她老人家的真实想法是什么,至少眼下不会有人再提这个事了。

8月间热得最安逸的时候,处暑前一天,金雨天又生了一个儿子。可能是熟能生巧吧,都没听见叫唤,娃儿就落了地。这回好了,"筷子"成双了,传宗接代的保险系数翻了一番,老大很受用。没生之前他就想好了的,预备了两个名字,如果是男丁就叫文心武,丫头就叫文心香。这样多好,不用现去查字典,什么品种对号安上去就是。

蔡花蕾当然高兴,什么品种都是老文家的嫡亲。而且人老了吧,总希望手里头时不时有个小人抱着,哄着,玩着,笑着,那才叫乐享天伦。

文心武就是她的玩具。

5

文德范的感觉没错,执政的国民政府开始明里暗里排挤共产党人。到了11月,国民党里面一部分人在北京西山上的碧云寺召开了一次会议,后来这一部分人被称为"西山会议派"。会议通过了一系列排斥共产党的决议,说如果不在国民党内部实行清党,恐怕用不了多久,"青天白日,必化为红色矣",会议还将李大钊、毛泽东等共产党人开除出国民党。随后,两个政党之间的摩擦也逐渐多了起来。虽然后来召开的国民党二中全会纠正了西山会议的错误,但是,"清党"正逐渐成为国民党内部的一个趋势。

还好，那时候中国发生的什么事情传到贵阳都要慢半拍，天高皇帝远就有天高皇帝远的好处。文德范照样干他的党务，没人找他的麻烦。拿着文大同送来的钱租了一处带着一应家具的房子。这是一座清末前后建造的一楼一底宅院，两间屋子一客一卧，与房东家各占二楼的一半。

大户人家的子弟大都这样，反正衣食无忧，就由着自己的性子想干什么干什么。还好，文德范没去干那些有辱斯文的事情就已经阿弥陀佛了，文家人就是这么想的。

文德范自打回贵阳开展工作，一直有个心愿——想去茅台镇老文家的烧房看看。那里虽说不关他什么事，自己不过是股权拥有者二老爷家那边的顺位继承人之一，算是个东家，看一看了解一点情况也在情理之中。事情给老大说过，老大说那算个什么事情，只是没遇着恰当的机会而已。

现在机会来了。刘青云家大儿子刘广黔，两年前文珠被送到茅台镇去生孩子的时候就准备好了秋天成亲的，文珠去了之后全家人忙里忙外那状况，不得已就推迟了刘广黔的婚期；后来出现的一系列情况让老刘家一直等到第二年夏天都快结束了，才把孙子媳妇千呼万唤地接进门，差不多晚了一年。前些天，老刘家传信过来说添丁了，说是高大脚当上老祖太了。可喜可贺的事情嘛，刘彩云跟老大一商量，决定带上文德范走一趟。文珠一听也要去，还拉上金雨天，反正是玩，也就没人拦着。于是，金雨天把文心武交给奶妈，顺便带上文心仪，还说干脆给文心仪找个伴，连文大喜也算上了；听说妈妈要带姐姐出去玩，才四岁的文心志也闹着要去。结果，一个男人加三个婆娘再加上三个娃儿，以及添丁的一应礼物，两挂马车挤得闷起起的。

一路上娃儿的叫声刚落音，婆娘们的笑声立马就接上来，连租来的那挂马车的车夫都说："哎呀，你们家硬是热闹得很哈！"

到了茅台镇，刘青云家肯定装不下这么一干人马，刘彩云便安排文德范带着李备和那个头被吵大了的车夫去盐号那边住。这几年盐号虽然已经没有了早先的风光，老大还是保留了两个人，生意再小也需要维持不是？二来也是让这幢二层小楼不至于产生凋敝的感觉，临时来个人也有个住处。比如这回，就派上了用场。

娃儿们由刘秀珍和刘承义领着到那年为文珠建造的木头亭子里疯去了，婆娘们则围着那个被取名为刘和天的男婴说鼻子好眼睛也好之类的话。只是文珠触景生情，心里不免怅然，好在已经不是大小姐早几年那样的心境了，少了些任性多了些宽容，很快就回到本应该欢乐的场景中，重新露出了笑容。

据刘青云说，之所以取名刘和天，是高大脚的主意。说没别的，就是想起刘青云他爹刘天和了，还说不管名字好不好，要刘青云他们也将就她一回。刘青云还能说什么呢？

剩下文德范，先是规规矩矩跟升了一格的高大脚见了面送了礼，转脸就跟着刘青云去了烧房。他跟刘青云在贵阳见过不止一次，只不过是点个头就算打了招呼那种，只知道是文珠家舅舅，相互没什么印象。

一路上除了说些不咸不淡的话，文德范的眼睛没离开过街道两边一家挨着一家的酒铺。他听说过伯妈那年砸缸救伯伯的故事，这回真正见识了那些大缸了，果然名不虚传，不是装一个娃儿的问题，三个五个装里面都不会显得拥挤。

到了茅台镇上最气派的云辉烧房了，放眼望去，一期二期加在一起那气势，不由得对文家老大的钦佩之情油然而生，必须是大气魄才能创造这样的大手笔嘞，文德范想。

已经升格为老太爷的刘青云领着文德范从酿酒工序一二三四这么看着走，一直到出酒那里一路看下来，这才和上了文德范要来茅台镇的初衷。

原来，德范同志想来茅台镇的原因并不仅仅是看烧房，那不过是个幌子。他的真正目的是考察一下贵州边远地方工人的基本情况，如果有可能，培养几个对象，那就叫一石二鸟。

所以，文德范的注意力很快就从酿酒转移到了那些干得大汗淋漓的工人身上。他在心里对自己说，看嘛，这就是我们党的基本力量嘛。接下来的几天里，文德范借口一个人走走看看，居然就"培养"了几个倾向自己观点的工人，虽然没找到唱"英特纳雄耐尔"的机会，他也觉得达到目的了。起码在茅台镇最大的云辉烧房里已经有了基本群众了，这些人在共产党内部至少可以被称为"积极分子"。这就不虚此行。

《尚书·盘庚上》里面的一句话："若火之燎于原，不可向迩，其犹可扑灭？"翻译成白话，叫作"星星之火可以燎原"，这句话一直被弱小的共产党所推崇。文德范在云辉烧房做的一点点工作，就是把那些星星点点的火种聚拢起来，等待着被点燃的那一天。

临离开茅台镇那天晚上，刘彩云突然想起了小眼睛，突发奇想让刘青云给物色一个"恰当"的男人。刘彩云之所以说"恰当",是因为小眼睛的年龄。

刘彩云说:"你们烧房那么些男人,总有一个适合我们家小眼睛的。"

刘青云一听"我们家"三个字,就知道这个事情不容推辞,便应承下来,说:"应该有。"

回到贵阳,差不多接近年关了。那天,文家出了个不大不小的事情。说事情不大,是说文家的一个用人老了,去世了;说不小,是老大为此正儿八经治了一回丧。对,徐嬢走了,享年七十八。

徐嬢是光绪三年(1877)蔡花蕾的爹请厨师时过来的,那个时候还是蔡府。蔡好仁见这位刚刚丧夫的女人干干净净不说,话还不多。那时候蔡府家境中升,正好需要一个做饭的厨子,以便把蔡花蕾的妈"解放"出来,做一回不做家务的太太。那一年徐嬢三十岁,气饱力壮不说还无儿无女,打起灯笼都难找的好角子,徐嬢于是来到了老蔡家。后来,蔡花蕾的妈想打麻将时,文理渊加上蔡花蕾还三缺一,徐嬢就顶上了用场,虽然麻将桌上支出的都是蔡花蕾的钱,人家就图一个四四方方,整齐。

到了老大这里,一家人依旧"徐嬢徐嬢"地喊,感觉上也跟自家老外婆差不多。等到文心志会说话了,照样喊徐嬢。徐嬢有时候抱起老文家最小的这个孙子,连她自己都有点恍若隔世的感觉。差不多五十年了,徐嬢把自己的大半生都寄放在这个家庭里面了。

所以,得知徐嬢离世的消息时,老大都没跟蔡花蕾商量,直接决定在设置文理渊灵堂的地方设置徐嬢的灵堂,不过规模简朴一些而已。

文家佛堂的慧聪、慧能两位师父同样被安排过来为逝者超度。过来参加悼念的都是家里人,大院里的、嫁出去了的都来了。香烟缭绕之中,和着大家都熟悉的诵经之声,仿佛徐嬢轻飘飘地就被抬举到了悬在半空的祥云上面,正朝着蔡花蕾爹妈的那个方向飘……

三天之后,徐嬢的棺材被文大同和徐子等人护送到了刀把镇。因为怕逝者觉得死了依旧伺候故人,徐嬢被安葬在距离蔡花蕾爹妈墓地东边五丈远的地方,这样既守着老熟人,方便后人祭祀,又还摘清了生前那些关系,以邻居相处,大家都轻松。

正所谓叶落归根。

蔡花蕾对于老大这次安排徐孃后事的方方面面都是满意的，特别是将徐孃安排到刀把镇去跟两个老的处邻居，用一句大清朝才会说的话，叫"深得朕心"。

蔡花蕾说："这样好，最起码他们三个可以打'三丁拐'。"

"三丁拐"是我们这边麻将的一种玩法，就是三个人打，里面有一些区别于"方城战"的规则，也蛮有乐趣。

蔡花蕾说："早晓得把你爹也放到一堆去，免得你家老外婆不安逸。"

老大说："怎么呢？"

蔡花蕾说："你家外婆最烦打三丁拐。"

老大笑了，说："那不会，他们那里邻居多的是，怕有时候还五抽。"

"五抽"就是方城战多出一个人来，大家轮着玩，估计老外婆也不喜欢。

这一年除夕的年夜饭，因为没有了徐孃多少年来的亲力亲为，大师傅虽然没变，总是感觉缺了点什么。要不是儿孙们长一声短一声地叫，蔡花蕾盈在眼眶里的泪水都快涌出来了。

老大看在眼里，连忙端起酒杯，站起身说："来来来，我们大家一起来敬老太太一杯，还是那句老话哈，福如东海，寿比南山！来，干！"

第二十五章

1

小眼睛的婚事再次被提起时,已经是第二年春天了。院子里粉色白色的花开得到处都是,虽然还冷着,说话、呼吸什么的依旧带着一团团雾气,但是你会明显感觉已经不会有立冬之前那种一场雨就冷一截的惆怅了。暖洋洋的太阳就在前面不远的哪朵云彩后面等着,随时都会把你拥入它温暖的怀抱。

都不知道说了多少遍贵州"天无三日晴"的气候特点,特别是冬天,太阳相当金贵。遇上出太阳的天,家家户户一早就开始忙,忙着把也许已经窝了一冬天的棉被呀,床垫子呀,统统搬到院子去晒。虽然不会像夏天的太阳那样直晒得棉花的味道都被逼出来,但总比没太阳强。你都看得出人们脸上洋溢着的轻松和喜悦,这样的表情一般只会在年夜饭的餐桌上看见。

那天就是这样一个有太阳的天。小眼睛根本不用谁交代,卷起蔡花蕾床上铺的盖的连着枕头,不大一会儿就一样一样在刚刚拴好的绳子上面铺展开来,她怕枕头在绳子上挂不住,便把它放到一排红叶檵木上,让那些枝叶顶着。

刚刚忙活完,就看见刘彩云拿着一张信纸过来,拉着小眼睛就走,也不说什么事情,一直到了刘彩云自己屋里才松了手。

在别人家里当丫鬟,什么情况都得懂。比如,现在人家女主人什么不说就拉着你走,一定有她这么做的理由;如果需要说点什么,那她一定会说。小眼睛之所以上上下下没人挑得出毛病,就因为她是个有心人,这规矩那规矩的都懂得。

屋子里虽然就她们两个,刘彩云还是压低了声音说话:"年关之前我和文珠还有文德范去茅台镇,还记得不?"

小眼睛点点头。

刘彩云说:"那时候我就请我兄弟在茅台镇物色一个男人……给你,现在文珠她舅舅来信了!"

刘彩云把一件事情的因与果分开来讲,害得小眼睛在脑筋里面转了两圈才捋顺了,然后皱着眉头说:"太太,我不是说过……"

刘彩云说:"啧!那些都不用说了,这事情跟老爷说过,也问了老太太的。她老人家要是不点头,我也不会找舅舅不是?"

小眼睛"可是"两个字都没说完整,就被刘彩云再一次拦住,刘彩云说:"行了!天经地义的事情,而且我们之所以请舅舅帮忙,也是想好了的,没跳出文家去!云辉烧房也是文家的产业呢,这不是也跟在家里一样?"

小眼睛仍然带着愁绪的眼睛看了刘彩云一眼,刘彩云趁热打铁,说:"舅舅说了,一个姓马的工人,烧房开张那年就来的,老实不说,现在还让他管着几个人呢,要在盐号那边就算是个小掌柜了。仁怀当地人,爹妈都在,家里还有两个姐一个妹,独儿子。舅舅还说了,在茅台镇要找个房子过日子,那更是小事情。"

刘彩云交代给刘青云的事情,一般都会办到这种程度,否则刘青云自己心里不踏实。那天刘彩云交代"找个男人",而且是给"我们家小眼睛"。之后,刘青云便把事情放到了心里。烧房上上下下那些人挨一排二在他脑海里顺着走,合他心里那个目标的筛选了这么两三个;进一步了解之后,剩下了一个叫马大宏的,直到将马大宏家爹妈弟妹的情况都摸清楚了,这才提笔给刘彩云写信。

小眼睛说:"太太,你让我想想,行吗?"

刘彩云看着对方,人家想想你总不至于说不行嘛,于是说:"行。只不过……我还等着回舅舅的话哦!"本来刘彩云想说"只不过你要快点",脑筋一弯就变了,这样说出来的话不会给人家以压迫感,听起来是商量的语气。而且"舅舅""舅舅"的,俨然自家人在说话,已经把两个人之间的距离拉得不能再近了。

那天晚上,等蔡花蕾睡下了,小眼睛来到文珠门外,轻轻敲了两下。

"谁呀?"文珠问。

小眼睛小声道:"我。"

门开了,文珠还以为是老太太有什么事情,一看小眼睛忧伤着个脸,不像是老太太的事情,赶紧将她让进了屋。

事情一五一十说一遍,说着说着,文珠就看见小眼睛的眼泪涌了出来,顺着面颊一骨碌滑下来,溅在衣服上,后面的紧跟着前面的,没完没了……

文珠一把抱住小眼睛,鼻子眼睛立马开始发酸,也跟着人家哭起来,只是嘴巴没闲着,说:"哭什么呢?这是好事情嘛!"

小眼睛哭着,说:"我是舍不得离开老太太和大家,又怕辜负了太太跟舅舅一片心!我好为难哦!"

文珠也哭着说:"不怕不怕,老太太这里有我们大家呢!你安安心心走就是,女人家总归有这么一回的,总归!"

小眼睛哭安逸了,从口袋里摸出一块白布手帕替文珠一边擦拭着泪水,一边说:"大小姐,那……你一定好好保重!只要青山在,一切都会好起来的,不过是早一点晚一点的事情,啊?"

文珠知道小眼睛指的什么,点点头,"嗯"了一声。

等小眼睛走了好一会儿了,文珠才想起来,嘟囔道:"哦,绕了半天是来安慰我的哦?"

在告诉小眼睛之前,刘彩云就托人物色了一个丫鬟人选。那年月大多数人家的日子过得都艰难,能在大户人家当差当然算"美差",而且要看缘分,不是随随便便都能对得上眼的。放话出去没三天,人家就领着两个女娃娃上了门。还不敢让蔡花蕾知道,在门房见的面。两个娃儿都不错,比较下来留了一个个子高一点的,姓钱,叫彩珠,跟小眼睛那年来文家的年纪差不多,十五。

刘彩云告诉领着来的大人,让回去听信。

当小眼睛来回复刘彩云的时候,看着对方欲言又止的样子,刘彩云就说:"我还记得你的名字呢,叫荷花是吧?不用怕,荷花,女人都有这么一回的。你都不用开口,点头摇头就行,啊?"

小眼睛最终点了一下头。

刘彩云终于松了一口气,顿顿说:"就是嘛,相夫教子才是女人的本分,这就好!对了,新来的丫头已经看了,这几天就过来。你还得带着干儿天,等老太太安心了,再商量去茅台镇的事。"

小眼睛说:"好,我听太太安排。"

当天晚上，老大陪着刘彩云来跟蔡花蕾说了小眼睛和钱彩珠的事。蔡花蕾只是听着，什么话也不说。最后等刘彩云东补充一点西补充一点，把马大宏家爹妈姊妹以及钱彩珠的情况都表述清楚了，蔡花蕾只"嗯"了一声，高低没说话。

钱彩珠被领来见蔡花蕾之前，心里一直嘀咕，也不知道老太太是个什么样的人。一般而言，大户人家这样的老人都有这样或那样的毛病，听说难伺候着呢。所以在跟着刘彩云前往老太太屋里这一路，钱彩珠心里一直七上八下的，怕。

蔡花蕾第一眼看见钱彩珠，因为心里不安逸那劲头还在，脸上不说难看，至少高兴不起来，斜拉着个眼。见小丫头干干净净不说，模样也还说得过去，没什么一眼就能抓得住的缺点。就跟身边的小眼睛说："怎么样，还说得过去哈？人家眼睛比你大。"

小眼睛说："就是，比我强呢。"

蔡花蕾说："那我也不稀罕！要不是那什么，我才懒得……算了，叫个什么……彩珠子？"

见钱彩珠没反应，刘彩云赶紧说："老太太问你话呢。"

钱彩珠一时间有点慌乱，都没听清楚老太太说的什么，也不知道该怎么回答，手足无措那样子，"啊"了一声。

小眼睛马上说："老太太问你的名字呢。"

钱彩珠憋红了脸，说："哦！叫钱彩珠，彩色的彩，珠子的珠！"

蔡花蕾说："哦，就是，彩色的珠子。别担心，我吃不了你的。就这样吧，跟着小眼睛干几天再说。"

到了第五天，钱彩珠差不多就是另外一个小眼睛了。包括蔡花蕾念经的时候习惯用左手端茶杯，以及睡觉时两个肩膀一定要用被子包裹严实，免得她喊肩膀冷等细枝末节，都是小眼睛把着手一样一样教的。

终于有一天，蔡花蕾支走了彩珠子，对了，蔡花蕾还亲自"调整"了钱彩珠的名字，说不要一开口就钱钱钱的，直接叫彩珠子就行。彩珠子离开时轻轻带上了门，这也是小眼睛交代过的。

蔡花蕾见没了别人，一把拉住了小眼睛的手，小眼睛蹲下身子，看着老人家已经闪动着泪光的眼睛，拿起桌上叠得方方正正的绣花手巾，替老太太蘸了蘸两个眼角，随后攥着手巾，垂下了头。

蔡花蕾看着小眼睛因为哭泣而抽动的身体，情不自禁，也跟着哭起来。让人奇怪的是除了眼泪，两个人居然没发出一点声响，除非你亲眼看见挂在她们脸上的泪珠，否则你根本不知道这屋里发生了什么。

好一阵子，蔡花蕾大概是哭安逸了，从小眼睛手里扯过来绣花手巾，托着小眼睛的下巴，擦拭着上面的泪水，完了又擦自己的。

蔡花蕾说："好生过日子，有个什么难处，记着贵阳还有个老太太，哈？"

小眼睛点点头，泪水尽情地涌出，再尽情地奔流……

蔡花蕾发了话，说文家大院就是小眼睛的娘家，接亲，必须从这里出发。

那天，马大宏一身新郎官打扮，也有插着鸟毛的礼帽，也有簇新的大褂，还有扎成球状的红绸，骑在刘青云由茅台镇借来的一匹大白马上，神气是肯定的。

蔡花蕾、老大、刘彩云在客堂接受了小眼睛和马大宏的跪拜；文家其他人一直将小眼睛送到大门口，闷趄趄地挤在大门外面的台阶上，包括隔壁院的赵青梅、柳月红、周慧敏以及一帮子下人。

泪眼婆婆的小眼睛在盖上红盖头之前，挨一排二跟文珠这一辈的女眷们都拥抱了一回，这应该是新派礼节，是从文家的少爷小姐那里学来的。

鼓乐班子照例吹奏起亢奋的"百鸟朝凤"，几百响的红皮鞭炮照例招来了看热闹的街坊四邻。一切都跟那年文珠出嫁的阵势一样，唯一的差别只是嫁妆的厚薄，这个外人还看不出来。不知就里的街坊聚在路边议论着，说文家啥时候又多出一个女娃娃来。

说到嫁妆，那年老大在文珠的箱子底下压了一万现大洋。小眼睛当然没有这么多，就金雨天给的一百块。只不过老太太给了一个二两三钱的金元宝，刘彩云给了一个田黄挂件，文珠则将那年她爹给的那个羊脂玉扳指给了小眼睛。就是丁大人给的、刻着"政乐民仁，光绪钦赐"的那个。

前一天晚上，文珠将这个老文家的传家之物塞到小眼睛手里时，小眼睛没见过这东西，也不知道这是皇上给的玩意，她只是犟不过文珠，稀里糊涂就收下了。就这么一个东西，真要把历史价值什么的都算上，小眼睛的嫁妆其实一点不比文珠的少，只是文珠和小眼睛都不知道罢了。因此，不论场面，不论嫁妆，不论心情，老文家扎扎实实又嫁了一回姑娘。

而且嘞，云辉烧房的大掌柜刘青云还亲自陪着马大宏一路颠簸来到贵阳，又一路颠簸回到茅台镇。搞得贵阳这边的街坊都以为马大宏一定是仁怀县那边一个什么人物，要么家里硬火，要么自己硬火。

2

进入民国十六年（1927），文德范的预感终于成为现实。在北伐战争中地位得到巩固的国民革命军总司令蒋中正先生直接来了个一鸣惊人。4月12日这天，蒋先生在上海下达密令：已克复的各省一致实行清党。

清党就是清除共产党。

孙逸仙的时代有个政策，为了加强国共合作，共产党党员可以个人身份加入国民党。现在孙先生走了，蒋先生便开始清理门户。上海滩青帮大佬杜月笙最先响应，当晚即以宴请为名，诱杀了上海总工会委员长汪寿华；之后，青帮红帮加上当地军队一竿子人马纷纷出动，缴了上海工人纠察队2700条枪，还抓捕了1000多人。第二天，上海10多万工人在闸北青云路广场召开群众大会，大会结束时，人们冒雨向位于宝山路的一个驻军司令部行进，要求释放被捕工人，游行队伍长达两里地。

大多数共产党人这个时候依旧认为国共两党的纷争可以用和平的方式解决，如同之前曾经有过的一些纷争那样。他们不知道蒋先生这回动了真格，已经没人和他们再去讨论你什么地方错了，我什么地方对了。这一回，迎接游行队伍的是手枪、步枪、机关枪，那么些兵器一起开火，一时间让宝山路上血流成河。到17日，上海有300多共产党人被杀，被捕、失踪的不计其数。与此同时，北平、广东、江苏、福建、浙江、广西、安徽等地也以"清党"为名，开始大肆捕杀共产党人。一时间风云突变，天下被罩上了一层白颜色。仿佛是法兰西大革命时期的"白色恐怖"在中国的重演。

4月18日，蒋介石在南京宣布成立新的国民政府，与当时在武汉以汪精卫为首的国民政府形成对峙，史称"宁汉分裂"。加上北方的北洋政府，中国的版图上有三个"国家政权"同时存在,说通俗一点,还是"割据"。到了8月间,连武汉的国民政府也开始清党,这标志着国民党与共产党一个时期以来的合作,全面破裂。

蒋先生翻手云覆手雨这一招,把共产党整得相当惨。不仅铲除了异己,抓牢了兵权,还成立了以自己为首的新的国民政府,可谓踌躇满志。只是蒋先生后来才知道,四一二事变是他为自己掘墓的开始。

中国有句老话,说兔子急了也咬人,何况一个政党。"宰割"谁没见过?中国历史上谁又宰割了谁,不过是多一条历史记录而已,只是不应该发展到"任人"的程度,这是一个度。一旦过了那个限度,兔子也急。

果然,当年的8月1日,共产党人就在蒋先生北伐军的大本营——南昌,举行了武装起义,十分郑重地向蒋先生摊了牌。包括后来9月间在湘赣边界举行的"秋收起义",以及年关之前的"广州起义",统称为共产党的三大起义,大声宣布共产党人从此走上了武装夺取政权的道路。

应该说,如果没有四一二,共产党的路最终会走成个什么样子,很难说。从这个意义上讲,蒋先生在1927年的春天到来之际,给共产党人帮了个大忙。他让他们觉醒,他让他们重新认识了自己以及整个国家,他逼着他们走上了一条全新的道路。

文德范当然不是什么先知,只不过"一山难容二虎"的老话被他用到了共产党和国民党的纷争里面。还好,"天高皇帝远"这句话再一次应验在文德范身上。反正那时候政府也多,你都闹不清到底该听谁的,加上共产党在贵州没有闹成上海啊广州啊那么大的动静,再加上文德范还是地方上大户人家的眷属,地方上要是有个大物小事你还得到人家府上化缘去。因此,虽然官家也接到了上边下来的"清党"命令,既然睁一只眼闭一只眼也不会有人追问,官家也就懒得管。

就这样,文德范虽然也知道外面那些叱咤着风云的人和事,最终毫发无损走过了那个非常时期。但是,到底是天翻地覆的变化,再在人家二楼一家一半那种有厅有室的住所居住着,恐怕真有点说不走了,目标大嘛。于是,悄悄找了个僻静小巷里的单间房子,文德范搬了过去,还及时告知了文大同。见面时文德范当面交代,说现在跟从前不一样了,白色恐怖,现在这个地址只能文大同自己知道,家里有个什么事情也只能让文大同转告,代劳。

文大同回来给大人们一说，蔡花蕾马上就多担了一份心，说："白色恐怖？那不跟当年闹革命党差不多了？在螺蛳山砍了一千颗人头呢！"

老大说："像是，说是上海广州已经死了不少人。只是这一回贵阳好像没什么大动静，没听见打啊杀的。"

文大同说："这事情是不是要跟二叔那边说说？"

蔡花蕾说："不用！说了他们也帮不上忙，只怕会多些麻烦出来。大同啊，我想你还是去这家伙住的地方看看，再带点钱，需要什么回来说。哎呀！现在就数他麻烦，连单线联系都在家里用上了！"

文大同说："好，我会去。"

当文大同和文德范在他的新住所见面时，没想到谢知雨竟然也在。文大同带着一脸的疑惑和惊讶将文德范拉到外面，回头看看身后，还压低了声音，说："你不是说……"

文德范截住了本家兄弟的话头，说："哥，你我就不瞒着了，我和小谢压根就没断过。那次我爹他们搞那么一出，你不动点狠的，他们还会没完没了。而且告诉你吧，我和小谢已经结婚了。"

文大同瞪圆了眼睛："结……结啦？！"

文德范说："结了，用我们自己的方式！"

文大同依旧瞪着眼睛，说："自己的？！什……什么方式？"

文德范说："就是约了几个我们的同志一起，拿了一瓶茅台烧，还买了一些下酒菜，当众宣布我们结婚。"

文大同等了等，说："完了？"

文德范说："完了呀，结婚了。"

文大同想想，说："家里谁知道？"

文德范说："你是第一个。"

文大同突然想起来了，说："别忙别忙！我在上海跟你嫂子也是这么结的婚，只不过参加我们婚礼的是一帮子同学，不是同志。"

文德范笑了："这么说……你是前辈？"

两个人一起笑了起来。

那天，文大同作为老文家这边的人，在文德范和谢知雨的"新房"里又祝福了两个新人一回。

菜是文德范和文大同去街上买的卤菜,猪耳朵、猪尾巴、卤牛肉,还有半斤卤豆腐干;汤是谢知雨做的"金钩挂玉牌",就是切成小方块的白豆腐煮黄豆芽,煮开了放点葱花放点盐,再漂一坨猪油。把两个男人香得一口一口吞清口水。

原先吧,只是晓得云辉烧房的茅台烧不上头,这一回兄弟两个在没有任何大人的桌子上推杯换盏之间,才真正领略了什么叫好酒的醇香绵长。入口之后你都舍不得立马就吞下去,在嘴里不咂摸出个三七二十一来就囫囵吞了,那都叫糟蹋。而且越喝越安逸,下着闻着香吃着也香的猪耳朵,一瓶茅台烧没撑多少时间就见了底。谢知雨说再去买一瓶,被"新郎官"拦住,说:"这个钟点地道的茅台烧只有一个地方有。"

谢知雨说:"哪里?我去买。"

两个男人同时笑了。

舌头已经有点扭曲的文大同说:"嘿嘿嘿嘿,老……啊老文家!哈哈哈哈!"

3

文大同到底是老太爷文理渊亲自调教、重点培养出来的,就是跟文德范有差别。首先他听话,其次还循规蹈矩。不像文德范,哪出不惹大人生气就不来哪出,仿佛生下来就是为了气他爹妈的。

文大同第二天早早就被定好时间的闹钟给吵醒了,虽然昨晚上的宿醉还没完全消解,满脑壳不清爽,隐隐还有点昏沉,还是在金雨天的再三催促下起了床。按照老大制定的作息时间,他要赶去书局上班。

金雨天脸上没什么表情,边叠被子边说话:"跟文德范也能喝成那样?"

文大同说:"嘿,你都不知道,人家跟小谢结婚了!"

金雨天瞪圆了眼睛:"小谢?!不会吧?什么动静都没有呢!"

文大同说:"昨晚上我的眼睛也是瞪成你这样,后来我就想通了,他文德范都敢自作主张丢了学业去跑党务,现在悄悄就把婚结了,不过就是小菜一碟。

嘿嘿！"

金雨天想想，说："这家伙！嘿嘿！哎，老太太还不知道吧？"

文大同说："对对对！按理昨晚上回来就该说的，那不是茅台烧喝多了吗？我洗了脸就去。"

蔡花蕾听完了文德范跟谢知雨自行以新式办法结了婚的消息，早饭也吃不下去了，同桌的老大和刘彩云也停下了手里的筷子。

蔡花蕾说："这个不奇怪，奇怪的是新娘子还是小谢。上次我问他，他红口白牙说吹了的，看来这家伙搞的是暗度陈仓嘞！"

老大说："不按规矩出牌也就罢了，怎么也要给家里说一声嘛。"

刘彩云说："哎呀，也不是坏事情，二老爷这回安心了。"

蔡花蕾说："那不一定哦，人家还指望文德范光宗耀祖一回的，这回好，连气都不吭一个，这回够老二扎扎实实气一回的了。"

文大同说："那……给二叔说一声？"

蔡花蕾说："这个得说。再怎么说，他们起码生他养他了一回，婚姻大事依着就该是父母之命的。他这好，天是王大他是王二，爹妈都不晓得，他一个人就把家给当了，啐！"

刘彩云说："要不我去跟二老爷说，免得他觉得让一个小辈子去说这么大的事情，轻慢了他们。"

蔡花蕾说："可别，也许人家就不这么想，还说他亲爹都不知道的事情你们家怎么就知道了！还是大同去讲的好。"

果然，二老爷听到自己家儿子的情况之后的第一句话就是："咋个别个还比亲亲的爹妈知道的事情多哦？！"

文大同都有点想笑，最后忍住了，说："二叔，我也是去给文德范送东西的时候才偶然知道的。如果是你老人家去给他送东西，那肯定你比我先知道。"

柳月红赶紧说："大同侄子，你家二叔心情不好，你不要见怪，哈！"

文大同说："二叔娘，我没有见怪，我只是把情况给二叔说清楚。"

等文大同一走，二老爷便开骂，说："狗东西的！爹娘老子都不认了？嗯？天底下有这个道理啊？嗯？"

柳月红就劝，说："老爷，不要生气，气坏了身体只有自家晓得，还要花钱请郎中抓药，煎成药汤喝了，还苦，不值嘛！文德范他再乱，你也是他亲亲的爹，跑不脱的！对不？"

二老爷想想，说："那倒是跑不脱哦！"

柳月红说："那你还担哪样心嘛？你想嘛，现在文德范的吃喝拉撒都是老太太包了的，你甩手甩脚当个爹，还要做哪样嘛？他回到这个家总不能喊老大叫爹，一千天都变不了，对不？"

二老爷说："不是嘞，猪尿包打人，不痛，但气人嘛！老子就睁起眼睛看，看他能犟到几时！"

骂归骂，该爹妈做的事情还得做。反正就这么一个儿，也知道文德范看不起他们两个老的，拒人于千里之外。越是这样，两个老的就越是想朝儿子跟前凑。上次逼得离家出走了一回，柳月红就后悔死了。早知道随他去，最起码儿子每天还在爹妈面前晃着，看得见。现在可好，只能从别人那里知道一星半点儿消息，关键还在一个城里头住着呢！每每这种时候，唉声叹气总是免不了的，完了你还得想办法帮他做点什么，这就叫冤家。

你不要看柳月红打起麻将来六亲不认，自家男人和姐妹几个，一分钱都算得清清楚楚的。但是要说用在文德范身上，怎么她都舍得。凭着对谢知雨身体尺寸的记忆，柳月红到街上手艺最好的那家裁缝铺子给两个"冤家"各做了四套衣服，春、夏、秋、冬各一套。原本只打算一人两套的，那天打麻将看见"春、夏、秋、冬"四张牌，心就动了一下，心想麻将都知道四季齐全，何况爹妈？算了，就改成了一人四套。给儿子扯的黑、灰两种布料，还专门挑了上海运过来的斜纹布，说是结实；给谢知雨挑花色时，都已经按照自己的口味选了几种大花套着小花那样的，后来一想谢知雨一个女学生，万一人家不喜欢，那叫吃力不讨好。便使劲回忆小谢来他们家时的穿着情况，还都是些净色的多，于是便换成了净色。荫丹蓝、桃红、翠绿，还有皂白，特别叮嘱裁缝师傅，春翠绿、夏皂白、秋桃红、冬荫丹蓝这么安排好，总是爹妈对儿子婚姻的一份心意。也算是用心良苦喽，你以为当个妈那么容易？

就这么，置办好的东西还得托文大同中间转一道。听大同说，共产党的各级组织全都转入了地下，就是人们常说的"地下党"。

柳月红就说："那不等于见不得天日了？"

文大同说："所以嘛，非得我来转一回！"

柳月红就叹气，说："何苦嘛！放着堂堂正正的日子不过，非要去过那种苦日子，真不知道他们是怎么想的！唉！大同侄子，还麻烦你传个话，你二叔和我，都是为了自家儿子好！你让他……跟人家小谢好好过，其他的……我就不说了！就这样。"

柳月红本来想说"早点生个一男半女"什么的，后来一想自家儿子那脾气，你说了人家还就不生，跟你犟着，所以才有了"其他的，我就不说了"这句话。柳月红心想，只要你两个住在一起，我就不信看不到一个"前因后果"。

快到端午节了，蔡花蕾突然想起来问，说："小眼睛走了一年都冒了头了吧？怎么没个动静？"

彩珠子不知道老太太说的"动静"是指什么，就说："是哈，我都来了一年三个月了，应该有个消息才对。"

蔡花蕾看看彩珠子，说："你去把太太叫来……算了算了，过去把我的原话跟太太说一声就行。"

彩珠子说："哎。"

刘彩云等老大回来，第一时间就把老太太的原话复述了一遍，还说："真把小眼睛当亲孙女了，这还惦记上了。"

老大想想，说："她的意思不仅仅说说，意思让人去看嘞。"

刘彩云说："哦，那意思……就是我去了吗？"

老大说："也行，顺便看看高堂。"

刘彩云说："不对哟，应该反过来，顺便看看小眼睛，才对哦。"

老大说："耶，什么时候你也讲究起谁先谁后来了？"

刘彩云笑了，说："嘿嘿，是哈。行，两个都看，都看！"

老大说："再带上文珠，她跟小眼睛说得上话。"

刘彩云说："要不连着大喜和心仪？"

老大说："那不行，11岁的娃娃了，上学嘞！"

刘彩云说："哟，那年也是去茅台镇，我说带上大同跟文珠，老太爷说，文珠可以，文大同可不行。你看，现在该你了，接班了。嘿嘿！"

老大说："是哈，是要有个人接班嘛！"

4

小眼睛和马大宏的家在靠近赤水河边的一个小院里，两间瓦房，边上搭了一个偏房，算是灶房，茅房在院子一角，里里外外收拾得干干净净的，一看就是用心过日子的人家户。

刘彩云和文珠是由林家漪领着过来的，第一眼见到小眼睛，文珠就扑了上去，两个人紧紧抱着好一阵子，眼泪鼻涕的就听见稀呼稀呼的声音。要不是刘彩云发出了清嗓子的声音，提醒她们适可而止，真不知道她们要"稀呼"多久。

小眼睛有点变化，不像在大院时穿得那么中规中矩了，换上了居家过日子的行头，粗活细活都得干，特别是那块围腰布，不光看得见污渍，还闻得见因为各种家务活积累起来的乱麻麻的味道。

刘彩云笑了，拉起小眼睛的手看看，还拍拍，说："都听刘青云说了，小日子过得还行哈？"

小眼睛说："都是刘掌柜关照的，还行吧！"

刘彩云说："你呀，也是个有福气的人。你知道吗，我是被老太太撵到茅台镇来的，非要让来看看小眼睛不可，文珠是来陪我的。"

小眼睛说："她老人家身体还好吧？我也是想她想得老火，还哭……"

刘彩云见小眼睛又汪起了眼泪，就说："意思就让我们站着说话？也不让我们进屋？"

小眼睛擦了眼泪："我这里没个样子，委屈两个太太了！请请请！"

刘彩云说："今天晚饭到我们家去吃，都跟你们家马大宏说好了的。改天……你必须亲自做一顿好吃的款待我们家文珠！"

小眼睛说："好，那我就听太太的，一定好好做一顿请你们过来吃，包括舅妈跟刘掌柜！"

那天晚上，在刘青云家吃了饭，刘彩云拉上小眼睛来到木头亭子里，说是说说话，特别叮嘱文珠不要跟过来。

刘彩云开门见山，用下巴示意小眼睛的肚子，说："老太太让我问你，怎么没消息传过来？"

小眼睛马上涨红了脸，低下了头，说："我……我也不知道！"

刘彩云完全是过来人的口吻，说："两个人在一起……都正常嘛？"

小眼睛的脑袋垂得更低了，点了一下。

刘彩云说："那……怎么会呢？"

小眼睛的脑袋摇了一下。

刘彩云一下子严肃起来，过去坐在小眼睛身边，说："小眼睛，这可不是个小问题嘞！一年多了，清风雅静的，不对头哦！马大宏咋个说？"

小眼睛还是低着头，声音也很低，说："他说……他说要不然去看看！"

刘彩云想想，说："他没有因此欺负你嘛？"

小眼睛赶紧摇摇头。

刘彩云说："那就行。不过……是得看看，要去就去贵阳，找马神仙，这一趟就跟我们回去！拖不得，懂不？"

小眼睛一下子抬起头，只见她满脸泪水，急着说："太太，不用麻烦大家！不用不用，就在这里找一个郎中看看就行！"

刘彩云皱起了眉头，说："你的意思……我回去让老太太数落一顿，然后再让李备专门跑一趟喽？"

小眼睛更急了："不不不！我不是这个意思，只是……"

刘彩云说："小眼睛，你晓不晓得……接亲那天街坊四邻是咋个议论的？嗯？他们说……文家怎么又嫁了一回姑娘！这个话你应该听得懂嘛！"

小眼睛一下子跪在刘彩云面前，俯身在地，让刘彩云只能看见她抖动的身体。

就这样，小眼睛跟着刘彩云回到了贵阳。蔡花蕾像见着亲孙女那么高兴，一样一样又问了一遍，还让李备第二天就去接马神仙。

隔天上午，马神仙如约登门问诊。例行的望、闻、问、切之后，马神仙开始写方子，书写过程中没说一句话。害得一直在边上等着打听消息的蔡花蕾、刘彩云和文珠祖孙三个都开始急起来，最后还是文珠开的口。

文珠说："马老伯，到底是个什么情况，你老人家还是吭个气嘛！"

马神仙一动不动，该写还写他的，说："姑娘，不急这一分钟嘛，像你这种最好不要去吃热豆腐，肯定会烫了口舌。"

在现代医学里面，不孕症有很多具体情况，比如，子宫内膜异位，比如，免疫性不孕，还有输卵管不孕等，具体情况要具体分析，然后对症下药。马神仙那个时代就不行，他们只能笼统归结为坐不下"窝"。还因为没办法确定究竟是男人的问题还是女人的问题，便一律归罪于女人，朝着女人下手。一般归结为阴虚火旺之类，主要治疗方法无外乎滋肾养肾，活血化瘀。反正就是喝药汤，总之苦口良药利于病。一段时间之后再调整方子，哪一味增加一点哪一味减少一点，或者换两味药，接着再喝。好了，真要是坐下窝了，人家就会给先生送一面旗子，写上"某某神仙，扁鹊再世"之类；好不了，只能说是你跟先生没缘分，换一位先生继续开方子，喝药汤。

马神仙给小眼睛开的方子正是滋阴补肾。

马神仙说："这不是个急得出结果的事情，还得慢慢调养，只有假以时日，才会水落石出。这方子不用忌讳什么，只是十二服药中间不要断开，完了看，到时候我再来。"

送走了马神仙，蔡花蕾说干脆就住在这里把药吃完，完了再请马神仙看一回。

小眼睛忙不迭说："使不得，使不得！小眼睛这里先谢谢老太太、太太跟大小姐了！且不说家里还有一大堆事情，小眼睛哪里消受得起老太太这样的恩宠哦！谢谢了！谢谢了！我明天就回去，谢谢了！"

那天晚上，小眼睛到底没拗过文珠，在大小姐屋里跟大小姐挤了一个晚上，这要在嫁出去之前，谁敢？两个人由女人说到男人，从徐子说到马大宏，还把蔡花蕾、老大、刘彩云，包括文大同家两个都说了一遍，公鸡叫了几遍都数不清楚了，这才迷迷糊糊睡了过去。

第二天一早，蔡花蕾让彩珠子去叫小眼睛过来一起吃早饭，结果彩珠子回来说人家已经在厨房吃过了，还说一会儿过来跟老太太道别。

不一会儿，小眼睛拎着装了十二服中药的包袱来了。她先将包袱放下，径直来到蔡花蕾跟前扑通就跪了下去，"咚咚咚"给老人家磕了三个响头，然后起身走到蔡花蕾身边，搀扶着蔡花蕾的手，轻声说："老太太，我再陪你念一回佛说阿弥陀。"

蔡花蕾什么也没说，起身就走。

小眼睛叮嘱彩珠子，说："别忘了湄潭翠芽哈。"

彩珠子说:"哎。"

那天,佛堂里再一次传出了四个声部一起吟诵的"佛说阿弥陀经",连匆匆路过的老大都不由得停下脚步,听着这久违了的和声,脸上露出了欣慰之色。

5

芒种刚过,文德范接到组织通知,让他去汉口参加即将召开的"中华第四次全国劳动大会"。这是个共产党组织的大会,据说四百多名参加者代表着全中国二百八十多万有组织的工人。

文德范很高兴。随便怎么看,组织信任这一点是毋庸置疑的。单凭这一点,喝两盅茅台烧的心情都有了。四一二事变之前,文德范出现这种心情的时候一定会邀约几个同志过来喝几盅。现在不行了,各地不断出现的抓捕然后屠杀,让所有共产党人都绷紧了神经,小心翼翼把自己藏起来不说,连街面上的风吹草动都成了必须随时留心的情况,离草木皆兵不远了。因为还有些事情走之前需要托付,文德范便约了文大同,虽说不是自家同志,总是值得信任的好兄弟。

文大同顺便拎了四瓶茅台烧过来,两男一女边喝边聊。

等到血色都聚集到了脸上,文大同说:"那在汉口开会就不怕了?"

文德范说:"汉口的国民政府大概跟南京的国民政府有对着干的意思,具体的我也不是很清楚,反正就在汉口。"

文大同说:"哎呀,两个国民政府一边一个主张,让人家咋个活嘛!哎,那你还是要小心哦!"

文德范说:"知道,估计月底就能回来。之所以请你过来,是小谢一个人……有个什么事情还得麻烦你哟。"

文大同说:"自家兄弟,你不说这话,也是我的事,哈!"

文德范举起酒杯:"行了,都在酒里面啦!"

谢知雨说:"行了,大同哥喝不了这么些,回去怕嫂子不高兴。"

男人都烦听这种话。文大同还是听话那种,都不安逸。也是仗着喝了酒了,胆子就偏大,再加上金雨天也不在现场,于是就把声音提高了几度,说:"不高兴怎么的？嗯？今天我还就喝给她看嘞，嘿！"

文德范也瞪圆了眼睛，说："我也觉得！"

谢知雨推了他一下，说："行了，你就别起哄了。"

文德范说走就走，拿着蔡花蕾给的两百现大洋的银票，第三天就踏上了去汉口的路途。文德范事先都规划好的，说一定要坐一回火车。民国七年开通的粤汉铁路长沙至武昌段就是文德范心中的目标，听说差不多五百公里的路程，"咔嚓咔嚓"用不了一天就能到。他还嫌去往长沙的水路慢了，直接选择了马车加汽车。

送走了满怀憧憬的文德范，文大同开始几头跑。书局那边是正班，大物小事每天就不少，爹手里一些杂七杂八的事情原先是徐子的活路，现在都交给了文大同，不是说不信任徐子，而是加强对文大同的历练。现在还多了一样，不说每天，至少隔一天要去小谢那里看看。因为是单线联系，这事还只能自己亲自去。而且听了文德范的建议，每次去都格外小心，在街口以及有岔路的地方文大同都会停下来假装整理一下裤腿鞋带什么的，然后假装成若无其事的样子左边右边观察一下，看看有没有异样。观察了好几回，街还是那几条街，也没见到过文德范描述的那种贼头贼脑的人，没发现什么异常。

只是文德范说好的返回时间差不多都过了一个星期了，还没回来。文大同每次看见小谢脸上的焦急，渐渐也转移到了自己脸上。哪怕你写封信呢？文大同开始体会到了之前还只是属于大人们的焦虑，心里就骂：狗东西的，跑哪里去了！

这样折磨人的日子又延续了十多天，搞得文大同无论干什么都静不下心，金雨天知道原委，就劝他，说："换个人也许该你担心，文德范那种天是王大他是王二的货，你真的白费心思了！"

文大同说："你以为我想这样？每次看见小谢满脸的愁苦，刚刚放松的心情肯定又紧绷起来。都成了条件反射了！"

终于有一天，文大同从小谢脸上看到了跟往常不一样的情绪，一打听，是文德范的家书到了。

文大同很高兴，接过谢知雨递过来的信，恨不得一眼看五行。

德范同志在信中说，原先说好大会完了就回来的，结果组织通知让他去了江西，还说具体地点和具体事情都不能在信里说。

文大同刚刚放松的心情又一次悬了起来。他看看谢知雨，那张瓜子脸上是一种放松之后又重新汇聚起疑惑的失落，有点无可奈何的那种。

谢知雨似乎有什么话要说，都到了嘴边了又折了回去。

文大同想是不是没钱了，连忙从钱包里把那些整钱拿了出来，放在小谢身边的床单上，想想也找不到什么合适安慰女人的话，干脆转身走了。

回家跟金雨天一叙述，金雨天就问："给钱的时候她推辞了吗？"

文大同想想，说："推辞了，那不是都该推辞推辞吗？"

金雨天想想，说："我也不知道她会有什么事情，反正看嘛。"

第二天，文大同刚刚下完院门外面的台阶，就看见谢知雨不知道从哪里冒了出来，看得出来是等了一些时候的。

见谢知雨欲言又止的样子，文大同就说："小谢，有什么话你就说，昨天就想说的吧？那天你不是也听见的，有什么事情你尽管麻烦我，我和德范是兄弟！"

谢知雨这才开了口，说："我……我怀孕了！"

"啊？！"文大同吃了一惊，而且马上觉得这真不是"兄弟"解决得了的问题。

谢知雨说："原本是等文德范回来告诉他的，现在……去哪里干什么都不知道，我们家在这里又没个亲戚，所以……只能跟大同哥说！"

文大同急着说："不不不！你在贵阳有亲戚，我们文家这么一大家人呢，都是你的亲戚！这样……这样这样，这也不是一天两天的事情，你先回家休息，我去办完了事情，回来把你们的情况跟大人们说，然后商量下一步的安排，你觉得怎么样？"

谢知雨说："好，那我先回去了，大同哥！"

看着谢知雨走了，文大同突然想起，喊道："哎！你小心点！"

文大同回到家，第一个告诉金雨天。这点觉悟他文大同还是有的，别看喝了酒什么话都敢说，那是人家金雨天不在。当然不是说谁怕谁，应该叫相敬如宾，在男人可以娶好几房老婆的那个年代，这就叫文明。

金雨天说："这家伙！你既然愿意四海漂泊，讨个老婆干哪样嘛！除了牵挂还是牵挂，真的是！"

文大同说："算了算了，生气有什么用？赶紧去跟老太太说吧！"

金雨天说："我去？"

文大同说："不不，我去，我们一起去！"

那晚上，蔡花蕾、老大、刘彩云都在，文昌寿也被留了下来，相当于家庭的扩大会议。而且大家都是听，就蔡花蕾一个人说。

蔡花蕾说："还说什么呢，接回来就是嘛。横竖是老文家的种，不管他新方法还是老方法娶下的这门亲，那都是文家的种子，都要跟他爹姓，对吧？"

在中国，孩子跟谁姓，是个核心问题。不论贫穷富贵，谁都不会担心孩子怎么生，谁来养，谁来调教，谁来担责任，只要把姓氏确定了，其他事情都迎刃而解。

蔡花蕾接着说："当然，人要由老二他们家接，无非多给一份人头钱就是。"

这话是说给老大听的。人头钱是自文知礼他们搬出去单过之后出现的，就是按人头按季度拨付的过日子的银子，年关前后还会给一笔红利，年成好的时候多一点，不好的时候就少一点。

老大说："应该的，应该的，而且好事情嘛。你还不要说，如果小眼睛他们在茅台镇也弄出个动静来，那就是双喜临门！"

蔡花蕾说："那？我都要喝两杯哦！"

商量下来，决定文德范他们那个小窝也继续租着，你都说不清楚哪天他文德范就杀回来了，愿意回这边住最好，实在要犟着，那里也是个现成的住处。最不济，算他们组织的办公地点也未尝不可。

事情说给二老爷听，二老爷一副无所谓的表情，说："我原先就说过嘛，你孙猴子再能翻，还是没能翻出如来佛的手掌心吧？"

柳月红就说："行了行了，娃娃嘛！你就不要跟他们一般见识了，晓得回来就不错，关键人家还另外带回来一个了嘛！"

二老爷还嘴硬，说："咦！要没有这一说，老子门都懒球得开！"

柳月红懒得跟他生这种闲气，想想还有那么些碎七碎八的事情都得自己一样一样去落实，转身走了。

二老爷还没完，自己跟自己说："如何？我没得说错嘛！"

柳月红选了一个黄历上面"易移居"的日子,把谢知雨接了过来。那天一家人都高兴,由蔡花蕾提议在大院这边摆了两桌,把文霏霏家娘母几个也接了过来,除了缺少当事男主角,也是一个大团圆的阵势。

之前,老大因为心情好,思来想去竟然就对了一副对子出来,让文昌寿找来些大红色的纸裁成对联大小的条条,工工整整的隶书写了两份,事先跟刘彩云说了,一份给二老爷家,一份给小眼睛家。

1927年,农历丁卯年,生肖是兔;翻年则是戊辰,生肖为龙,老大根据这个对的对子。

上联:播福玉兔升月殿

下联:送子苍龙降桑田

横批:添子添福

蔡花蕾看了,点着头,说:"嗯!是这个道理哈,还行!"

文知礼和柳月红被叫到老大的书房,看了对子之后都掩饰不住满心期待,说:"哎呀,看不出我家老大还有这个本事哈,要得!要得!耶,只是还没到年关,不到贴春联的时候啊?"

柳月红就说:"哎呀!你就不要把它想成春联,就是一副对子,对子什么时候不能贴?我们家对子还少啦?还要谢谢大哥!"

二老爷一抬头,看见两根柱子上高悬着的一副对子:

上联:感世运迁流 恸文化濡滞

下联:举道德教化 期文明流布

横批:行德崇文

二老爷说:"是哈,这还是爹的墨迹嘞。"

第二十六章

1

　　文德范到了江西之后还来过一封信,没具体说在哪里,也没说干什么,就是报个平安。对文家人来说,这已经知足了。那年从学校直接就去了北平,好长时间才有个路过的茶叶贩子上门说了一声,你能把他怎么的?

　　后来才知道,文德范参加了由毛润之先生领导的"秋收起义"。

　　秋收起义是共产党第一次放弃沿用国民革命军的番号,将参加起义的五千余人整编为"中国工农革命军第一军第一师"。第一师下辖三个团,分别驻扎在江西的修水、铜鼓和安源,在1927年中秋节前一天举行了武装起义。原先各路人马打算会聚到一起攻打长沙,后来三路起义队伍在前往预定集结地的半路均受挫。当时,那个叫毛润之的中共中央特派员以前敌委员会书记的名义命令各部队转到浏阳县的文家市集结,同时决定由此转向国民政府统治力量相对薄弱的广大农村去继续斗争。他们大概是看中了位于湘赣边界上罗霄山脉中段的井冈山,那里山高林密,辗转腾挪回旋有余地。队伍在路过一个叫三湾的地方进行了整编,之后便登上了井冈山。

　　第二年清明时节,南昌起义的队伍和秋收起义的队伍在井冈山上会合了,成为中国第一支举着镰刀斧头旗帜、公开宣称"枪杆子里面出政权"、与国民政府分庭抗礼的军事组织。他们把自己称作"工农红军",将国民政府的军队称作白军。从此,红白两军泾渭分明,势不两立。

　　中国有句老话,叫"官逼民反,民不得不反",意思十分明确,都是你逼的。中国历史上官逼民反的例子很多,从公元前209年大泽乡的陈胜、吴广,到1851年洪秀全领导的金田起义，两千多年里面大大小小无数次的农民起义，鲜有取得政权者，而且大都遭遇很惨。秋收起义是中国历史上最近的一次农民起义，结果会如何？没人知道。

因此，文家人对文德范命运的担忧，也是有历史依据的。

老大就说："枪杆子里面出政权？话是不是大了一点？有了几杆枪就能夺取政权啦？吹牛皮哦！不过……人家有这种想法总是允许的，你总不至于连想法都不准别个有，那就霸道了一点。"

刘彩云说："还算好喽，怎么说他也给二老爷家留了个种，不论是男是女，血脉总归没有错。如果当真是个儿娃娃，那就是他文德范前世修来的福气。"

刘彩云之所以说"当真"，是因为听赵青梅说柳月红为此在她屋里设了个神龛，正中间供奉着坐在莲花宝座上的送子观音，面前香火蜡烛一样不少，每天三遍，一遍不敢少，而且供品还经常更换，生怕菩萨吃着不新鲜了。烟熏火燎，把好好一个房间变成了奶奶庙。

谢知雨也成了二老爷家的重点保护对象，一日三餐，什么讲究吃什么，早早地就把产婆子什么的都说好了，只等时间；另外还请了个半截伯妈，就是四十多岁，生过娃儿，方方面面都有经验那种，请过来专门伺候谢知雨。

谢知雨哪里受过这般恩宠嘛，都有点不好意思了，虽然开始有点别扭，慢慢地，感觉有人伺候还是安逸。

兔年的腊月里，大寒还差着几天，也就是公历1928年1月18日，谢知雨突然就感觉日子到了，虽然距离马神仙断的日子还差着几天。柳月红前一天把产婆子接过来，第二天就有了情况。蔡花蕾说是让产婆子给逼的。

娃娃呱呱坠地，大人孩子都平安，只是也有遗憾，是个女娃娃。

二老爷就吼："赶紧把你那个奶奶庙拆了！白烧了这大半年的香火！"

蔡花蕾才不管你男娃娃女娃娃，统统喜欢，也不等老二家过来请老人家赐名，先就定了个"文心雷"放在那里。按说该用花蕾那个蕾，女娃娃家。

蔡花蕾说："这才随她爹天王老子都敢骂那个性格，今后她爹若是还不安分，姑娘会来收他。"

谢知雨打心眼里喜欢这个名字，说文德范一定也喜欢。不过只能自己高兴，想给孩子她爹说一声都不知道往哪里寄信，就算知道个什么井冈山，也没具体的门牌号数，怎么寄？后来还听说那地方不通邮路。谢知雨也想通了，就算通着邮路，总没有白军给红军送信的道理。

也许是为了安抚一下二老爷那颗"破碎"的心，也许是为了弥补文心雷她爹妈结婚时全家人没热闹一下的遗憾，也许是为了让老太太高兴高兴，也许几样都有，由老大提议，在家里办了一回满月酒。

谢知雨快要生产那几天，老大竟然也多了一份惦记，说给刘彩云听，人家一针见血就说："都是你那副对子闹的。"

老大装听不懂，说："怎么呢？"

刘彩云说："耶！都送子苍龙降桑田了，你还不是巴望生个儿子来对应着。这回生了个姑娘，不说脸上难看，最起码遗憾嘛。"

老大说："哎呀，中国人也是哈，就这么看重生男生女。我要是真写成送女苍龙降桑田，老二一定会说我是在诅咒他！"

最终的结果没能遂人心愿，也是老大提议在大院这边办满月酒的缘故之一。

里里外外六张桌子，还请来了戏班。这回因为是二老爷家的事由，二老爷就提了一个建议，说是能不能看一回川戏。二老爷还没解释缘由，老大就已经明白了的。他们家三姨太周慧敏原先就是个唱川戏的，那年不是演《九美狐仙》时被老二看中的吗？在文家这么些年了，又没生个一男半女，不要说在大院，就是二老爷家那边小院子也被遗忘得差不多了，就打麻将的时候看得见人。但是，人家周慧敏长得还是有盘有条的，而且人年轻嘛，加上会嗲声嗲气说话，肯定就讨二老爷欢心。二老爷也想通了，她生不出来你能怎么的？总之能派上其他用场，也算没荒废。

这回有这么个机缘，没想老大就说动了蔡花蕾，改成了川戏。人家老太太也懂得平衡的道理，还不要说照顾一下情绪什么的，都听了一辈子的京戏了，听一回川戏有什么不行？

于是，二老爷就照着前几回文大同家两口子唱《坐宫》那种款，也给周慧敏安排了一个川剧的旦角唱段，叫《思凡》。原本打算多安排几段的，还是人家周慧敏有自知之明，说算了，就这一段唱下来也七八分钟呢，多了怕老太太说。

说起川戏，最有特点的要数帮腔，几个女声在幕后随着剧情帮着前面的角色高一声低一声地一喊，声调还格外高亢，实在有味道。而且周慧敏还来了个一不做二不休，索性化了装不说，还找戏班借了一身小尼姑的行头穿戴整齐，你再看，整个一个"九美狐仙"，妖艳得很。

二老爷见了那么撩人的装扮，一下子就有了梦回当年的感觉，自己跟自己说："难怪只唱一段哦，这么个架势是来不及换其他行头嘞！"

那天，帮腔的一帮女声是随乐队一起过来的，不仅嗓音好，一个个还字正腔圆。

一开始，帮腔的先唱：小尼姑年方二八（呀）……

周慧敏接着唱：

小尼姑年方二八正青春，

送进了庵堂出家，

每日里烧香换水……

帮腔：

青灯黄卷拜菩萨！

周慧敏唱：

我想那一日……

帮腔：

打扫山门下……

周慧敏接着唱：

见一个青年子弟扬鞭走马，

他将眼儿瞧着咱，

咱将眼儿看着他，

他看咱，咱看他，

一缕痴情常牵挂……

四川话一缕的"缕"字不念"吕"，念"鲁"，"一缕（鲁）痴情常牵挂"，关键拖腔还绕来绕去的，煞是好听，安逸得很，连老大都莫名其妙地叫了声好。

不得不承认，人家周慧敏真就是个唱戏的好材料，让文知礼弄到家里来真是荒废了。别看离开梨园行这么多年了，除了嗓音不赶当年，没有帮腔的年轻女子那么敞亮高亢，其余的，比如，身段、神态，还有眼神什么的，都活脱脱一个思凡的小尼姑。

连蔡花蕾都说："难怪平时间那么会来事，搞了半天戏里面学来的！这回好了，以后小戏台又多了一段……叫什么？高腔是吧？也好，也好也好！"

那天散了戏，柳月红跟文知礼说："难怪喽，老爷就是那个扬鞭走马的青年子弟哦！"

二老爷也不争辩，只是笑，当晚跑不脱在周慧敏屋里过的夜。

2

谢知雨这边一生产，必定有人连锁反应就会想起小眼睛。那晚上散了戏之后，洗漱完了的蔡花蕾还没上床就想起了小眼睛，马上跟彩珠子念叨，问小眼睛过来看郎中那回是几月。

彩珠子想想，说："应该是……去年端午节前后嘛，我算算……哟，半年出了头。"

蔡花蕾说："你看你看！哎呀，也不知道是个什么情况？啧，要想个办法问一问嘞！"

第二天，老大见老太太一脸的不安逸，问清楚了缘由马上修书刘青云，请他尽快将小眼睛的身体以及他们家的情况告知一二，并安排徐子马上去邮局发了。

隔天中午，刚吃了饭的蔡花蕾突然说不舒服，说是感觉心口堵。正好老大在家，马上招呼老太太躺下，文昌寿立即差使李备去接马神仙，一家人的神经顿时紧绷了起来。

结果马神仙来号了脉之后，起身将老大拉到一边问话，说："最近……老太太是不是有什么烦心事？"

老大想想，说："按说……不会呀？"

马神仙说："什么事？"

老大说："小眼睛，就是你上回给开了安胎方子的那个小眼睛！"

马神仙说："一直没有消息？"

老大说："就是，老太太还急着让我写信问情况来着。"

马神仙说："除此之外……"

老大说："再没有了。那天看戏还高高兴兴的。"

马神仙说："那就是这个事情。能不能尽快搞清楚小眼睛的情况？"

老大说:"已经写了信了……你的意思,跑一趟?"

马神仙说:"跑一趟!我这里给老人家开一服安神补气的方子,你赶紧让人走一趟茅台镇,我保管老太太药到病除。我说的药,就是小眼睛的消息,嗯?"

老大说:"好好好,就按神仙大哥说的办!"

送走了马神仙,老大拉着文昌寿往书房去,边走边把家里的人在心里都顺了一遍,最后决定让徐子去。连徐子不便开口问小眼睛女人家事情的细节都在心里想好了的。他告诉文昌寿,马上带些钱去找徐子,让徐子自己去租一挂马车去茅台镇,请刘承义他妈去找小眼睛问清楚关于怀娃儿的所有问题,完了尽快返回贵阳。

老大说:"听明白了?"

文昌寿说:"听明白了,我这就去。"

徐子按照文昌寿传过来的话,当即放下手边的事情,租了辆马车,很快便上了路。

徐子非常愿意跑这一趟。因为上一年春天就听说修建中的贵阳到遵义,再到赤水的公路,说是已经通到桐梓了。

"公路"一词,不要说徐子,老文家最德高望重的老太太,都是头一次听说。要说"天无三日晴,地无三里平,人无三分银",人人都晓得,现在冷不丁冒出来个被称为"公"的路,书里还都没记载,那种诱惑力可想而知。公路先修到桐梓,是有它的道理的,这就必须说说修这条路的人。

修这条路的人叫周西成,时任贵州省主席,兼着国民革命军第二十五军军长,桐梓人。光绪十九年(1893)出生的周西成,比文大同小一岁。周西成十多岁从军,从一开始就特别用心将弟兄伙拢在自己身边,自己若有个一官半职了,从不忘记他们。自从入主贵州,还当上了军长,弟兄伙一律提升到师长、旅长的位置,一个不落。以至于当时贵阳竟有了这样的对联,"内政方针,有官皆桐梓;外交礼仪,无席不茅台。"

对了,这里说的"茅台",就是茅台镇云辉烧房的茅台烧。

按说,拉帮结派才是周西成的强项,只是人家这个桐梓人不光光干这个,也干福荫乡梓的实事。除了修建的通往四面八方的几条公路之外,人家还办实业，一下子建了很多工厂，其中有个发电厂，说是一定要让家乡同样用上电灯。之所以说"同样"，是因为比起上海于光绪八年（1882）就点亮的第一盏电灯，周西成的家乡整整晚了四十六年。不管怎么说，周西成"福荫乡梓"的心是大家都看得到的，比如"公路"。

徐子急于踏上去遵义的路，就是想亲眼去看看这路究竟怎么个"公"法。至于"电"的灯，徐子脑袋都想疼了，也没能形成什么说得走的概念。

贵阳通往桐梓的这条公路，220公里多一点点。徐子也是后来才搞清楚的，一公里相当于原先说的二里地。租来的这挂马车车夫，也是第一次驰骋在这样一马平川的公路上，跟徐子一样，兴奋了一路。

要说呢，宽、直、平坦是最初印象，跑着跑着，诸如桥梁是新建的，路边有排水沟，边上被削平的坡面上还种了些草等细节，完整了徐子对公路的概念。不过，马车都拐上那一段去茅台镇的碎石子老路了，徐子还是没明白，这路为什么要叫个"公"。

等到马车在茅台镇刘青云家门口停下时，正好遇见更夫敲响那晚上的最后一遍梆子，"嘣嘣嘣嘣——乓，嘣嘣嘣嘣——乓"，一条街都听得见那种沉闷且呆板的声响。

趁着徐子离开的工夫，车夫将一口袋马料套在马头上，任马儿吃去，自己则钻进马车，打开预备好的棉被，蒙头就睡。因为跟徐子谈好了马不停蹄一来一去的价钱了的，要不抓紧打个盹，到时候人吃不消。

刘青云和林家漪都是稀里糊涂被早起的用人叫醒的，一听说是贵阳那个叫徐子的来了，刘青云一个骨碌就翻下了床。因为他还没有接到老大的信，而徐子这么个时候到达茅台镇，那一定是赶了一夜的路了，什么事情这么急？

刘青云听完徐子的讲述，这才松了一口气。心想老太太这是怎么了，还跟个小丫头较上劲了。想归想，事情还得尽快去办，人家都支着松明火把连夜赶了过来，你还不尽快去解了人家的燃眉之急？你还别说，除了林家漪，还真找不出比她更合适的人选了。林家漪早饭都等不了了，叫上徐子便走。

徐子跟小眼睛还是看病那回见的面，也半年多了，而且两个人到底有过那么一段青春萌动的经历，不管是不是剃头匠的挑子，总之心里曾经泛起过涟漪；加上小眼睛在文珠的事情上处处两肋插刀那样的情义，徐子对于能在茅台镇见到已为人妇的小眼睛还是相当期待的。他想看看她的家，她的生活，以及有关她的一切。

小眼睛也一样，能在自己家里见到徐子哥，除了吃惊，还有一份压抑着的喜悦。之所以压抑，是因为徐子毕竟是自己成熟之后第一个动过心的男人，书里面管这个叫初恋。初恋总是让人记忆深刻且弥久如新，常常令男人们或女人们向往。

所以，小眼睛在自己家门口见到徐子时，脸就一直红到了脖子根。还好，马大宏不是善于察言观色的人，对于贵阳来的客人跟自己家婆娘之间那样莫名其妙的情绪也就浑然不知。

徐子一眼就看见正屋门框上贴着的那副老爷亲自书写的对联，只是红纸已经有些泛黄，还有些破损，在风的鼓动下，支棱起的纸片还噼噼噗噗吵闹着，仿佛在提醒人家注意它似的。

小眼睛和马大宏热情似火地将客人迎进屋，小眼睛直接盼咐马大宏去烧水。乡下人都喝生水，哪里有城里人那么多讲究？也就是来客人了，才会把水烧开了让客人喝，也算是一种待遇。

人吧，心里边要是有个什么小九九，就会故意离这个东西远一点，貌似不相干的样子。比如现在，小眼睛就拉着林家漪说话，还显得亲密无间的样子，根本不往徐子那边看。

徐子既然知道两个女人接下来的话题是自己不宜旁听的那种，便借故上茅房躲了出去。

林家漪马上就开始了正题，说："小眼睛嘞，我都羡慕你得要死，人都嫁过来这么久了，还让老太太惦记着！人家问呢，说到底怀上没有？"

小眼睛面有难色，摇摇头。

林家漪说："听刘青云说，不是请马神仙开了方子的吗？"

小眼睛说："是，都半年多了，还是不见动静，也不知道是什么原因。唉，啧！"

林家漪早就学会了贵州人的习惯语，也跟着"啧"了一下，说："要不……找这边的土郎中再给看看，反正……试一试总强过这么干等着。"

林家漪本来想说"死马当作活马医"的，转念一想这相当于在人家伤口上撒盐，出来的话就变了个说法。

小眼睛说："我也这么想过，要不……就麻烦舅妈帮忙打听一下？"

小眼睛在贵阳就一直随文珠喊林家漪叫舅妈，本来还想加个什么后缀显得恭敬一点，比如太太，要不夫人什么的，结果连在一起一试，反而觉得别扭，累赘，文珠就说，干脆就叫舅妈。

林家漪说："麻烦什么？一点都不麻烦。那就跟老太太这样回话，你看行不行哈？就说……有一点点起色，只是还要请本地郎中再看看，估计……估计……哎呀，这个事情还真不好估计哈？"

小眼睛说："也不好说有起色什么的，干脆就说请了本地郎中在继续看。"

林家漪说："也行也行！反正要给人家老太太那边留着一点希望，你说呢？"

小眼睛点点头。

林家漪说："那我就跟徐子这么说？"

小眼睛皱着眉头，点了点头。

这边话说完了，那边徐子也进来了，没话找话，说："清清静静的，还看得见赤水河，真不错！"

小眼睛说："要不是怕老太太急，真要留徐子哥尝尝我做的饭菜。"

徐子笑笑，说："下回吧，马车还在那边等着呢。说完了？"

林家漪说："说完了。"

徐子说："那……我就走了，老太太那里还等着呢。"

小眼睛就喊："马大宏，客人要走呢。"

马大宏从厨房里跑出来："哎哟，水也不喝一口呢，这就好了！"

徐子说："不了不了，下回吧！"

看着客人离去的背影，马大宏说："什么事情这么急呢？"

小眼睛什么也没说，眼睛里面尽是些惆怅。

徐子赶回贵阳时真有点筋疲力尽了，跌跌撞撞到老大屋里先说了一遍，再由老大家两口子陪着去蔡花蕾屋里又说了一遍。

蜷曲在"病榻"上的老太太还问："那总要有个办法啊？"

徐子说："舅妈说了，已经在那边找乡下郎中接着看，说是兴许就会有个结果。舅妈还说，让我告诉老太太，说是请你老人家放心，说他们对小眼睛也跟自家人一样。"

蔡花蕾说:"哦。"

第二天,蔡花蕾居然让彩珠子告诉厨房,说想吃碗糕粑稀饭。

糕粑稀饭是我们这边的一种小吃。就是在用滚烫开水调和得稠糊糊的藕粉上面,放一坨用糯米粉蒸熟的糕粑,撒上糖、芝麻,还有些被染成红颜色绿颜色甜丝丝的冬瓜条,拌匀了吃,甜食。

文昌寿立即差人去街上买。

连老大都不相信,老太太居然把一碗热腾腾的糕粑稀饭全部吃完了。

晚上,刘彩云对老大说:"哎呀!小眼睛都成了老太太的心病了。"

老大说:"到底是老了!管她的,只要她高兴。"

3

造纸厂那一大堆铁家伙,还好是窝在规规整整的厂房里面,不然,不要说露天,你就是厂房建得马虎一点,哪里飘点雨漏点风什么的,从日本盘回来的这些机器,也许真就成了废铁了。

也还要庆幸人家周世涛来自那个文人荟萃的遵义沙滩,读书人家,知道暴殄天物的道理,因此一直安排几个工人按期擦拭、保养,这才让文大同过来看设备时重新又燃起了希望。

那天,文大同到造纸厂来拿东西。原先听家里人说起过造纸厂,二老爷还为此跟爹红过脸,只是自己从来没留心过。现在站在一大堆组合在一起的大大小小的铁家伙面前,莫名其妙就感到一种压力,一种英雄无用武之地,仰天长叹那样的窘迫。自己一个局外人尚且有这样的感受,更不用说这桩买卖的始作俑者。文大同在心里对自己说,不行,一定要帮着爹把这个疙瘩给解了。

文大同先找周世涛把前因后果问了个明明白白,才知道那年人家四川的马老板诚心诚意真想买来着,爹这边也是磕头买进作揖卖出的心情,只因为中间横出个何万年,这才将两边都好的一桩买卖给搅黄了。说到底,还是爹的一个面子问题。

回到屋里,把来龙去脉以及自己的打算跟金雨天一说,意思有个人斟酌一下更稳妥些。

金雨天眉头揪了半天，说："你？"

文大同说："哟，你的意思……你？"

金雨天说："啧！我是怕你吃力不讨好！"

文大同说："讨不讨好倒不怕，家里的事情总要有人来做。你是没看见，那么些铁家伙躺在那里死不死活不活的，总要有个办法才是！爹不是面子上放不下吗？那我就让他既保全了面子，又将这些东西找一个物尽其用的归属。何乐而不为？"

金雨天说："是，谁叫你是长房长孙来着。"

文大同的办法其实很简单，就是避开文知礼、何万年这一竿子曾经在这个事情上有想法的人，阴悄悄前往重庆一趟，跟马老板当面锣对面鼓"勾兑"一回，争取把这个"疙瘩"解开。如果成了，既不犯文家老大的忌讳，又还成全了双方；假如不成，也神不知鬼不觉没人知道，伤不了任何人的面子。

老大听了文大同的叙述，不讲话，皱着眉头，眼睛还一个劲眨，看那意思起码不排斥，只是一时间还没想透彻，同时还不想在儿子面前表现出自己反应迟钝，就说："我跟周经理商量商量看。"

第二天上午，正要出门的文大同在过道上遇见像是特意等候在那里的文昌寿，被告知老大同意去四川的想法，同时让他带上徐子。后来刘彩云悄悄告诉文大同，说是当爹的对儿子能够主动发现情况并提出解决方案，很受用。

刘彩云说："知道就行了，别去问。走的时候让金雨天给看看随身行李，不要丢三落四的。到时候少了什么又去买，没必要花那些闲钱。"

文大同说："知道了。"

到了重庆才晓得自己的东西带多了。重庆比贵阳热得多。由于地处四川盆地边缘，又是长江跟嘉陵江的交汇点，热空气在这里不容易散开，聚集的时间长了便闷起热，而且没有一丝风。文大同和徐子过来的时间正合这里热得正是时候的七月，让两个人真正领教了这地方为什么被人称作"火炉"。

马老板做梦都没想到贵阳老文家的大少爷居然会千里迢迢亲自来跟自己谈生意。

那年，怎么拆怎么运都想好了的，硬生生就被一个什么人际关系问题给搅黄了。后来才知道文家跟何家是儿女亲家，而且不过张。

"不过张"是打麻将里面的术语，上家出的牌，下家有吃有碰，那叫"过张"，否则就叫"不过张"；延伸到人际关系里面，则表示两个人有过节，有矛盾，不和谐。

　　文家跟何家不过张，在贵阳是众所周知的事情，只有马老板不晓得。假如当年马老板找的是家门马神仙，哪里会有后来这么些麻烦？

　　气归气，现在人家大少爷都亲自登门拜访来了，大面子上总还要过得去。不是说和气生财吗？你一天红眉毛绿眼睛的，钱看着都害怕。再者说，这件事情马老板心里一直还惦记着。到底是东洋货，跟自己手里这些家什比不得。而且，马老板第一眼看到文大同时，心里的算盘珠子就噼里啪啦敲过了的。都找上门来了，一个字便可概括文家人此时此刻的心情——急。你别看大少爷笑吟吟个脸。

　　心里有了底，在接下来的两天里，马老板好吃好喝好招待，将文大同和徐子招呼得只有那么安逸了，用马老板他们四川方言，叫"巴巴适适"。

　　但是，真正到了谈具体价格的时候，马老板便垮起了个脸，而且声音也是公事公办那种，没有一丁点色彩。

　　马老板说："其实，早知今日何必当初？那年价格都谈得好好的了，就等着数钱拉东西。现在时过境迁，一是心情变了，变得无所谓起来；二来都四年了，那些机器是个什么情况我也不晓得……"

　　"没变化，没变化！"文大同赶紧说，"那么多银子买回来的好东西，有专人照看着，绝不能让它们出一点点问题的。这个请马老板放心，况且最终还要看了货再交钱不是？"

　　马老板说："即便这样，也不可能当年那个价钱了，对不？"

　　文大同顿了顿，说："马老板的意思……"

　　马老板不急着搭话，把脑袋扭朝一边，眉峰一聚，将两道眉毛中间那一点点肉皮弄成几条沟谷，好似一个四川的川字，就这么"川"了好一阵，才说："当年那个价钱想必大少爷是知道的。"

　　文大同说："知道，二十万现大洋，跟甩卖差不多。"

　　马老板说："那好，公平合理，砍掉四分之一。"

　　文大同将对方的话心里过了一遍，然后说："你老人家……手重了点吧？一万现大洋，算是我们对马老板当年往返贵阳的车马费，马老板意下如何？"

马老板看看文大同，伸出一个手指头，说："我加一万，一十六！"

文大同想想，伸出两个手指头，说："我减两万，一十八！"

马老板笑了，说："耶，看来……大少爷也是久经沙场嘞！"

文大同说："不敢不敢！我们晚辈人按理不该跟前辈人斤斤计较，只是……如果太低了，回去在老太爷跟前交不了账，是这样。"

马老板想想，一咬牙一跺脚的样子，说："既然老太爷都搬出来了，我这里就给个面子，说一个到头价，十七万！到了头啦！"

文大同一抱拳，说："君子一言！"

马老板同样一抱拳："驷马难追！"

马老板开口之前的心理价位就是十七万，两边一个上楼梯一级一级地上，一个下楼梯一登一登地下，到了心里面那个平台跟前，总要另外来点什么说辞，一边说"交不了账"，另外一边就配合说"给个面子"，于是成交。做生意的都这样。

徐子压根不知道文大同居然还会这些，什么车马费啊，什么晚辈前辈啊，在徐子的记忆里，印象最深的还要数他和金雨天唱《坐宫》那劲头，食指中指并在一起指指点点不说，脑袋还一摇一晃的。到底是读过大学的人，学什么会什么，而且像模像样。

在字据上签字画押之后，这桩买卖就算完成了。

马老板看看字据，再看看文大同，笑笑说："上回你们家老太爷把字据一撕两半那事情……不会重演吧？"

文大同也笑，说："马老板真会说笑话。"

两人不由得哈哈大笑。

既然皆大欢喜，马老板总是要"周吴郑王"尽一回地主之谊的。"周吴郑王"也是我们这边方言里的词语，"正儿八经"的意思。

马老板说好在朝天门码头靠嘉陵江这边的一条画船上，还叫上了当地他认识的几个贵州朋友，说是大家一起喝两杯酒，热闹热闹。

当然嘛，任何时候"老乡"总能成为话题，而且能没完没了地扯半天。那天就是这样，一说起你是贵州什么地方的，离我们那里只有多少距离，立马就没完没了起来。只是这种都能导致"两眼泪汪汪"的场合，居然也出了状况。

马老板请到的一个在重庆当律师的贵州朋友，听说是老乡聚会，就额外多带了一个朋友来，马老板并不认识，反正多双筷子多个碗的事情，来就是嘛！

额外带来的这个朋友是个军人，一身戎装精精干干的模样，宽皮带上还有一根小皮带斜挎过左肩，一个小巧玲珑的手枪套恰到好处地贴在腰间，让人从任意一个角度看了，都觉得干练。

律师把这个军人朋友介绍给马老板时，说是驻军一位团副，姓何。马老板寒暄之后转身将何团副介绍给正在跟别人说话的文大同，结果两个贵州老乡一照面，都愣住了，熟人！

不但熟，而且熟得有点邪门。谁呀？何万年家大公子，文珠的丈夫——何子豪。都说冤家路窄，还真没见过窄成这样的！在四川的嘉陵江边，在人家马老板招待客人的画船上，贵阳的两个仇家居然就遇上了。

还是何子豪先开的口："哟呵！叫……文大同是吧？"

文大同一听这样的口气肯定不舒服，第一眼认出何子豪时，文大同的第一反应是大面子上过得去。因为本身见面的次数不多，如果对方没认出来，也许稀里糊涂吃吃饭就走，没必要去惹。没想人家马老板热情啊，开口就说这是贵阳文家的大少爷，话还没说完，一看人家两个好像认识，而且何子豪的不友好直接就挂在了脸上，搞得马老板都不知道说什么好。

何子豪说："也许……我还得叫一声大舅哥吧？"

关系都分得这么一清二白的，也只能兵来将挡了，文大同笑笑，说："你好！"

后来才知道，何子豪二十七岁那年抄了个近路，走了跟他爹有一段交情的黔军马师长的路子，到马师长属下一个团长手下顶了个缺，当了个副官。干什么放着清清闲闲的少爷不当，要去从军呢？据何万年后来分析，何子豪应该有点幡然猛醒的意思。一个人到了一定年纪，会变。经历多了嘛，看问题的方法和角度都会变。你都说不清楚为什么就变了，也许受什么人影响，也许被什么事情触动，也许压根就没什么理由，一觉醒来就觉得原先的生活特别没劲，就想变变。何子豪就是这样，总之想过一种全新的生活。这在何万年看来叫浪子回头。对于知道回头的浪子，父母总是高兴的，金不换嘛。于是重重地打点马师长一回，让儿子轻轻松松当了个军官。不是有句话嘛，叫作：要吃要穿，嫁给军官。总之，不是坏事情。

在对待文珠的问题上，何子豪跟他爹的想法不一样。他对女人的"从一而终"是嗤之以鼻的,什么啊?腻味不腻味啊?因此,除了文珠刚刚过门头一年心烦了一阵子,后来纳了两房妾之后,何子豪几乎把正房太太忘得干干净净。每每当爹的念叨起来,何子豪反过来劝爹,说你管她的,让她回来添堵啊?几边都清净的事情不好吗?

  时间一长,虽然当爹的对老文家依旧耿耿于怀,但是他拦不住儿子按照自己的想法去生活。几年下来,何子豪从中尉副官慢慢上升到了中校团副,后来奉调到重庆周边驻扎,眼看着也一年多了。

  没想到在嘉陵江边的画船上就遇见了文大同。

  人啊,心里面的疙瘩没人触碰的时候,也许风平浪静,什么事没有;一旦碰着了,终归是个疙瘩。按说文家少爷跟何家少爷之间面都没见过几回,更谈不上过节,但是家庭之间的疙瘩毕竟在那儿摆着,眼下这种情况自己要是没个态度,有点不像个男人……特别是男军人的性格。又一想,今天朋友叫过来跟贵州老乡聚会的酒席上,你若是来个无理由发作,恐怕也不是已经官至团副的自己应该有的做派。所以,何子豪决定先不挑事,坐下来看看再说。

  马老板见这个军官跟自己的客人好像很不客气那样子,便把律师拉到边上问情况。律师只知道何子豪的爹是贵阳那边商会的一个头,别的一概不知。马老板一听就明白了,原来是两个冤家的少爷在重庆遇见了。现在还说什么呢?赶紧开席,喝酒,吃饭。只要把酒喝安逸了,也许冰释前嫌也不一定,马老板想。

  于是马老板开始招呼大家:"来来来,都坐下,都坐下!王律师,坐到坐到,徐子,你过来挨着你们家少爷,来来来!"

  徐子不认识何子豪。虽说那年文珠出嫁的时候远远看见过一眼骑在大白马上的新郎官,那时候心情不好不说,天上还下着雪米粒子,跟眼前这个意气风发的青年军官根本搭不上。

  只是徐子不知道,人家何子豪已经把他瞄上了。

  初初听见马老板喊这个名字,何子豪心里就咯噔了一下。这两个字有点耳熟,像是在哪儿听见过。皱着眉头使劲一想,何子豪顿时起了一身鸡皮疙瘩。没错,这才真正叫冤家路窄嘞!跟文大同那还只是隔着一层窗户纸的冤家,这个叫徐子的才是自己明明白白的冤家对头。

  何子豪都没等主人家招呼,端起面前的一杯酒,一仰脖就下去了,心里同时蹦出一念头来,天赐良机啊!何子豪在心里喊。

4

徐子被五花大绑押进驻军的一个仓库时，真不知道自己究竟犯了哪条王法。

昨晚上在画船上吃完了马老板的酒席，心无旁骛的徐子也喝得差不多到了量，走路不说打飘飘，起码身上感觉比平常轻快了许多。和文大同坐上马老板喊来的黄包车，没多大工夫就到了下榻的旅店。对于后面一直跟到旅店来的两个探子全然不知。探子当然是何子豪临时安排的，把他俩住哪间房摸清楚了之后，探子回去交了差。

在画船上，文大同心里紧绷着的那根弦差不多都松弛了的，一晚上就看见何子豪敬这个敬那个的，好像跟文大同多少年的好朋友一样，只是没正眼看过就在文大同身边的徐子一眼。

因为文大同也喝了不少，回到旅店都没跟徐子说说话就睡了。直到士兵们蜂拥而入，从徐子的床铺底下搜出来一包什么违禁品，然后五花大绑把人绑走，文大同这才清醒过来。

还好，何子豪分得清楚主要矛盾和次要矛盾，于是放了文大同一马，否则到马老板那里去报信的人都没有。

马老板一听就急了，说："老子昨晚上就看他不怀好意的！但是……不对呀！他应该绑你才对呀，人家徐子跟你们两家的世仇有什么相干呢？"

"啧！哎哟！"文大同本不想绕山绕水跟一个局外人去讲两家人的那些故事，后来一想你要是说不清楚，人家马老板肯定还要追着问，与其那样，还不如顺着次序前因后果说一遍的好。于是就把从"青梅竹马"到"逃回娘家"说了一遍。只是隐瞒了文珠生娃儿那段。

马老板说："难怪哟难怪哟！整个一个冤有头债有主嘛！"

文大同一听就急了，说："耶！马老板，明明白白的一桩冤案，你都看见了的……"

马老板截住对方，说："大少爷，不急，哈。你放心，何家这回肯定不在理上，分明栽赃人家徐子嘛，什么违禁品？一包炸药，徐子大老远从贵阳带炸药来干什么？没有这种道理的！你放心，我一定帮你们讨个公道回来！穿一身皮皮就没得王法啦？嗯？"

人家马老板也不是白活这么一把年纪，在重庆这个堂子三朋四友总是喊得拢的，拐弯抹角也找得到军队里面的把兄弟。没多久，军队里面的把兄弟传来消息，说是你们的人这回栽在姓何的手里面了。说何团副三头对六面是拿死了的，人证物证什么都清清楚楚，人家这回是办了个铁案。

"铁他妈的个狗臭屁哟！"马老板鼓着眼睛张口就骂。

把兄弟先说对不住，临走的时候留了个尾巴，说是只有看看其他路子了，还用拇指、食指、中指捏在一起搓了搓。

天底下的人都看得懂这个动作，马老板十分烦心，厌恶地用劲挤了一下眼睛。

转身把情况说给火急火燎的文大同听，文大同更急了，说："哎！罪名都还没弄清楚呢，怎么就开始要钱了？！"

马老板说："大少爷呀，你还不要说，真要是给点钱就能够把人弄出来，那真还阿弥陀佛了。我还怕给了钱那姓何的还犟着，那才麻烦！"

文大同说："他……他怎么能这样？就是编，他也要编个罪名才敢抓人嘛！"

马老板说："编了呀，说是从徐子床底下搜出了一包炸药！"

文大同说："哎哟！我们是来谈生意的，拿一包炸药炸哪个嘛！"

你不要看文大同跟人家马老板讲价钱的时候又比动作又斗心机，现在真到了较劲的时候，天高路远的还没个人商量，马上就傻了眼了，急着说："他不放人……他还能把徐子怎么样啊？！"话说出了口想想不对，人家没凭没据就已经将徐子绑走了，而且人证物证一样不少，接下来真要是昧着良心将徐子怎么了，文大同都不敢再往下想，脸上马上罩了一层霜，苦着个脸说："马老板，你老人家一定要想办法救救徐子，万不能……哎呀！就依他们的！给钱就是，给！"

马老板想想，说："也只能试试了……啧！万一……他狮子大开口呢？"

文大同说："狮子要想张口，你哪里能挡得住？大开口就大开口，总之救人要紧！何子豪不是你那个律师朋友带过来的吗？请他帮忙说说嘛！"

马老板说："已经找了，人家说要不是中间这一层朋友关系，就连你也一起抓了！狗日的！等于他还搞成友情抓人了？大少爷，你看这样行不行，关系我们继续去找，这边疏通一下，让你先跟徐子见个面，其他该怎么走怎么走，免得徐子那娃儿可怜。行不？"

文大同连忙作揖："哎呀，那就麻烦马老板了！"

文大同见到徐子的时候，黑乎乎的屋子里面就徐子一个人。墙角一堆稻草，边上一个土瓷碗，几只苍蝇一会儿在碗沿停停，一会儿又嗡嗡嗡飞几圈，估计是吃安逸了，遛遛。徐子蜷曲在稻草堆上，听见有动静了赶紧翻身坐起来，仔细一看竟是文大同，不顾一切就扑了过去。

文大同一把抱住徐子，都闻得见他身上因为这些天积累起来的不良气味，他也顾不得这些了，忙问道："他们把你怎么啦？！"

徐子答非所问，说："那人是谁？"

是嘞，到现在徐子都不知道自己为什么会被抓来关在这里。文大同后来才知道，自从徐子被关进这个破仓库就没跟人说过一句话，每天到点有个士兵送过来一碗乱糟糟的剩饭。徐子问当兵的，当兵的就一句话，说："没弄死你就已经是你的造化了。"

这屋子连个窗户都没有，就门缝看得见一根线似的天和地。除了那个送了饭又走回去的士兵，徐子再没见过第二个人。

徐子说："这些天我除了回忆就是回忆，把我见过的所有人排过来排过去，就剩下了那个军官，他看你的眼神就不对！"

文大同说："徐子，说了你就不奇怪了。那是何万年家大儿子，何子豪！"

徐子一下子闭上了眼睛，一口气像是从身体深处被挤出来的，"呼"的一声。

文大同说："还好，他们没打你，否则更老火！"

徐子突然吼道："让他来！老子不怕！！"

文大同急忙拍拍徐子的肩头，安慰道："徐子啊，马老板正想办法呢，我们在这边人生地不熟的，不是用劲的地方。而且听马老板军队里面的朋友说，何子豪这回做得天衣无缝，什么人证物证的一样不少，就是要出他那口恶气。这么多年了，我爹就没让他们家得过什么便宜。所以我想了，君子报仇十年都不算晚，我们也只能先吞下这口恶气，总之人先出来，其他的以后再说，有的是时间，你懂不？"

徐子不吭气，揪着个脸，梗着个头。

文大同赶紧说："徐子！俗话说哈，小不忍则乱大谋，这个道理你懂的嘛！都不说识时务者为俊杰了，不吃眼前亏总是最通俗的道理吧？你在这里要有个好歹，我回去咋个交代嘛！别的都不说，你要是出现个什么情况，人家拼死拼活跑回家的文珠，那不是白忙活一回啊？嗯？"

最后这句话让徐子的心动了一下，刚才梗着的那股子劲终于松动了，只是脸还在揪着，气仍然不顺，说："我……唉！我听你的！"

文大同说："这就对了嘛！不吃眼前亏！"

分别时，文大同突然想起应该买点吃的东西还有换洗衣服带进来的，就塞了五个大洋在来开门的那个士兵左手，然后又在士兵的右手放了两个大洋，小声说："兄弟，麻烦你给我这个兄弟弄点吃的，人是铁饭是钢，哈？"

当兵的看看外面，将银圆归在一起放进口袋，说："要得。"

其实，何子豪气最气恼的时候也没有想把徐子往死里整，就是出一口气。平静下来之后就把问题看得更透彻了。他曾经听他爹说过，那年为了请马一平来收拾文知辉花了两万现大洋，那这回一定要让他们文家把这个钱还回来。问题想清楚了，事情就变得简单了，不论来说情的人是谁，总之自己"铁证"在手，高低不理会。时间一长对方就会急，人一急就好办，什么条件他都得应下。

果然，试探口风的人找上门来了，问是不是可以私了。何子豪还得绷着，一副油盐不进的样子。等斡旋进行到一定火候上，何子豪照旧垮着个脸，坐下来喝了口茶，然后用手指蘸蘸茶碗里的水在桌子上写了个阿拉伯数字，2。

"哦。"来人看看何子豪，说，"那……不晓得后面要加几个零嘞？"

"四个。"何子豪说话的同时，随手将桌上那个"2"抹了。

来人心算之后吃了一惊，说："二……两万现大洋啊？！"

何子豪说："嫌贵啊？人命了嘛。"

来人想想，说："人命哈，好嘛好嘛，我去回话，我去回话！"

马老板一听就冒火，说："他狗日的真是个狮子嘞！两万？！荒年里买三五十个娃儿都用不了这么多！"

文大同说："马老板，人不要脸，百事可为！看来人家也是铁了心的，两万就两万，给他！只是还麻烦马老板先给垫着，回贵阳还钱也行，在货款里面扣也行，总之我认了，我给你写个字据就是。"

马老板还说什么呢？反正买机器的银票也是准备好了的，先支两万就是。

最终，一张银票把徐子从那间黑屋子里面交换了出来。

5

老大耐着性子，终于听完了文大同的叙述，没等对方话音落定，猛地一拳砸在桌子上，把刘彩云和金雨天都吓了一跳。

老大喝道："有其父必有其子！！"

刘彩云赶紧说："算了算了，人回来就好，花点钱不怕，再挣就是。钱嘛，就是这种时候用的，不要生气了！啊？这事还不要让老太太知道，要气出个什么情况来，多的麻烦都出来了！哎呀！说冤家宜解不宜结，现在好，越结越深！"

老大梗着脖子不说话。

金雨天说："两万呢，这要是换个人家，怕是只能舍命哦！"

文大同说："哎呀！他就憋着一肚子坏水的，见哪路菩萨点哪炷香！"

老大突然说："行啦！我们认了就是，人回来就好。就按你妈说的，这事不能让老太太知道！徐子也休息几天，不要怕那个王八蛋！山不转水转，总有转到他脑壳上的时候！老子就睁着眼睛看！"

就为这个事，何子豪专门跟上司告了假，带着两个马弁颠颠地回了一趟家。本来可以写信的，何子豪是觉得没有当面锣对面鼓那么讲着安逸，而且离开家也不少日子了，家里那两个姨太太也需要关照关照。

果然，当何子豪一五一十把故事说了一遍，再把那张两万现大洋的银票往桌上一拍，何万年眼睛就湿了，拿起银票的手都有点发抖，不知道说什么好。

何子豪说："哎呀，爹！你应该高兴才对嘞！"

何万年说："是高兴的！是高兴的！我是觉得爹之前受的那些窝囊气，就这一票，全解了，是高兴！高兴哦！"

何子豪说："我就是要让你老人家高兴高兴！"

何万年说："哼，山不转水转！老子收拾不了你，我家儿子帮着收拾！"

第二十七章

1

民国二十年（1931），农历辛未年的年夜饭，是一个叫李素娥的女人操办的。她是徐孃走了之后托人找来的厨房管事。四十多岁，多多少也没人问过。看上去干干净净一个人，据说男人死了有些年头了，膝下两个姑娘一个儿，该嫁的嫁了，该娶的也娶了。因为跟媳妇搞不来，不想每天睁开眼睛就生气。听说有大户人家的厨房缺个管事的，就说过来试试，真要是被人家相中了，说不定就是新生活的开始；即便人家相不中，你就当是去小菜市没见着中意的菜，空手跑了一回，有什么？哎，没想三个被叫来见面的人里面，蔡花蕾就相中了李素娥。一问，年轻的时候还在馆子里面给大厨打过下手，这又是可以加分的项，最终老大拍了板。

第一天，李素娥就有点后悔，说不让回家，必须住在大院里。这让李素娥很不习惯，想走吧，你这还没见哪儿是哪儿呢，人家肯定说你逗起闹。不走吧，心里有点小别扭，权衡下来，最后决定干一礼拜看看。要不是那天干活闪了腰杆，也许已经就打道回府了。

那天，李素娥端一口大锅扭着了腰。没想主人家跟自家人扭着了腰一般，又是请郎中又是抓药煎汤。马神仙捞脚挽袖一副手到擒来的架势，用他带来的特制药酒在李素娥的患部又推又拿有半个时辰多，直搓得李素娥的皮肤都有点烫手了，再将两帖黑乎乎的膏药在油灯上烤热了展开，碾匀，趁热贴在李素娥腰间，最后由文昌寿和小红架着送回了房间，马神仙出诊的费用还记在文家的账上。就这一出，你还好意思跟人家开口说什么走人之类的话？不仅如此，腰杆稍微松活点就下了床，干起活来自然就特别卖力，该干不该干的都干，而且还用心。

于是，年夜饭饭桌上荤素搭配，只有那么妥当了，冷菜热菜各有各的看点；冷的冷得清清爽爽，热的热得大大方方；颜色也好看啊，该沉着的沉着，该欢快的欢快，肯定好评一片嘛。

蔡花蕾就说："嗯，李孃到底人年轻，还别说，比徐孃有特点。"

蔡花蕾这就盖棺论定了，还将李素娥叫成了李孃。

那天夜里，老大和刘彩云都睡下了，彩珠子过来叫门，说是老太太有事请老爷和太太都过去。两个人不知道究竟是个什么事情连第二天都等不了，急忙穿了衣服过去。蔡花蕾没睡，抱着个汤婆子正暖手，说是晚饭后那道茶浓了点，把脑筋搞清醒了，就想起一个事情来。

蔡花蕾说："哎，我突然想起哈，你们觉得……李孃这个人，和哪个合适啊？"

老大不解，看看刘彩云。

刘彩云同样不解，就问："合……什么适？"

蔡花蕾说："啧！你们不觉得她跟文昌寿两个……嗯？"

刘彩云想想，说："耶，是哈！"

老大说："妈，这种事情……怕是先要问问他们两个哦。"

刘彩云说："哎呀，妈的意思我们先要有个大码目（大概），我们觉得合适了，再接着走第二步，唪！"

蔡花蕾说："对喽！"

老大想想，说："这样的话……你还不要说，真还可以走第二步嘞。就不晓得人家李孃干不干？"

蔡花蕾说："这就不关你的事了，我就是喊你两个来确定第一步的。行了，睡你们的觉去吧！"

回到自家屋，老大打着哈欠，说："这种事情，天亮了说嘛！"

刘彩云说："老太太心里放不得事情，怕一想想一夜。"

这一年，文昌寿六十岁足。掐指一算，到文家都二十九年了。再一想，大院里不论主人仆人，没有一个说得出个不字的，本本分分一个人。按说初来那几年就该续一个"弦"的，一来他自己没要求，二来好像一直没遇见过合适的，所以一直没人提过。这回来了个李孃，蔡花蕾深更半夜将老大家两个直接从热被窝里面喊过来，晚是晚了点，总算没有耽搁。给文昌寿一说，人家嘴上虽说哼哼哈哈的没个定数，可有可无那种意思，但是老大看得出来，这个远房哥子心里对李孃起码不排斥。那边刘彩云跟李素娥一说，人家连连摆手，脸还红到了脖子根。刘彩云回来跟蔡花蕾一汇报，蔡花蕾一拍桌子，说我来。一副成竹在胸的架势。

第二天，李素娥被叫到老太太屋里，还让彩珠子给泡了杯茶，这就给了一个下人以宾客的待遇。李素娥被蔡花蕾直差命令着才坐到了那碗茶水旁边的椅子上，心里面真的有点乱，因为她知道老太太葫芦里装着什么药。

蔡花蕾说："李孃孃哈，按说姻缘到了不用人来牵，只不过有时候中间缺一根线。要不媒婆这个行当几千年了，到今天好多人还得求着人家。对吧？我看你也是本本分分一个人，哎！年夜饭那晚上我突然就想起你跟我们家管家来了，问了好多人，人家都说般配得很，包括我们家老大。我就想，为什么我们管家来贵阳差不多三十年了，从来就没人想起要给他说一个女人？这叫什么？这就叫姻缘！你也看见的，老实巴交一个人，我们家上上下下没有一个人说出一个不字来。他在等谁？就是在等你李孃孃嘞！你自己也应该看明白了的，那天一听说李孃的腰杆伤着了，就数文昌寿跑得急，对吧？说明什么？说明人家心里面有你这个李孃孃。今天我跟你说这么一堆话，就是起一个两个人中间那根线的作用，要说嘞，我今天就做这么一桩媒！不强迫哈，全靠你们自家想。想好了，跟我说也行，跟太太说也可以，我说清楚了吗？"

李素娥点点头，嗫嚅着说："老太太这番好心，我……我心领了！只是……只是可能……可能还要跟家里人……商量商量！"

蔡花蕾说："对对对，三从四德是吧？跟儿子商量是吧？要得，商量商量！哎，李孃今年多大年纪？"

李素娥说："虚岁四十七！"

蔡花蕾一拍大腿，说："你看你看，合得很嘛！话说回来，李孃哈，商量归商量，我是觉得大主意还得你自己拿，自家的后半生嘞，对不对？"

过了几天，李素娥来跟老太太回了话。说是多谢老太太了，家里人都觉得我遇见了好人家。那意思就算是点了头。

李素娥家儿子也正因为婆媳关系发愁，既然老妈跟媳妇不过张，当然分开来过比较踏实,也省得自己夹在中间累,都累了多少年了。现在天上突然掉了个馅饼下来,你还不赶紧接着?

蔡花蕾说:"关键我们家管家是个老实人,要不我才懒得管他这些闲事。你们家儿子也算想得通,有些人啊,觉得丢了他们的人一样,横竖不松口。我看那些贞节牌坊就是个虚名,还不如轻轻松松过自己的小日子的好。你这里点了头,那我们也热热闹闹办它一回?"

李素娥说:"老太太,阴悄悄的算了,那多难为情哟!"

蔡花蕾说:"再阴悄悄的,喜酒总是要喝一台的。有什么嘛?大家热闹嘛,是他们想喝嘞。"

时间定在元宵节。之所以这么急,蔡花蕾也有点快刀斩乱麻的意思,我这里先给你办了,即便你李孃哪天回过神来想反悔,生米也整成了熟饭。至于后来这两个人只有那么恩爱了,那是后话。

中国人寓意团圆的节日很多,元宵节就是其中之一,紧挨着春节,又叫"上元节",是一年中的第一个月圆之夜,寓意只有那么好了。

那天,文昌寿和李素娥被特意安排在大桌子这边,两个人穿得干干净净,文昌寿头上多了顶礼帽,李素娥头上多了一朵大红色的绢花,是金雨天找来的,这就把两个人跟大家区别开来了。没有一拜天地二拜高堂那么多的烦琐,但两个人还是规规矩矩在蔡花蕾跟前磕了三个头。

新房就设在文昌寿的房间。李孃手巧得很,自己剪了一个大红喜字贴在墙上,还剪了一对鸳鸯贴在窗户上;老大把当年自己用过的一对银烛台送了过来,两支红烛一点燃,喜庆的气氛一点不比年轻人的差。

蔡花蕾跟老大说:"这回好了,文昌寿有人关照了。你爹跟前我也算是个交代。"

老大有些感动,说:"谢谢妈了!"

蔡花蕾说:"跟我说这些?啐!"

2

老大想办一份报纸的念头,是那天跟周世涛说起颐养天年的事情时,突然被点燃的。

在古代，人们管退休叫"致事"，也有"致仕""致政""休致"等，意思都一样，就是把手里的事情交出来，回家休息。《礼记·曲礼（上）》就有"大夫七十而致事"的文字，这表明早在周代就有了退休制度。后来各朝代分别表述，到了明太祖朱元璋的洪武十三年，"命文武官员六十以上者，皆听致仕"，这就将退休年龄提前到了六十岁，后人大多循着这个尺度。按说那是官员的尺度，跟民间无关。只是自古民间没人敢跟皇帝对着干，你要敢定一个五十五或者六十五什么的，人家给你个"大不敬"的帽子，也说得走。所以，六十岁退休或"致事"，也就同时成了民间的标准。

周世涛比文昌寿小一点，也到了解甲归田的岁数了。老大已经打好了主意，在遵义新舟镇附近选了一块约五十亩靠近水源的田地，外加一年薪水当安家费，作为周世涛为文家奔波了半生的酬谢。

虽然条件不差，老大还是不想让人家有被撵的感觉，说话的时候就绕得远了点，说："按先生现在这个体力跟精力，再干个五年、十年的都不是问题。不晓得先生是个什么想法？"

周世涛不知道老大是来说退休的事情的，一下子也没朝那方面想，就直接把自己一直都有的一个想法说了出来。

周世涛说："如果是这样……假如我们这里能有一份自家的报纸……"

老大一怔，说："报纸？"

周世涛说："对呀！你看哈，咱们书局什么都有，从排字到印刷，一样不缺，就差一个编辑。如果我还能干个五年十年，办报真是我此生之念想。"

老大看着周世涛，心想是嘞，遵义沙滩出来的读书人有这样的想法，你一点都不会奇怪。只是……也不是不行，而且人家话都说出来了，我这里要是说个不字，真还对不起人家周家两兄弟为我们老文家鞠躬尽瘁这一生。况且印刷这一摊摊都是现成的，安排得当，什么都不耽误。

老大顿了顿。

周世涛马上说："不过是我的一己私念而已，先生不必认真。"

老大忙说："不不不！能为乡土做这么一个传播文明的好事情，怕的是没人应承嘞！有先生这样自告奋勇的有识之士跳出来，我还有什么可说的？那就办一个嘛！"

周世涛立马兴奋起来，说："如果这样，那年我在重庆一家报馆还干过半年多嘞，后来才转去书局的！"

一拍即合的两个人随即将一个报馆先期所需人员、装备、场地等对了个大概数字，说好由周世涛出一个清单，还把名字都想好了，就叫"黔报"。

什么都谈妥了，老大才说："哎呀，先生大概还不知道，其实我是来跟先生谈退休的事情的，没想居然就谈出一张报纸来。索性我就说清楚，先生如果哪天自己打算告老还乡了，我在新舟已经准备了五十亩良田，作为先生还乡之衣食用度。先生什么时候想走，说一声就是。"

周世涛连声道谢。

在文家老大心里，文昌寿和周世涛都在退休之列，没想一个成就了一段姻缘，另一个成就了一份事业，两件事情都在意料之外。原先想好的由徐子接替文昌寿，文大同接替周世涛的设想就得跟着变。文大同那边没问题，反正和周世涛干的事情不冲突。只是徐子……还是跟文昌寿商量一下的好，老大想。

事情给文昌寿一说，人家正在新婚燕尔的愉悦中，兴奋之余还有感激的因素。于是就劝老大不要再操这份心，你只管安排徐子干别的差事，除非躺在床上动弹不得了，请不要再提换人之类的事，多一份开支没必要嘛。

也好，老大心想。总之你主人家话要说到，至于人家怎么回应，那是人家自己的事。要说徐子，图书部主任也干得不错的，继续干就是。这样，老大就把心思全都放到了《黔报》的筹备上面。

周世涛招募了三个文字记者和一个摄影记者，还在广州购买了一架产自美国的柯达照相机，有皮腔，可以折叠，方便携带；同时购买了全套洗印设备及药水。老大说这回好，家里有个什么情况需要留个影，再不用麻烦照相馆了，自己有家什。

报馆就设在书局，三间屋子一间当编辑部，一间是主编室，还有一间做暗室。老大说先用着，不够了再说。

4月1日，《黔报》创刊号面世。八开那么一张纸，四本32开图书那么大，双面印刷。内容分几大块，诸如本地新闻、外埠要闻以及花边新闻等等。创刊号除了本地新闻之外，"中国语言文字学会"在上海成立算是比较醒目的一个内容。报眼那儿写了一行小字，逢双日发行。至于印多少，看前几期发行的情况定，创刊号印了350份。

老大拿着徐子送过来的几张《黔报》创刊号直奔蔡花蕾的房间，将报纸往刚刚念完"佛说阿弥陀经"的老太太面前一放，什么也不说，喜滋滋地看着母亲。

蔡花蕾看看儿子，说："什么啊？黔报？耶，意思……你弄的？"

老大说："你老人家先看看好不好！"

蔡花蕾看了正面看反面，说："还创刊号，真是你弄的？"

老大说："是，周世涛的主编！"

蔡花蕾说："难怪高兴成那样。不过嘞，有一个人肯定高兴，知道是谁？"

老大说："我爹。"

蔡花蕾说："对喽！那年不知道从哪里得到一张《申报》，翻来覆去看，给这个说一遍，又去给那个说一遍。这回好，自家儿子办的报纸，清明到他坟跟前烧几张，让他看个够！"

报纸让金雨天看见了，突然想起跟文大同说："耶，为哪样不登一点自家烧房的茅台烧嘞？人家上海那些报纸登什么的都有，卖东西的，包括找人，还有寻猫寻狗的，叫广告。"

文大同说："对呀！别人家的也可以拿来登嘛，反正收钱就是！"

话传到老大耳朵里，也觉得在理，哪家烧房不挂幌子？现在只不过将幌子的内容挪到了报纸上，反正《黔报》自己说了算，为什么不试试呢？

从第三期开始，《黔报》开始刊登茅台烧的广告，什么醇香啊，绵长啊，反正什么词汇安逸就用什么，还写明哪里能买到。让大家没想到的，是茅台烧的销量短短时间竟然增加了差不多两成。

哎呀！这家伙还这么大效果哈？老大心想。

云辉烧房来贵阳送酒的伙计也被文大同叫了过去，说带二十张《黔报》去茅台镇，交给刘青云。

看着看着，不光印刷数量在增加，也开始有做实业的过来打听做广告的事情。到了清明节，报纸增加到了一千份。上坟时，除了通常的香蜡纸烛，老大真的带了二十张不同时期的《黔报》去文理渊坟前，跟纸钱一起烧了，意思让老太爷在那边有点事情干，闲暇之余也读读报什么的。

3

四月初八,是蔡花蕾七十大寿的日子。说人过七十古来稀,人家蔡花蕾就不,不仅不"稀",还硬朗。

六十岁那年,蔡花蕾做过一回寿,中间这十年每到四月初八,都是由刘彩云亲自煮一碗盖着两个荷包蛋的面条,跟文心仪、文心志还有文心雷那几个重孙子们一样。这回七十大寿,老大跟刘彩云事先商量好了,不论老太太点头与否,这个寿都得做。真要是那天哪根筋不顺,怪罪下来,也不用老大去背过,刘彩云自告奋勇担着。

没想老太太爽爽快快就答应了七十大寿的事,搞得老大家两个互相看着笑。

蔡花蕾说:"笑哪样嘛!憨哦,两个。"

刘彩云连忙说:"不是,老太太这么爽快就答应了,我们两个肯定高兴嘛!"

蔡花蕾说:"你说不办吧?七十岁还真是个关口,那就办一个。总之不要铺张,该用的用,该省的省,哈!还有,如果你兄弟他们要来,顺便把小眼睛也带来,哈?"

刘彩云说:"哦,一定一定。"

四月初五,小眼睛就跟着刘青云过来了,随行的还有刘广黔家两口子,林家漪则留在家里,照看高大脚跟孙子们。刘广黔已经是三个娃儿的爹了,两男一女,加上腿脚不便的高大脚,老刘家现在早不是想去哪儿就都能去的了,得有人留守。刘广黔是长房长孙,明摆着要接刘青云的班,所以去哪里都带着,正所谓长见识。

老刘家三个是客,自然被安排到客房去歇着。小眼睛则不同,你要说是客,也行;只是人家哪里都轻车熟路的,见了谁都跟自家亲人一样寒暄一通。完了一个人径直来到老太太屋里,正好彩珠子出去拿东西了,就剩下老太太一个人。小眼睛一句话没说,直接就在蔡花蕾跟前跪了下去,俯下身子

"咚"的一声磕了个响头，跟着呜呜呜呜哭起来……

蔡花蕾知道她哭什么，也不说话，揪着个脸就这么看着小眼睛，不时用手帕擦擦眼角……

直到彩珠子进来。

小眼睛这才抬起身子，抹去脸上的泪花……

蔡花蕾对彩珠子挥挥手，示意她下去，彩珠子轻手轻脚退出屋子，带上了房门。

蔡花蕾看看小眼睛依旧扁平的肚子，叹口气，说："啧！女人啊，就这么一个关口！一定苦死你了吧？！"

小眼睛跪着移动到蔡花蕾跟前，扑在人家老寿星腿上，又开始哭……

原来，自从林家漪找了个游走于仁怀周边的郎中给小眼睛开了方子，小眼睛都不知道吃了多少药了，高低不见动静。于是又找了些偏方，包括乡下草医找来的一堆一堆的干草草，死马当作活马医那样没断过喝药汤；同时还找来泥塑的、陶瓷的、木雕的小人，男孩女孩都有，压在枕头底下也试过，放在被窝里面也试过，闲下来捏在手里搓着玩，甚至放到底裤上缝制的一个小兜里，贴着肚皮。总之，是人想得出来的法子，小眼睛都拿来一样一样试过了。

有时候，小眼睛都恨不得将自己的肚子撕开来，看看里面究竟少了个什么物件，眼泪哭干了不知多少回。就这么差不多两年，小眼睛始终生活在惶惑之中。

最终，林家漪想了个办法，也是实在没了办法的一个办法——典妻。

这个办法刘青云听是听说过，只是没见过，满脸狐疑地看着林家漪，说："典妻？！"

林家漪说："典妻！我们广东那边多。"

高大脚就说："我们这边也有。是啊，如果要维持住他们这个家……大概也只有这条路了。"

林家漪说："那时候我们那边好像……一百两银子……还是多少？不知道现在……"

刘青云说："多少钱不怕，只是不知道……怎么去找这样的人家？"

高大脚说："你的意思……你出这个钱？"

刘青云说："不是哪个出钱的问题。不要说文家老太太，姐和姐夫要是知道了，我估计眼睛都不会眨一下。所以……关键是找一个这样的人家。"

高大脚说："既然有人出钱，人我去找。"

刘青云想想，说："那……若是马大宏这边也不行呢？那不是人财两空啊？"

高大脚说："所以呢，那也得试了才晓得啊！"

刘青云说："管他的，顶多蚀一回财，就当免一回灾！"

通俗地说，典妻就是花钱找个女人来家生孩子。出钱一方的男人负责播种，确定播下种子了，就等孩子在这个"妻"的肚子里慢慢长大，直至生产，最后等孩子断了奶了，数钱走人，人钱两清。当然，女人总之是穷苦人家的女人，缺钱，于是出来求生计。否则，谁家男人愿意自己家的女人去干这个营生？都是生活逼的，不到走投无路的份上，谁愿意？

林家漪把他们商量的结果跟小眼睛说了，起先她还不同意，说这叫什么嘛！林家漪也不逼她，让她自己慢慢想。时间一长，小眼睛自然就想通了，就是个没有办法的办法，谁叫你自己的肚子是这么个情况？于是，躲着马大宏又哭一场。

完了刘青云去跟马大宏说，对方高低垂着个头，不说话。到了必须表个态的时候，说好点头摇头。马大宏没费什么周折就点了头。从根子上说，马大宏当然不排斥这种事情。首先，"无后为大"在那儿都摆了几千年了；其次，还是人家刘掌柜家出钱，你马大宏还有摇头的理由吗？再者说，一个男人空手空脚多这么一回"体验"，谁会排斥？至于种得下种不下，现在也不晓得，试了才知道。

女人也造孽，真要是被下了种最终还没个结果，估计也只能随便给点钱走人，那不是跟家妓差不多啊？没办法，男尊女卑都多少朝多少代了，一时半会儿哪里改得过来嘛！

后来，事情让云辉烧房的工友们知道了，都说狗日的马大宏什么时候就修来这样的艳福，不偷着乐才怪。

还有，小眼睛在文家大院待的时间长，而且从头到脚一直跟着蔡花蕾，后来跟着诵经念佛，耳濡目染都是些规规矩矩的行为方式，哪里见得家里突然多一个女人混杂在一起生活嘛。没办法，刘青云索性好人就做到底，当高大脚托人典来的那个"妻"上门时，小眼睛搬去了刘家，就住在刘彩云的那间闺房里。

典回来的这个"妻"姓吴，比小眼睛大三岁，习水县一个叫良村地方的人，家里有三个娃儿。就因为穷得叮当响，之前已经被典过一回，说是四川那边一个什么人家，还好，生了个男娃儿。有了这样的经历，反正都已经典过一回了，不典也是白不典，一听说两百现大洋，比四川那回还多了五十，多典一回也是生活，谁叫自己命贱呢？便收了人家二十个大洋的定钱，安顿了家小，跟着中人来到了茅台镇。

一开始吴孃还有些生分，看看马大宏普普通通一个家居然能拿出那么多钱来典妻，不免心生疑窦，上床之前总感觉不踏实。后来得知人家有大老板的背景，这才放放心心安顿下来。马大宏也不好意思打听人家吴孃的名字，反正是个救急的临时措施，完事了走人，就"吴孃吴孃"地跟着刘青云他们喊。

差不多两个月，吴孃便有了情况，该来"桃花癸水"的时节没了动静，于是吴孃十分把握地对马大宏说："有了。"

吴孃说有了，那一定没错。因为人家吴孃就靠着这个吃饭，况且之前还有那么多经历。马大宏心里只有那么舒畅了，为什么？一来确定了自己"行"，之前他并不能确定这一点；二来不论生男生女，今后都有了依靠。因此，马大宏相当舒畅。

而小眼睛则陷入了深深的悲哀之中。

之前所做的一切努力，包括最后接受老刘家的帮助——典妻，都是为了能有一个完整的家。按理现在"完整"了，小眼睛突然之间感觉自己和这个家疏远了，被边缘化了，自己一下子变得什么都不是了，像根羽毛，轻飘飘的，落到哪里都不受人待见。是母亲吗？不是；是妻子吗？好像也仅仅是个名义。假如这样，这个家庭还有意义吗？而且在马大宏被证明具有生育能力之后，也许会休了自己另娶一个，关键你还无可指责。任何人到了这样的境地，什么都可有可无了，生活反倒成了累赘。

那样的话，真还不如去守着一直牵肠挂肚的文家老太太。

自从有了这样的想法，小眼睛的眼前时常都会浮现出蔡花蕾的面容，那些个白天黑夜围绕在老人家身边的情景会一幕一幕浮现，包括佛堂里面的熏香、诵读佛经的和声，都仿佛闻得着，听得见。

精神和身体都煎熬了一遍的小眼睛终于平静下来了，回到蔡花蕾身边成为她心里唯一的目标。

这才有了后来见到蔡花蕾便伏地而泣的场面。

蔡花蕾听小眼睛说出了想法，自然跟着哭了一台，完了红着个眼睛问："那吴孃孃最后生个什么？"

小眼睛说："还没生，说是下个月的事情。"

蔡花蕾说："哦，你的意思……现在就走？还是等吴孃生了？"

小眼睛说："嗯……还是等她生了吧，孩子满了月，也算是了了一桩事情。"

蔡花蕾看着小眼睛，说："你真的想好了？就跟我一辈子？"

小眼睛点点头，说："如果你不要我，我就去尼姑庵！"

蔡花蕾说："说些哪样哦？我是怕你……思凡，懂不？"

小眼睛摇着头，眼泪又涌了上来，说："老太太，我……"

蔡花蕾拉起小眼睛的手，说："好了好了，就这么定了哈，尼姑庵都出来了！啐！"

四月初八晚上看戏，蔡花蕾让彩珠子在自己身边加了个凳子，非让小眼睛坐下不可。刘彩云从刘青云那儿已经知道了小眼睛的故事，也听老太太说了决定让小眼睛回来的事。看戏时就特意扭头瞅瞅缩在蔡花蕾身体侧后的小眼睛，虽然小戏台上正热热闹闹演绎着京剧的祝寿剧目《蟠桃会》，小眼睛的眼里仍旧满是哀怨。

4

1931年（民国二十年）9月18日，是一个让中国人不能忘记的日子。

九一八事变也被称为"奉天事变"，是居住在中国对面那个海岛上的大和民族，对拥有广袤国土的中华民族的一次全面挑衅，或者叫侵略。

事情传开来，平日里从不关心国土面积大小的贵阳百姓纷纷找来中国地图，想看看被日本人拿走的东北究竟是个什么情况。自打1921年蒙古被分裂为内、外两个部分，外蒙古建立了一个亲俄国人的君主立宪政权，中国地图的形状就从一片桑叶变成了一只有着明显鸡冠的公鸡。现在，日本人要把东北三省占了去，相当于公鸡没了头颅。你想想看，不忍目睹嘛！

蔡花蕾就问，说什么时候南满铁路就成日本人的了？居然还驻着个什么关东军？老大也说不出个所以然，便请周世涛去找资料，说要把来龙去脉搞清楚，免得大家只知道个九一八事变，其他的一问三不知。老大还给周世涛说了，就在《黔报》上刊出，相当于"昭告"贵州这块土地上的百姓。

连着一周，《黔报》除了转载《申报》有关九一八事变的相关内容，诸如《奉天惨变目击谈》《长春失陷经过》《日军大举攻占东北》等等消息之外，还将九一八事变之前日本人对中国犯下的一系列罪行来了一个大汇总。

早在同治十三年（1874）五月，日本人便以台湾高山族人杀害琉球渔民为由，悍然出兵台湾，杀戮高山族同胞。那时候琉球国是中国的一个附属国，后来被日本人侵占，并于1879年吞并，更名为冲绳县。

光绪二十年（1894）七月，日本海军在朝鲜半岛西南海域袭击中国海军舰船，引发了中日甲午海战。最终以北洋水师全军覆没，大清国与日本国于1895年4月签订《中日马关条约》结束。马关条约割让台湾及其包括钓鱼岛和澎湖列岛的同时，日本人还要求割让辽东半岛。后来是因为俄、德、法等列强的干涉，日本人才被迫放弃了辽东半岛。

现在大家看清楚了，日本人惦记东北不是一天两天了。

《马关条约》以及后来《中日辽南条约》规定的巨额赔款，让日本国成为战争暴发户，难怪当时他们的外务大臣陆奥宗光对此兴奋无比，说："一想到中国有三亿五千万日元滚滚而来，无论政府还是百姓都顿觉无比富足！"

光绪二十六年（1900）的"庚子国变"就不用说了，日、俄、英、美、德、法、意、奥八国联军进攻北京，烧杀抢掠，最终迫使大清国再一次签订丧权辱国的《辛丑条约》。

光绪三十年（1904）二月，几年前共同绞杀中国人的俄国和日本在中国的旅顺开战。比较可笑的是作为"主人家"的大清国政府对此宣布保持"局外中立"，相当于坐山观虎斗。只不过两只老虎是在我们自家院子里面打架，主人家连喊他们到外面去打的资格和底气都没有。悲哀吧？

最终俄国人战败，俄日两国于1905年9月签署《朴茨茅斯条约》，俄国人同意将自己在中国辽东半岛的权益转让给日本人，其中就包括"南满铁路"。与此同时，大清国政府与小日本在北京签署的《中日会议东三省事宜条约》，不仅认可日俄之间的权益转让，还同意禁止修建与南满铁路平行的铁路。意思不准抢人家日本人的"生意"。可笑吧？

日本人于1906年6月在东北成立了南满洲铁路株式会社以及关东都督府，都督府属下的军队称为关东军，设关东军司令部。这就是日本人在中国东北驻军的开始。"大清国"，"小日本"，究竟谁小谁大，真不是嘴巴说着痛快管得了事的。

1914年（民国三年）8月，日本人借口第一次世界大战爆发，将山东省黄河以南地区划为日本对德国交战区，并占领济南和胶济铁路全线。到了1915年1月，针对中国政府要求日军撤出山东的照会，日本公使回复大总统袁世凯，提出了一项秘密条款，共计二十一条，并要求袁世凯政府为其保密。同年5月9日，袁大总统最终同意《二十一条》里面除第五项之外的其余部分。

只要是个中国人，看了《二十一条》都会冒火的。也不知道袁大总统那时候怎么想的，都民国了，按理什么事情都该有个新气象了，怎么还跟大清国一样，翻来倒去伤自家人的心？当时的日本人就能那么不要脸，也真想得出来"在中国中央政府，须聘用日本人，充为政治、财政、军事等各顾问"的条款（《二十一条》第五项第一款）。

我们说的"人不要脸，百事可为"，大概就是当时日本人的写照。

1928年（民国十七年）5月，日本军队在山东制造了"济南惨案"，打死七千多中国人，打伤无数。6月，关东军一手炮制了"皇姑屯事件"，将奉军首领张作霖炸死。

接下来就是九一八事变了。

1931年9月18日的那天傍晚，关东军一个守备队的日本军人，在距离一个叫"北大营"的东北军驻地800米的南满铁路上埋设炸药，炸毁了一小段铁路，并将事先准备好的三具穿着东北军军装的中国人的尸体搬到现场，以此为借口，炮轰北大营。因为这段铁路所在地叫柳条湖，故称"柳条湖事件"。

由于以张学良为首的东北地方当局对日本人的所作所为采取了不抵抗政策，至1932年2月5日，日军占领哈尔滨，半年不到，东北三省100万平方公里的国土全部被日本人侵占。

至于张学良为什么会冒天下之大不韪，下令"不抵抗"，有人说是蒋介石命令他这么干的，还说有个什么叫"铣电"的电报稿为证。后来，据张学良自己说，当年之所以下令不抵抗，是因为当时他自己判断，日本人不过是如同那年炸死他爹那样，就是个孤立事件而已，息事宁人之后总能解决问题。他万万没想到日本人会迅速占领东三省。

不论原因是什么，东北三省从此沦于日本人的铁蹄之下长达十四年，生灵涂炭，是个不争的事实。

蔡花蕾放下《黔报》，说："这回搞清楚了，两条，一是日本人坏，二是我们的政府稀松。两条里面缺少任何一条，这些事情都不成立。人善被人欺，马善被人骑，古来如此。当然哈，我说的这个善不仅仅是善良，还有窝囊、无能！"

老大说："多亏了周世涛想着办报，现在看出好处了吧？什么情况，又及时，又清楚，有张报纸就是不一样！"

蔡花蕾说："嗨！人家跟你说正经事，人善被人欺！"

老大笑了，说："是嘞，连你这样的老人家都义愤填膺，我看他小日本就长不了！"

跟官方的"稀松"相比，九一八事变后，以《申报》为首的各地报刊，代表中国民意在国内掀起了一场抵制日货，要求抗日、救国、图存的浪潮。《黔报》也不例外，临时请了三个人手充实采编，仍然忙得不亦乐乎。

5

冬月初六，文家接到了一封信。信是一个陌生人送来的，一个在街边玩耍的男孩说有人用一版水泊梁山一百单八将的洋画让他将这封信送到文家。封皮上就写着谢知雨三个字，既没有抬头，也没有落款。老大让李备赶紧送去给谢知雨，说怕有什么要紧的事。

谢知雨一看竟是文德范的笔迹，心里一热，跟着头皮就麻了一下，并迅速传遍全身。急忙拆了封口，都没想找个地方坐下，站在那儿就展开了信纸。

知雨吾妻，见字如面。

那年劳动大会之后，说好返回家乡，没想组织安排去了江西，一别竟然四年有余。人生苦短，算算又能有多少个四年？自古国事大于家事，德范也是七尺男儿，自然不甘落于人后。只是苦累你了。走时知道你怀了孕，不知道生了个什么？若是个男丁，爹妈自然高兴，要是个女儿，在我们那个家，少不得就遭人脸色。不论男女，均是文家子孙，只是吾妻独自抚养，难免辛苦，受累了！

据我对我们那个家庭的了解，特别是老太太那儿，无论生男生女，他们都不会容忍你独自生活。由此我会少一些担忧，却免不了对你和娇儿的无尽思念和牵挂。

自德范加入组织那天起，就已经不再是完全意义上的自由身了，能为自己的理想奋斗，何尝不是快乐？在家的时候我们不是讨论过吗，单单男女平等这一条，就够我们为之奋斗的了，何况还有那么些激动人心的主义。

那年到了江西就没再离开过，先在井冈山一带打游击，如今扩大到了整个江西南部。今年，共产党在瑞金成立了中华苏维埃共和国，首都就在瑞金，当年领导秋收起义的那个毛泽东当选为中央执行委员会和人民委员会主席。

坦白说，之前我并不知道共产主义没有阶级压迫的社会究竟是个什么样的社会，如今在瑞金有了个雏形。像我们家那样的地主老财，在中华苏维埃共和国的土地上全都被打倒了，农民分了房子分了地，真正成了土地的主人。

知雨吾妻，人是需要追求的，是需要理想的。我之所以抛妻别子（女），背井离乡，就是要为天底下的劳苦大众讨一个公理，争一份平等和自由。今天之中国，是一个乱象丛生的国家，只有通过我们的不懈努力和奋斗，才能改变这个国家累贫积弱之面貌。

我不想在家书里说不吉利的话，只因为奋斗必定需要付出代价，即便我不说，事情就摆在那儿的。我们许多同志已经走在了前面，怕也没有用。况且，文德范自打生下来那天起，就没怕过什么。假如我有个什么情况，你和我们的孩子一定要好好生活。不论爹妈是个什么阶级，做儿女的总是要尽孝道的。儿子不在身边，德范就托付于吾妻了。

德范这厢有礼了！

文德范

辛未冬月（阅后销毁）

谢知雨仰着个脸，试图让眼泪流得慢一些，只是没用，最终还加入了"嘤嘤嘤嘤"的哭声……

自1927年国共分裂后，共产党人通过上百次的起义和暴动，已经在全中国建立了十多个根据地，武装力量发展到十多个军，七万余人，形成了让南京政府无法小觑的局面。蒋中正先生哪里忍受得了这个，分别于1930年10月、1931年4月以及7月，三次对被共产党称为"中央苏区"的江西瑞金进行了大围剿，结果均告失败。

相比1931年年初的"宁粤对峙"，导致国民党的一些派别最终在广州成立了另外一个国民政府，蒋介石担心更多的还是瑞金。国民党内部再闹腾，顶多是个内部矛盾；人家共产党那边才是真枪真刀要跟你拼杀的阶级矛盾。

所以，蒋介石对共产党下了毒誓，"宁可错杀一千，不可放过一人"。在这样一个背景下，文德范辗转送来的家书中留下"阅后销毁"这样的字迹，也是迫不得已。家书多珍贵啊，抵万金嘞！谁不想将家书收藏起来随时随地读一读，想一想，哭一哭？不行嘛，被查出来要掉脑壳嘛。

对此，柳月红首先不干，说四年多了就这么几张纸片，凭什么要销毁？就留着！谢知雨知道这封信有可能引发的后果，又不好直接跟婆婆娘硬碰硬撞，只好求助于老太太。

蔡花蕾戴上老花镜，一字不落把信看了一遍，想想，说："地主老财？分房子分地？那不是不劳而获吗？分明是在打劫嘛！"

谢知雨只能支支吾吾，说："谁……谁知道是个什么情况。"

蔡花蕾说："不管他那个。老蒋真说过宁肯错杀一千？"

谢知雨说："这是真的，'四一二'那年，国民党就是这么对付共产党的，说是血流成河呢！"

蔡花蕾就叹气，说："哎呀！这个文德范啊，就是不让你省心！你干个什么不好，非得干要杀头的行当！当年谭嗣同他们一干人，不是在北平一个叫什么菜市口的地方，'咔嚓咔嚓'就被砍了脑袋了！哎呀！你的意思……烧了？"

谢知雨说："主要是娃儿家爹的意思，他是怕连累了家人！"

蔡花蕾说："啧！你看，自己提着脑袋干事情吧，还得惦记着家小，造孽嘛！那就烧吧，反正是他自己说的，烧！"

蔡花蕾是文家正儿八经的"王二"，只要她老人家发了话，在文家这个圈子里面那就是圣旨。别说柳月红，文家老大都不会有半个不字。再说人家也是为了这个家好，哪家不想过清净日子？谁愿意被别人屁股后头撵着喊"砍脑壳的"？

为这事，二老爷一遍一遍叹气，说早知道你要去搞这个，为什么不给老子留一个男丁嘛！在二老爷心里，大概也不指望文德范能够再回这个家了。武装割据，政府还一而再再而三地围剿，二老爷都不敢再往下推演了。

　　柳月红一哭，二老爷越发生气，吼道："哭哪样嘛哭？！早知道今天，当年就不会多生他几个？！"

　　柳月红一听也生气，提高了嗓门说："怪我啊？那些年泡在新婆娘屋里，你有本事半年多的时间不过来，咋个生嘛！嗯？"

　　二老爷在这个问题上说不起硬话，懒球理她，拂袖而去。

　　那天夜里有雨，雨点敲打着瓦面发出的响声跟谢知雨的哭声混在一起，直让人心痒痒。原本想好了的，看完最后一遍就烧，都第五遍了，眼泪似乎也干涸了，划燃的洋火棍都快烧着指尖了，谢知雨最终还是没有点燃那封家书。总得给孩子一个交代吧？千难万险怀了那么长时间生下来一个孩子，没见过爹什么样也就罢了，多少让孩子知道点什么，哪怕一点点念想，总是应该的。就这样，谢知雨冒着天下之大不韪，重新收好了男人的信，小心翼翼收藏在一个她认为"安全"的地方。一切办完之后，谢知雨找了几张不相干的纸，点燃并看着它们烧成灰烬。二老爷家这边的人都看见了那间屋子里跳动着的火光，大家都为远在江西的文德范担心。

　　翻了年，腊月十四那天，恰逢大寒。不知道老天爷是为了应个景还是什么，灰蒙蒙的天空突然就飘起了雪花，没多久便纷纷扬扬成了铺天盖地之势，才眨个眼睛，天地就白茫茫一片。我们这边不是年年都下雪，至于什么年份该下，什么年份不该下，那都是老天爷的事情。有些年不下，有些年下一小点意思意思，有些年则洋洋洒洒。

　　因为雪下在白天，文家的娃儿们就有了玩处。男娃儿们打雪仗的多，女娃儿就堆雪人，每个娃儿的小手都冻得红泡泡的，仍然乐此不疲。

　　老大刚刚关照完老太太屋里取暖的炭火出来，文昌寿就送来一封信。

　　文昌寿说："茅台镇，大舅爷的。"

　　老大撕了信封只看了几行，立马折回老太太屋里。

　　茅台镇那边传来消息，说小眼睛家典来的那个"妻"生了，而且是个男丁。不论这个消息跟小眼睛的关系有多大，蔡花蕾都觉得高兴，毕竟诞生了新生命，不论对于谁，总之是个念想。蔡花蕾看着窗外飘飘洒洒的雪花，心情很好，说："哎呀！下雪就是好哈，把这么个让人高兴的事情跟着送了过来，这回呀，小眼睛可以解脱了！老大，要不你跟你们家大舅爷说一声，看什么时候把小眼睛送过来。"

老大说："要不让李备安排个车跑一趟？"

蔡花蕾说："那当然最好。"

6

茅台镇的雪下得比贵阳还大，小北风一吹，哪家的屋檐下都挂了些冰溜子，两三寸那么长，还有水珠不时滴下来，在下面的雪地上留下一个个小窟窿。

马大宏异常兴奋，原先眼看着不伦不类的一个家，转眼之间峰回路转，居然就多了一个带把的小人，最关键还明白无误是自己嫡亲的血脉，想想都能从梦中笑醒过来。再一想，这一切多亏了刘经理，当然根子还在小眼睛身上，因为娶的是小眼睛，这才有了后面这一切。不仅如此，林家漪还花钱请了个老妈子过来专门伺候吴孃的月子。虽然生孩子那天小眼睛回家照应了大半天，马大宏还是在十多天之后，选了个不下雨的日子和老妈子抱着孩子专门来刘家道谢。

数高大脚最高兴，孩子一送到她手里就开始流泪，一直到林家漪将孩子接过去。林家漪对马大宏说："老年人，七十三了，看见什么都激动。"

马大宏说："哦哦，谢谢你们家了！嘿嘿！"

小眼睛也想抱抱孩子来着，不论怎样，名义上她是这孩子的妈。不知为什么，就是伸不出手去。只是在高大脚抱着的时候看了看睡梦中的孩子，孩子还没完全长开，皱眉皱眼的，说不清像谁。不论小眼睛承认与否，这个孩子对她一定是个刺激。

差不多了，小眼睛让老妈子抱着孩子先走，留下马大宏并将他带进了刘彩云的那个闺房。小眼睛在床边坐下，指指边上的凳子，让马大宏也坐下。

小眼睛清清嗓子，说："从贵阳回来就想跟你说的，一直……没找着机会。现在好了,你的……儿子也生了,再没什么发愁的了。所以……呃……文家老太太……早就说了的,非要……非要让我回贵阳不可,所以……所以……你就把我……休了吧!"

马大宏愣住了,仿佛没完全听懂,小心说:"休……你?!"

迈过了这一道坎,小眼睛反倒坦然了,说:"对,休了我!吴孃没来之前我就想了很久的,直到上次去贵阳见了老太太,我终于知道我跟她老人家没办法分开。所以,在你有了儿子之后,我就下定了决心了!这样对你对我都好。"

这回马大宏听明白了,向来不善言辞的他涨红着个脸,讷讷道:"哦!哦!其实……其实……我也知道你的苦!"说完站起来,转身出了闺房。

小眼睛愣住了,她的目光追随着马大宏的背影,紧跟着又收回来,不知道目光该停在什么地方,而且里面显出一丝惶惑,一丝感伤。

是啊,马大宏有什么错呢?一切不过是命运在牵引着两个无辜的人,你能跟命犟吗?小眼睛摇摇头。既然命该如此,我们就认了吧!小眼睛在心里对自己说。

当天夜里,刘青云去了马大宏家一趟。除了告诉马大宏这个结果的确是文家老太太的意思之外,刘青云还送去用红纸封着的二十个大洋,上面写着四个字:"弄璋之喜"。

回来时,刘青云带回来了马大宏的一纸"休书"。林家漪一看就是刘青云的字,只是"马大宏"三个字歪歪扭扭,后面还有一个鲜红的指印,格外醒目。

第二天中午,仿佛踩着点子一样,文家派来的马车就停到了刘青云家大门口。

不论怎么说,小眼睛和马大宏的结合跟分离,都是刘青云一手"炮制"的。倒谈不上什么责任,只是刘青云心里总觉得过意不去,就没急着让小眼睛上路。当天晚上在家里摆了一桌,让马大宏再次抱着孩子,连同吴孃和那个老妈子一起过来,连马车夫都上了桌子。算个什么呢?刘青云举着酒杯想了想,说:"不论聚散,说起来都是个缘。就算是……祝福一个娃娃来到这人世间吧,对吧?干了!"

十多个人一起举杯,干了酒杯里泛着淡淡黄色的、云辉烧房的茅台烧。

唯独小眼睛没喝，低着头，放下了手里的酒杯。

外面，带着啸声的北风刮得越加放肆了，没等高大脚开口，林家漪便起身准备出去，她要去看看到处的门啊窗的是不是都关好了。才拉开一条门缝，大风裹挟着雪花就蹿了进来，撒得东一点西一点……

第二十八章

1

　　小眼睛被马大宏一纸休书"遣返"回了贵阳，数蔡花蕾最高兴。她专门交代文昌寿安排了一桌好菜，说是按着中秋啊，端午啊那么个规格做，意思仅次于大年三十晚上的年夜饭。文昌寿将老太太的原话跟自家婆娘一说，李素娥就问："这个小眼睛到底是老太太什么人，居然让主人家这么个大动干戈？"

　　文昌寿说："是哈，你来的时候，小眼睛已经嫁到茅台镇去了。原先就是老太太的贴身丫鬟，两个人不知道怎么弄的，关系跟亲亲的祖孙没什么两样，分开的时间长了见个面，还抱在一起哭。嫁到茅台镇有三四年吧，到头也没怀上个一男半女的。这不，又回到老太太身边来了。"

　　李素娥说："哟！还真是头一回听见这样的事情呢，这老太太还真是个菩萨心肠嘞。"

　　文昌寿说："人啊，跟菩萨待在一起的时间长了，心也就随了菩萨。行，你就照着中秋节那样准备一桌就是。"

　　李素娥说："知道了。"

　　那天晚上，老大家三个，文大同家五个，加上老太太、文珠和小眼睛，一桌还多一个。

　　小眼睛这是第一次跟主人家坐在一个桌子上吃饭，肯定不好意思嘛。但是人家老太太话说得很清楚，说今晚上这一桌就是为小眼睛准备的。没办法，小眼睛只能硬着头皮坐了下来，蔡花蕾还非得让她坐在自己身边不可。

　　在中国，谁坐在谁身边，那一定是有说法的，相当于一种待遇。你挨德高望重的人越近，平白无故就会多出些光彩来。要不人家水泊梁山那么多兄弟，谁都想跟晁盖啊，宋公明什么的尽可能近一些呢？只不过小眼睛跟水泊梁山不是一个路子，搞得她浑身多长出些毛似的，只有那么不自在了。

蔡花蕾看看小眼睛，笑了，说："哎呀，有哪样嘛！你和文珠不是跟姐妹一样吗？要不然……你就拜我们家老大做干爹？我也好正儿八经多一个孙女？"

刘彩云马上附和："哎？我也觉得嘞！"

文珠紧跟着说："要得要得，我也正儿八经多一个姐！"

"呵呵呵呵！"老大笑了，说，"那我这个当爹的还说哪样呢？拜就是嘛。"

一切都是话赶着话这么出来的，顺理成章。小眼睛有话可说吗？趁着还没开饭，大家帮着蔡花蕾将椅子转了个一百八十度，文珠将一个酱红色缎面的椅垫子放到了老太太面前的地上，顺手把依旧诚惶诚恐的小眼睛拉过来，跪了下去。

文大同马上过来，说："我来司仪哈。拜，一叩首，二叩首……"

小眼睛的身体随着文大同的声音起伏着……

文心仪问金雨天："妈，意思……我又多了一个姑妈喽？"

金雨天说："耶，晓得哈。"

拜完了蔡花蕾，老大拉着刘彩云在老太太身边一边一个坐好，说："大同，接到接到。"

文大同于是又开始喊，小眼睛当然接着再拜……

就这样，小眼睛正儿八经成了老文家的人。按理，大家在称呼前面要加一个"干"字，干爹干妈，干姑娘什么的，只是到了蔡花蕾这儿，感觉不是那么回事，"干老太太"？只有那么难听了，没有这么喊的。于是干脆都不变，小眼睛依旧喊老太太，老爷太太，大家也仍然喊她小眼睛。

"就这样！"蔡花蕾最终拍了板。

由于身份的改变，地位自然也跟着变。原先那些杂七杂八的事情还归彩珠子干，小眼睛只管高档一点的事由，比如，拜佛念经的时候，还有蔡花蕾想看书的时候等，都由小眼睛陪着。其实就是让蔡花蕾多了一个伴。老大想好了的，只要老太太高兴，别说多一个小眼睛，再多几个都行。小眼睛也想好了的，今生今世，自己就陪着她老人家慢慢变老，最后真要那什么了，再去陪太太，陪文珠。

小眼睛也真够小心的，心里想着老太太的事情时连个"死"字都不愿意用。她觉得自己来到这人世间，注定会遇着蔡花蕾，而且一定就是来陪她的。这就是缘分，前世就这么个命。小眼睛想。

人啊，什么都可以不懂，一定要懂得知足。知足就是把自己眼下的境遇看成一种必然，而且每每总是将这样的境遇去跟那些还不如自己的人比，心里同时还存着一点感恩，感谢老天爷，感谢那些帮助过自己的人。当然，你也可以选择去拼，去奋斗，只是你要为此付出代价。而且，不论你多么轰轰烈烈的过程，到头来，最终总要归于平静。一旦你平静了，就是学会了知足。

小眼睛一直就懂得知足，知道感恩。那年来到蔡花蕾身边她就很知足；后来能衣食无忧地跟着老太太在一种超然的状态中吟诵那些佛界颂扬了几百上千年的经文，挨着佛祖那么近，能不知足吗？再后来嫁到茅台镇以及之后发生的一切，那么多不如意，最终又回到了蔡花蕾身边，还跟文珠成了没办法再亲的姊妹，这也许就是老天爷对一个女娃儿心怀感恩的奖赏？也许。

2

民国二十一年（1932）刚刚开始，73岁的高大脚终于离开了人间，离开了她无时无刻不在牵挂惦念着的儿孙们，离开了到处弥漫着酒香的茅台镇。

要说，73岁不算太老，走的时候高大脚也没生什么大病。

腊月间的一天晚上，高大脚起夜，原本该裹着长棉袍的，那天也不知怎么的，长棉袍不知道跑哪儿去了，就顺手披了件搭在被子上面的夹衣，大腿小腿都敞着，由此受了凉。请来的郎中号了脉之后确定为"偶感风寒"，说问题不大，开了个追风祛寒的方子便离开了。没想当晚到了三更天便不行了，咳嗽得厉害。大半夜的也没办法去找郎中，刘青云他们只能将白天煎好的药汤加热了先喝着，打算天亮了该怎么再怎么。药汤喝下去果然有了效果，就此安静下来，昏昏欲睡的模样，大家的心也松了些。天蒙蒙亮时，林家漪过去关照婆婆娘，一摸额头竟是冰凉冰凉的，手指放到鼻孔跟前一试，完全没了气息。

刘青云一滴眼泪都没有，趁着婆娘娃儿号啕成一片的时候，找人喊来了烧房十多个汉子，下门板的下门板，摆凳子的摆凳子，没多大工夫，便在堂屋里面布置出灵堂的雏形来，等出去买香蜡纸烛、白布黑纱的人回来了，颜色上面便跟"白喜事"吻合起来，布置停当之后，再把香蜡纸烛一点燃，立马就有了让人伤心的氛围。

高大脚早早就为自己备下了一口柏木棺材，请人用生漆刷了十多遍，黑亮黑亮的，谁见了都说是件好东西。

高大脚是有自知之明的，按说做棺材最好的木材是阴沉木，也叫乌木，是一种由于年代久远而发生了质变的木材，极其珍贵，估计皇上那样的人物才有用阴沉木的资格；退其次是楠木，其中以"金丝楠"为佳，蔡花蕾的妈和文理渊用的就是楠木棺材；再往下退一格，便是柏木。就是我们常见的柏树，常跟松树并排着说事，什么"松柏长青"之类。柏木比较常见，所以价格相对低很多。人啊，自觉不自觉都在攀比，棺材嘛，用什么木料不都是做成一匣子装人？而且不论什么木料，埋在地下早晚都得烂掉。不，人家就要分出个三六九等来，否则就没体现出家庭地位以及金钱财富等方面的情况，就不安逸。高大脚量体裁衣，根据老刘家开烧房这么个具体情况，就置办了一口符合自己身份的柏木棺材，六十多岁就为自己的身后事安排了一个也还算体面的住所。

在我们这边，入棺仪式大都比较烦琐，谁来做，怎么做，什么先什么后，都有讲究。你比如入殓，就必须请来具备专门资格的人，人称"土公子"，土公子具备了打理死人的一应知识和技能，就是人们常说的术业有专攻。从净面、梳头、更衣、穿鞋，直到棺材里面铺的盖的，什么东西该藏在身子底下，什么该掖在胳肢窝两边，什么该含在口中，全都由捞脚挽袖的土公子一人决定，并且亲力亲为，连帮手都不要一个。

最绝的，是将穿戴整齐了的逝者由门板转移到棺材里面的那个环节。土公子将一根长条白布拴住逝者的头和脚，白布中间挂在土公子的脖子上，只见土公子两手托住逝者的腰，用力"嗯"的一声，高大脚便被平平稳稳地"请"进了棺材，等到盖好白里子红面子的单薄被子，将该藏该掖的都搞完，最后再合上棺材盖。合上盖子时，至亲们要回避，据说是怕生者的魂魄被一并盖了进去。

棺材在家里放多少天，各家根据各家的情况定，单数就行。老刘家因为要等刘彩云他们，就定了个七天。

这回文家来了不少人，老大家两个，文大同家两个，文珠、文大喜、文心仪、文心志，包括小眼睛，前后四辆挂着黑纱的马车，一路上尘土飞扬。

老大一见着刘青云，首先就把蔡花蕾的嘱托带到了。一干人依着顺序在柏木棺材前面三叩九拜。数刘彩云哭得伤心，大概也到了该数落的年纪了，披麻戴孝席地坐在灵位一侧，絮絮叨叨将母亲的故事前因后果扎扎实实数了一遍，说到心痛处，眼泪像淌不完的山泉，硬是让一直憋着股劲的刘青云最终流下了眼泪。

入土那天，土公子抓住一只大红公鸡的头，用咬在两齿之间的一把快刀手刃了鸡脖子之后，扔进了前两天请人挖好的长方形土坑，垂死的大红公鸡用力扑腾着，血溅土坑。据说最终公鸡扑腾到什么地方不动了，按照棺材里面逝者身体的方向分上中下，可以看出后人财运的一个大概。最后听土公子解释说，老刘家的财运属中等偏上。这个情况它一只即将断气的公鸡是怎么知道的？刚刚十六岁的文心仪心里嘀咕。

高大脚就葬在刘天和坟墓的右边，正面看过去男左女右，符合中国人历来对于尊卑的排序。三十五年之后，妻子终于得以跟当年匆匆而去的丈夫在奈何桥那边见了面。老大站在坟墓与披麻戴孝的刘家子孙之间，两手操在衣襟前，口中念念有词，跟当年蔡花蕾的爹和文理渊没什么两样，总之沟通阴阳，祈祷平安。

那天跟着上山的人很多，除了刘家的三亲四戚，还有不少云辉烧房的人，马大宏也来了。小眼睛找了个大家吃饭的时间，将马大宏叫到了边上。

小眼睛说："娃儿还好吧？"

马大宏说："嗯，好的呢！"

小眼睛说："家里也还好吧？"

马大宏说："嗯，好的呢！"

小眼睛说："听舅妈说，你给娃儿找了个后妈？"

马大宏说："就是，娃儿要人带，家里也要有人照应，没办法。"

"就这样，这样好……"小眼睛本来想说"我就放心了"，一转念觉得不对，感觉有怜悯的意思，人家好端端一个家不需要别人怜悯，特别不需要小眼睛这种关系的人的怜悯。最后只得憋出来个"就这样"，语法上和前面根本搭配不上。

回头看着两个坟冢上舞动着的坟飘，已经走远的刘彩云在心里给自己和茅台镇画了一个句号，特别是那条养育过她同时也责难过她的赤水河。

3

一家人刚刚回到贵阳，沪上就传来了"一·二八"事件的消息，史称"淞沪抗战"。

"淞沪抗战"从这年1月28日深夜，十九路军和日本人接上火，到31日，仅仅三天，日本人的增援部队就抵达了上海。其中航空母舰2艘，巡洋舰4艘，驱逐舰4艘，以及海军陆战队七千余人，可谓海陆空全面出击。这说明什么？说明人家是有备而来。跟九一八事变一样，日本人早就策划好了的，再说通俗点，就是个阴谋诡计。日本人擅长搞阴谋诡计。

从1月28日开战，到3月3日日军占领真如、南翔两地后宣布停战，战事进行了也就一个多月，却让上海同胞惨遭蹂躏。单单1月29日凌晨，从停泊在黄浦江上的"能登吕号"航空母舰上起飞的日本飞机对闸北的狂轰滥炸，便将商务印书馆以及当时中国最大的私人图书馆——东方图书馆夷为平地，数十万册图书眨眼之间变成了一片焦黑渣土上的残烟。

更加气人的是，日本人厉害也就罢了，反正他们也厉害了那么多年了，中国的老百姓也都习惯了，骂也骂不赢，打也打不赢，没办法。关键是南京的国民政府操蛋。新政府嘛，总该有点新的姿态不是吗？至少不能跟袁世凯一个路子吧？不，人家跟老袁就一个路子，人家就让中国的老百姓再伤了一回心。5月5日，国民政府在英、美、法、意等国家调停之下，居然跟日本人签订了一个《淞沪停战协议》，将上海划为非军事区，同时规定中国不得在上海、苏州、昆山一带驻军，日本人则可以。这相当于强盗来你家了，主人家非但不吭气，还跟强盗写了一纸文书，说自己家里的客厅、卧室及厨房什么的，强盗可以去，主人家却不能去。逗人笑吧？完全还是大清朝的思路！

蔡花蕾急了，说："呃！为什么呢？！他老蒋是不是脑筋进水了？憨包都干不出这样的事！"

老大想想，说："说是军队的主力都调去跟共产党的红军打仗了，抽不出空闲来跟日本人打仗，这就叫'攘外必先安内'。意思必须先把内部捣蛋的办了，然后才能办外部。"

蔡花蕾说："那就是去打文德范他们嘛！"

老大说："是。"

蔡花蕾就叹气，说："哎呀！就是自家人打自家人，那叫清理门户；跟日本人打叫抵御外侮，被外侮的时间一长，大概也就习以为常了，就像债多不愁，虱子多了他就不觉得了，一样！"

文大同就说："老太太，虱子多到需要抖一抖衣服的时候，你总不至于无动于衷嘛！要是我在上海，不说跟十九路军上战场，支援前线肯定是少不了的！边鼓起码你得敲敲吧？"

金雨天说："说是上海各行各业都在支援抗战，学生、职员，还有那些唱戏的。"

老大说："最可惜那些被烧掉的书哦！几十万册，印都难得印，糟蹋圣贤嘛！对了大同，商务印书馆在贵州的业务暂时由我们书局代理的事情，跑出个眉目了吗？"

文大同说："还没呢！这一块问题不大，关键是教科书。那东西要是能拿到我们书局来印，那才叫一本万利！"

老大看看儿子，说："那叫功德！"

文大同看看爹，说："不管叫什么吧，总之还在努力。"

冬天里，人懒，缩手缩脚，都懒得动。不论家里外面，也不论几块旧家具上拆下来的木板在街角点燃的火堆，还是铸铁火盆里一笼喷着小火苗的炭火，都能拢住一堆人。不论穷人富人，都一样，什么话都会拿到火堆边上来讲，而且一讲就是大半天。这叫"熬冬"，一方习俗，老文家自然脱不了这个俗。

说完了日本人，一家人又开始说溥仪。

都说溥仪这人不知道怎么想的，也许是当万岁爷的瘾还没过够？总之有奶便是娘，也顾不得什么傀儡不傀儡了，反正自己也是儿皇帝这么一路走过来的，再"儿"一回也没什么。关键溥仪自己不觉得是傀儡，正儿八经将自己想象成当年在紫禁城登基一样，有人前呼后拥着，总是个高兴事，也不管围在边上的是中国人还是日本人。

1932年3月1日，溥仪登上了满洲国"执政"的位子，建年号为"大同"，到1934年又改国号为"满洲帝国"。后来还觉得"执政"这称呼怎么听怎么不地道，于是又改回来称呼"皇帝"，同时将年号改为"康德"。

溥仪这一生，"宣统""大同""康德"，用了三个年号，是大清朝皇帝里面年号最多的一个，而且是在不同的时代。你说现在都民国多少年了，在满洲那么一个小偏地方，仰着人家日本人的鼻息做这么一个不三不四的"皇帝"，用我们这边的话叫作"东二"，跟"憨包"差不多，总之是贬义。之所以将年号叫作"康德"，据说是康熙和光绪（德宗）的叠加，意在纪念两位先帝，寄托了大清国基业绵延传承的意愿。不论后人如何评说，总之你要允许人家一个落魄了又重新找回感觉的人有自己的想法。

"人啊，"老大喝了口上一年的"明前翠芽"，将茶碗盖好，轻轻放下，这才接着说话，"其实啊，有想法也不是坏事，关键问题是中国已经有了当家人了。就好比一个家，人人都想来当家，不乱才怪。还有，明知道那是日本人给中国人下的一个套，他溥仪……真就不知道？"

文大同说："要不说当局者迷呢，也许他真不知道。"

金雨天说："不至于哦！他身边还有那么多老家伙嘞，都是些人尖尖，没有不知道的理由。不过是装憨，借着日本人提供的机会，君臣父子再玩一回，不玩白不玩。"

刘彩云说："哎，我觉得文心仪家妈说得对。皇宫里头那么多儿子儿孙，西太后她老人家绝不会单单选一个憨包来坐金銮殿。"

蔡花蕾说："是哈，这个宣统……好像至今没弄出个一男半女的嘞？那么多娘娘嫔妃的，都干什么去了？"

蔡花蕾这个"弄"字，是从她老爹蔡好仁那里继承过来的。当年蔡好仁就将男欢女爱浓缩成一个"弄"字，他觉得这个字比起其他那些个说法，总之体面、委婉些。说出口来，知道的人就知道了，不知道的人听了也干干净净的，不失礼貌，所以她一辈子都用这个字。那时候蔡花蕾还笑自己的爹，说又要"弄"又怕说。现在自己一把年纪了，居然自然而然就捡拾起了老爹的这个"弄"字，大概也到了需要委婉同时又顾及一点体面的时候了。

挤在蔡花蕾身边的小眼睛手里正做着针线活，听到这样的话题，原本就低着的脑袋自觉不自觉又往下沉了一下。

全体人围着一笼火，差不多就是人挤着人，所以都感觉到了小眼睛的这个下意识动作。

　　金雨天抬起眼睛瞄瞄蔡花蕾，说："老太太，这个你就冤枉人家康德皇帝了。人家总共就娶了两房，一后一妃，皇后叫婉容，妃子叫文秀。"

　　蔡花蕾不依不饶，说："一后一妃也应该有一男半女啊！"

　　金雨天只能跟着老人家走，就说："那倒是！要不然那溥仪……身体……有情况？我看过什么报纸上一张照片，瘦翘翘的。"

　　蔡花蕾说："啧！这跟胖瘦有哪样关系嘛！未必人瘦就不兴养孩子了？"

　　蔡花蕾话语刚落，所有人的目光不约而同都滑向了小眼睛，旋即又移向别处。小眼睛也不吭气，装作专心做针线活，没听懂你们在说什么的样子。

　　刘彩云想打个圆场来着，说："哎呀！其实……其实……"

　　蔡花蕾急了，说："哎呀！天子家都能摊上的事情，更不用说平头百姓家了，有什么嘛！你说对不对，小眼睛？"

　　小眼睛这才抬起头，眼睛看着蔡花蕾，说："啊？哦……那都是命。"

4

　　这一年的6月9日，国民政府布告天下"攘外必先安内"为基本国策，6月16日，蒋委员长率领六十多万人马开赴江西，对位于瑞金一带的共产党政权进行第四次军事大围剿。

　　"攘外必先安内"其实不是老蒋的发明。早在春秋诸侯争霸时，面对外族戎狄人侵扰，齐桓公就提出了"尊王攘外"的主张，意思先"安内"以尊王，"尊王"之后才能攘外。后来，西汉的汉景帝，北宋的宋太宗，明朝的章皇帝朱瞻基以及烈皇帝朱由检，对于内忧外患都采用过"攘外必先安内"的办法。其中比较著名的是被后人尊为"民族英雄"的于谦，面对蒙古瓦剌人的进犯，于谦向朱瞻基进言道："臣等看议得，疆兵以足食为本，攘外以安内为先。"

　　一般而言，你要是有本事"攘外"跟"安内"同时进行，也不是不可以。只是咸丰年间第二次鸦片战争的惨痛历历在目。那年，咸丰皇帝面对当时号称"太平天国"的农民战争以及在俄、美支持下的英法联军发动的侵华战争，一开始也坚决"攘外""安内"同时进行的，最后无奈赔了夫人又折兵，不但清漪园、圆明园在内的"三山五园"被鬼子们一把火点了，还不得已跟侵略者签订了割地赔款的《瑷珲条约》《天津条约》《北京条约》。关键还在于，太平天国这边不但没灭了，还越搞越热闹。攻下了江宁（今南京），改称"天京"并定都于此，开始了长达十四年的国中之国。内外一锅粥。

蒋委员长也读中国历史，知道"攘外""安内"孰重孰轻，谁先谁后，这才将"攘外必先安内"确定为基本国策。

老百姓不管这个，他们只管谁搅扰了自己的生活。无论国民政府将共产党形容得如何狰狞，红眉毛绿眼睛也好，共产共妻也罢，共产党总之没惹着老百姓；日本人则不一样，他们在闸北明明白白杀了那么多中国人，单单"外侮"两个字，便可以激发起无限能量的民族情绪。人家老百姓会说，这已经都推翻了大清朝了，搞了半天你们玩的还是琦善、李鸿章他们那一套，放着老百姓的死活不顾，去打共产党，老百姓能不生气吗？

蔡花蕾就说："放着日本人你不打，你去打文德范他们，于情于理，说不走嘛！"

老大一拍桌子，一脸怒气道："岂有此理！"

当天晚上，周世涛就被老大约到了书房，两个人就着李素娥临时拼凑的几样下酒菜，大半瓶茅台烧没多大工夫便见了底，又让文昌寿新开了一瓶。借着酒劲，那还不是哪句话不大就不说哪句？跟自己家老爷爷当年在安徽老家喝了酒之后乱说乱讲没什么两样，祖传。

两个人你一句我一句，一直到墙上的挂钟敲到第十一下，结论出来了，决定第二天以编辑部的名义在《黔报》上发一篇社论，好好说说这个"攘外必先安内"。

李备和文昌寿将手和脚都软塌塌的周世涛盘上了马车，没想半路上周世涛从帘布后面探出个脑袋，让李备将马车拐上了去书局的路。李备问他怎么不回家，周世涛用劲将身子坐直了，呼呼地吹着满肚皮的酒气，半天才说："看来今晚上……今晚上要开个夜车了！"

果然，第二天接近中午时分出版的《黔报》，只见头版头条几个赫然在目的大字：抵御外侮，停止"安内"。完完全全跟国民政府唱起了反调。

老大将周世涛派专人送过来的《黔报》递到蔡花蕾手上时，脸上还挂着一点沾沾自喜的愉悦。

蔡花蕾并没有一字一句地读完整篇文章，单单那么大的标题就说明白了一切。她从老花镜上面看看坐在对面的儿子，又回到报纸，想想说："老大。"

老大"嗯"了一声，将身体转朝老太太，一副洗耳恭听的架势。

蔡花蕾说："你这相当于搭了个戏台，和人家老蒋对着唱嘞。"

老大想都没想，说："是啊，是他们不对在先！"

蔡花蕾说："是啊，他们不对在先！但是……人家是政府哦！"

"政府就可以倒行逆施？政府就可以……"老大突然停住了，他看着母亲那张平静如水的脸，一下子从这些天一直延续到昨晚上的亢奋中摆脱出来，想想，说，"你老人家的意思……"

蔡花蕾说："当年，你们安徽老家的老太爷，还没敢唱对台戏，不过说了几句酒话就被抓进了大牢，你这好，白纸黑字的，跑都跑不脱！"

老大想想，说："你的意思国民政府……也跟大清朝一个样？"

蔡花蕾："啐！改变的不过是个国号，但是办法都是一个老祖宗传下来的办法，你还指望老蒋是个肚里能撑船的宰相？那二七年他在上海就不会杀那么多人了！"

老大说："总不至于……把我们也抓进大牢吧？"

蔡花蕾说："不抓最好，但你心里面要有个数。既然你们已经白纸黑字地干上了，进和退都要有个思路，你说呢？"

突然之间，老大感觉心里一震。

那年，在刀把镇老宅那间小柴房里，那么迅疾的一道光在眼前一晃，刀落指断，这么些年了，一直血淋淋地定格在自己心里，随便什么时候想起，心里都是痛。这个至今只有他们两娘母知道的秘密，从来都是儿子心里头的一个死疙瘩，老大既不知道这辈子还能不能解开这个疙瘩，也不知道什么时候能解开。今天，都七十出头的人了，思路仍然那么清晰，心胸依旧那么宽敞，还在为儿为女愁着苦着担忧着……

老大一下子跪了下来，也不管小眼睛在不在场，冲着老太太磕了三个头，起身说了句"儿子知道了"，便转身冲出了房间。

蔡花蕾等到老大在门后面消失了，才问："你爹这是怎么了？"

小眼睛摇摇头，说："也许……再请一回安？"

蔡花蕾说："那也用不着跪呀！"

小眼睛说:"就是,那也许……我真不知道为什么呢!"

蔡花蕾说:"啐!"

就在一家人等晚饭的工夫,报馆那边的电话就打了过来,是一个摄影记者打来的,说是刚刚来了一队穿黑制服的警察,不分青红皂白直接查封了《黔报》,还嚷嚷着要抓写社论的人。先是周世涛挺身而出,随后大少爷又横在周世涛面前,让抓自己,结果两个人一起被抓走了。

这哪里还吃得成饭嘛!老大先安抚乱成一团的女眷们,随后连着打了几个电话,在得到明早先释放上了年纪的周世涛之后,一家人总算暂时安静了下来。过程中,唯独蔡花蕾没动弹,一直给坐在她身边的文心武碗里夹着菜,不时看看打电话的老大,也听听大家抱怨这抱怨那。

差不多了,老大来到蔡花蕾身边,弯着腰说:"也只能这样了。"

蔡花蕾说:"好,那就……吃饭?好在天气热,要不菜早凉了,吃吧,吃饭。"

就凭蔡花蕾这样的神情跟那些不咸不淡的话,让老文家一大家子又重新回到大圆桌边上围好,开始了这一顿怎么吃都吃不出个滋味的晚饭。

没人知道,老大在给老太太磕头离开之后,立即给周世涛和文大同打了电话,把老太太的担心说了,意思心里有个准备,都是兵来将挡水来土掩的事情,不要临时乱了阵脚。完了又给省府几个在职的老相识打了电话,把社论的情况说了个大概,说完全出于民族大义,没有一点点个人恩怨什么的,意思为此真要出现个什么情况,希望老几位出面斡旋一二。所有电话打完了,还跑去给蔡花蕾回禀了一声,这才安下心来。

第二天,金雨天由文昌寿和李备陪着去了警察局,直接找到上面打了招呼的一个姓谢的局长。

谢局长听说过这个地方上的大户人家,上头本来说好抓写社论的人,结果一个自称是大少爷的家伙硬赶着往上冲,谢局长想都没想就一并抓了回来。回到警察局了,谢局长喝完了茶才开始想,大少爷更好,到时候谈起价钱来大少爷一定比"写社论的"更容易成交。谢局长深谙"衙门朝南开,有理无钱莫进来"的道理,不论什么官司,节骨眼上都是钱在左右着。他们家既然是地方大户,有的是钱。

"至于该安内还是该攘外,那是你们几个平头百姓议论的事吗?居然就白纸黑字，还那么大的标题，明摆着太岁头上动土的事，警察局不管行吗？不论大清朝还是民国，上头最讨厌的就是下头有人造反。你们家放着安安稳稳的日子不过，非要去试试大逆不道，怪谁？"谢局长有板有眼地说。

大概该喝水了，谢局长这才停顿了一下，端起小茶碗揭开盖子，吹散了浮在上面的泡沫，连着喝了好几口，这才放下茶碗。

起先谢局长也没打算说这么多话的，他以为文家老大会来，因为是前朝官员，同时上面又打了招呼，循的就是让他们家蚀财免灾，花钱买教训的思路。没想人家只派了个小媳妇来，这着实让谢局长心里很不高兴。哦，打个招呼就可以喊个婆娘来蒙事？明摆着没把本局放在眼里头嘛。于是就开始数落，一直把口水说干了，心里面才安逸了些。趁着喝茶的当儿，又将原先心里定好的价钱往上翻了一番，把五千变成了一万，心里还说了一句：谁叫你们家有钱！

谢局长看看坐在一边的金雨天，说："按照治安条例第十五条第七款，要罚款，你们钱带够了没有？"

金雨天说："不知道需要多少？"

谢局长说："多少？一万⋯⋯现大洋。"

金雨天一怔，说："谢局长，他们不过是跟政府的意见相左而已，就要这么多⋯⋯还现大洋？"

谢局长说："所以我说你们家该让个男人来嘞！这还是上面打了招呼，否则哪个跟你们谈钱哦！直接办成政治犯，黑牢里面先关他个三年五年再说话！"

金雨天正要急，被站在身后的文昌寿上前拦住了，文昌寿急着说："给钱给钱！只是不知道给了钱，我们家大少爷是不是马上就能回去？"

谢局长鼓着眼睛说："警察局又不是菜园门，想来来，想走走？不仅要办理相关手续，你们家大少爷还要写一份保证书，保证你们报馆今后不再干类似的事情，懂不？！"

文昌寿说："懂了懂了！那我们什么时候来交罚款？什么时候来接大少爷回去？"

谢局长想想，说："明天上午，交钱，领人！"

等出了警察局大门，上了李备的马车了，金雨天才说："就不该拦着的，就问他个幺二三！"

文昌寿小声说："你没看他一脸的不高兴？把大少爷救出来要紧，多一事不如少一事呢！是吧？"

金雨天虽然心里面不安逸，但没说话。

5

数清楚了现大洋，文大同这才一手交钱一手交货地被放了出来。还算好，因为谢局长从一开始就打的"敲一笔"的算盘，所以特地跟号子里面的人打了招呼，不要为难文大同，怕到时候人犯脸上青一块紫一块的，不好谈价钱。下面这才将"人犯"单独关在一个独号，饭菜也是跟警察一锅，好歹是人吃的内容。否则，随便往哪个大号一丢，被以牢头为首的犯人们集体收拾一顿，那是再平常不过的事了。俗话说的"三百杀威棒"，据说是自打有了"坐牢"这回事，就开始兴的规矩。

"唉！"蔡花蕾叹口气，说，"什么也别说了，买个教训。胳膊总之拧不过大腿的，以后什么话能说，什么话不能说，说之前心里面先有个腹稿，一二三四想清楚，这钱就算没白花。"

老大还说什么呢，不吭气，听着就是。

但是，在老太太跟前不吭气，并不是说老大心里就没有疙瘩。不就是说说对现行政策的一个看法嘛，凭什么就抓人，关押，还现大洋？《诗经·大序》里面不是说，言之者无罪，闻之者足以戒吗？人啊，心里面要是有气憋着，就难受。不找个人说说，晚上睡不着觉是小事，真要是憋出个毛病，划不来！

当文昌寿将应邀前来的周世涛领进书房时，老大那里已经独酌半天了，酒红早都上了脸。

差不多是睡觉的工夫了，刘彩云听说自家男人这个时候竟约了周世涛过来"说话"，就知道这种场合要是没点酒菜，估计话也说不安逸。都没跟老大商量，直接吩咐李素娥炸了一盘花生米，蒸了一盘肥瘦相间的小腊肉，外加一个西红柿炒鸡蛋，完了将一瓶茅台烧和两个白瓷酒杯以及碗筷放进竹编的托盘，亲自端到了书房。

老大一怔，"哟"了一声。

刘彩云没等他将后面的话说出来，说了句"不要搞得太晚哈"，便原路退了出去。

还是个人家婆娘善解人意啊，老大端起酒杯时就这么想。等到周世涛进了屋，招呼客人坐下，将那杯已经倒了半天的茅台烧推到周世涛面前，说："来，先干了。"

电话里老大也没说什么事情，只是说过来一趟。善于揣摩的周世涛根据才发生的事情，判断了个大概，如果不是报馆的事，那就只剩下宣泄胸中之块垒了。到了地方一看桌上的杯盘碗盏，便确定后者无疑。

放下酒杯，老大边斟酒边说话："就这么一桩事情，你该把国民政府看清楚了吧？跟大清朝有什么两样？嗯？你说呢，世涛？"

周世涛说："是，无非换汤不换药。《潜夫论·明暗》里面说得清清楚楚，君之所以明者，兼听也；其所以暗者，偏信也。连这么一个简明道理都没搞明白的人，你能奢望他什么？所以说言之者无罪，闻之者足以戒只是一种理想，看你碰上什么样的君王。也许没事，也许就如同我们被迫交纳的一万现大洋。你还没地方讲理去。"

老大一拍桌子："太对了！而且总有一帮子什么谢局长之流，狗娘养的！狗腿子！狗眼！见钱眼开……"

老大心里突然一动，他想起了安徽老家那个屈死在大牢里面的爷爷，不过是说了一通酒话，就被绑进了大牢，最终一命呜呼，家里人各自奔命，至今人隔天涯……

老大不免感慨，眼睛都红了。

爹守护了一辈子的这个秘密，按理不便跟周世涛诉说，只是到了嘴边的话要强压回去，难免憋屈。没办法，端起酒杯一仰脖倒了进去，还顺势抹了一把已经涌出眼眶的泪水，硬生生将到了嘴边的话压了回去。心想老子就他妈的憋屈一回吧！

周世涛不知缘由，劝慰道："文先生不必伤心，总之吃一堑长一智，报纸还是要继续办的，我会处处小心。俗话说人在屋檐下，我们低低头就是。"

老大没法解释，也就任由别人说去。端起酒杯喊了一声："喝！"

接近十二点了，两个人都差不多到了位置，让文昌寿和李备送走了周世涛，老大一个人坐在椅子里歪着个头，依旧愁眉不展。原先解忧的打算不但没解得了，反倒多了些已经久远的乡愁。

不知什么时候，刘彩云进来了，见老大正歪在椅子里打盹，红着个脸扯着鼾。"哎哟！"刘彩云赶紧过去扶起了自家男人，嘴里念叨道："五十六岁啦，你以为还像当年在茅台镇跳酒缸那时候啊？要有个尺度嘛，哎哟！"

这工夫，文昌寿回来了，急忙上前和刘彩云一边一个将老大架了出去。

刘彩云已经睡了一觉的，翻身看见旁边的枕头依然空着，这才过来一探究竟。等到和文昌寿将老大盘到床上安顿好，打了盆热水给自家男人抹了把脸，把一切都收拾妥当了，再次回到床边，全然没了睡意。坐在床上看着睡得十分安然的老大，刘彩云想起了刚才自己说的话，用手扯了扯老大的被头，拍了拍，皱着眉头嘟囔道："冤家哦！"

6

年初的淞沪抗战，将闸北变成了一片焦土。身在其中的商务印书馆自然难逃厄运，元气大伤不说，一时半会儿还没办法恢复，原先供应各地的教科书由此便断了档。这个在商务印书馆如同噩耗的事件，对像文渊书局这样的边远出版商来说，反而是个机会。

另外，战乱期间运输也成了大问题，国民政府属下的教育部门便顺水推舟，将教科书的印制下放到了各地方，只不过为该措施加了一个后缀——临时。意思保留着今后各种变化的可能和权利。

教科书由于量大且印制相对简单，对办书局的人来说，历来都是一块"肥肉"。早先因为各地方印制能力参差，为避免良莠不齐，统一在商务印书馆加工也在情在理。后来各地方书局无论规模及设备都有了提升，早就具备了印制教科书的能力。只是习惯都成了自然，你要没个说得走的理由，真还没人愿意打破多少年来已经固定了的路数。

这回好，"淞沪抗战"成就了各地的书局。

那天，文大同第一时间将消息告知了老大，另外一层意思是想问问自己的爹在省政府还有些什么关系没有。老大约一迟疑，对电话那头的儿子说："这事还是回来说，啊？"

老大从文大同那里听说过电话的具体情况，说是两个电话中间有接线生负责操作。电话摇通之后你跟接线生说要哪里哪里，再由接线生帮你接通。关键文大同还说了一句，说接线生如果愿意，两头说了什么他都能听见。打这之后，凡是不想让外人听见的话，老大绝不在电话里说。不光自己这么做，还跟可能打电话的所有人都说了一遍，包括小眼睛。

这边放下电话，老大立马跟自己早先在财政部那个姓马的下属通了个电话，这么些年过后，省府就剩下这么一个平时偶尔走动的熟人了。他先打听一下，教科书这事归哪里管。

对方说了一个名字：蔡晓波。

老大马上想起了当年文大同结婚时登门造访，后来还赠予周渔璜的《桐埜诗集》的那个有为青年。心里不免暗暗高兴，就是，哪里全都是警察局姓谢的那样的虎狼之辈？

晚上文大同回来时，老大连给蔡晓波的信都写好了。除了叙旧，信中没有提及教科书的事，他觉得那样庸俗了，不如让文大同自己当面说，这才符合君子之道。

文大同对蔡晓波有记忆，当年那本《桐埜诗集》就是他亲自交到"蔡帮办"手里的，人家还千恩万谢，说了好多客气话。

跟文大同说好了第二天一早登门造访。

老大最后还交代了一句："多说客气话就是。"

文大同说："知道了。"

第二天，距离吃午饭的时间还有一个多钟点，文大同出现在老大面前时，脸上明显带着情绪。

老大忙问："怎么，没找着人？"

文大同垮着个脸，说："找着了，只是……蔡晓波已经不是当年那个听见本好书眼睛就会放光的蔡晓波了，他已经跟警察局局长沆瀣一气了！"

自打文大同早上出了门，老大就开始惦记这件事。做什么事都静不下心来，看书不行，干脆写几个字，还是不行，毛笔撺好墨了，悬在宣纸上面就感觉手有点飘，沉不下去，只好作罢。将砚台盖上，在笔洗里洗笔时心里竟演绎出文大同和蔡晓波寒暄叙旧的情景，老大摇摇头，自己都觉得可笑。

现在才明白，原来有这么一出在等着呢！他高估了蔡晓波了，说得准确一点，应该是他高估了这个社会。老大不免有点沮丧，当年那么一个有志青年，居然也……他背过身子去，眯缝起眼睛看着窗户上的五彩玻璃，问了一句："他要多少？"

文大同说："他用茶水在茶几上写了一个3，跟着补充说，五位数。"

老大心里一盘算："三万？"

文大同说："而且看着我的眼睛眨都没眨一下，说他并没有忘记当年送《桐埜诗集》的事……"

老大一拍桌子，鼓着眼睛喝道："意思这还是个友情价格喽？！"

文大同不吱声，过了一会儿才说："爹，其实……我也想了，这个蔡晓波跟我们也谈不上什么交情，我们也用不着跟他置气。俗话不是说吗，宁受钱的气，不受人的气……"

"错！"老大再次打断儿子，说，"给他钱就是既受了钱的气，也受了人的气！两头受气，懂不？"

文大同无言以对，只能说："那……怎么办？"

老大说："你让我先想想，大不了不做他这单生意了！有什么？我就不信了，他在贵阳还找得到第二家敢接这么大个单子的！"

文大同听出来了，都是些气话，前后还矛盾着。但是文大同知道，要是现在就唱对台戏，不会有任何结果不说，还一肚皮的气。

文大同的想法跟他爹不一样，他觉得如果给钱能把事情办下来，也未尝不可？你就把它看作纸张、油墨、人工什么的统统都涨了价了，日子不是还得一天天过下去？你们不过是对时局说了自己的见解，不是同样得用大洋来摆平吗？你顶多发一通世风日下的牢骚，大洋照样一个不少地送过去。这就叫世道，个人的力量能够扳得弯的东西，都不叫世道。

只是这些话现在不能跟当爹的说，因为文大同不想吵架，也不敢。

一个礼拜了，文大同听说爹拐弯抹角找了些省府的关系，就教科书问题咨询了一圈，才对已经握着实权的蔡晓波有了进一步了解。原来蔡晓波不知道通过什么渠道，居然把自己亲亲一个妹子给省府一个副主席做了妾，硬生生开创了一个"朝中有人"的局面，现在已经官至省里教育部门的副主管，教科书"恰好"归他管。人们异口同声说，他伸手，是说明他信得过你，否则……

愿意给钱的多的是。至于本埠没有第二家够分量的书局之说，人家转到外省去做，行不？原先说的"无席不茅台"只是说明你们家的酒不错，而不是非你不可。人家换一种酒，照样是茅台镇的，照样举杯，照样把人喝醉了。

老大想起了文大同那天说的话，看来人家蔡晓波真没有忘记当年那本《桐埜诗集》。

老大无奈了，不免摇头，小声喊道："哦！世风日下哦！"

第二十九章

1

文德范1922年加入的那个小党，十多年后已经壮大得让国民政府的蒋先生有点寝食难安了，一而再再而三地欲置之于死地而后快。

早在蒋先生誓言"宁可错杀一千，不可放过一人"，全面诛杀共产党人的1927年，共产党也想通了，你不杀人家，人家要杀你嘛！于是，毛泽东先生在共产党的一次会议上提出了"枪杆子里面出政权"的论断。之后，湖南、湖北、江西、广东纷纷举行武装暴动。南昌起义、秋收起义……一时间哪儿都在暴动，让人都有点目不暇接。各地发动的武装起义，人数虽然不多，但人家心齐，大家捏成一个拳头就那么干，不仅打败了当地的国民党反动派，还开辟了诸如井冈山、东固、桥头等根据地。地方不算很大，总归方圆多少里之内由自家人说了算。

最早，共产党将揭竿而起的这支队伍称为"工农革命军"，1928年春天改称"红军"。先是第几纵队第几团这么喊，后来队伍发展了，便组成了师，乃至军的建制，最后还整成了"方面军"。总之一直在壮大着。

对了，"反动派"这个词汇有点意思。最早源于老子的《道德经》，"反者道之动，弱者道之用"。意思天地间的自然法则都是正反循环，强弱交替的。这段时间你强大，我弱小，过段时间也许就反过来了。老子讲的是自然规律，没有褒贬的意思。被共产党挪用到自己的哲学概念中，加上一个"派"字，这便有了明确指向，有了好坏之别。"反动派"就是指反对进步，反对"革命事业"的集团。将反动派缀在"国民党"三个字后面，其矛头直指蒋先生。

到了1929年年初，以井冈山为根据地的红军第四军主力感觉各方面的条件都成熟了，便开始向赣南进军；几下子就在那里站稳了脚跟，没多久又挥师入闽，与原先在闽西一带打游击的一部分红军合二为一，一举占领了长汀。并在长汀召开了红四军前委扩大会议，决定立即着手建立赣西南、闽西红色政权。

看见了吧？人的想法都是随着自己力量的壮大而产生的。当年，蒋先生假如和孙逸仙那样心里容得下别人，真心拥戴"联俄、联共、扶助农工"，也许中国的历史会是另外一个模样。当然，历史没有假如。

而且，共产党是有了想法就会找到办法的那种政党，到了1930年11月20日，中华苏维埃共和国临时中央政府便在江西省的一个叫瑞金的县城宣布成立。你别看这个中央政府前面多了"临时"两个字，这距离共产党最终去掉这两个字，不过十九年不到的时间。

一个孩子从呱呱坠地长到19岁，有时候会感觉不过是一眨眼的工夫。当然，蒋先生不会让共产党有那么飘逸的感觉，从一开始就打算将这个敢于蔑视中央的小型"政权"扼杀在共产党自己编织的摇篮之中。之所以说"摇篮"，是因为共产党人后来将井冈山等地称为"革命摇篮"。

于是，被共产党称为"第一次反围剿"的战争，就发生在1930年10月。国民政府调集了十二个师，共计十万人，由江西的省主席鲁涤平担任总司令，第十八师师长张辉瓒为前线总指挥，采取分进合击的方针，向共产党正在筹备建立之中的"中央苏区"发动了第一次大围剿。当时，中央苏区的红一方面军满打满算就四万人，蒋先生派来十万人马，打的就是"一勺烩"的算盘。

没承想几个回合下来，政府军就中了人家"诱敌深入"的计策。不仅损失了差不多三个旅，连前线总指挥张辉瓒也成了人家的俘虏。喜爱写诗填词的共产党人毛泽东高兴啊，立马填了一首"渔家傲"，以宣泄当时比较安逸的心情。里面有这样的句子：万木霜天红烂漫，天兵怒气冲霄汉，雾满龙岗千嶂暗，齐声唤，前头捉了张辉瓒。

诗句中，毛泽东将红军比作"天兵"，那意思不赢都说不走。

值得一提的是，文家二老爷家的长公子文德范，当时就是这些"天兵"里的一员，只是老文家没人知道他在第几军第几师，或文或武？若武，挎了杆什么枪？瘦了还是胖了？个子是不是长高了些？什么都不知道。

第一次大围剿失败之后仅仅几个月，蒋先生于1931年2月间便重新委任国民政府的军政部部长何应钦为总司令，调集了十八个师，近二十万人，同时吸取了第一次围剿失败的教训，采取稳扎稳打，步步为营的方针，对中央苏区进行了第二次大围剿。

从场面上看，无论人马还是战略，什么都有改变，全都上升了一个规格，可见蒋先生决心之大，力度之强，手段之重。

那个时候，蒋先生的队伍称红军为"赤匪"，毛先生的队伍称政府军为"白匪"，均表示泾渭分明的势不两立。中央苏区的老百姓干脆就叫他们"白狗子"。打仗嘛，当然怎么难听怎么叫。后来得知，从4月1日政府军兵分四路开始进攻中央苏区，到5月31日红军突袭建宁成功，两个月的时间里，红军一共歼灭白军三万余，缴获枪支两万余，同时还新占领了赣东及闽西一大片地区，扩大并巩固了中央苏区，又一次粉碎了国民政府的大围剿。

据说，蒋先生由此役认识到，想依靠其他派系的军队来消灭共产党，以期达到既消灭了"赤匪"，又削弱了地方军阀自身力量这种一石二鸟的方法，无异于白日做梦，人家地方军又不是憨包，出工不出力。

都围剿两次了，蒋先生干脆一不做二不休，开始筹划将自己最精锐的"嫡系"拉过来，开赴剿共战场。

这一年的6月21日，蒋先生亲自担当围剿总司令，连同请来的德国、英国、日本等国家的军事顾问一起，率领二十多个整编师，近三十万人马，采取"长驱直入"的方针，第三次围剿中央苏区。只可惜结果和前两次一样，几十万白军再次败于几万红军之手。

这样看来，蒋先生的性格中一定有偏执、顽固的一面，否则他不会在屡战屡败的情况下，于1932年冬天又开始筹划第四次大围剿。他大概是不相信区区几个类似"山大王"的毛毛匪，老子不信就灭不了你们！而且，每次围剿都把兵力在前一次的基础上增加十万，这一次是四十万，真可谓浩浩荡荡呢！

从1933年1月开始，到3月21日，红军在草台冈歼灭白军第十一师大部，历史又一次记录了"红胜白败"这样一个让国民党内部同志不忍目睹的结果。

蒋先生尤其伤心，他在给具体指挥这次战役的部将陈诚将军的信中这样写道：唯此次挫失，凄惨异常，实有生以来唯一之隐痛。

而共产党这边，中央苏区的红一方面军主力和地方红军则扩大至八万余人，当然还有因为打了胜仗带来的兴奋和喜悦。

2

中国有一套尽人皆知的计策，叫"三十六计"。这套源于南北朝的成套计策共分为六套，其中第一套为"胜战计"，第六套为"败战计"。顾名思义，前者是完胜对手的时候使用的计策，而后者则相反。每套里面又有六个具体的计策，位于"败战计"之末的，叫"走为上"。出自《南齐书王敬则传》：檀公三十六策，走是上计，汝父子唯应走耳。意思当局面到了无可挽回时，唯有退却，方是上策。后人将其精缩为七个字，"三十六计，走为上"。久而久之，差不多成了人们的口头禅。

这在中国，妇孺皆知。

1934年10月，已经苦战了差不多一年的中央苏区的红军战士们，都不约而同地想起了这一著名计策。于是，红军开始踏上了一路走一路寻觅新的根据地的漫漫征途。这在中国共产党的历史上，被称为"长征"。

1933年9月开始的第五次大围剿，蒋先生扎扎实实地吸取了前四次围剿失败的教训，再不是每一次新的围剿只增加十万人马，而是一下子增加了六十万，以百万大军浩浩荡荡向中央苏区扑来。不光人多势大，还采取了被称为"堡垒主义"的新战法。就是在中央苏区四周修建碉堡，防守稳妥之后再向前推进十里八里，然后停住，再建碉堡，完了再向前推进，相当于挤压。据说这是德国军事顾问出的点子，从后来的结果看，够厉害。

与此同时，国民政府还专门在庐山开办了一个陆军军官训练团，将预备参战的中级以上军官轮训一遍。统统一个内容：如何消灭"赤匪"。蒋先生用这样的方式来提高下属的认识，并将大围剿定位为军事、政治、经济、社会的总体战。对中央苏区实行严密的经济、交通、邮电等的封锁，断绝其与外界的一切联系。

这还不算，两军对垒嘛，特别是已经四次战败在先的情况下，战前做一点功课，准备准备，都在情理之中。千不该万不该，他老蒋不该在这个时候和日本人签订了《塘沽协定》。

1933年的1月间，有两场战争在中国同时打响，一场就是前面说的白军对红军的第四次大围剿，一场则是由山海关开始的日本军队和中国军队之间展开的"长城抗战"。到3月下旬，第四次大围剿以失败告终；而长城抗战到了4月底仍呈胶着状态，难分高下。

前方将士在长城一线浴血奋战，政府则在后方高举着"攘外必先安内"的旗帜急匆匆赶往和日本人商量好的和谈地点——塘沽。5月31日，北平军分会的总参议熊斌，代表南京政府和关东军参谋长冈村宁次签订了《塘沽停战协议》。上一年，也是5月，老蒋和日本人就签订了一个《淞沪停战协议》的，事隔一年，又来了一个《塘沽停战协议》。连日本人都看明白了，在中国这地方，你只管打，反正到时候有人会出来签订协议，收拾残局。

举国上下，顿时骂声一片。

蒋先生这回也横下一条心了，不管你们骂不骂，这回终于可以全力以赴地对付共产党了。就这样，经过一年血战，第五次大围剿终于以红军的失败告终。虽然共产党自己将红军的这次"走"称为"战略转移"，纵观战役的前因后果，也是符合败战计中"走为上"的一切要素的。

八万多红军战士，拖家带口、一步三回头地离开他们坚持了多年的"革命根据地"，不甘是肯定的。

关于这次失败，共产党在后来总结经验的时候，除了白军方面的因素之外，他们认为主要问题还是出在共产党内部。其中一条，便是新的中央领导层将擅长写诗、同时还擅长打仗的毛泽东排斥到了领导核心之外。后来，共产党呈波浪形轨迹的战斗历程，也确实证明了这一点。

从瑞金出来，这支队伍如同唐僧师徒踏上了去西天取经的路，不经过九九八十一难，你休想过去。

前面各省地方军阀死命堵，后面四十万精锐的中央军拼命追，出来时差不多九万人马，才过了一条湘江，就只剩下了三万，其惨烈可想而知。一路上缺医少药就不用讲了，缺吃少穿而且是在冬季。单单走路都够呛，一竿子人马还得饿着肚子淋雨、露营、急行军，在枪林弹雨中冲锋陷阵更是家常便饭，想想头皮都是麻的。

但是，共产党有一个传统，不论治党治军，屡试不爽，那就是开会。有个什么情况就开个会研究研究，你说说我说说，形式上叫群策群力。哎，也许就把问题解决了。连队开的会叫支部会，团部开的会叫党委会，中央开的、如果再喊一些不是政治局委员的人一起参加，就叫政治局扩大会。

1935年1月中旬，共产党在蔡花蕾的家乡遵义，就召开了这么一次政治局扩大会议。

这次会议和共产党的其他会议一样，你说说，我说说，他也说说，这在共产党内部叫"党内民主"。与会的大多数同志都心照不宣，正朝着一个目标相向而行，那就是将诗人毛泽东重新请回到领导核心里面来。最后，虽然有少数人不同意，但共产党有一条铁律，叫作"少数服从多数，个人服从组织，下级服从上级，全党服从中央"。由此，在遵义召开的会议最终通过决议，将毛先生重新请了回来。那时候，共产党对自己的领导核心有一个特别的称谓，叫"三人团"。"遵义会议"之后的三人团成员是：张闻天、周恩来、毛泽东。

连蔡花蕾家吃饭看戏都要梁山泊英雄排一回座次，就不要说共产党内部的三人团了。虽说毛泽东的名字排在最后面，但这个排序已经让大多数红军战士感到了欢欣鼓舞，更不用说拥戴毛泽东重新回到前排的、他的那些战友们了。

1935年早春在遵义举行的这次会议，对于中国历史进程的意义非同小可，那是后话。

3

早在1922年便加入了共产党组织的文德范，现如今已经是一位有了十多年党龄的"老同志"了，刚刚而立之年不久，正是大有作为的年龄。只是被从瑞金出来这一路的鏖战炙烤得一脸的硝烟不说，还不知道从什么时候起嘴唇上边多了两撇胡子。都不用化妆，当他出现在谢知雨面前时，半天了，谢知雨才从身高等情况上判定眼面前这个浑身脏兮兮的家伙，就是德范同志。

两个人抱在一起还不敢出声嘞，生怕被满大街的军警宪特听见了，来一个瓮中捉鳖。那时候贵阳风声紧啊，到处都是追杀共产党的国民政府军警。老百姓更是人人自危，连红啊，赤啊这一类的字都尽量少说、少用，免得惹来麻烦。要是因为说一个敏感的中国字而脱不了干系，那肯定比文理渊家老太爷当年一句酒话就丢了性命还冤，划不来嘛。

那几天，老文家不论大院那边还是二老爷家这边，一家人都跟当年的革命党似的，走路都轻手轻脚。柳月红更甚，经常冷不丁扭头看一眼身后，说是看看有没有被谁跟踪。

等到夜色深沉得都罩一层薄雾了，老文家的几个主要角色这才悄悄聚集到蔡花蕾那儿，准备听文德范"摆故事"。那意思就摆这一次，没有二回。为这，赵青梅还跟二老爷呛了一回。

按说，赵青梅是二老爷家这边的大太太，正房，虽说没有亲自生下文德范这样的功德，但在辈分排序上肯定是靠前的，比如，她女儿文霏霏，那就是个"嫡出"。别看文德范是个男丁，也只能算是"庶出"。民国之前，"嫡出""庶出"的差别直接牵扯到继承权的大小以及财产分割的多少，差别很大。从这个意义上讲，她柳月红还真得感谢人家孙逸仙推翻了大清朝。

正因为是民国了，加上赵青梅又被文知礼疏远的时间长了些，差不多都到了被遗忘的边缘。因此，去老太太那里"听故事"这一类的要紧事，自然也就没被二老爷想起来。赵青梅哪里忍得了这个？平日里除了打麻将，本就没什么大情况的闲散日子，这回好不容易回来个人物，而且人家"大妈大妈"还喊得那么贴心，天经地义也该有大妈赵青梅的份。所以，赵青梅也不吱声，就等在文霏霏出嫁之前住的那间房子里，透过窗户看见文知礼和柳月红蹑手蹑脚地出现在通往那边院子的小门跟前了，这才冲了出来。

二老爷有些诧异，"耶"了一声。

赵青梅说："耶哪样耶？莫非我一个当大妈的还少了这个资格不成？！"说完也不等文知礼接话，一闪身便歪进了那道小门。

二老爷本还想说点什么，被柳月红扯了一把衣角，小声说："让她，她是大的！"

黑暗中就听见赵青梅的声音："晓得嘞哈！"

其实，赵青梅不用人请。人家是蔡花蕾亲自拍板的二老爷家的正房，在蔡花蕾跟前本就是有头有脸的角色；加上平日里还跟刘彩云对得上心思，两个人时常走动着。今天这一出，赵青梅主要是想看看二老爷心里到底还有没有自己，结果就生出一肚皮的气来。

在蔡花蕾屋里，除了二老爷家三个，该来的差不多都来了。

文德范和谢知雨今天是在老太太这边吃的晚饭,蔡花蕾特地吩咐文昌寿让厨房多加一大碗豆油棒红烧肉,意思让文德范吃个安逸。蔡花蕾第一眼看见文德范的时候,从脸色和体型上分析,德范同志应该很长时间没见荤腥了。

"豆油棒"是我们这边的一种豆腐制品,就是将成片的豆腐皮卷起来用草绳困住,晾干之后便于长时间存放。由于其间的缝隙易于进味,跟那些切成方坨方坨的、肥嘟嘟的五花肉烧在一起,香味总是朝有缝隙的地方钻,尤其可口。老太太家的那碗豆油棒红烧肉,文德范干了大半,谢知雨不过夹了几坨豆油棒,老太太、老大、刘彩云、文珠和小眼睛一竿子人,压根没动一筷子。

看着这孙子狼吞虎咽那模样,蔡花蕾眼睛就有点红了,小眼睛将手帕递过去时,文德范反而笑了,使劲咽下嘴里的红烧肉和豆油棒,用手背抹一把顺着嘴角流下来的猪油,说:"老太太,我不是好好的喽!啊?"

蔡花蕾用手帕按了按眼角,说:"你这个娃儿啊!何苦嘛!"

文德范一筷子夹起两坨红烧肉塞到嘴里,口齿不清地说:"老太太,等我吃完,吃完哈!"

二老爷家三个进来时,大家的注意力全都在文德范带着响动的吃饭过程上,刘彩云冲着赵青梅指指边上的椅子,三个人赶紧坐下。

等到文德范把自己碗里剩下不多的饭倒进盛红烧肉的菜碗,连汤带水稀里呼噜全部闷进肚子,随后用衣袖从左至右呼啦了一回嘴巴,居然还带出些声响来。

蔡花蕾脑门心那儿都揪成了个疙瘩,说:"啧啧啧啧,你们那边都这么吃饭吗?"

文德范指着红烧肉碗,说:"老太太,我们哪里吃得上这个!说来你们都不信,有时候差不多要睡着了,肚皮里面叽里咕噜的,这才想起晚饭还没吃!"

蔡花蕾急了,说:"那就赶紧吃啊!"

文德范说:"老人家,要是有吃的,那还讲哪样?!你以为饿着肚皮真能睡得着?情况紧急的时候,就这样还得急着赶路,苦哦!"

文珠说:"那还不是你自己愿意!你不是说,英特纳雄耐尔就一定要实现么?在哪里嘛?"

文德范瞪着眼睛看看文珠,想想说:"哎!你还不要说,真还就是为了英特纳雄耐尔嘞!这才是点苦喽嘛,我们过湘江,八万多红军打得只剩下了三万，"文德范倏地站了起来，连说带比画，"没得一个人眨眼睛嘞，文珠！剩下的人继续往前冲，为哪样？英特纳雄耐尔！！"

你不要说，虽然在场的大多数人对文德范说的这句法国话都还是云里雾里的，但他们确确实实地被他的那份执着给打动了，谢知雨眼里竟然还有了泪光。

蔡花蕾说："哎哟，啧！我倒不管你们英特纳尔不英特纳尔的，但是，有一条哈，文德范，命——你必须给我保住，哈！"

蔡花蕾最后那个感叹字，正好勾动了二老爷的心弦，他竟然直起腰板，紧跟着蹦出一个字来："哦！！"

全体人的目光一下子全都集中到了二老爷身上，柳月红赶紧用胳膊碰了二老爷一下。

二老爷被大家的目光扫了这么一回，明摆着自己那点小心思敞开在了众人面前，一览无遗，心里面当然不是个滋味。但是大家用的是目光，你总不好意思因为被"目光"怎么了一回而发作吧？再说还是当着这么一大家子，特别老太太还在，于是只能憋着。没想柳月红这一胳膊肘，好歹让二老爷的心情有了一个下台阶的借口，他顿时鼓起了眼睛，语气还凶叉叉的，说："咋个嘛！未必我一个当爹的，想都不能想啦？！"

柳月红赶紧说："哎呀！我的意思是……听儿子说！"

蔡花蕾赶紧把话接过来，她不想这个时候节外生枝，便冲着文德范说："看见了吧？大家都在担着心！"

文德范说："我晓得，但是没得办法！老太太，要是大家都怕，这革命谁来干？"

蔡花蕾看看文德范，再看看两边的人，说："问我？我才不管呢，只要你不干，谁愿意干，随便！"

文德范说："老太太，问题是我自己愿意干呀！而且一心一意，你说……"

"德范！"老大抬手叫住了侄儿。

从开始吃饭到现在，这是老大说的第一句话。听到现在，他感觉文德范这次之所以"冒天下之大不韪"潜回家里，一定还有亲情之外的原因；而且……如果让他猜，应该和自己有关，说得再通俗点，和钱有关。

这么多年了，只要外面有仗打，不论谁跟谁，一定有人变着说辞上门来要钱。谁让你家有钱呢?

老大当然不会直接捅破了说,他知道文德范天王大他是王二那德行,什么话只能让他自己说出来,而且该什么场合说,他自己会把握。于是就说:"德范啊,如果你愿意,我倒想听听你这次回来的……真正原因。"

文德范的眼睛一下子亮了,但还得绷着,就说:"哎,文家老大如何知道还有另外的原因嘞?"

直到去上海求学,文德范一直叫着"伯伯"。自打那年回到贵阳干起了共产党的差事,在文德范心里,尽管伯伯明白无误是个资产阶级,但不论哪方面,他对这个"资产阶级"有自己的判断。既然是对立着的阶级,文德范就不想再沿用过去的称呼。跟老太太一样直呼老大吧,犯忌;文德范琢磨了半天,干脆在"老大"前面加上"文家"两个字,试着读一读,气势上胜了一等不说,还不犯忌。刚开始喊的时候,老大只是笑,喊着喊着就喊习惯了。就蔡花蕾说了一句公道话:"狗东西,他连称呼也敢乱球整!"

对于这个侄儿,老大有自己的判断,不论他信仰个什么主义,有个追求总比成天就知道拉上大老婆小老婆打麻将的那种好。而对于红军,对于共产党,老大知道的不多。只是近几年报纸上提得多了,晓得一些,不过都是些被政府军追剿一类的消息。因为文德范是共产党,这才搞得一大家子心欠欠的。现在好不容易没病没灾地回来了,一家人都高兴。所以老大已经想好了,不论文德范说出个什么情况,他总之是老文家的后代,英特纳雄耐尔也好,其他别的什么也罢,能帮,还得帮一帮。

于是,老大笑笑,说:"德范,就凭贵阳满大街专门对付共产党的那么些荷枪实弹的兵丁,一般般的事情,没人会冒这个险,这个道理,你的上司也应该懂得。"

文德范也笑了,说:"到底是文家的老大。老太太,那我就跟……我家伯伯谈正事去喽?"

蔡花蕾鼓着眼睛,说:"哎,你那些故事才开了个头嘞!"

文德范凑近蔡花蕾,说:"晚一点我专门给你老人家一个人汇报,行不?"

蔡花蕾斜了他一眼,说:"说了就是哈!"

4

人人都知道，民国十七年的春天，一个叫孙殿英的家伙以筹集军费为名，直接刨了慈禧老太后的坟。文德范就是不想让文家老大把红军也想象成孙殿英那样的队伍，因此一再强调，借钱——完全是他自己的想法。

1935年春天，红军差不多就快揭不开锅了。

人啊，不论你干多大个事业，首先得吃饱肚子。肚子里面实实在在了，你才有功夫去干那些有关"主义"的事情。否则你试试？

从瑞金出来这一路，枪林弹雨就不用说了，长时间没日没夜这么行军打仗，即便吃饱了肚子你都难，还不要说是一支拖衣落食的队伍。"拖衣落食"是我们这边的方言，意思衣服不像衣服还食不果腹。

但是，红军一直撑着。

除了一路开会研究，哪里的白军布防相对薄弱、哪里的劳动人民更加贫苦、哪里更适合做根据地、往哪个方向走有可能尽快摆脱敌人的围追堵截等之外，还要有一批人必须挖空了心思，想方设法去找吃的、喝的，以及医疗用品、药品什么的。

按照共产党的章程，粮食可以通过打土豪的办法获得，枪支弹药可以从战场上获得，其他的，你就只能通过购买获得。如果购买，你首先要有钱。共产党不干孙殿英那样的事情。于是，这才有了文德范冒死潜回贵阳这一出。

共产党内部有个规矩，干什么都填个表。比如入党啊，调动啊，或者提拔你当官什么的，你都要先填个表，把你个人的情况、家庭的情况写写清楚，直系的写一溜，旁系的写一溜。"文知辉"就被德范同志填写在"旁系"这一溜。

所以，党组织对于老文家的情况，清清楚楚的。

所以，当党组织向德范同志说出"借钱"的设想时，文德范的第一个念头，这应该是他们老文家的家事。后来的整个过程也证明，他就是按照这个思路进行的。

文家老大的想法和文德范的差不多，他说他压根不认识什么共产党，他只认文德范。虽然文德范正儿八经写了张"借据"，老大也正儿八经地放进了文案下面的抽屉里，但他并没有让文德范归还的意思。只是当文德范伸出两个手指头的时候，老大给他压下去了一个，同时还说明了原委。文德范当然看得出来，文家老大说明情况时那一脸的坦诚。

双方都没有明说一个手指头代表着怎么一个数字。一是人家文德范这一趟是提着脑袋来的；二来像文家老大这样曾经也呼风唤雨的人物，出手都有一个基本数，少了，你自己都不好意思。

对，心照不宣。

最后，当侄儿从伯伯手里接过一万现大洋的银票时，文德范由衷地说了声谢谢。

老大在侄儿的手臂上拍了两下，说："走的时候记着不要让老太太担心。"

正经事情办踏实了之后，文德范这才结结实实地拥抱了女儿文心雷一回。头天夜晚回到家，第一眼看见眼前这个从未谋面的、已经七岁了的女儿，文德范心潮着实澎湃了一回，本该一把搂过来抱一抱捏一捏的冲动，不知为什么，最后只是拉了拉手。等人家文心雷回自己房间睡去了，当爹的这才开始后悔，说怎么就没抱一下。谢知雨还劝他，说不急这一晚上。文德范没说话。

接下来的时间就有点身不由己了，没有一分钟是他自己能支配的，这屋那屋，长辈晚辈的，连轴转。这么多年了，各方面你都该有个说法不是？就一直没找到见女儿的时间。

还有一条，他知道贵阳不是久留之地，万一发生个什么情况，不论组织还是家庭，哪边都没办法交代。所以，来之前就想好了的，钱一到手，就是他的归期。现在钱到手了，而且已经和文家老大说好了走的事，文德范心里就剩了一件事——抱抱女儿。

从蔡花蕾屋里出来之前，桌上的座钟整整敲了十二下。那一下一下仿佛都是砸在文德范心上的拳头，那表情连蔡花蕾都不忍心看下去了，皱着眉头说："你还有什么事就赶紧去了嘛！脸都揪得出水来！"

文德范这才跑了出去。过来之前和谢知雨说好了的，让她一定把女儿留在他们这边屋里，无论如何等他。

文德范一路奔跑，冲进房间时，因为用力大了些，门撞在墙上砰的一声，居然没把早已熟睡的文心雷吵醒。谢知雨正打算叫醒女儿，被文德范制止了。

只见他轻轻来到床前,轻轻坐下,轻轻拉住谢知雨伸过来的那只手,无限柔情地看着文心雷睡梦中春水一般平静的脸庞……

不知不觉,文德范的眼泪涌了出来,顺着脸颊正好滑落到谢知雨的手背上。谢知雨和德范同志结婚这么些年了,这是她头一回得见自家男人流泪。一个女人家哪里受得了这个,一下子扑到丈夫怀里立马开哭,"嘤嘤嘤嘤"的哭声让人能清晰地感觉到那是在竭力控制……

哭了一会儿,谢知雨也顾不得许多了,没等文德范来得及阻拦,冲过去拍醒了女儿。

睡眼惺忪的文心雷怔怔看着两个泪眼蒙眬的大人,有些不知所以。

谢知雨把女儿抱起来,直接放到了文德范怀里。文心雷虽然依旧不知所以,但是人家小姑娘乖,听之任之,这才让无限情深的文德范结结实实地抱了一回……

也不知过了多久,文心雷在文德范的怀抱里又睡了过去。为了让文德范舒服些,谢知雨除了将一床棉被塞在丈夫腰那儿,还用自己的肩膀撑住了他的背,调整了几次之后,文德范终于舒舒服服地放松下来,感动并享受着……

那晚上,一丝月光都没见着,星星也都藏到了铅灰色的云层后面去了,空气冰凉冰凉的,一片沉静……

那晚上,老文家两边院子究竟多少人没睡,没人知道。

5

因为担心这事担心那事,蔡花蕾也是差不多天快亮了才睡踏实。也不知道睡了多久,被一阵敲门声惊醒过来。刚撑起半边身子,小眼睛就奔到了床前。

小眼睛着急忙慌说:"老太太老太太!二老爷家那边到底还是出了乱子了!"

蔡花蕾瞪大了眼睛:"什么?怎么啦?是谁走漏的风声?!"

小眼睛忙说:"不是不是!是二老爷……他把文德范捆起来了!说什么也不让走!老爷已经过去了,赶紧赶紧,我来帮你穿衣服。"

蔡花蕾再没说什么,垮着个脸在小眼睛的帮助下穿着衣服,不时摇摇头。

原来,一晚上没睡觉的,远不止文德范和谢知雨。二老爷和柳月红不仅没睡觉,还忙碌了一夜。

先是在老太太屋里,二老爷被大家用眼睛扫了一回就不高兴的。接下来自己家亲亲的娃儿撇下爹妈不闻不问,又跑到老大那里去谈什么事情。悻悻而归的文知礼越想越鬼火戳,要不是柳月红拉着,当爹的早就开骂了。

你说,盼星星盼月亮一样把个"独巴丁"给盼了回来,喊了一声爹喊了一声妈,从此再没了踪影。看他马不停蹄那架势,说不准什么时候又会来个不辞而别,而且你都不知道什么时候再回来,进而还能不能再回来!

二老爷跟柳月红说这番话的时候,眼睛有些红,里面明明白白闪着泪光,这着实让柳月红有些感动。这么多年了,她还是头一回看见。这种情况下,两个人说话自然就投机,很容易走到一起去。

在黑暗中等了好久,两个人才听见文德范急匆匆的脚步,再看钟,十二点有多。

二老爷"啧啧啧"了半天,才说:"不能让龟儿子再这么文进武出的嘞!像老太太说的那样,真要是连命都玩脱了……那不是要我们两个的命啊?!"

柳月红听了更着急,说:"那咋个办嘛?!"

二老爷想想,像是在自语,说:"哎呀!小的时候吧,舍不得打,现在嘞,你打不动!"

柳月红说:"我打不动?你意思你打得动喽?"

二老爷闭上了眼睛:"哎呀!我是说我!我打不动!"

柳月红说:"啧!啧啧啧啧!要是有个那样办法……让他走不成……"

二老爷没好气,说:"哪样办法?捆起来!"

"五大三粗的,你还弄不动他嘞!"柳月红说完突然一激灵,撑起身子看着二老爷说,"要是有个办法弄他……他不动……"

两口子的目光一下子对在了一起。

二老爷的眼睛也亮了,脱口而出:"蒙汗药?!"

乍一听这三个字,怎么都有点邪恶的意味,很容易让人联想起打家劫舍、谋财害命之类的勾当。不过,如果你不往这方面想,蒙汗药其实就是由一种叫"曼陀罗"的植物加工而成的药品。

曼陀罗又叫风茄儿、洋金茄花,在我们这边,随便一个山坡上就能找到,具有麻醉、镇痛的作用。其实质，就是让人睡觉。失眠了，神经衰弱什么的，用量上讲究一点，你能说那是祸？在二老爷家这边，谁都知道赵青梅屋里有蒙汗药。那些个孤寂的不眠之夜，蒙汗药真的帮了大太太赵青梅不少的忙。

于是，先是由二老爷以睡不着为借口，到大太太屋里要了些蒙汗药过来；然后又在柳月红的细料箱子里翻了些银耳和冰糖出来；由柳月红亲自到厨房将银耳和冰糖最终熬成粥状，最后按照赵青梅交代的量的三倍，把蒙汗药细细调和在黏糊糊的银耳羹里。还是柳月红心细，完事之前烧了一壶开水，冲到热水瓶里面，与银耳粥一同拿到自己屋里。她跟二老爷说，将银耳羹保持在一个适度的温度上很重要，以便让儿子一饮而尽。

两个人连说辞都是事先设计好了的，就说当妈的心疼儿子，熬了碗银耳羹让儿子补补身子。

你还不要说，一切都符合《孙子兵法》里"上兵伐谋"的构成要素。

搞完了这一切，天刚好蒙蒙亮。

"老爷，好不好哦？"柳月红突然想起说。头一回做这种跟"缺德"两个字挨得很近的事情，而且是对自家儿子，忐忑是必然的。

二老爷立马鼓起了眼睛，小声喝道："你看你这个婆娘！说得好好的……哎呀，不过就是睡一觉而已！人家赵青梅经常吃！你看有哪样问题？打麻将抢别个的杠，哪次不比你利索？"

二老爷的后半段话说得比较平和，之所以这样，是他突然想起人家柳月红还要具体去实施，你真要把她的心情搞乱了，说不定会耽误了大事，那才叫鸡飞蛋打。

二老爷想想，说："你再把台词念一遍，千万不能出差错。"

"儿啊，妈心疼儿子，熬了碗银耳羹让你补补身子。"柳月红念完了看看二老爷。

二老爷说："很好嘛！"

等到从门缝里看见谢知雨领着穿戴整齐的文心雷出了那间屋，拐上了去餐厅的通道，柳月红马上端着银耳羹出了门。她算好了时间的，谢知雨招呼文心雷吃完早餐，再打发个丫鬟送她去学堂，时间上绰绰有余。

一路上，虽然柳月红反复跟自己说这不是什么见不得人的勾当，无奈比平时跳得要快些的心脏怎么也平复不下来。

谢知雨和文心雷两娘母出门之后，熬了一夜的文德范并没有感觉到睡意。他在考虑和文家老大说好的事情，今天中午时分由文大同和李备直接送自己去遵义，说好了自己扮成个伙计，银票放在文大同身上，一切都必须跟真的一样。正想着看看哪儿还有什么破绽，柳月红进来了。

文德范翻身起来，喊了一声妈。

柳月红脸色微红，那是因为紧张。为了掩饰，她直接念台词："儿啊，妈心疼儿子，熬了碗银耳羹让你补补身子。"

文德范接过碗，想埋怨几句吧人家是一片好心，就说："费这些神搞哪样？妈！你喝？"

柳月红事先没设想过还有对白，一下子有点慌神，忙说："不不不，还是你……你喝！"

文德范也懒得客气了，端起碗来一饮而尽，完了说："好安逸！不冷不热，谢谢哈！"

因为心里有鬼，柳月红哪里还有答话的心情，接过空碗，转身就出了屋，好像后面谁在撵她。

文德范也觉得有点点奇怪，只是眼下他没有深究这种事情的兴趣，再躺下时，居然就有了些倦意。

差不多一袋烟的工夫，等柳月红再次推开那间屋子的门，文德范已经扯起了鼾声。柳月红快步回到自己屋里，二老爷已经拿好事先准备的麻绳候在那儿了，两个人轻风一般来到儿子床前，三下五除二，便将任人折腾的文德范捆了个结实，就这样，德范同志的鼾声也没停一下。

到底是上了年纪，两个人坐在被五花大绑的儿子身边正喘着粗气，谢知雨推门进来了。

谢知雨肯定不相信自己的眼睛嘛，眼前这个场景太具戏剧意味了，谢知雨终究没找到一个贴切的词语来，张着个嘴巴竟没吐出一个字。

柳月红赶紧解释，说："儿媳妇哈，我……我们这都是为儿子好哈！如果……要是……哎呀！你说他要是有个三长两短，你让我们两老……咋个办吗？"

柳月红声泪俱下……

直到此时，谢知雨搞清楚了眼前发生的事，只见她涨红着个脸，都不知道说他们什么好，直接过去解麻绳。

二老爷急了，过来想拉儿媳妇吧，又觉得不妥，就指着谢知雨喊："不行哈！不行哈！儿媳妇！不行哈！"

柳月红也回过神来，忙拉住谢知雨，说："儿媳妇呃，我们把这个小祖宗留下来，对你没得坏处嘛！嗯？"

谢知雨也急了，大声吼道："你们以为这就留得住他？！"

柳月红被逼急了，同样提高了嗓门："那也不能由着他乱球整啊！"

谢知雨突然发现了文德范脸上那种无忧无虑的憨态，一下子喊起来："你们给他用了什么东西？用了什么东西？！"

这一声喊，不仅招来了丫鬟用人，还把赵青梅和周慧敏全都招了过来，满满塞了一屋子。

赵青梅过来，弯腰看看文德范，再拍拍他的脸，一下子明白了。瞄瞄柳月红，再看看文知礼："搞了半天，蒙汗药是用在这个地方哦！嗯？"

"蒙汗药？你们……你们啊……呜呜呜呜……"谢知雨哭出声来。

一个平头百姓家的女娃儿嫁到大户人家，而且七八年的时间里一个人拖着女儿过，可以想象，这个动静已经算是抗争了。

赵青梅马上觉得正是一个打帮帮腔的好时机，立马提高了音量："二老爷呀二老爷！你真下得了这个手，够狠！"

二老爷这下也急了，陡然吼道："好喽！老子就这么一个儿！咋个嘛！哪个再敢说一句，不要怪老子翻脸哦！！"

赵青梅到底是大太太，别看二老爷又凶又恶那架势，人家知道如何收他。孙猴子那么厉害，脑壳上面也有一道箍，而且一定会有个念咒语的人。赵青梅不动声色，只朝站在门边的贴身丫鬟丢了个眼色，没多大工夫，大院那边的人就都知道了这边发生了什么。紧跟着，老大颠颠地跨进了老二家的门。

蔡花蕾之所以没有表现出着急，是听说老大已经过去了，这就足够了。她没让小眼睛喊彩珠子，而是让小眼睛帮着自己刷牙、洗脸、梳头，一样一样搞完，再将彩珠子端上来的早餐一样一样吃完，刚刚擦了嘴，老大就进来了。

老大一躬身，说："儿子给母亲请安了！"

蔡花蕾说："哦。"

老大说："老二那边已经点了头，文德范按照说好的时间由文大同和李备直接送到遵义，万无一失。"

蔡花蕾扭头看看老大，顿了顿，然后才说："这就好。"

6

民国二十四年（1935）的这个春天，贵阳这个不大不小的城市因为国民政府的"剿共"部署而显得十分热闹，连国民政府军事委员会的蒋委员长也过来了。这对文珠的丈夫何子豪来说，不仅是热闹，还是福音。为什么呢？因为他爹为他抓住了一个机遇。

前面说过，蒋先生在部署第五次"围剿"之初就想好了的，非嫡系没有一个靠得住的，真想灭了共产党，还得靠自家队伍——中央军。于是，绰号"老虎仔"的黄埔军校学生薛岳薛伯陵，便成了蒋先生一系列军事行动的军中马前卒。从江西一路追杀红军到贵州，薛长官不仅被委任为第二路军前敌总指挥，还兼着贵阳绥靖公署的主任。

薛长官是广东韶关人，刚到贵阳没几天就认了个老乡。省商会一个孙姓副会长不仅老家也在韶关，还跟薛长官出生的村庄同归九峰镇。千里之外能遇见这么近一个老乡，不说两眼泪汪汪，高兴是肯定的。人家薛长官是军中大员，孙副会长尽一点地主之谊，那是人之常情。于是，孙副会长在汉云楼宴请薛长官时，自然不可能两个老乡喝闷酒，便叫上了本地的几个故交，何万年就在其中。

酒过三巡，人就松弛了，一开始的拘谨和客套统统被丢到了脑后。当然喽，人家何会长自打一听说客人是鼎鼎大名的薛伯陵，心里面就摆开了一架算盘的。趁着跟薛长官差不多都称兄道弟的工夫，看似无心就提起了"犬子"的名字，还说了请将军关照之类的话。薛长官连眉毛都没动一下，就让在旁边伺候着的一个副官记下了何子豪的名字。

那晚上，何会长扎扎实实灌了一肚皮的茅台烧。虽然他跟文家老大不过张，但茅台烧是个好东西这一条，他认。他绝不会跟茅台烧不过张。

后来证明，人家薛长官那真是一言九鼎的人物，召见了何子豪一次，不仅把人从川军那边要了过来，还直接安排在所辖76师当了一个团副，有名有实。

这回真让何子豪开了眼界了，到底是中央直辖，装备什么的高一个档次不用说，军饷还翻了差不多一个跟斗。

一家人高兴哦，想方设法要请薛长官吃饭。后来，还是那个副官过来传了话，说薛长官说了，让何家公子好好干，假如立下了战功，那就说明他薛岳没有看错人。

按说，文家和何家是冤家，方方面面都犯冲。但是在1935年的这个春季，好运居然同时降临到了这两个家庭。

何家的好运人人都看得见，算是荣归故里的何子豪穿着崭新的中央军军服，扛着亮闪闪的两杠两星的领章，骑一匹大白马，抓着缰绳的两只手还戴了副白生生的手套，四个马弁和一小队士兵颠颠地跟在后面跑着，还专门去了老文家大门外转了一圈，有点示威的意思。

那年，何子豪就是从这里把文珠接走的。跟当年差不多一样的阵势，也是高头大马，也是趾高气扬，不同的只是新姑爷的喜庆袍子换成了中央军团副的戎装。当马蹄踏在条石铺成的路面上发出的声响跟小跑的士兵"一二三四"的喊声混在一起时，其震慑效果的确显而易见。

老文家大门先是开了一条缝，后来索性敞开来，李备和一些有事没事的用人挤了一门框。

蔡花蕾在听了小眼睛也是道听途说来的描述之后，只是淡淡一笑，说："憨得很！都是身外之物，有什么好炫耀的？要说炫耀，我们家老二，那才该扎扎实实炫耀一回的！"

小眼睛说："还怕不是。昨天马神仙又来看了一回，说是从谢知雨两次截然不同的生理反应看，生儿子的可能性一半一半！"

是，谢知雨又怀上了，关键反应跟怀文心雷的时候不一样。

上次怀文心雷吧，初期的谢知雨吃什么吐什么，难受得要死，把谢知雨整惨了的。这一次则完全相反，不但不吐，成天想吃东西，还不成顿，想起来就要吃；如果得不到就觉得肚皮里面空落落的，难受。因为上次就是大太太赵青梅给断的个女孩，这回二老爷照例喊来了赵青梅。

在二老爷家这边，这种事情少之又少。虽说上次赵青梅断成女孩没少看二老爷的白眼，这回二老爷依旧喊，赵青梅也依旧来。

赵青梅围着谢知雨看了不知多少圈，下牙咬着上嘴唇，再换成上牙咬着下嘴唇，脑袋转朝这边一回，又转回去那边一回，把二老爷急得哦，都想骂人了，赵青梅这才开了口，说："狗日的文德范嘞，硬是有本事！跑不脱是个儿子！"

就这一句话，在二老爷家这边院子能够引起的轰动，可想而知。就为了这句话，第二天又将马神仙接了过来，说是最后确认一下。

说实话，单单看脉象，马神仙也断不了男和女。不过是结合起各方面的情况，汇拢之后一综合，连赵青梅一个只会打麻将的妇道人家都敢拍大腿的事，人家正牌郎中不仅敢断，还能说出个所以然。

当然，马神仙不会说什么"跑不脱"之类的话，而是说："到时候假如遂了大家的心愿，马某一定来讨杯酒喝。"

你看，都八九不离十了，人家也没把话说死，有张有弛。

蔡花蕾就说："看见了吧？'假如'，这就是高人。"

于是，谢知雨终于饱了一连串的口福，想吃什么，二老爷和柳月红便立即打发下人去买什么，还说了：管饱。

立冬前一天，准确说是乙亥年的十月十二，1935年11月7日，谢知雨为二老爷家产下了一个男娃娃。按照老文家的惯例，由蔡花蕾取名为文心宽，老太太说了，意思让二老爷文知礼终于心宽了一回。

第三十章

1

有一件事不得不说。

那天，文大同和李备将文德范送到遵义，是在一个钱庄门口停的车。本打算兑了银圆直接交给文德范就算完事，没承想钱庄暗红色的两扇大门紧闭着不说，敲打之后还没回应。一打听，说是红军打进遵义之前就关了门了。

文德范一听急了，说："那咋个办？这东西出了贵州，怕人家不认哦！"

文大同看看自己手里的银票，想想说："去茅台镇！"

文德范说："那要是茅台镇也关门呢？！"

文大同说："那里有师傅！所以要去茅台镇。"

"那就赶紧嘛！"文德范连跟自家领导打个招呼的程序都省了，好在现成的车马，直接跳了上去。

"嗒——"李备用力甩出一个生脆的鞭哨。

等他们马不停蹄赶到茅台镇的钱庄，门是没关，只是人家是个分支，铺子里没那么多大洋，还说大宗提款需要事先约定。而且文大同他们身边就一张一万元的银票，连文德范提出的取一点是一点都办不到。没办法，就剩下烧房最后一条路了。

文德范真的急。

军队的事情，说开拔就开拔，只能你将就队伍，没有人家等你的。从江西一路过来，天天如此；再者说，人家队伍真要开拔了，那么些"袁大头"，你一个人怎么拿？民国三年"银九铜一"的"袁大头"，重量七钱二分，换算成公制大约27克，一万枚差不多270公斤，540斤，怎么拿？还不要说你走不了，就算你能走，不出二里地去，国军不抓你，棒老二都得缴了你的"械"。要不人家后来改成纸钞呢？轻巧嘛！

火急火燎的文德范一直等到刘青云说了"我来想办法"这句话之后，才慢慢平静了些。对刘青云来说，还不要说有一万银票在手里押着，单单文大同和李备亲自来茅台镇一遭，刘青云都会义不容辞去筹钱。

刘青云上一次见到文德范，还是刘广黔家添丁那一年，现在孙子都十岁了。刘青云还记得贵阳来吃酒席的一竿子亲戚回去之后，他曾经听工人说过文德范游说"英特纳雄耐尔"的事情，当时也没觉得是个什么事，认为那不过是有钱人家的少爷在标新立异而已。现在不一样了，听说整整一支队伍真刀真枪占领了遵义不说，马上还准备去打贵阳。连老大都不得不正眼相看，认捐了一万现大洋，还让儿子亲自过来操办。

等到一万现大洋办齐了，分别装进十个用茅台镇的细竹篾条编织的背篓里了，刘青云照例尽了一回地主之谊。

在自家屋里的饭桌上，喝了些茅台烧的刘青云终于问了文德范一个事，他说："你们……红军哈，究竟想要……把中国搞成个什么样子？"

已经决定吃了饭就上路的文德范，一仰脖把自己面前那杯酒闷了，同时还阻止了主人家伸过来的酒瓶。至于主人家提出的问题，就文德范现在的理论水平，讲一个上午，内容还不会重样。

文德范说："舅舅啊，共产党的最终目的，是让普天之下的劳苦大众……都过上这样的好日子。"

文德范说这话的时候，用下巴指了指面前这一桌有鸡有鱼有红烧肉的宴席。

刘青云看看桌上那些大大小小的碗碟，想想说："普天之下？"

文德范说："普天之下。"

刘青云歪着个脑袋，抬起眼睛看着和自家儿子同辈的这个小伙，晕着酒红的脸上浅浅有些笑意，尽管没说话，但脸上的表情很明确，意思文德范的话大了些。

文德范当然看明白了这个老辈子的笑意，同样笑笑。他不想跟这个刚刚帮着共产党把一万现大洋巴巴实实装进篓的厚道人争辩什么，就说："谢谢舅舅了!不仅帮忙筹了钱,还让承义兄弟亲自送到遵义,我代表红军,谢谢舅舅了!"说着站起身鞠了一躬。

人家刘青云就是想得周到。说一万现大洋五百多斤,装在李备的马车上也不是说不行,问题所有人还都得搭车跟着回去,一下子增加这么大个重量,万一半路有个什么差池,真要是耽误了二老爷家长公子的公务,对不起人嘛。

对于刘青云的这个安排,文德范着实心存感激。由此,上路时他就特地上了刘承义那挂马车,意思两个人说说话,拉拉家常什么的,免得刘承义一个人孤单,有回报刘青云一片好心的意思。

刘承义时年二十三岁,成年后一直在云辉烧房干活,按他爹的话,一样一样干一遍。这是刘青云从刘承义他老爷爷刘天和那里继承过来的生活经验,叫磨砺。二十一岁那年春天成的亲,第二年夏天家里添了个女娃儿,因为自己不是长子,加上生的还是个女孩,所以不被家里人重视,这是刘承义的原话。后来,文德范分析过,这大概也是刘承义最终离家别子的原因之一。

对了,刘承义走了,跟着文德范他们的队伍走了。

那天,在装着五百多斤现大洋的那挂马车上,文德范压根没有要让刘承义加入自己队伍的意思,他不过说了些家庭与社会,个人命运与国家前途之类的理论性较强的话。没想竟然就对上了刘承义这个乡下青年的心思,而且就那么义无反顾要参加红军,要跟队伍走。文德范根本不敢让另外一挂马车上的文大同知道这个情况。因为人家刘青云到底不是自己家亲亲的舅舅,称呼上怎么亲怎么喊,但隔在中间的那若干层干系,你终究抹不开。

自己准备参加革命那阵子,因为只是对应着自己家爹妈,想怎么来就怎么来,都习惯了的。就算还有让他唯一担过心的老太太,那也是自家的奶,有文大同那样的长房长孙顶在前面,他也可以不担什么责任。

现在不一样。刘承义是别人家的子孙,这要是惹得人家舅舅、舅妈的全都伤了心,要不得嘛!文德范思来想去,最终决定:这个口子无论如何不能在自己这里开。

结果,让文德范没有料到的,是刘承义自己去跟文大同把事情挑到了明处;而让文德范更加没有想到的,是文大同居然想都没想就说:"好!我去跟舅舅舅妈说。"

"咦?!"文德范在心里喊了一声。

坦白说，在文德范眼里，差不多一米七个头的刘承义，那真正是干红军的一块好材料。身板壮实不说，还继承了刘青云的敦厚和林家漪的清秀，端端正正，一表人才。文德范在马车上已经想象过刘承义穿上湖蓝色军装的样子，头顶红星，领子两边挂两面红旗，哎呀，只有那么俊朗了！你想嘛，文德范最早就是干的鼓动别人参加共产党的活路，多少年了，看谁都免不了那样的职业眼光。

原先忐忑的心，没想撇撇脱脱就被刘承义亲亲的大表哥文大同给化解了，一下子得了个金宝卵，自己还脱了干系，文德范心里别提多愉快了，谁不想自己的同志站出来一个个英武俊朗？

"撇脱"和"金宝卵"都是贵州的方言，撇脱是轻易、干脆的意思；金宝卵比较通俗，就是宝贝。

当刘承义穿上军装，戴上军帽，来到文德范跟前行了个军礼，喊了声报告时，虽然都是刚刚学来的，完完全全和文德范在马车上想象的样子一模一样。

后来，文家人都在责怪文德范，说他不该连累人家刘家。当着大家的面，刘青云只能说些儿大不中留之类的话，没人时，他首先想起的，是那一年文德范在云辉烧房传播"英特纳雄耐尔"的事。没想这么些年过去了，还真叫这小子给"传播"走了一个，而且是自己家亲亲的儿子。幸好刘广黔还在喽，所以人家说的"筷子要成双"呢，现在看来，真是金玉良言！

刘青云不禁仰面朝天，"呵呵"了两声，像是在笑，又像是在哭。

人啊，自己要学会排遣，无可奈何的时候，要自我安慰。比如刘青云，他这时候就自言自语道："哎呀，话又说回来，塞翁失马，你怎么知道那就不是福呢？"

2

中国人的智慧，很多时候体现在分寸的把握上，审时度势。胳膊拧不过大腿的时候，他们会换一种方式来抗争。那些年，一些流行于东北的反满抗日小调，就是民心的写照。比如，"日满匪队大讨伐，专把民众抓，抓到狗衙门，灌豆鼠子剜肋巴，随起就把杠子压，有钱的把钱花，没钱的把他杀。看吧，民众们哪，反满抗日快参加，不然就得被他们杀。"

虽然不敢当着日本人唱，背地里大家聚在一起唱，而且心里充斥着仇恨，细想想，也挺可怕。这是在被称为"敌占区"的东三省。除此之外，由于国民政府对日本人一直以来采取的绥靖政策，中国人的反抗情绪一直在一点一点地增长、累积着。"民族危亡"四个字，成了当时的主流意识。

在这样的情绪之中，一部由上海电通公司拍摄的、名为《风云儿女》的电影，很快吸引了大家的视线。

影片讲述了一个从东北流亡到上海的年轻诗人，如何在民族情绪的影响下最终离开温柔乡，走上抗战前线的故事。这在当时被称为"左翼电影"。影片中的一首插曲是两个青年创作的，作词的叫田汉，谱曲的叫聂耳，歌曲取名为《义勇军进行曲》。歌中唱道：

起来，不愿做奴隶的人们，

把我们的血肉筑成我们新的长城，

中华民族到了最危险的时候，

每个人被迫着发出最后的吼声，

起来，起来，起来，

我们万众一心，

冒着敌人的炮火，

前进，前进，前进进。

说实话，在那样一个大家有气发不出来，都憋在心里的年代，这样的歌词确实具有很强的煽动性。"最危险的时候""被迫发出最后的吼声"，这样的表述其实是对于依旧沉迷于"攘外必先安内"的蒋先生的警告。一些"好心人"甚至说，"安内"真就不能放到"攘外"之后？意思你先什么后什么，要分个轻重缓急。

无论是"好心人""对立面"，还是民意、舆论；劝谏也好，警告也罢，蒋先生统统置之不理，照样我行我素，继续调兵遣将，围剿已经将陕西北部一个叫延安的地方作为新的根据地的红军。直到1936年12月12日的"西安事变"。

"西安事变"之前，同样属于"白军"的张学良的东北军和杨虎城的第十七路军一直在陕甘边区和红军交战，而且战败的时候多。到了1936年的4

月间，历来我行我素的张家大公子竟然秘密飞往延安，与遵义会议时共产党三人团成员之一的周恩来见了面，并于这一年的9月和共产党正式签订了一份《抗日救国协定》，这大概便是"西安事变"的伏笔。

后来张学良说，从他二十一岁就开始的第一次"直奉大战"，这么多年了，战争就没停过，很累；还因为老爹死得突然，自己早早就担起了多重一副担子，更累。到现在，"中华民族到了最危险的时候"了，你蒋先生还在没完没了"安内"，是可忍，孰不可忍！

于是，在西安附近的骊山脚下，当年唐玄宗与爱妃杨玉环的爱巢——华清池，国民政府已正式通过了对红军进行"第六次围剿"的计划，在计划即将公布的前夜，张学良和杨虎城把蒋先生抓了起来，并于当天向全国发出了八项救国主张的通电。

对于西安事变，舆论不分国内国外，一片谴责。连苏联的《真理报》《消息报》以及共产国际的《国际新闻通讯》等无产阶级的舆论工具，都对西安事变进行了指责。这让代表着中国无产阶级的共产党始料未及。虽然他们在12月13日专门召开的政治局扩大会议上，毛先生认为就此把蒋先生除掉，无论哪方面都有好处。

"共产国际"又称"第三国际"，是俄国大胡子革命家列宁于1919年领导成立的一个国际组织。中国共产党于1922年决定加入共产国际，并成为其下属的一个支部。作为下级，服从上级历来都是共产党的纪律。于是，中国共产党决定接受上级的意见，任命周恩来为特命全权代表前往西安，斡旋"西安事变"。

接下来，在以张学良、杨虎城、周恩来为一方，国民政府行政院副院长宋子文为另一方的谈判过程中，作为阶下囚的蒋先生最终口头答应了张学良他们提出来的八项主张中的六项。其中，对于"停止剿共，联合红军抗日"条款的答复是：联红容共，改番号，共同抗日。

终于，自1927年四一二事变之后九年，同时也是国民政府围剿红军的第七个年头之后，国共两党又一次举起了合作的大旗，开始了第二次"国共合作"。

后来，到达陕北的红军被改编为"国民革命军第八路军"；另外，当年留在当地没有去延安的那一部分红军游击队改编为"国民革命军新编第四军"。

由此，交手了不知多少回合的国共两党以及红白两军，终于枪口一致对外，共同抗击外侮。正如《诗经·小雅·棠棣》所言：兄弟阋于墙，外御其侮。

看过《三国演义》的人都知道其中的一个著名论断，"天下大势，分久必合，合久必分"。罗贯中虽然是用演绎的方式来叙述历史，但那些分分合合的故事却在中国的历史进程中不断演绎着。谁知道以后会是个什么情况呢？反正眼下的国共关系至少在台面上是融洽的。

1937年3月，国共双方在杭州进行秘密接触；5月间，国民党的中央考察团就去了延安；6月8日，国共两党在庐山举行会谈，并发表了《国共合作宣言》；6月28日，南京至延安的电台就联络上了，今后双方要有个什么事情，一个电报就能说得清清楚楚……

也许，日本人觉得目前的国共关系对他们的"在华利益"很不利；也许日本人在同国民政府交往的过程中，感觉跟大清朝那时候也差不太多；也许日本人对眼下只占领山海关以北，而以南的大片沃土仍旧归国民政府管辖不安逸；也许日本人从一开始打的就是将整个"支那"甚至整个亚洲全部收入囊中的主意。

"支那"是日本人于"甲午战争"之后对中国的蔑称，要不说日本人心术不正呢，不过在交锋中占了一次先，连称呼都要侮辱你一下，真正不可交！

于是，民国二十六年（1937）7月7日爆发的"卢沟桥事变"，就在情理之中了。

3

北平的老百姓大都知道一句歇后语，叫作"卢沟桥的狮子——数不清"。说的就是卢沟桥两侧栏杆281根望柱上各有一个石狮子，而且形态各异，栩栩如生。据说，金朝明昌三年（1192）刚刚完工时，一共有627个狮子，从那时起，卢沟桥便成了"燕京八景"之一的著名景致——卢沟晓月。1153年，金帝完颜亮定都燕京之后，卢沟桥一直都是都城的门户，京畿重地。

日本人当然知道在什么地方闹腾最能刺激"支那人"的神经，因此选择了卢沟桥这样的"门户"。借口一个什么鸟人找不着了，悍然挑起事端，开始了他们试图将整个中国都变成满洲国一样的"王道乐土"的第一步。

那个时候日本人绘制的亚洲地图，朝鲜、日本以及中国的固有领土台湾省，均被涂抹成同一个颜色，表示都是大日本帝国治下的版图；东北三省虽然没有被涂抹成跟日本同一颜色，但和中国是有颜色区别的，而且被赫然标注上"满洲国"三个字。

后来有人分析，说是战后日本人也检讨他们当年"卢沟桥事变"的所作所为，说曾经后悔那样做。错！那是因为他们最终战败了，否则，"卢沟桥事变"说不定还是大日本皇军驰骋千里的一个值得炫耀的光辉起点呢！

正因为有了东三省老百姓的苦难，正因为有了中国人一直积累着的愤慨，四万万同胞一致认为"中华民族到了最危险的时候"了，这才有了"西安事变"以及迟早一定会发生的"卢沟桥事变"。

"卢沟桥事变"之后的第十天，蒋先生在庐山发表了著名谈话《对卢沟桥事件之严正声明》。说："从这次事变的经过，知道人家处心积虑地谋我之亟，和平已非轻易可以求得；眼前如果要求平安无事，只有让人家军队无限制地出入于我国的国土，而我们本国军队反要忍受限制，不能在本国土地内自由驻在，或是人家向中国军队开枪，而我们不能还枪。换言之，就是人为刀俎，我为鱼肉！我们已快要临到这个人世悲惨之境地。这在世界上稍有人格的民族，都无法忍受的。我们东四省失陷（注：当时的建制有热河省），已有了六年之久，续之以塘沽协定，现在冲突地点已到了北平门口的卢沟桥。如果卢沟桥可以受人压迫强占，那么我们百年故都，北方政治文化的中心与军事重镇北平，就要变成沈阳第二！今日的北平，若果变成昔日的沈阳，今日的冀察，亦将成为昔日的东四省。北平若可变成沈阳，南京又何尝不会变成北平！"

蒋先生最后呼吁："再没有妥协的机会，如果放弃尺寸土地与主权，便是中华民族的千古罪人。""如果战端一开，那就是地无分南北，年无分老幼，无论何人，皆有守土抗战之责，皆应抱定牺牲一切之决心。"

从共产党建立的1921年算起，十六年了，蒋先生终于说了一番让共产党都为他鼓掌的话。

由此，中国进入了全民族抗战阶段。

当然，日本人既然敢于策动"卢沟桥事变"，那也是扎扎实实准备好了要势在必得的。从7月7日开始，虽然驻守卢沟桥一线的国民革命军第十九军所部进行了拼死抵抗,"百年故都"北平还是于7月29日沦陷;30日,天津沦陷;8月13日,第二次淞沪会战开始;8月14日,日军飞机首次轰炸南京;11月9日,太原沦陷;11月12日,上海沦陷;11月20日,国民政府迁都重庆;12月13日,中国的六朝古都南京终于也沦于日本人的铁蹄之下。这时距离"卢沟桥事变",半年不到。

在南京,临时接替生病的司令官松井石根的日本裕仁天皇的"皇叔"朝香宫鸠彦王陆军中将,下令开始了长达六周的血腥大屠杀,烧杀抢掠,无恶不作,30万南京同胞被屠,血流成河……

杀人杀到什么程度呢?麻木了,完全没了新鲜感。于是,日本人便生造出一点"新鲜"来。据1937年12月13日的《日本日日新闻》报道,两个日本军官竟然来了个"杀人竞赛"!相约谁先杀满100人,谁胜。结果,叫"向井敏明"的军官杀了106人,另一个叫"野田毅"的杀了105人。因为不能确定谁先杀满的100,竞赛结果最后被确定为:平手,不分胜负。

奸淫就更不用说了。那时候流传着一首叫作《丈夫当兵莫心疼》的民谣,是这样唱的:"叫声贤妹我的人,丈夫当兵莫心疼,我不去把倭寇杀,将来你是他的人。"

在男尊女卑了几千年,女人从来都是男人附属品的中国,这比用刀剜了中国男人的心还厉害。于是,是个男人就站直了身子喊:跟倭寇拼了!

我们这边有句俗话,叫作"矮子矮,一肚皮的拐",是对矮子的轻蔑。按说,不应该拿别人的身高来调侃;只不过,如果你人矮还尽干坏事,就难免被别人蔑视、鄙夷。

小眼睛就是这样骂的,说:"知道世间有坏人,真不知道人还能狗日的坏成这样的!自己坏也就算了,还连累我们家老太太!"

刘彩云跟着叹气,说:"嘖!唉!那年滇军在螺蛳山砍了一千颗人头,老太太一天一夜就喝了碗莲子汤,还是马神仙来劝。这回好,连莲子汤也不喝了,佛堂里一坐就是一天,这样下去不是办法嘞!"

小眼睛说:"连慧聪师父都跟着劝,这才睁开眼睛应一声。要是我们说话,眼睛皮都不抬一下!"

老大说:"过了这一两天她会好。小眼睛多个心思,真要饿得前心贴着后背了,她会说话。"

就这么整整两天两夜，到了第三天早上，小眼睛和彩珠子帮着老太太穿衣服时，都听见了老太太肚子里发出的咕噜咕噜的、空气在运动的声音。

小眼睛说："老太太，真要是饿出个什么情况来，高兴的是日本人嘞！"

蔡花蕾看看小眼睛，说："咋个呢？"

小眼睛说："哎，少了一个憎恨他们的人嘛！"

蔡花蕾顿顿，摇摇头，舒了一口气，这才说："彩珠子，那就吃点甜的，这两天嘴巴一直苦。"

小眼睛急忙说："甜的甜的，彩珠子，赶紧！"

等彩珠子把一碗银耳羹和一小碗糕粑稀饭放到蔡花蕾面前，刚吃了两口，老太太又停下，说："日本人啊，有他们哭的那一天！"

小眼睛急忙说："一定的！那一定的呀！"

4

贵州因为远离抗日战场，又紧挨着"陪都"重庆，属于大后方，所以我们这边的人，再高涨的抗日热情也只能做一点符合大后方特点的事情。虽然不能跟一直在第一线浴血奋战的将士们相比，但也不可或缺。比如捐款捐物、内迁人口及难民的安置、社会救济、基础教育以及职业教育等，什么工作都需要有人一样一样去落实，去完成。政府做政府的事情，民众做民众的事情，各尽其责。于是，一个叫作"贵阳抗日救济会"的民间组织成立了。

跟从前一样，老大责无旁贷就担任了个副会长。都不用别人提醒，反正就是拿大头的钱，文家再难，国难当头你必须有个表率作用。

老文家从老太爷文理渊那时候开始，凡是谁跟谁开了战，就一定会有人过来要钱；很多时候不给还不行，人家客客气气把你们家的什么人一绑，老文家就得客客气气地把钱送过去。这回当然不一样，和日本人打仗，那是民族之间的仇恨。大清国签的那些不平等条约都不说了，单单一个九一八事变，将好端端一个东三省变成了"满洲国"，有胳膊有腿的一只雄鸡眨个眼睛就没了"鸡头"，这让绝大多数中国人心里面都感到愤慨，不是一天两天了。

这回，连蒋先生都在民族大义面前挺了一回胸脯，发表了"地无分南北，年无分老幼，无论何人，皆有守土抗战之责，皆应抱定牺牲一切之决心"这样让人热血奔涌的讲话，和宿敌共产党结为统一战线，一致抗日。也就是说，何子豪他们终于不再追剿文德范他们了，就凭这一条，老文家捐点钱还不应该吗？

虽然说这些年的文家已经不能跟那些年的文家相提并论了，但是你们家名声在外呀，这样的关头还得死撑着。于是东一点西一点的，还卖了遵义三十亩水田，老大最终凑齐了五万现大洋。

民国二十四年（1935），国家发行了法币，动员大家用银圆换法币。但用习惯了银圆的老百姓还是觉得这东西比较有分量，就一直用着；特别是捐款捐物这样的民间往来，用银圆显得扎实。所以老大特地交代文大同，用银圆。

当文大同和徐子把银票送往"抗日救济会"临时设在省政府的办公地点时，见到的竟然是何万年。

这么些年了，文、何两家的新仇旧恨一点一点积累起来，都在各自心头存着的。没情况时相安无事，一旦碰上了，比如现在，"分外眼红"是肯定的，徐子就更不用说了。

文大同首先想到的，是"拂袖而去"四个字，都背过身子去，开步走的一条腿差不多都摆出去了，突然，他想起自己是来送抗日捐款的，严格一点，说是"公务"也能成立。那么，也许不应该这么冲动，至少，你把情况弄弄清楚，比如，何万年到底是个什么身份，为什么他会出现在这里等，再"拂袖"也不迟啊！

就在这时，何万年开了口："且慢！"

文大同站着没动，徐子当然也跟他一样，同时脸上还挂着不屑一顾的鄙夷。

看得出来，何万年也不爽，不过人家稳了稳神，说："贤侄啊，按说……我可以不出来见你的面的，有人会办理交接。转念一想，偌大个中国，半壁河山都让人家外族给占了去，如果我们还在因为自己家里那点事情……争来斗去，谁还会有心思去打日本人呢？是啊，多少年了，国民政府跟共产党都走到了一起，我们不过是两个家庭，难道不可以为抗击日本人共同做一点事情？正所谓桥归桥，路归路。正是基于这种想法，所以，我必须出来和贤侄见一面。一是代表抗日救济会接受捐款；二来，也表明我何万年在国家存亡之际的……一个态度。也许你们还不知道，我也是抗日救济会的副会长。"

这种情形之下，你文大同还迈得出向后转的步子吗？尽管很别扭，他还是将身体重新转了回来。与此同时，他听见徐子说了声"我在外面等你"，人便消失在文大同的视线之外。

文大同真是没想到，在自己心里一直都是负面形象的何万年居然说得出这么一番冠冕堂皇的话来。通常，类似的话语应该从文家老太爷、老太太，或者爹的口中说出来才对。文大同揪着眉头，望着面前这个脊柱已经有些弯曲的、老文家多少年来的宿敌，心底突然冒出跟眼前这个场景完全不相干的两个字来：老矣！

文大同有些疑惑了，想起乍一见到何万年时自己和徐子转身就想离开的冲动，现在看来真的显得有些小气。还不要说是来办公务，单单人家是个长辈，你也不能……

文大同不好意思再推演下去，从衣兜里摸出银票，双手捧着，往前走了两步，弯了弯腰，递到了何万年面前，说："受家父之命，贵阳文家前来认捐银圆五万，以敷抗战亟须。请……抗日救济会收悉。"

文大同本来想称呼一句"何会长"或者"何副会长"之类的，话出口时就变成了"抗日救济会"，至于为什么，他也说不清楚。疙瘩在心里停留的时间长了，一下两下还真难完全解开。

回到家，说给当爹的听，老大半天没吭气，还是刘彩云把话接了过去，说："行了行了，事情办完了就好，忙你的去吧，大同。"

等文大同离开了，刘彩云才说："你也是，好歹点个头嘛，免得娃儿还以为做错了事情！"

老大说："哦，我是在想，人啊……总有他的另外一面。就说何万年……嘿嘿！"

老大既不想认可何万年，也不愿意因此糟蹋何万年。至于文大同复述何万年的那一大段话，除了说明他是个中国人之外，莫非还能证明什么？但是，不可否认，何万年这样一个人物能说出那样的话来，在文家老大心里肯定是留下了印象的，他不想使用"士别三日当刮目相看"这样带有些许褒义的语言。

5

日本人所到之处,烧杀抢掠、无恶不作的消息像瘟疫一样四散开去。沦陷区和即将成为沦陷区的老百姓纷纷携妻带子逃离家园,以躲避战乱。那个时候,所有人都只能心怀一个简单想法,那就是"活命"。只要能活命,怎么都行。于是,在通往中国西部的路途上,不论铁路、公路、大路、小路还是水路,全都挤满了逃难的人群。

在这样一个浩浩荡荡的人潮里面,相对那些各自为政的百姓,间或会夹杂着一些还算有组织的队伍,那就是内迁的学校。

有人统计过,截至1938年年底,中国108所高校中,有10所完全被毁,91所遭到不同程度的破坏,大多数学校被迫搬迁。搬到一处还没安顿好,又遭到破坏或者即将遭到破坏而再搬迁,最多的搬迁了七八次,正所谓颠沛流离。

由浙江绍兴人竺可桢担任校长的国立浙江大学就搬迁了四次。先是由杭州搬迁到浙江建德,再到江西泰和以及广西宜山,最后搬迁到了蔡花蕾的家乡——遵义。学校搬迁很麻烦,除了学生之外,还得带上图书和教学仪器什么的,否则没办法教学。这要是全都带上,真不是一家一户的逃难可以相比的。

除了国立浙江大学,先后搬迁到贵州的还有广西大学、桂林师范大学、国立交通大学唐山工程学院,以及江西的国立中正医学院、湖南的湘雅医学院和上海的大夏大学等。其中成立于1937年9月的国立中正医学院,成立之初便开始搬迁,以至于建校初期的大量工作都是在西迁的路途中完成的。

因为战乱导致的教育机构西迁,并不是所有人都皱眉头。比如,贵州教育界,真可以用欢欣鼓舞来形容,民众也普遍持欢迎态度。

在贵州,光绪二十八年那年,巡抚衙门正式奏请皇上设立的贵州大学堂,曾经分两批派出20名学生东渡日本留学,学成归来后,很多学生又成为"大学堂"教学的中坚。后来,学校名称几经变更,由贵州师范学堂最后降格为贵州官立矿业中学堂。桐梓人周西成主政贵州的民国十七年(1928),又把几个学校撤并,成立了贵州大学;无奈好景不长,贵州大学因为动乱的时局于民国二十年（1931）春天停办。而且，除了周西成时期的"贵州大学"设有经济、医学、土木工程、矿业四个专科和文、理两个预科，之前的"学堂"均不能称为大学。所以，教育机构西迁之前，严格说，贵州没有大学。要不，文家的两个少爷不会舍近求远跑到上海去求学。

一个一直冷冷清清的穷乡僻壤一下子冒出来这么多正儿八经的大学，同样欢欣鼓舞的还有老文家，跟天上掉馅饼差不多。

蔡花蕾扳起手指头一算，可不是嘛，先说老大家这边，同岁的文大喜和文心仪，二十二了。前些年就打算找个什么地方上大学的，因为时局不稳，大人们害怕去远了多担一份心，就一直拖了下来。另外，文心志虽说稍小一点，也在吃着十八岁的饭了，要读大学也不是不行。还有二老爷家那边，大小姐文霏霏的儿子胡瓜，足足的十八岁，正当年。不算不知道，文家一下子竟冒出来四个可以上大学的娃娃，这时候那么些正牌大学就搬迁到了自己家门口，能不欢欣鼓舞吗？

全家人一合计，都觉得报考国立浙江大学是首选。一来人家牌牌硬，自民国十六年恢复办学之后一直管辖着文理、工、劳农三个学院，师资力量在全部西迁的学校中名列前茅；二来学校选择的办学地点湄潭县，就在遵义东面，距离跟遵义去桐梓的路程差不多，县城还有丰汇盐号的分号，方便关照；第三条是刘彩云提出来的，说四个娃娃在一个学校就是好，互相照应不用说，假如又出来个文德范那样的，起码不会杳无音信。

刘彩云的担心不是没有道理的，四个娃儿，他们家这边占了三个，随便哪个"杳无音信"，都折爹妈的寿。假如是文心仪或者文心志，那更是连老大和刘彩云的寿一起折。

刘彩云就说："看看二老爷跟柳月红两个，担惊受怕了一辈子，人家文德范依旧我行我素。要不得，要不得哈！必须防患于未然！"

看看大家说得差不多了，老大转向了蔡花蕾，说："我们家的事情，最后还得老太太点头。"

蔡花蕾也不吭气，左手中指在左眼内角上抹了抹，其实那儿什么都没有，一直干干净净的。在场的人都知道这个动作不过是个过场。

过场差不多做到了位，蔡花蕾这才说："行，就去湄潭。"

没多久，就赶上了国立浙江大学的秋考，四个娃儿的成绩还都达到了录取线。事前老大他们商量好了的，如果真有人达不到人家的录取线，就捐点钱给学校，总之不能让娃儿错过了这次机会。这个意见是蔡花蕾最先提出来的，看得出来，这是沿袭了蔡好仁当年在刀把镇捐资办学之后说话管用的思路。这回好，省了一笔。

文大同把四个人都上了录取线的情况一说，蔡花蕾就喊，说不能眉毛胡子一把抓哈，必须谁第一，谁第二地说清楚。老大知道，这是她老人家高兴。于是，大家这才知道文大喜考得最好，其次是文心志，胡瓜再次，文心仪排最后。

就为这个排序，一向被蔡花蕾称为"儿马婆"的文心仪自尊心严重受挫，痛苦并自责了好长时间。最后搞得蔡花蕾都不忍心了，跟孙女解释说排序只是想知道一个结果，根本不可能因此就轻看了谁，小姑娘这才渐渐平复下来。

教育机构西迁不仅解决了文家四个娃儿的读书问题，让文家老大更高兴的，是因此还连带着让文渊书局有了上升若干个档次的机会，这要归功于周世涛。

当文家人忙着解决后代教育问题的时候，周世涛突然发现蜂拥而至的这些大学里面人才济济的教授们，对文渊书局来说，是一个千载难逢的大好机会。他跟老大说，如果能邀请到其中佼佼者，组织起一个诸如"编辑机构"之类的组织，及时出版一些有关教授们专业知识的，以及和抗战相关的书籍，这对于文渊书局会是个什么结果，他让老大自己去想。

对于完全继承了老太爷正宗血脉的文知辉，这还用得着想吗？话都有些语无伦次了，说："哎呀哎呀！你看你看！只顾着小孩子的事情了，这么个天大的情况……居然就……你看看……哎呀……"

他拜托周世涛立即着手收集"佼佼者"名单，自己则已经想好了让大学教授们无法推托的说辞。

没多久，名单就放到了老大面前。

周世涛送过来的这份名单，排在最前面的是国立浙江大学校长竺可桢。因为是复旦公学的学长，文大同知道这个人，那年用庚子赔款支持的公费留美学生中，就有竺可桢的大名。二十多年之后，人家不仅在学界出类拔萃，还当上了大学校长。老大不免有些感慨，同样是复旦出来的，你看看人家。

当然，老大也知道这样的类比对自家儿子不公平，人啊，能干什么和可以干到什么程度,那都是各人的造化,强求不来的。当初儿子降生的时候,一家人终于续上了香火那样的兴高采烈,其实就是文大同存在的意义,不能苛求。

除了竺可桢,还有一些看着眼熟的名字。比如,唐山工程学院的校长茅以升,浙江大学教授苏步青、陈建功,包括在昆明的西南联大校长冯友兰先生。除此之外,还有一些贵州籍的学者名士,比如,蹇先艾、王伯群、马宗容、谢六逸、罗登义等,密密麻麻两张纸,差不多上百号人。

在由文家老大签署的聘书中,"抗日救亡"是第一理由,在这面大旗下,一般人找不出拒绝的理由来;当然,"福荫后人""敬恭桑梓"一类的说辞,也是有文化的人愿意接受的恭维。除了恭维,书局还为每一位成员准备了一份月俸,虽然不多,重要的是体现了书局的诚意。在那样一个兵荒马乱的年月,对于那些身在异乡的先生们,总是一份温暖。

忙了一圈下来,正如老大所料,真没有一个拒绝的。于是,最终被命名为"文渊书局编辑所"的这个战时临时机构,在文渊书局正式挂牌。

6

民国二十七年(1938)秋天,文家有过一次争论,起因是这一年发生在抗战中的一件事。事情分前半段和后半段。

前半段,是桂系将领李宗仁于春夏之交在山东指挥的"台儿庄战役",以国军伤亡五万余的代价,换取了日本军队两万余的伤亡。单单看数字,大家都说不值当。但是,如果结合起南京沦陷之后,日本人随后占领了济南、泰安,接下来准备一举拿下徐州之后沿京浦铁路向西横扫郑州,再由京广线南下直捣武汉的战略意图看,台儿庄一战就千值万值。不仅如此,台儿庄战役是日本军队自"七七事变"以来,战役进攻的第一次败退。不仅打破了"大日本皇军不可战胜"的神话,同时用胜利的事实证明了"亡国论"的荒谬。

人心是需要鼓舞的,特别是骄狂的日本军队在中国大地上不可一世的时候。全国各地的报纸纷纷刊载台儿庄的胜利,很多地方还举行了胜利大游行。因为这场胜利,民心得到了安抚,尽管这样的安抚只是暂时的。

同样因为这场胜利,国民政府在徐州地区集结起大量军队,打算乘胜再炮制一次如同台儿庄一样的胜利。没想这种一厢情愿的算盘反被日本人利用了，他们迅速调集起30多万人马，准备包围徐州，报台儿庄之仇。幸好，中国军队及时发现了即将到来的窘境并迅速撤离徐州，向开封方向移动，这才避免了一次大围歼。蒋介石亲临郑州，在第一战区的指挥部亲自干预战事。

随后，打算将日军围歼在河南兰考一线的第二轮计划开始实施。然而，国军第一战区所属六个军差不多12万人马，在和日军土肥原师团两万人拉锯一样的接触中，莫名其妙就败下阵来。日军占领兰考之后，下一个目标就是开封。这样下去，50公里之外的开封能顶多久？一旦开封失守，郑州便成为中原大地上的一座孤城，郑州又能顶多久？这就到了事情的后半段。

6月3日，土肥原师团猛攻开封……

千钧一发之时，蒋介石想到了黄河。

在中国，被称为"母亲河"的黄河不仅孕育了中华文明，同时对于整个人类文明也都产生了巨大影响。黄河所到之处，百姓安居乐业，繁衍生息。当然，黄河也有暴戾的时候，每逢洪水，连天的浊浪会毫不犹豫地吞噬掉它面前的一切……

就在人力已经无法阻挡日寇铁蹄的时刻，人们想到了自然力。后来才晓得，早在1935年，国民政府武汉行营就有过"中日交战时可决黄河之堤以保全郑州之预案"。

6月9日凌晨，驻守在黄河沿线的国军新八师奉命在一个叫花园口的地方扒开了黄河南岸，一时间，浊浪滔天……

后来，《黔报》转载《申报》的当事人回忆录，有这样的内容："晌午，忽然洪水就涌了过来，几分钟的工夫就涨到了齐腰深。没多久，大水呼啸着冲下来，几米高的浪头跳起来，我的姑姑一家七口眨眼间就被黄河水卷走了……"

从花园口下泻的滔天大水，终于暂时阻滞了日本人攻城略地的步伐。

文大同算了一下，从6月9日扒开花园口，到10月25日武汉沦陷，中间差了138天。而延缓这138天的代价，是89万猝不及防的老百姓葬身鱼腹，480万人倾家荡产，被淹没的耕地及财产更是不计其数……

老大一脸的无可奈何，说："假如这些就是老蒋说的'地无分南北，年无分老幼，无论何人，皆有守土抗战之责，皆应抱定牺牲一切之决心'，值得吗？"

文珠吼道："他们国军胀干饭的人……也太多了点！"

小眼睛说:"也是哈,十几万人对付小日本两万人,居然……居然还好意思扒黄河!"

文大同说:"估计也是没有办法,不得已而为之。"

"不得已?"蔡花蕾立马瞪圆了眼睛,大声道,"大水冲了龙王庙才叫不得已,莫非你还指望大水认得哪个是日本人,哪个是中国人?如果结果可以预知,那就是拿老百姓的命来赌这138天!这跟草菅人命有区别吗?嗯?"

小眼睛马上附和:"就是草菅人命!"

文大同说:"胜败乃兵家常事,比如台儿庄,是胜;花园口就算是个败,都正常。"

蔡花蕾直起了腰板,说:"文大同,胜败确实是兵家常来,但你不能拿老百姓的命来垫底嘛!你怕老蒋真不晓得大水同样会要了中国人的命啊?不怕他是最高统帅,我说他就是个浑蛋王八蛋!!"

文大同笑了,说:"哎哟!老太太脾气是有点陡哈!"

老大说:"你才晓得啊?我们家老太太行不更名坐不改姓,几十年如一日!"

蔡花蕾眉心揪成一个疙瘩,说:"不是,他老蒋没有道理嘛!"

小眼睛就说:"是嘞,就是草菅人命!"

老大说:"说草菅人命一点不为过。我只是觉得,就这么个拉锯战,晓得这个仗还要打好久?"

文珠说:"打好久都奉陪!"

老大说:"奉陪是肯定奉陪,问题是老百姓遭殃嘛!"

刘彩云说:"只要是打仗,就没有不遭殃的老百姓。几千年了,什么时候变过?"

金雨天停下手里的针线,说:"所以呢,几千年了,天子、臣子的,走马灯一样地换,真还没见过心里装着老百姓的天子,更没见过办什么事情先想想老百姓的臣子!"

小眼睛说:"是哈,不晓得天底下……还会不会有这样的时候哈?"

一家人我看你来你看我,没人说话……

第三十一章

1

农历戊寅年立春的前一天，公历是 1939 年 2 月 4 日，距离兔年春节还有十多天。按照传统，正是家家户户推吊浆粑、打糍粑、杀鸡宰鹅采办年货最集中的日子。

"吊浆粑"是包汤圆用的糯米面。先把糯米用水泡发了，和着水用石磨磨成浆，然后用一块密实的粗白布把米浆包裹起来并扎紧口子，吊在房梁之类的高处；待米浆中的水分流淌得差不多了，再将稀软的糯米面倒腾到盆钵中，盖上一块浸了水的白布，备用。因为此法是悬吊起来滤浆，故名"吊浆粑"。用吊浆粑包的汤圆细腻得很，粘牙，感觉特别"糯"。

至于春节，据说自上古时代的虞舜就兴起了，具体日期各朝代有所不同；直到汉武帝初年，把农历正月确定为岁首，这才将日期固定下来。春节是中国人的大日子，一年到头了，大家歇一歇，整点好吃的犒劳犒劳自己，有钱的人家给孩子做一身新衣服，家境差点的也会给孩子换洗干净。总之，都要想方设法图一个"新年新气象"的好彩头。

春节不单单中国人过，临近的朝鲜、越南、新加坡、马来西亚，好多国家都过。在日本，1873 年改用新历之前也过春节。之后，冲绳、鹿儿岛等地一直保留着过春节的习俗。这么看来，日本人当然知道春节对于中国人的意义。因此，说日本人选择在春节前夕轰炸贵阳是一种故意，就是要让你们中国人在哭哭啼啼的气氛中度过一个本该欢乐的节日，就是要让你们难受。

这之前，重庆已经被轰炸差不多一年了。因为两地相隔不远，国民政府预计贵阳也有可能成为日本人轰炸的目标，城里就一直在进行着防空演习。

那个时候，不分白天黑夜，空袭警报在贵阳上空呜呜呜呜叫个不停。时间一长，连彩珠子都分清楚了长几声短几声的空袭警报、紧急警报和解除警报的区别。不光拉警报，还从附近山上放飞一些孔明灯，代表日本飞机。等孔明灯飘到差不多的高度了，再当靶子打掉，估计开枪的士兵也没真把孔明灯当飞机打，不过是上司安排的，好玩。说实话，那些被动员出来参加演习的老百姓，也是看热闹的居多，返回时大都笑呵呵的，还把演习当成了茶余饭后的谈资。

文家也不例外，由徐子带着彩珠子还有几个男女用人也参加了几回"空袭演习"，回来把过程当作龙门阵一摆，大家都觉得有趣。

彩珠子说："山上还立了根柱子，专门用来挂灯笼的。长官说了，大灯笼表示五架飞机，小灯笼表示一架。"

蔡花蕾就说："哟，那就等着数灯笼嘛。"

大家就笑。

谁也没想到，2月4日这天，那根柱子上真就挂出了六个灯笼，三大三小。即便这时候，还是没人相信真会有十八架日本飞机出现，都在等着看孔明灯呢！直到日本人投下的燃烧弹轰轰隆隆闹成了大动静，房屋倒塌燃起大火，砖头瓦砾满天飞舞，哭声喊声呼叫不停了，人们这才如梦初醒。

可想而知，整个贵阳一片混乱……

因为一直都把"空袭"当作"狼来了"的故事在摆，老文家当然也不会有任何实际意义的准备。现在，"狼"真的来到家门口了，大火烧着了眉毛，文家人这才想起前几天有人上门教授的"空袭避难要领"，纷纷躲到了桌子等"坚固支撑物"的下面。

通常，上午十点是老大批阅必须由他处理的函件、草拟信札的时间。2月4日这天也不例外。刚刚看完了几个函件，正要着手处理，就听见了爆炸声。老大在心里喊了声"完蛋"，起身便冲出了书房，一路奔跑来到蔡花蕾屋里，一眼看见蔡花蕾和小眼睛、彩珠子已经钻到了那张八仙桌底下，老大过去抓起床上铺的盖的，一股脑揭起来直接压在八仙桌上面，这才喊道："不要动哈！我去看看其他人！"

小眼睛忙喊道："你也当心哦，老爷！"

在走廊拐角处，老大和同样忙慌跑来的刘彩云撞了个满怀，老大吼道："跑什么跑？怎么没躲起来？！"

刘彩云说："啧！我不是来看你躲起来了没有？！"

老大说："娃儿们怎么样？！"

刘彩云说："儿媳妇管着呢，赶紧赶紧，找个地方躲躲！"

老大说："哎呀！你才赶紧的！我先打个电话问问书局那边，你赶紧！"

刘彩云说："那我跟你一起！"

老大还想说什么，一看刘彩云鼓着眼睛，誓不罢休那架势，拉起刘彩云的手就跑。刚刚跑到客厅，电话铃就"叮叮叮"地炸响起来，老大过去一把抓起话筒，就听见电话那头传过来"爹"的一声喊，紧跟着一声闷响，随后便没了声音。

"大同！大同……"老大高声喊道，电话机的挂架也被他弄得上下摇摆，依旧没有声音。

刘彩云急忙问："怎么啦？大同他们怎么啦？！"

"书局那边……"老大把听见爆炸声的情况差不多都脱口而出了，最后还是硬生生憋了下来，变成了："那边电话线断了！"

老大不知道文大同那边究竟怎么个情况，这种生死攸关的消息，只要不是亲眼所见，不能猜，更不能随便说。好多时候明明知道了结果都还得瞒着，何况眼下只是情况不明。一瞬间，老大好想立马飞奔过去，去看看儿子，看看书局。假如是痛，儿子和书局都是让这个家庭不能割舍同时无法承受的。之所以说"好想"，是因为他根本不敢走开，如果他不在，这边一大家子无论谁出现个什么情况，你必须有办法应付。

算来算去，只能让李备跑一趟了。

等李备出了门，老大突然觉得好像有一段时间没听见爆炸声了，侧着耳朵听听，空气中除了不知道从哪儿飘来的焦糊味道，竟没有一丝声响。

正想着，"呜——"又响起了警报声，等他跑到老太太屋门口，彩珠子从里面快步出来，急着说："老爷老爷，这是解除警报的声音，老太太让我来告诉你！"

看见蔡花蕾在小眼睛的陪伴下正喝着水，老大转身就走，从文大同他们屋转到二老爷那边院子，最后再由厨房转回来，这才来到客厅电话机旁边的椅子上坐下，松了一口气。一想起文大同那边戛然而止的那个电话，还没完全松下来的那口气重新又提了起来。2月间呢，老大的额头居然渗出一层毛毛汗。

差不多挨到中午，李备才回来，而且是一路小跑回来的。从他那张满是油汗的脸上堆着的愁苦，老大判断，凶多吉少。

李备先说文大同平安无事，然后报数字：二死六伤。

所有人都惊呆了。

在李备断断续续的讲述中，人们得知，电话里的响声以及突然断线，是炸弹在附近爆炸的同时还炸断了电话线。也是文大同命大，说是一块燃烧着的什么东西击碎玻璃窗，从距离文大同一米不到的地方飞过，把边上的砖墙砸出了个坑。紧跟着，书局印刷所存放纸张的仓库被一颗燃烧弹击中，当场炸死一名工人，纸张就不要说了，连切纸的机器都烧得只剩下个黑乎乎的框架；另外一颗炸弹炸毁了三台印刷机和排字车间的一个角，七个工人被炸伤，其中一个在送往医院的途中死去，其余六个，两重伤四轻伤；车间里的铅字犹如天女散花般飞出去，铺撒了半条街。

李备最后说："大少爷正在医院招呼着受伤的几个工人，他让大家放心。"

后来得知，日本人这次轰炸共投弹二百余枚，炸死民众近五百人，伤者数千，被毁房屋一千多幢，财产损失数千万法币。

李备说："医院根本没办法接收这么多死伤者，就用稻草铺在屋外空地上接纳伤员，死的抬走之后又有新的抬来，在一片血红色的稻草上，人们挣扎着，呻吟和喊叫声不绝于耳，让人触目惊心。"

文珠不大相信自己的耳朵，说："倭寇也太可恶了！"

刘彩云说："杀人如麻呀他们！"

2

日本人可恶，倒也罢了，因为他们历来名声就不好。然而，不可理喻的是一些中国人，还都不是等闲之辈嘞，居然就跟日本人走到了一起，干起汉奸的营生来。出生在广东三水的国民党副总裁、参政会议长汪兆铭，就是一例。

1939年（民国二十八年）5月6日，就在抗日战争如火如荼进入相持阶段的时候，汪精卫通电国民政府国防最高委员会委员长蒋介石，公开声明投敌。

有些人啊，你真的搞不明白，这还是当年刺杀大清朝摄政王、后来在狱中写下"慷慨歌燕市，从容做楚囚。引刀成一快，不负少年头"的那个汪精卫吗？如果说人心会变，汪精卫这次也变得太离谱了点。难怪后来好多地方都把汪精卫和他的结发妻子雕成两个跪像，放置在顺路的地方，以方便世人唾弃。跟西湖边上跪在岳鹏举墓前的秦桧夫妇，来了个殊途同归。

老百姓说了，哪怕你睁一眼闭一眼不抵抗，也强过卖国求荣。

你不要看张牙舞爪的日本军队一副势不可当的架势，真正的中国人从来没含糊过，那些顶在最前面的中国军人也从来没放弃过抵抗。有时候明明知道是个死，死也要死得其所。比如，那些在"第一次长沙会战"中拼死抵抗的国军将士。

自 1938 年秋天武汉沦陷之后，一场"文夕大火"把偌大个长沙城夷为焦土。因为有国民政府"敌军进入城郊三十华里以内时，实施焦土政策，以为积极防御"的政策在先，尽管大火造成的死伤无数，也就没有追究谁的责任。没想一年之后，为保卫大后方的"第一次长沙会战"，就在这片焦土之上全面展开。

抗战期间，国民政府把没了"鸡头"的中国版图划分为若干战区，以方便统领，长沙一线属第九战区，代理司令长官是薛岳，薛长官在战役过程中被正式任命，抹去了"代理"二字。

1939 年 9 月初，由日军第十一军司令冈村宁次制订的针对第九战区的作战计划得到侵华日军大本营批准。冈村宁次的计划是在最短时间内，采用奇袭攻击的方式，捕捉到第九战区的主力，并将其歼灭在长沙外围，然后夺取长沙城。

计划肯定按照"天衣无缝"那么计划，只是冈村宁次不知道，这一回他碰上的对手，还有另外一个名字，叫薛仰岳。

薛仰岳，是薛长官的爹为自己的儿子取的名字，人人都读得懂里面的意思。据说成年之后的薛家儿子，感觉仅仅"崇拜"已经不能展现其胸襟了，便将"仰"字去掉，单名一个"岳"字，"直以岳鹏举自况"。就是这位薛长官，决意要和骄横的日本人冈村宁次扳一回手腕。

从 9 月 14 日开始，第一次长沙会战在赣北、鄂南、湘北三个方向上先后展开。

9月21日，集结于湖北通城的日军第33师团，在中将师团长亲自指挥下，在鄂南方向上发动全面攻势。其目的十分明确，就是要从东边避开国军沿新墙河、汨罗江设置的两道防线，在平江地区与湘北的日军主力会合，然后夹击部署在新墙河、汨罗江防线上的国军第十五集团军所部。

当时，第九战区在鄂南方向进行防御的，是曾经担任过贵州省主席的杨森率领的第二十七集团军。日军第33师团由通城南下之后，先以一部兵力向第十五集团军下属第七十九军的正面阵地进行佯攻。与此同时，暗中派遣一部兵力迂回，准备绕到七十九军后面，待切断其退路后，再一举歼灭之。看来，不光中国人知道"明修栈道，暗度陈仓"这个典故。

隶属于第十五集团军的国民革命军第七十九军下辖三个师，其中第118师是1939年年初新组建的。战争时期，战斗减员是家常便饭，有某支队伍在某个战斗中打得差不多了，又补充兵员重新恢复建制的；也有干脆就新成立一支队伍的。118师就是新成立的。

118师下辖三个团，其中第3团的一个团副姓何。对，就是何万年家长公子——何子豪。

那年，因为他爹跟薛长官套了一回近乎，由川军来到了中央军，在薛长官麾下谋了个团副。武汉会战后，一纸调令由原先的第十九集团军来到第十五集团军，这是何子豪那年加入中央军之后，第一次离开薛长官的系列。由于去新编118师是平调，还干团副，这当然会让何子豪产生诸多不安逸。只是没办法，军令如山不说，还不敢去找恩公薛长官。当年人家薛长官说了的："假如立下了战功，那就说明我薛伯陵没有看错人。"

仔细想想这句话，跟"今后就看你自己了"差不多。现如今，苦劳功劳都还没见着，你莫非好意思去找人家正肩负着国家重任的战区长官？后来何子豪也想通了，管他的，这也不错，大小总是个长官，而且战争期间遍地都是机会，说不清楚哪一天，眨个眼睛的工夫就上去了。只是有个前提：你的命还在。

俗话说"跟着好人学好人，跟着巫婆学跳神"，这话还真是。何子豪自从来到了中央军，上来一个档次的不光光是军装和薪水。比如，纪律、团队精神、军人素质等，统统都跟着上了一个档次。早上出操，晚间熄灯，军号一响那就必须令行禁止。哪能跟在重庆时相比，猜拳行令到天亮都没人管。现在，要求士兵做到的，你好意思松松垮垮？即便士兵们不敢吭气，长官也会嗤之以鼻。没办法，何子豪只能将原先那些习气，改邪归正不敢说，起码要有所收敛。时间一长，真就大有改观。人就是这样，被什么情况憋着了，习惯也会慢慢跟着变，正所谓"习惯成自然"。

不仅如此，国难当头的时候，一个整编团的热血男儿在上战场之前争先恐后在请战书上签名那场面，真能撩拨起原先一直尘封在心底的一点点良知。于是，何子豪也和大家一样，只剩下了振臂喊出的"国家有难，匹夫有责"这样的豪言壮语。

"第一次长沙会战"开始时，118师奉命驻守麦市。

麦市是个小地方，距离日军集结地通城只有几十里地。因为地处日本人南下长沙的最前沿，因此战略位置毋庸置疑，是两军必争之地。118师进驻之后，沿通城和咸宁方向扇形排开，用一周时间挖好了战壕，建立起了前沿工事。除此之外，还破坏了前往通城的公路，事后证明，这对于依赖公路运送辎重的日军，是一个不小的障碍。

大战将临，人人都会感觉到一种平时不可能有的压抑，这种紧张情绪会随着战斗的一步步逼近而被放大，最终，一些意志薄弱者也许就被击垮了。因此，战前动员就显得尤为重要，特别是面对来势汹汹的日本人。

何子豪就被上峰安排做了一次这样的战前动员，团长说是上面交代的，说是"必须"。

何子豪吃喝嫖赌在行得很，他哪里干过什么"战前动员"嘛！面对着战壕里全都站立着的、满脸同仇敌忾的士兵，何子豪突然感觉嗓子干，总之哪儿不舒服。他知道这是因为紧张，如同被撵上了架的鸭子，不想叫，你也得叫。

何子豪使劲咽了一口唾沫，两个拳头攥紧了在胸前用劲晃了晃，哎，一下子真还有了点底气。

"弟……弟兄们！其实……其实我不会讲话。要说呢，日本人的确很凶，凶到什么程度呢，如果我们不是投入成倍的兵力，好像真还打不过他们。有时我就在想，打不过……你就不打了吗？就让他们攻城略地？就让他们烧杀抢掠？就让他们无恶不作，就看着他们欺负我们的姐妹，就看着他们屠杀我们的父老兄弟吗？！"何子豪的语速在不知不觉中加快，也不知道哪里来的一股力量，最后居然是声嘶力竭地喊出来的。

"弟兄们"哪里听得这个,举枪杆的举枪杆,挥拳头的挥拳头,有骂娘的,有喊"拼命"的,还有因为没有具体词汇,嘟囔着随大溜的;但是看得出来,一个个眼睛里面都喷着火。

何子豪的情绪被彻底调动了起来,白眼球上开始有了些血丝,他大声喊道:"弟兄们!人死如灯灭!他狗日的小日本身上是肉,老子们身上同样是肉!就剩下一个字了,弟兄们,拼!!"

这一回,全部声音都集合成了一个声音:"拼!!!"

3

薛岳接到敌人第33师团一部迂回包抄的报告后十分震惊。因为他知道,假如日军得以会合,那么部署在新墙河、汨罗江防线的第十五集团军就会受到夹击,后果不堪设想不说,还将打乱战区精心部署的局。于是,战区指挥部急调作为后援的第八军前往增援,同时命令驻守在日军行进路途周边的军队进行策应,希望能对日军构成南北夹击的态势,以解第十五集团军可能出现的危局。

9月22日,日军一部开始向麦市进发。他们先是攻占了麦市周边的几个地点;于23日清晨开始对118师的正面阵地发起了全面攻击。

何子豪第一次领教了什么叫"炮火连天"。

突然之间,雨点般的炮弹呼啸着飞过来,在阵地以及阵地前后掀起一片片弹片裹挟着泥土石块的扇形杀伤圈,士兵们只能就地卧倒,间或有被炸碎的人体肢干腾空而起,又重重地砸在战壕里的同伴身边。关键还密集得让人没有喘息的间歇,就这么一直持续了有一刻钟。

一旦炮火停了下来,就意味着敌人的步兵已经不远了。战壕里,除了一些入伍不久的新兵,没有被炮弹炸翻的士兵全都爬了起来,披挂着满身尘土,端起了手中的枪。

何子豪所在的团指挥部距离前沿战壕一百米左右,是一个往下挖了三尺、丈二见方的掩体,两边都有通往前沿的壕沟。四周堆着的沙袋,让人既能够直立又得到了有效防护。

刚才炮击之前,团长带着几个人出去,说是有一个点需要再看看,到现在还没回来,估计滞留在哪儿了。透过沙袋之间预留的观察孔,何子豪从望远镜里清晰地看到一堆堆正快步过来的日本兵,顿时皱起了眉头。就在这时,团长的一个马弁跑来报告,说团长被炸弹炸成了重伤,已经送往阵地后面的救护站。

何子豪眼睛一闭,马上起来一身鸡皮疙瘩。还有什么办法吗?这回真的就剩下一个"拼"字了。他定了定神,虽然从来没有独自指挥过这种阵势的战斗,眼下也真没有别的办法了。好在之前团长在沙盘上部署战局的时候,自己聚精会神,一个字没落下,先什么后什么听得真真切切。

妈的!终于派上了用场!何子豪在心里给自己使用了一个惊叹号。

何子杰豪拔出手枪,高声喊道:"弟兄们!传我的命令,杀一个是本钱,两个你就赚了!除了作为预备队的二营二连,拼了!"

一时间,阵地上枪声大作,像是对刚才炮击的回应,并立即阻滞了进攻路上的日本人。这边枪声减弱,那边的日本人又冒了出来,边开枪边朝前涌;于是,这边的枪声再一次密集起来,都看得见应声倒下的那些日本士兵的鼻子眼睛。

大概有几分钟,双方都没了动静,阵地上居然鸦雀无声,大概这就算一个回合,何子豪心想。

很快,战斗继续进行……

接近中午时分,没人计算究竟进行了多少个回合,反正日本人曾经突破的几个缺口,又被中国人给堵了回去;二营二连的人也全都投入战壕里去了,一些这里那里裹着浸血纱布的士兵都坚守在自己的位置上,因为大家都明白,一旦自己离开,那地方就是个缺口。

何子豪一身硝烟,帽子也不知道什么时候没的,平时通常油光水滑的偏分也成了鸡窝状。趁着间歇,他一屁股坐在一个垮塌的沙袋上,点燃了一支香烟,匆匆吮吸起来。

香烟才燃了一半,枪声又响了起来,而且感觉比先前更密集、更嚣张。

何子豪扔了烟头,抓起了望远镜。先前那个预留的观察孔早已经坍塌,呈现出一个 V 字形的豁口,底部差不多到何子豪的腰。之前,他就是在这个豁口上查看阵地、指挥作战的。这回,当何子豪照例出现在这个豁口上,刚刚举起望远镜,一颗子弹仿佛长了眼睛一样,在何子豪右眼眉框的外侧留下了一个弹孔。

仰面倒下的何子豪只是感觉哪儿"嗡"了一声,紧跟着一片血色泼洒一般漫过了自己的眼底,漫过了头颅,最终漫过了全身。

……

后来,薛长官在阵亡将士名册中118师目录下,看到何子豪的名字时,马上找来一直跟随左右的那个副官,指着何子豪的名字还没开口问,副官就说:"是,就是贵阳何会长家长公子。"

薛岳没说一句话,只是面色有些凝重,不停地点着头……

何子豪走了。

他当然不知道,118师的阵地当天就被日本人占领了;他也不知道,日本人预计围歼的第十五集团军最终因为及时后撤,没有让敌人的阴谋得逞;他更不知道,坚持到10月1日的中国守军,让冈村宁次不得已下达了全线撤退的命令。

"第一次长沙会战"最终以中国军队的胜利,结束在数万抗日将士长眠的地方。

之后,到1944年(民国三十三年)6月,中日军队围绕着长沙还进行了三次会战。战役过程和结果各有不同,只有一条没变,中国军队的最高指挥官,一直都是那个仰慕宋代抗金英雄岳飞的将军——薛仰岳。

4

由于国共合作,直接惠及文家大院的好处,就是人们可以放心大胆地谈论远在太行山腹地的文德范了。文德范来信说,这是共产党在敌人后方建立的第一个抗日根据地,全称"晋察冀抗日根据地"。

蔡花蕾就说:"看嘛,还是人家共产党想得周到,把根据地搞好了,就好比有了个家,吃的用的都方便。对的!"这是蔡花蕾第一次在说起共产党的时候,持肯定态度。

小眼睛手里的针线活没停下,说:"抗日就抗日嘛,为哪样取一个'近擦计'?好怪的名字,近擦哪样计嘛!"

蔡花蕾就说:"小眼睛,人家晋察冀是山西、察哈尔、河北的简称!"

小眼睛说:"哦!这么一个晋察冀哟!我还以为……这就对了。我就说嘛，他们那里肯定不止文德范一个人读过书，不至于编一个听都听不懂的名字出来。嘿嘿嘿嘿！"

蔡花蕾说："这回该老二心满意足了。手上有个'小香火'捧着，晋察冀那边，'小香火'的爹也有了准地方。"

刘彩云说："也是哈，这么些年了，提心吊胆还不知道是死是活，也造孽！"

文珠说："要说苦，还要说人家谢知雨。一个人拖两个娃儿，你不要看有人帮着，大多数时候都是她一个人在累。既然不是小姐的命，她就真享不了小姐的福！文德范就是个甩手掌柜，办完了事情就走，办完了事情又走，走马灯一样。原先在井冈山，后来又说到了延安，这回去了晋察冀。不晓得好久是个头？"

蔡花蕾看看文珠，人人都听得出她话里话外的那些情绪，说谢知雨的同时，顺带着还把自怜的那点意思一并发泄一下。没办法！这么些年了，文珠一直这儿里外不是人地生活着。眨眨眼睛的工夫，当年那个死过去多少回的小姑娘都已经四十有三了，差不多可以称作半老徐娘了，关键还和徐子两个就这么不明不白地悬着。谢知雨再苦，两个娃儿就是她最大的安慰。文珠呢？别人连安慰一下都得小心翼翼地遣词造句，没准哪句话就能勾起大小姐的伤心事来，比如现在。

蔡花蕾只能叹气，抓在手里的信纸也被揉成了一个纸团。

还是人家文德范想得周到，千辛万苦送到谢知雨手里的信封里面装着两封信，一封给谢知雨，一封给老太太。既接续了亲情，又尽了孝道，老大对此大加赞赏。

大半年时间里，谢知雨连着收到了三封这样的信。由此，文心宽他爹一段时间里的大体行踪，便一一展现在文心宽他妈以及老文家所有人的面前。

1937年（民国二十六年）8月，国民政府正式宣布原中国工农红军第一、二、四方面军改编为国民革命军第八路军；9月，为统一全国的军事战斗序列，又将八路军改称为国民革命军第十八集团军。因为先前"八路八路"都喊顺溜了，突然改成"十八路"，拗口不说，心里还别扭。于是，人们照旧喊"八路"。连日本人也懒得改，管八路军叫"八路"，管民兵游击队叫"土八路"。

同年10月，八路军115师一部在以山西五台山地区为中心的晋察冀三省交界处建立了抗日民主根据地。晋察冀军区成立后，文德范被调配到第一军分区所部。民国二十七年（1938）年末，德范同志作为久经考验的老同志被充实到军分区下属的游击第三支队担任了一个职务，负责组织后勤工作。

因为信件是由国民政府管辖的邮政部门负责投递，所以八路军内部有保密规定，对于家书，一般情况你只能说报纸上能够看得见的内容。大家都知道，桌面上说国共合作了，私下里摩擦一直就没断过，骨子里终究是面和心不和。这从文德范最近寄回来的一封信中也能看出点端倪，索性就没有关于八路军的内容，满篇都是亲情诉说。

文德范的这封家书，落款时间是：己卯八月二十五。送到谢知雨手里那天，是1939年11月7日，正好一个月。这之后，谢知雨再没收到过家书。

没几天，人们从《黔报》上得知，一个叫阿部规秀的日军中将，在河北易县一个叫黄土岭的地方被八路军击毙。据说，这是八路军在抗日战场上击毙的日军最高级别的将领。

消息传来，人人欢欣鼓舞。蔡花蕾就说："哼！这回晓得了吧？文德范他们可不是吃素的！"

没过多久，八路军通过其重庆办事处在贵州的同志找到文家，正式通知谢知雨：八路军晋察冀军区第一军分区下属游击第三支队副支队长文德范同志，在河北黄土岭战斗中英勇牺牲。

家人把日期拿来跟家书一对照，才知道谢知雨收到最后一封家书的那天，正是文德范殉国的日子。

谢知雨抱着德范同志的两个遗孤，"泪飞顿作倾盆雨"。

5

要不是黄土岭一战，很多中国人都不知道谁是阿部规秀。

要说阿部规秀这个人，由于青云直上的军旅生涯，除了和其他日本军人一样刚愎自用、目空一切之外，这个人还气性大。随便一个事情就生气，生了气还必须马上报复回来。

于1939年（民国二十八年）10月刚刚晋升为陆军中将的阿部规秀，在对八路军晋察冀根据地进行的"秋季大扫荡"行动中，一听说所属第一大队于

11月3日在一个叫雁宿崖的地方被八路军围歼，顿时恼羞成怒，都没等着第二天天亮，便率领1500名士兵找八路军寻仇去了。

俗话说气大伤身，阿部规秀这次仿佛就是为了去验证这句俗话的。

八路军当然不敢掉以轻心，他们一个叫杨成武的第一军分区的司令员，不仅调集了自己所属四个团和游击第三支队，还陆续将友邻部队的三个团临时抽调过来，用的就是"集中优势兵力打歼灭战"的战法。

跟何子豪在118师阵地上做战前动员一样，八路军也做战前动员。军分区动员完了，团一级、营一级，最后到连队，一级一级再动员。总之把形势和任务分析透彻，最后一个环节就是鼓舞士气，直到全体参战同志全都振臂高呼"坚决完成上级交给的战斗任务"之类的口号。

文德范所在的游击第三支队也是军分区的编制，跟正规团相比，只是侧重点不一样。一个侧重规模战斗，一个侧重游击活动。遇着重大行动了，就拧成了一股绳。

之前，在雁宿崖歼灭一竿子日本人的战斗中，文德范他们游击第三支队也参加了。让所有人都没想到的，是日军的这个旅团长居然第二天就气势汹汹地扑了回来，还是凌晨，真有点"回马枪"的意思。

听了支队长传达的军分区首长的命令，文德范说了一句："好啊，兵来将挡，水来土掩。还不知道谁使谁的回马枪呢！"

不出所料，阿部规秀一干人被早已埋伏好的八路军包围在黄土岭一带。

4日、5日、6日，一连三天，八路军和被包围的阿部规秀及其部属，在黄土岭周边不大一个范围内你进我退地不知道打了多少个回合，日本人组织过多次突围，都被埋伏在来路上的八路军战士死死堵住，就剩下"瓮中捉鳖"一件事了。

11月7日下午，已成"困兽"的阿部规秀进入黄土岭北面山谷的一座独立小院，继续指挥战斗。没想被正在居高临下观察战况的一个八路军指挥员发现，通过望远镜，远远看见山下那个院落有日本军人进进出出，似乎繁忙得很。于是，指挥员立即让人跑步通知，急调一门82迫击炮上山，同时拿上来四发炮弹。

据说，扛上来的这门82毫米迫击炮属于战利品。抗战时期，中国流传着一首叫《游击队之歌》的歌曲，里面就有这样的内容："没有吃没有穿，自有那敌人送上前；没有枪没有炮，敌人给我们造。"正是这门从日本人手里缴获的迫击炮，终结了日本人的陆军中将。

操作这门迫击炮的炮手姓李。李炮手架好迫击炮，伸直了手臂还翘起了拇指，迅速测距、定向、调整、瞄准，一系列动作之后，"咣咣"连着两发，不偏不倚，就在山下的小院子里炸开了花。李炮手将剩下的两发炮弹射向了旁边一个有日本人的山头。从山上看下去，只见小院里的日本人在忙乱中进进出出。李炮手也不知道究竟炸了谁，管他呢，总之是日本鬼子就行。

其实，八路军当时并不知道李炮手炸死了阿部规秀，是后来日本陆军省公布消息之后，这才晓得那天李炮手立下的可不是一般功劳，而是大功劳。

陆军省的公告说：阿部中将在这座房子的前院下达命令的一瞬间，敌人的一颗迫击炮弹飞来，在距离中将几步远的地方爆炸。炮弹的碎片给中将左腹部和右腿以数十处创伤……

当天夜里，被围困在黄土岭的日本人发疯一样连续突围十余次，连参加阻击的八路军都纳了闷，心想日本人怎么没完没了？都不能等到天亮？直到后来得知了阿部规秀的情况，这才恍然大悟。

谁也没有想到，就在日本人发起第八次反扑的时候，文德范所在位置的左侧被敌人突破了。

正打得天昏地黑的德范同志突然听见旁边有人在喊叫着什么，而且不是中国话，"八格牙鲁"什么的。扭头一看，时明时暗的闪光中，几个端着"三八大盖"的、帽子后面有块搭布的日本兵，正在阵地的牙子上以及战壕里与八路军战士扭作一团。文德范急忙喊了一声："快去报告支队长！"顺手抓起身边的一支三八大盖，直不棱登就扑了过去。文德范就是这样一个性格，什么都不怕。

阻击战最怕这样的缺口。不论敌我，一旦阵地被突破而不能及时反制，很快就会被撕开，最终成为突破口。遇见这种情况想都不用想，假如拿命可以抵挡得住，拿就是。

文德范个子不算大，只见他手里的长枪挥来舞去，横着来一下再直着刺一回，刚才扑过来时根本没时间想，估计打的就是肉搏战的主意。还别说，就这么点全不成套路的"功夫"，文德范和他的战友们一起，居然没让日本人再前进一步。

没人知道来来回回折腾了多久，当文德范再次举起长枪，准备朝一个已经倒地的日本人全力扎下去的瞬间，他突然觉得什么东西刺穿了自己的后背，"扑哧"一声，一把刺刀从左胸贯穿而出。文德范身子向上一挺，手里的三八大盖一下子滑落下来，正好扎进地上那个日本人的胸口。

文德范两腿一软，跪了下来，就听见"嗖呜"的一声，胸口上的刺刀被抽了出去。紧跟着身后传来一声枪响，文德范下意识一扭脸，瞥见一个端着三八大盖的日本人正朝自己倒下来，扑在他身上，导致文德范的身体往前一倒，两个人一起压在地上那个胸口插着三八大盖、将死的日本人身上。

文德范感觉喘不过气来……

仿佛好长好长一段时间，冥冥之中的文德范好像听见什么声音在耳边嗡嗡嗡的。既不像小时候听过的、哪家接新媳妇时带着点炫耀意味的唢呐，也不像一直以来军营里早起晚睡的作息号；怪嘞，会是什么呢？不对，文德范忽然想起来了，应该是冲锋号，对的，就是冲锋号，这么多年来都听出了老茧的冲锋号！从井冈山一直听到雁宿崖，现在，又一次在黄土岭上吹响了……

文德范大脑中最后一点点亮光在慢慢缩小、变暗，最终跳了一下，归向了没有尽头的、沉寂的深处……

事后，支队长带领着那晚上活下来的战士们在文德范的、用毛笔书写的木质墓牌前沉默了很久，盈在眼眶里的泪水转了不知多少个圈，这才流下来，他说："德范同志！我还要告诉你一个事情。那天被李炮手炸死的日本人里面，其中一个……是他妈个什么中将！……叫阿部规秀！"

德范同志不知道的，还有那个晚上因为后续部队的及时赶到，日本人硬是没有突破他倒下的那个缺口。第二天，日本人在猛烈炮火和五架飞机的掩护下，再次发起攻击。这时候，八路军指挥部得到消息，专程赶来接应的日军1000多人已经接近黄土岭以南；相反方向上，同时赶来的另外一路日军已经和八路军的外围部队有了接触。于是，指挥部一声令下，各参战单位迅速撤离，主动退出战斗。

后来，一个参加过侵华战争的日本人写的《中国战线从军记》，是这样描述八路军的："八路军的战术是，如果看到日军拥有优势兵力就撤退回避，发现日军处于劣势时，就预设埋伏，全歼日本士兵，然后夺走他们的武器装备。"

这个日本人没有说错,只是他不知道,早在民国十九年(1930),共产党人毛润之在井冈山就归纳了"游击作战十六字诀",叫作"敌进我退,敌驻我扰,敌疲我打,敌退我追"。

当然这个日本人更不会知道,公元前770年的春秋时期就成书的一本叫《孙子兵法》的军事著作,第一篇就叫《始计篇》,说的就是"庙算"。就是出兵之前在庙堂上比较敌我之优劣,然后估算出胜负的概率,最后再制订作战计划。

所以我们说,不要看日本人张牙舞爪,穷凶极恶,最终失败的肯定是他们。不是因为他们没有写出《孙子兵法》,而是他们没有产生《孙子兵法》那样厚重的历史。仅凭一群不断袭扰中国沿海地区的"倭寇"的历史背景,就想发动一场非正义的侵略战争,能有几许胜算,世人不言自明。

6

因为要统计核实地区、级别、个人情况、家庭情况等一系列数据,同时还要根据相关数据划分抚恤金等级,所以何子豪的阵亡通知书,只比文德范的早到达几天。

国民政府这边,除了国防部的官员,还有当地政府以及军队、民政等一些相关机构的人,站在何万年家客厅也是一堆。相比之下,二老爷家就来了一个八路军驻重庆办事处的干事,和贵阳本地一个负责联络的大学生。二老爷家客厅同样也挤了一屋子人,不过都是文家大院的。不光阵容上有差别,八路军这边还没有抚恤金,来人不过说了一堆安慰话,发了一张类似文心仪他们上学时候获得的奖状一样的证书。

二老爷和谢知雨当着人家办事处同志的面就昏了过去,在众人的一片哭声和呼喊声中,被徐子他们几个抬走。没办法,老大只能顶在最前面,代表家属接受了像奖状的证书。

隔壁院那么大一个动静,瞒是不可能了。老大只能把大院这边的女眷们全都召集到老太太屋里,大家陪着她老人家一起哭。

那几天,贵阳这两个知名的冤家,不约而同都沉浸在巨大的悲哀之中。

百姓们这才知道，文家二老爷家那个没怎么见着的儿子，居然是共产党。好些人想不通，说穷人跟着共产党干是为了有口饱饭吃，他们家少爷究竟图个哪样嘞？

两家人都在自己家里为逝者设立了灵堂，供亲戚朋友们前来祭奠、追思。因为是国军军官，属于正统，本地一些相关单位的人也需要过来意思意思，鞠个躬，说点"节哀"之类的宽慰话。因此，老何家这边就有了门庭若市的"热闹"。

再看文家那边，虽然国共两党正在合作着，但是前些年那样轰轰烈烈的剿共大动作，让人至今无法释怀。谁都不知道接下来会是个什么情况，万一两边再翻一回脸，来个秋后算账什么的，说那年谁谁谁去凭吊过文家那个共产党，那不是惹火烧身啊？因此，二老爷家这边的灵堂除了至爱亲朋，外姓的没几个。

俗话说"人死饭甑开"，意思那是一个聚会的场合，多少沾着点关系的都会来，顺便在主人家吃一顿。"饭甑"是我们这边用木头做的蒸饭的圆形容器。

文德范的灵堂显得很冷清，就谢知雨家三娘母披麻戴孝盘坐在供桌右边。文心雷对文德范多少有点印象，加上是女孩，因此看着谢知雨哭，她也会伤心；文心宽就不一样，照样吃喝玩乐，还得让柳月红费心照看着。为了显得对称，当然也为了看上去不那么冷清，柳月红让两个丫鬟换上素净的衣服，在供桌左边专门负责添灯油、烧纸钱之类的活路。加上烛台和纸钱闪烁摇曳的亮光，以及弥漫在整个屋子里的烟气，首先气氛对，其次视觉上也对称了。

想想就能伤心伤意的柳月红，眼睛时不时会不自觉地瞄瞄正对着供桌的门厅，她盼望着那里会出现个什么人，以便自己睹物思人再哭一回。

也造孽，本打算靠着这个独一无二的儿子度过后半生的柳月红，冷不丁飞来这么个横祸，让这个当妈的如同全身突然被冰包裹住，冻结住了里面的心肝胰脾肾，仿佛完全丧失了痛感，掐掐大腿得用大力气，否则没感觉。只是每每闭上眼睛，面前一定活生生还悬着个笑容可掬的德范同志，时隐时现就那么飘来荡去的……

不幸中的万幸，是柳月红……当然也包括二老爷还可以使劲抱抱文心宽，有时候都勒得娃儿叫起来了，才知道把四岁的文心宽当成德范同志了。

"所以说啊，接续香火是第一要务啊！"每当二老爷拍着大腿说这句话时，柳月红总是立马补充道,"而且筷子要成双啊!"

文、何两家同时治丧,但是何家的丧事跟文家有关联。虽然曾经有过的那么多龌龊,如今人已经走了,人死账清不说,人家何子豪也是为国家捐躯,和文德范一样光荣,单凭这一条,文家必须有个态度。

正好文大喜放寒假,老大便让文大同、文大喜两兄弟代表文家,前往何家吊唁。在他们带去的两个花圈上,一根飘带的落款写着"文大同、文大喜",另外一个花圈写的是"文珠",前面还缀上了"发妻"二字。这是蔡花蕾特别叮嘱的。

蔡花蕾说:"前嫌归前嫌,总之我们文家……礼数上不能乱。"

打民国五年的清明节文珠跑回家,算算居然二十四个年头了。二十四年来,这是文家第一次使用这样的称呼。虽然文珠没来,人家两个少爷结伴登门,也是文家最得体的姿态了。出于礼节上的对等,何万年没有出面,由何子豪的兄弟何子涛出面接待,也是合情合理。

何子涛比兄长何子豪小四岁,同父异母。打何子豪从了军,何家的产业便主要由何子涛打理。在做生意上,何子涛和他爹不同,他最反感乘人之危、落井下石一类的行为,觉得那都是下三烂,不齿。凭本事你就是挣回来金山银山,即便有人眼红也只是眼红你的本事,背后不会有闲话。从这一点判断,何子涛是老何家的一个例外。不过有一点足够认定何子涛终究还是老何家的人,那就是他也跟何子豪一样娶了三房太太,男男女女一共生养了七个。何万年曾经说过:到底还是老二本事大。

文家兄弟各自点燃一炷香,然后在何子豪的灵位前三鞠躬。当文大同的目光被边上跪着的一男二女三个娃儿吸引过去时,他还看见了站在娃儿身后两个披麻戴孝的女人,这应该就是何子豪的那两个妾,文大同是第一次得见。

中国人讲究礼尚往来,何子涛第二天同样带着花圈去了文德范的灵堂。终于让柳月红又流了一回伤心的眼泪不说,还让文家老大犯了一回难。

按说,二老爷家因为没有多余的男丁,何子涛的到访由文大同出面最合适,不巧文大同没在家,文家总没有让文大喜出面的道理。一来文大喜无论个头还是长相都还是个娃儿,还在上学;二来如果跟人家老何家那边的规格上不对等,失礼是肯定的。如果让二老爷出面接待,因为还在丧子之痛的悲哀里,情绪不稳定，真要是说错了什么话，同样失礼。看来看去，再没有合适的人了，没办法，只能老大出面。也是，规格高总好过规格低。

何子涛没料到文家会来这么个"高规格"，赶紧施礼，一时间还真没想起来嫂子的爹该怎么称呼，干脆就叫了一声"文伯父"。

落座之后，当然是主人家先说话，老大就说："贤侄啊，谁会想到，我们两家会以这样的方式再次见面呢？而且一个是国军，一个是八路军。那年，中央军撵着红军进了贵州，真没人知道会有今天这样共同祭奠抗日将士的场面。"

何子涛说："文伯父所言极是。这就好比我们中国字的一个'人'字，只有将一撇一捺组合在一起时，才能称为'人'，拆开哪边都不行。"

老大心里一动，但脸上没任何变化。心想何万年什么时候就生了一个能说出这种比喻的儿子来。而且这么多年因为两家都互相仇视着，多是留心对方的负面消息，真不知道何子豪的兄弟竟是这种款型。想了想说："想必……亲家母也是悲痛难当，还请贤侄代为问候。"

何子涛一抱拳，说："一定一定，我这里替大妈谢过文伯父了！"

"应该应该。"老大嘴上说着，心里面却在想，这就对了，到底不是一个妈。

等送走了客人，老大回去就跟刘彩云说了何子涛的事。

刘彩云说："那有什么？顶多就多了个耍嘴皮子的，还能咋个？"

老大说："唉！人不可貌相哦！"

刘彩云一脸的不屑，说："龙生龙，凤生凤，耗子生儿会打洞！"

老大说："你这个人，啐！"

第三十二章

1

何万年是拉上马神仙一起来文家的。

扳起手指头算算,自从那年清明节来文家打算要回自己家儿媳妇碰了一鼻子灰,到现在整整二十四个年头了。按照当年那股火,把文家房子烧了的心都有;而且,两家人还因此你一拳头我一闷棒,疙疙瘩瘩过了这么多年,何万年真没想过今生今世还会有再登文家门的时候。

人啊,有时候你不能太较真。

那天,何子涛去文家回礼,回来把情况一说,何万年立马就觉得自己又短了文家老大一手。文大同两兄弟主动上门来拜祭自己家妹夫,按说人家这叫知书达理,何万年其实是想出来照个面的,后来之所以没出来,"尊卑有别"不过是个托词,其实还是几十年揪在心里的那些"疙瘩"。没想人家文知辉却没把"疙瘩"放在心上,大大方方见了来客的面不说,还跟小辈何子涛尽说些在情在理的得体话。这些都让何万年感到汗颜。

为这事,何万年心里又有了新的"疙瘩"。

要说这么些年跟文家斗过来斗过去,细想想,好多时候赌的都是一个巴掌拍不响的气。你要说文知辉横行霸道?自己做的好些事全都能拿到台面上来?你要说人家文珠耍大小姐脾气?自家儿子莫非就没一点大少爷德行?再者说,好些话都是赶着气头蹦出来的,谁也没有走心,哪里还会考虑后果?都吃了枪药一样,哪句话不带响不说哪句。要说是冤家吧,两家还连着这么一段剪都剪不断的姻缘。到今天,家里头好端端一个人就这么走了,那么年轻,想一回便揪心痛一回。无独有偶，文家居然就紧跟着陪上一个。这叫什么？人世的"姻"搞得不伦不类，反倒成就了一桩阴间的"缘"。还一个国军一个共军，搭配得整整齐齐，也不管两个人谈得拢谈不拢，至少是乡亲，都说贵阳话，在奈何桥那边摆个龙门阵什么的，都听得懂，这就少了些寂寞。

而且，大少爷为国家战死沙场，说给谁听都风风光光的。当爹的心里头虽然痛着，但人前人后硬气得很。唯独这回两家小辈子一来一往，让何万年感觉又软了文家老大一手，心里头不甘是肯定的，就想着能在什么地方把颜面找补回来。当然，这回不会像先前那样，想方设法动一回干戈，只是需要在心理上占一回先。

这么一想，何万年居然就萌生出写一份休书的念头来。他知道，这是文家盼望了多少年的东西。

何万年在心里自己跟自己说，俗话说得好，人死账清，况且……

此时此刻的这个"况且"对何万年来说，有点像戏台上粉墨登场的人物在思考问题时，旁边的打鼓佬敲出的锣鼓点子，"哐切咦切，哐切咦切"，是一种思考中的节奏。他在思考用一个什么办法，既把休书送了出去，了却了儿女间那段过往，不说为老何家挣回来颜面，至少跟文家老大一碗水端平，谁也不欠谁。

他想起了马神仙。

前因后果跟马神仙一说，人家不但一口答应做这个中人，还说："何会长啊，你多虑了。别人我不知道，文家老大什么季节脉象是个什么走向，我一清二楚的。你们两家这么些年来的龌龊，究其根本，就是因为中间缺了一个负责'勾兑'的人。依我说，单单送休书本身，就是个颜面十足的事情，霸气得很！"

何万年看看马神仙，说："霸气？"

马神仙一脸的认真，说："霸气！"

就这么，何万年便由马神仙陪同，登了文家大宅的门。

这个情况对文家老大来说，始料未及。

思想上没准备是肯定的，心里还有点不舒服。虽然抗战爆发以来道听途说的一些情况，让何万年在自己心目中的负面形象有所改观，但也还没到翻盘的程度，大体还保留着一直以来的龌龊。你想嘛，文珠都四十好几的人了，跟徐子那么不明不白地僵持在原地打转转，根子都在何万年身上。而且，一个屋檐下早不见面晚见面的两父女，天天在你面前唉声叹气地绕来绕去的，能没气吗？只不过时间长了，气疲了，麻木了。现在好，冷不丁一个活鲜鲜的冤家对头就在你眼前冒了出来，立马就能搅动起沉寂了多少年的那些龃龉，真的是在不对头的地方撞到了不对头的人。要不是马神仙陪在旁边，老大直接喊文昌寿撵人的心都有。

老大直接垮起了脸，头扭朝一边，还梗着，粗声道："哎哟！稀客嘞！"

何万年有些尴尬，看看马神仙，自嘲地笑笑。

马神仙赶紧上前，拉着老大走了几步，压低了声音，刻意不让何会长听见，说："文家大爷，这可是不像你老大的风格哦！起码……你要先问问别个是来干哪样的，再垮脸也不迟嘛！"

老大当然不会对马神仙垮脸，也跟着放低了声音，只是依旧没好气，说："他还能来干什么？总不会来送休书！"

马神仙抓住老大胳膊的手用力捏了一下，说："你呀……你！人家何会长……就是专门来送休书的！"

"休书？还专门！"文家老大瞪大了眼睛，看看马神仙，再看看何万年，一下子都不知道如何转这个弯子了，太突然了嘛，突然得让人措手不及。这让历来有条不紊的文知辉，在两位老熟人面前现了一回眼。

马神仙正要说话，被何万年拦着，他说："亲家公啊，让客人站着说话……怕不是待客之道哦？"

何万年的这句话立马缓和了气氛，也使老大回过神来，赶紧说："啊？啊！哦哦，请，请请请！"

落座之后，老大直接端起了用人送上来的茶碗，马神仙看得出来，他那是在掩饰，掩饰自己的鲁莽和不得体。

马神仙说："文家大爷，我是这么想，既然有人愿意做一回廉颇，那就一定要有个做蔺相如的来配合着，否则他不成戏！对不对？"

"对对对！神仙大哥说得对，刚才是我的不是，我这里给两位赔礼啦！"老大说着，起身一抱拳。

何万年也站了起来，抱拳说："呵呵，知辉老弟……久违了！"

老大都没等坐下，就直接说："听马神仙说，你……何会长是来……送休书？！"

何万年说："呃……呵呵，这么些年，你一直要，我一直不肯给。"

老大看着马神仙，说："我说出钱买，可他……不卖！"

马神仙示意两人坐下，说："坐下说，慢慢说。"

何万年坐下，从口袋里摸出一张纸，将打了折的一角理平展，之后才说："今天，我给你们文家……送过来了！"

老大和客人对面坐着，看见何万年手里叠得四四方方的那张纸，心里顿时热了一下，屁股都抬起来了，不知怎么停在了半路，最终又落了回去，眼睛盯着何万年的手，说："这么多年了，怎么就……想起来了？"

何万年蹙蹙眉头，松开，再蹙蹙，再松开，这才说："人哪，非要等找着一个什么借口，有些事情才能够想明白。你说，我和你斗来斗去这么多年，谁见着个输赢啦？还让小辈们跟着受罪！惭愧，惭愧啊！想来想去，我就不想把咱们何、文两家的那些个恩怨，再带过奈何桥去，所以啊……"

老大截住他的话头，说："就想起来还有一档子休书的事？"

何万年点着头，站起身，两手拿着休书，朝前走着，说："知辉老弟，多有得罪啊！"

老大急忙起身迎了上去，接过休书，一时间感慨万端，说："小小一张纸片，我们文家……整整等了二十多年哪！！"

看着老大眼眶里闪亮的泪光，马神仙忙说："周树人有一句诗说得在理，'相逢一笑泯恩仇'。我的意思呢，恩，大家还是记着，仇，就算了！"

三个人就这么你看看我，我看看你，五味杂陈……

离开文家的时候，何万年在心理上相当满足。就因为自己的一个决定，让他头一次目睹了文家老大的窘态。

2

还没等文昌寿送客的脚步声在那两扇花梨木门后面消失，老大就迫不及待地喊开了。先喊刘彩云，紧接着喊文珠。两娘母差不多同时到的，没等她们坐下，被老大拉着就往老太太屋里跑。他知道，如果说走过差不多八十年漫长路途的蔡花蕾这一辈子还有什么牵挂的话，那一定是文珠。

老大之所以一听见"休书"二字便有些失态，还让马神仙给看出了端倪，多半原因就在蔡花蕾身上。为了这个命途多舛的孙女，老太太一直伤心着，为此不知道哭了多少回。就为这，老大和刘彩云商量好了的，说今后凡是有关文珠的事情，尽量不让老太太知道，反正也不少她一个人难受，能瞒着，就瞒着。

盼星星盼月亮一样盼了那么多年，今天终于盼来一个让所有人都高兴的结果，任何人都可以往后推，第一个应该知道的人，当然是老太太。而且老大感觉如果他一个人去跟老太太讲，气氛跟效果什么的肯定不够，这才同时拉上了刘彩云和文珠两娘母。

自打看到了休书，文珠的眼泪水就没断过。刘彩云也是见不得眼泪那种，女儿都哭成个泪人了，索性就陪着一起哭，也不理会老大一路交代到老太太跟前要忍着一类的憨话，从客厅一直啼哭到老太太的屋。

小眼睛和彩珠子都在，两人没一个眼窝子深的。于是，五个女人哭作一堆，足有一刻钟时间。

一时间，倒显得老大没什么事做，哭吧，不对；不哭吧，也不对。正好文昌寿进来，问要不要告诉徐子一声。老大一拍脑门，拉着文昌寿就走，趁机离开了这个让人伤心的"女人窝"。

那天晚上，徐子和文珠双双跪在老太太、老大和刘彩云面前，徐子阴沉着个脸，文珠依然在流泪。

最后的段落，当然是老太太发话。

蔡花蕾说："求一个喜庆日子吧，家里人高高兴兴吃个饭，也算是给大家一个交代。如果方便，叫上马神仙，为这事人家也费了不少心思，是个好人。"

老大说："知道了。"

老太太又说："尽量周全一点，别落下谁，免得人家埋怨。"

"哎。"老大想想说，"妈，要不要请个戏班？这也好长时间没……"

老太太拦住了儿子，说："就算了吧！如今国难当头，知道的，你是嫁姑娘，不知道的还以为庆贺什么呢，算了吧！只是儿媳妇得费费心了，找一间适合他们的房子，铺的盖的，那都是当妈的事情。"

刘彩云说："知道了，妈。"

刘彩云第二天就找了个先生，把日子定在了庚辰年、庚辰月、辛巳日，先生说这是个"宜嫁娶"的日子。刘彩云只听这一条,至于先生其他的诸如八字、五行、星宿什么的,刘彩云一概没往心里去。庚辰龙年的三月初一,公历1940年4月8日。就它啦!刘彩云在心里对自己说。

因为是二婚,文珠的婚事就麻烦一点。准确说,是一个寡妇被婆家给休了,再嫁一回人。

1940年,虽说一些中国人的思想已经有了一定程度的开放,但是由"三纲五常"衍生来的,诸如"男尊女卑""从一而终"等观念,还根深蒂固,依然是紧箍在女人头上的一道箍,仍旧被大多数人认同着,特别是男人们。那时候,假如族里的哪个女人因为耐住了寡居之后的寂寞,而由此挣回了一个"贞节牌坊"来,男人们肯定都会"啧啧啧"地加以夸赞,就觉得自己脸上有了光彩,特别有荣誉感。没办法,几千年了,根子扎得深得很,虽然一直有人喊着要打倒、要推翻之类的口号,认同的人终归多过反对的人,不是轻易能改变的。

因此,文珠和徐子的婚事自然就入不了"流"。

还好,在文家这个大院里,蔡花蕾和刘彩云婆媳两个都属于"反对派"之流,这就让文珠没感觉到孤单不说,还有了想"呐喊"一回的冲动。

文珠喊道:"凭什么女人只能结一回婚?二叔就可以三妻四妾没人问!有这种道理吗?"

刘彩云急忙拦着,还压低了声音说:"小声点,姑娘!"

文珠气很粗,说:"怕什么?听见又怎么啦?"

刘彩云说:"不是怕谁,是要讲规矩,姑娘!"

是哦,文家虽然不怕谁,但规矩还得讲。所以蔡花蕾才会说出"也算是给大家一个交代"这样的话,言下之意,只要规规矩矩入了老文家的"流",别人家爱怎么说,随便。

刘彩云说:"老太太的意思说得清清楚楚的,给家里人一个交代,让大家知道,就行了!如果你还想这之外的什么东西,别说你爹不答应,老太太那里也不会开心。他们可是为你操碎了心的人,这你是知道的。人啊,就是要将心比心!晓得不?"

文珠这才安静了下来。

后来,蔡花蕾还让小眼睛把刘彩云专门叫了去,特别叮嘱说:"儿媳妇啊,该买什么就买,不要管老大怎么说。总之不能让两个娃儿挑出了毛病,也让他们高兴一回，啊？"

刘彩云不憨，当然听得出"也让他们高兴一回"的意思，谁说不是呢？自打老外婆那年没同意把徐子认作干儿子，成人之后的两个娃娃从来就没高兴过。想想鼻子就酸。刘彩云红着个眼睛，点了头。

于是，带着"弥补"的因素，刘彩云把一套带着个小厅的客房和文珠的"闺房"对调了一下。除了宽敞之外，还特别强调了个"新"字，新的空间和新的感觉。红绸红花红铺盖，一水的喜色就不用说了。刘彩云还把当年和老大结婚时用过的那一对铸着两个喜字的红烛台翻了出来，民国二十年（1931）文昌寿娶李素娥时老大找出来用过一回。现在拿给文珠和徐子，这对烛台已经见证了文家三段姻缘。插上一对大红蜡烛，往新床边上的红木书桌上一摆，气氛上不用说，认识这对烛台的人顿时会有一种久违了的温暖，让人心跳，让人动情。

摆弄得差不多了，刘彩云拉着老大过去看了一回，说是要是没什么问题，再让老太太看。

老大先抚着原本放在老太太屋里的红木书桌，有点诧异。

刘彩云急忙说："是老太太让搬过来的。"

老大又指指红烛台，说："又派一回用场哈？"

刘彩云点点头。

老大说："哎呀！这还说什么呢？都是心爱之物，能让心爱的人用上，当老的，还说什么呢？"

3

农历三月初一这天的晚饭，说好了是一对新人的喜宴。李素娥亲自带着厨房的几个人，一大早就去把所需原材料置办了回来。之前她和文昌寿对过人数，按照老太太那个说法，两边院子的至爱亲朋，包括嫁出去的，一共二十七；算上周世涛和马神仙，再加上刘彩云说的无论如何要请的刘青云家两口子，三十还单一个。

刘彩云就说："就按三桌办，我们那张大桌子多三个两个的，还觉着热闹。"

其实，也是个一家人聚一聚的机会。文知琴和王继华两口子早早就登了门，陪着蔡花蕾说话，一直没离开过。

刘青云家两口子是提前一天到的贵阳。打老二刘承义跟着红军走了，他们每逢出远门，身边总要带着长孙刘和天。一是习惯了离不得，分开几天都挂念；二来也是个伴，爷爷奶奶的一根"拐棍"，家里人也会安心些。刘青云之所以被刘彩云排在"无论如何要请"之列，文家上上下下都知道原因，包括彩珠子。因此，除了该送的礼金，刘青云还带过来五十瓶茅台烧，跟老大说是他亲自守着师傅专门勾兑的一百瓶，三十年陈酿。说一半为明年老太太的八十大寿专门备着，一半本想自己留着，来个客慢慢喝，没想外甥女的好日子居然从天而降，一激动，想都没想就全部带了过来。

老大隔着瓶盖闻闻，说："真有那么好？"

刘青云揪着个眉头说："哎哟！你一喝就晓得喽！"

那晚上，刘青云被自己精心勾兑的陈酿灌得酩酊大醉有三个原因，一是因为文珠的大喜事，高兴；二来有家孙和老婆陪在身边，踏实；第三就是自己动了心思的三十年陈酿，只有那么地道了，不往醉了喝，划不来！

那晚上，酒好，菜好，心情好，于是大家都很高兴。唯独两个人例外，文珠和徐子。

因为是二婚，家里没人好意思把"新娘"往有红似绿那么打扮，于是，素净就成了唯一标准。真着手打扮了，才知道素净其实比热闹难。大红大绿，"百鸟朝凤"，鞭炮齐鸣，那叫热闹，还都是些现成的路子，找人办了就行。真没人知道既要让人明白是桩喜事，又不能"嚣张"是个什么尺度。

最终还是金雨天解的难，她把那年刚刚生了文心仪没多久做的一身低衩口旗袍翻了出来，说是让文珠试试看。

藕荷色的西湖雨缎配上苏州的绣功，虽说是通常的富贵花开图案，但是人家用色讲究得很，懂得在这样的底色上面该选配什么颜色的丝线，硬是将原本应该热闹的图案处理成了水墨效果不说，还在恰到好处的地方点缀上一些亮色，用一句我们这边的话来描述：只有那么安逸了！

人人都知道旗袍选身材，不是那个人，你最好不要惦记。因此，在给文珠穿上之前，刘彩云还真有点提心吊胆的意思，多少年了，文珠早已经没了当姑娘时候的身段。没想穿上之后，不是一般的合身，就如同比着文珠的体形做的，严丝合缝，只有那么安逸了！加上一簇小眼睛从院子里摘来的淡粉色的、开得正是时候的、被杜甫形容为"轻薄"的桃花，往文珠脑后盘成个髻的头发里一插，立即跟旗袍袖口和摆沿缝缀的粉色边沿呼应上了，真真把文珠打扮成了"既让人明白是一桩喜事，又没有嚣张"。

现在看来，铁棒都能磨成针，人还有什么办不了的事情？

刘彩云不由得感叹："旗袍好！怎么就配上了这么好看一朵桃花？只有那么安逸了！"

就这么，一家人欢欢喜喜，把场面上的难题平平安安度了过去。

……

终于到了夜深人静的时候了。

洞房花烛夜对徐子来说，兴奋是肯定的。有生以来头一回不用说，还艰难困苦地经历了那么多磨难、等待了那么长时间，最终也算是修成了正果，兴奋之余还有诸多感慨。所以，当屋里只剩下两个人时，看着坐在床沿上低着个脑袋的妻子，徐子突然觉得有些茫然。

这是徐子第一次在心里使用"妻子"这个陌生了大半辈子的词汇。

文珠则不一样，这是她人生经历中的第二次。

想想已经逝去的那些时光，为了今天这个境况曾经死去活来的那么多事情，如同阵阵青烟，在眼前缓缓飘过，还有点放纵地舞动着向上升腾，就如同戏台上的过场，角色们踩着锣鼓点子一个接一个从观众面前走过。

好几次都让她浑身战栗，如同电流一般由脚心直蹿到头皮顶上，再从头顶的那些汗毛孔迸发出去，仿佛都听得见"唰"的一声。这种感觉让她不由得攥紧了拳头，身体也跟着紧张，蜷缩了起来……

按说，二婚已经没有必要进行诸如"揭盖头"一类的过场戏了，只是因为徐子的坚持，小眼睛这才翻箱倒柜地找出了刘彩云他们当年用过的、绣着翠鸟缠枝图案的红花盖头。徐子的意思，人生就这么一回，该有的过场都走一走，不要亏欠着什么。大家觉得也是道理，就依了他。

所以，当文珠的身体蜷缩起来的时候，因为红盖头遮掩着，徐子还以为那是因为新娘子羞涩，心里马上荡漾起一片春情。于是，小心拿起事先放在红木书桌上的"喜秤"，满怀喜悦慢慢走向文珠……

当喜秤循着翠鸟缠枝红花盖头的边缘轻轻向上挑起时，徐子看见的却是妻子满脸的泪痕……

将徐子有一点点夸张的动作跟文珠变了颜色的那张脸搭配在一起，不知道他们故事的人一定会觉得好笑；如果知道，心酸是必然的。

徐子愣怔了有几秒钟，膝盖一弯，一下子跪倒在文珠面前，一把抱住对方，将脑袋埋进旗袍上面那些营造水墨效果的丝线里面，而且越来越用力……

文珠搂住了丈夫，眼泪如同进入了一道开了闸的沟渠，毫无阻拦地奔流起来，向着那些没有阻拦的方向……

那天晚上，蔡花蕾让小眼睛爬起来去窗口看了好多次，每次回来得到的都是同一个说法：灯还没灭。

"啧！"蔡花蕾的眉头揪成了疙瘩，哪里还有睡意。

不仅蔡花蕾，老大他们屋里，刘彩云也起来看了好多次，辗转反侧到鸡叫第二遍，才迷迷瞪瞪合上了眼睛。也不知道是真睡还是假睡，反正紧跟着进入了一个梦境，一直感觉后面有个影子在追赶，有点像当年那个"拿抓"；自己却怎么也迈不开腿，像是哪儿被什么牵着、挂着、拉扯着……

4

翻了年，小寒之后第三天，是"三九"的第一天，民谚有"三九四九，冻死猪狗"的说法，正是天寒地冻，冷得安逸的时候。从上一年徐子和文珠的"洞房花烛夜"算起，十个月还多了八天。

按照书本上的说法，停经日加二百八十天，便是预产期。因为根本没法断定哪天播下的种子，所以只能估个大概，哪天文珠本该见着"桃花癸水"了而没见着，就从那个时候计算。就这么个抛前掐后着算，也多出了八天。于是，一家人都跟着急。

只有文珠不着急，挺着个大肚子该吃吃，该喝喝，想去哪儿就让徐子陪着。

文珠的右手撑住腰间，徐子架着她的左边胳膊，走起路来跟螃蟹一个款型，横着，还一摇一摆地，很有特点。

蔡花蕾就说:"不要这么嚣张嘛,姑娘!"

徐子马上接话,说:"你看,莫非老太太说的,你也不……"

"哎哟!"文珠根本不让徐子把话说完,皱着个眉头呵斥,"你又不懂,跟倒掺和哪样嘛?连马神仙都说要多活动,你和马神仙,哪个是先生嘛?"

对于这种问题,徐子还得当回事情那么接着,否则文珠不高兴,就说:"我——不是!"

话语中这样的停顿,故意取悦的成分显而易见。对于这样的取悦方式,文珠早已经习以为常了。自打被确定"种子"扎了根,徐子处处都在想方设法哄着妻子。让双身婆心情愉快,其实就是让正在母腹中孕育的小人愉快,这是刘彩云私底下告诉女婿的。

倒是蔡花蕾觉得有趣,笑笑,说:"你呀,少欺负别个老实人。"

徐子急忙说:"老太太嘞,只要文珠高兴,不怕的!"

文珠马上鼓起了眼睛,说:"哟,你的意思,我真的欺负你喽?"

徐子说:"我的意思是,你真就是欺负了我,也没得关系,周瑜打黄盖嘛!何况,那还真不叫欺负。"

"这还差不多。"文珠咬着下嘴唇,笑了。

其实,文珠在这个年纪还能怀上,本身就是个奇迹。人和天地间的事物是一个道理,原本好肥沃的一块土地,你若让它撂荒久了,养分流失不说,它还会板结,一锄头挖下去,不但深入不下去,还会冒几颗火星子。文珠的肚子就好比这样的板结地,撒下的种子再好,它没办法生根,种子再多也没用。因此,文家的老辈子们对于这个老姑娘能否怀得上孩子,完全是一种听天由命的态度。蔡花蕾还更甚,那段时间天天在佛堂诵读的全是"求子经",有时候还一天好几遍那么念。现在好了,顾虑彻底打消了不说,还即将亲眼看见大家朝思暮想的"果实"。一家人的心境完全随着文珠肚子的情况而起起落落,便在情理之中了。

终于,"三九"第一天,庚辰龙年的腊月十二,1941年(民国三十年)1月9日,文珠说肚子有了隐隐作痛的感觉。

因为上一次在刘青云家出现过意外,刘彩云便在预产期前一天就把产婆子请了过来,随时准备架势。没想一等就是八天,产婆子就在老文家扎了八天,好吃好喝好招待,贵人一般伺候着。你不敢让她走啊,万一哪个钟点上出了状况，耽误不起。

文珠的第一次痛感出现在子夜刚刚开始不久，这个钟点上大多数人都还没有睡踏实。一听见徐子喊"痛了"，一家老少像听见口令般，没多一会儿全都集合到了那间喜色依旧的屋子跟前，屋里屋外挤满了人，黑压压的。蔡花蕾自己动作慢点，也派了小眼睛过来打了个"前站"。

产婆子姓陈，都喊她陈伯娘，就听见大家"陈伯娘！陈伯娘"地喊个不停。俗话说好钢用在刀刃上，这时候的陈伯娘，就如同那块"好钢"。

一时间显得十分拥挤的屋子里，陈伯娘安排完了这样安排那样，嘴巴上没停歇过不说，手上还有条不紊地干完一样再干一样。这不免让刘彩云暗自庆幸，心想陈伯娘这笔钱，就是花得值。

那时候，生孩子没有麻药一说，再痛，产妇你都得挨着，死撑着。所以说娃儿的生日是母亲的受难日，一点都不假。

在那间屋子里，文珠的叫喊声、陈伯娘安排事情以及指导产妇各种动作的口令声，和女眷们杂七杂八的声音混在一起，让等在外面的男人们如同热锅上的蚂蚁，坐立不安；徐子更不用说了，火急火燎，眼泪都快憋出来了。

突然，所有声音戛然而止，紧跟着，就听见陈伯娘带着点无可奈何的、还有点声嘶力竭的一声喊："保大人还是保娃儿！！"

全场鸦雀无声……

那一年在茅台镇出现过的一幕，今天在老文家再一次出现。后来大家都说，那就是命。

那年在茅台镇，当家做主的是刘青云；今天，同样守候在外面的文家老大在听到陈伯娘的那一声喊之后，只是觉得脑袋嗡了一下，还没完全弄清楚情况，就听见刘彩云明显带着哭腔的喊声传出来："你倒是说话嘛！老爷！！"

老大一脸惶然，不知道该说什么话。就听见文大同大声说："爹！问你要大人还是要娃儿！"

老大吸了一口气，正打算开口，一个声音从走廊那头传来："大人娃儿都要！我都要！哈！"

大家一扭头，是蔡花蕾。

蔡花蕾由彩珠子搀扶着，蹒跚而来，一脸悲恸……

于是老大也大声道："大人娃儿……都要！"

就听见陈伯娘的声音:"我不是不想嘞,主人家!但我不是救苦救难的观世音菩萨嘛,只能要一个嘞,我嘞主人家!"

突然间,在众人的杂声中,人们清晰地听到一个声音,羸弱、带着点哭腔、却又不容置疑的声音:"要娃儿!要娃儿嘛!妈!!"

这是文珠的声音。

守在边上的刘彩云顿时热泪盈眶,迅即涌了出来,同时发出"呵呵呵呵"的、压抑着的那种哭泣。

在文珠的脸上,汗水和早已满面流淌的泪水混在一起,绝望的神色中透出执拗,她小声哀求道:"妈!妈!我要我和徐子哥的娃儿嘛,妈妈呃!!"

连千锤百炼走过来的陈伯娘都不得已停下了手,扭脸盯着刘彩云。见刘彩云只顾捂着嘴哭,陈伯娘真急了,压着声音说:"哎哟!现在不是哭的时候!快点决定嘞!"

刘彩云看看陈伯娘,最后再看了一眼女儿那双无限哀怜的眼睛,万般无奈,艰难地冲陈伯娘点了一下头,紧跟着眼睛一黑,身体一下子软成一摊泥,顺势一倒,昏厥在女儿的产床边上……

可以想见,屋里又是一阵忙乱……

幻境之中的刘彩云,一下子回到了那年在赤水河中奋力解救文珠的情景:她依稀看见女儿的头和手在赤水河的浪涛中挣扎着,自己紧跟着奋不顾身朝女儿扑了过去,入水时还呛了一口水。她哪里管得了那些,只顾拼尽全力朝前扑,真还抓住了女儿舞动的那只小手……

凭着本能,刘彩云使劲将文珠托出水面,只是没坚持多一会儿就没了力气,只见两个人在赤水河的波涛里沉浮、翻腾……

最终,当刘彩云感觉精疲力竭了,想举都举不动了的时候,仿佛一下子得到了解脱,整个人轻飘飘地朝着赤水河最深的地方慢慢地滑落、滑落下去……

再后来,一切归于平静。

5

后来,连马神仙都没说清楚文珠为什么总是难产。如果说前一次是因为臀位，医学上这种情况是占比约百分之三的小概率，结果让文珠摊上了；这一次据陈伯娘后来说，起先什么都是对的，也是头先出来，到了肩膀那儿，不知怎么就卡住了，而且血流得比一般情况猛，根本不知道该由哪里下手。陈伯娘这才先举起了右手，这就是屋里的声音戛然而止的原因，紧跟着喊出了那句让人心碎的话。

文珠生了个女儿。

因为在羊水里憋的时间长了些，女儿出来的时候，皮肤呈淡淡的青紫色，还有些肿胀。陈伯娘说，再晚几分钟，娃儿大人都没救。

是的，文珠产下女儿之后，最终死于血崩。

她连女儿肿胀的小脸都没捞着看上一眼，就那么平静地、脸色蜡白蜡白地死在徐子怀里。

徐子纵然哭干了眼泪，终于也没能唤回他千辛万苦迎进门，朝思暮想盼望着天伦之乐的、犟了一辈子的、那个痴心的妻子。

那天，昏厥的不止刘彩云一个，在听见文珠的死讯之后，蔡花蕾也倒在了自己屋里。是老大让小眼睛和彩珠子把老人家提前架回去的，这要是和刘彩云一样倒在现场，那还怎么收拾？

之前，为了让文珠宽心，蔡花蕾早早就把娃儿的名字给定了的。说如果是个男孩，叫徐天放；如果是个女孩，就叫徐天媛。

徐天媛好可怜哦，生下来就没妈不用说了，还因为人家见着她就会想起她妈，就会伤心泪流。原本该捧在怀里看一看、亲一亲、碰一碰脸蛋，捏一捏小手的情形，最终没有出现。变成大家都怕见着这个娃儿，于是都躲着。

把小眼睛心疼得直流泪，在老太太点了头之后，她将徐天媛接到自己屋里，担当起了一个临时母亲的角色。

还有一个问题。按说，像文家这样的大户，不论弄璋弄瓦，都应该布告乡里，并接受至爱亲朋们的朝贺，然后摆设筵席，让大家吃安逸、喝安逸。如今，高兴事变成了伤心事，如果将祝福和吊唁混在一起，心里头不是个滋味是肯定的，再把白发人送黑发人那样的悲情加上，你都说不清楚接下来还会发生什么情况，真要是那样了，还让人活不？

于是，一家人只能强忍悲伤开了个会，最后商量的结果是，由徐子、文大同和李备，在徐天媛诞生的第二天夜里，分两挂马车将文珠的棺木拉往刀把镇，埋葬在家族的墓地，去跟外曾祖父、外曾祖母以及兄长文龙和徐孀他们做伴去了。

文大同后来描述，说徐子在文珠坟前一直跪到马车即将离开，伤心的眼睛里除了泪水还是泪水，颠三倒四地在几个老辈子的墓碑前磕头，口口声声请老辈子无论如何要照顾好文珠，说千万别让文珠冻着，饿着，累着，苦着。其情其景，硬是把一贯木讷的李备的眼泪都勾了出来。

回来的路上，徐子一个人蜷缩在运送棺木那挂马车的一角，嘴里念念叨叨不知道在说什么，不知道的人，一定以为遇见了疯子。

回到贵阳，徐子径直去了小眼睛的屋。这是他第一次仔仔细细打量自己的亲生女儿，直到滴下来的眼泪让徐天媛感觉到了不适，开始皱紧了眉头，扭动起身体，小眼睛这才把徐天媛抱开。

后来，蔡花蕾感叹过，说："也好，老外婆他们几个打麻将的时候，有个小辈子在跟前端个茶，倒个水什么的，也好！"

中国人笃信因果，都相信善恶有报。你若是个好人，到了阴间依旧过你的日子，不过是换个地方而已，吃喝拉撒不用说，打麻将同样需要有人端茶递水什么的；你若是个坏人，那就糟糕了，不仅由阎王爷直接把你发配去地狱，还有小鬼们时时刻刻恨着你，管着你，而且永世不得翻身。所以，只要不是被逼急了，心甘情愿当坏人的人，不多。

蔡花蕾当然自信自己家没出过坏人，因此也坚信阎王爷找不到文家、蔡家人的头上。

刘彩云后来说，当时看着文珠眉头紧锁那模样，心疼得恨不得自己去死了算，就感觉只有从了她，才是一个母亲对于一个即将要做母亲的女儿唯一能给予的抚慰。仔细想想，那肯定是因为爱。因为只有爱，才会让刘彩云这个老文家的媳妇选择了那样一个顶撞老婆婆、冒天下之大不韪的决定，而且想都没想。

当然，蔡花蕾最终也选择了原谅。因为她知道，那是文珠家亲亲的妈喽嘛，不论刘彩云居于什么原因做出怎样的决定，她有那样的权利。况且她知道，刘彩云唯有做那样一个决定，方能慰藉这个倔强任性了一辈子的、老文家的长房长孙女。

文家人在这样的愁云愁绪里迎来了农历四月初八，蔡花蕾的寿辰，而且是八十大寿，人称"耄耋之福"。还不要说中国人有"男过虚，女过实"的习俗，单凭老太太硬硬朗朗走过了八十个年头，文家的子子孙孙人手一张"猫、蝶、牡丹图"，在她老人家面前磕三个响头，谁能说一个不字？

但是，蔡花蕾全然没了心情。

之前，家里头有个什么事情在老太太那儿说不走了，老大总是支使文珠去游说。在老太太跟前，文珠可以耍赖，多三少二的，老太太都会给点面子；反过来，文珠那儿出现个什么情况解不开锁了，不用人支使，最后总是老太太出面，不怕结得再死的疙瘩，总会迎刃而解。这说明什么？说明一老一少两个人，心是团在一起的。

现如今白发人送黑发人，虽说已经过去一百多天了，阴云总挥之不去，压着心里面最柔软的部分，动弹不得。这让蔡花蕾总觉得胸口闷，喝了马神仙的汤药也不见什么起色。所以，关于做寿，老大说了两遍，文大同家两口子紧跟着再说一遍，老太太始终一句话，说："不是场面大小的问题，问题在于一个应该欢乐的场合，你主人家总是垮着个脸，人家要误会嘛！算了吧！"

最后，折中的结果是按照刘彩云的意思，循着当年刀把镇的办法，由刘彩云亲自下厨为寿星煮了一碗铺盖着两个油煎荷包蛋的面条，再由老大亲自端到寿星面前的桌上；在寿星的坚持下，金雨天跑去厨房拿来一副碗筷，寿星亲自将一个荷包蛋夹到小碗里，让徐子将碗筷放到对面的空位上，摆好；再把椅子搬过来对着，仿佛那儿就坐着文珠。

一切就绪之后，一家人围着寿星，垂手而立。

蔡花蕾看看自己面前的寿面，再看看对面那副碗筷。突然示意抱着徐天媛的小眼睛靠近自己。只见她抬起手臂，用那只断了一截的小指在徐天媛熟睡的脸蛋上碰了一下，喃喃道："幺儿……可怜你家妈哦！"

话音未落，眼泪便夺眶而出，顺着苍老的脸颊流了下来，蔡花蕾赶紧用手捂住脸，生怕别人看见似的。

老大犹如万箭穿心，膝盖一弯，跪倒在地。

眨眼之间，所有人纷纷跪地，哭声一片……

6

这一年的末尾，12月7日，在东方主战场陷入泥潭的日本人也不知道怎么个思路，居然大老远跑去轰炸了位于夏威夷的珍珠港，逼迫一直坐山观虎斗、徘徊于世界大战之外的美国加入战争行列中来。

按说，不论谁跟谁打仗，交战双方最害怕的情形之一，就是寡不敌众。别人人多，自家人少，除非你有三头六臂，最终吃亏的大多是人少的一边，这是常理。日本人却不这么想，他们大概认为反正是打仗，人少是打，人多也是打，还热闹些。于是，就用"偷袭"的方式，"邀请"不论经济、军事、政治，方方面面都强大于自己的美国加入人多势众的敌对阵营。否则你解释不了日本人这个有悖常理的行为。要不就是辛弃疾在《恋绣衾·无题》里说的"当局者迷"。人自我膨胀到一定程度，会两眼一抹黑，就感觉天下小，自我大，目空一切，于是就乱来。偷袭珍珠港，就是乱来。

历史学家普遍认为，珍珠港一役，正是第二次世界大战的转折。

后来得知，日本人偷袭珍珠港的理论基础是建立在"臆想"的基础上的。日本人认为，因为美国人贪图享乐，所以他们将无法忍受长期战争带来的人员伤亡和心灵创伤；只要消灭了美国的太平洋舰队，在士气大伤的情况下，美国人就会很快求和。于是，趁着美国大兵们都在享受幸福的清晨时光的时间段，日本人仅仅用了九十分钟，便终结了美国几乎整个太平洋舰队。只不过，让日本人始料未及的，是情况并没有如他们一厢情愿那样发展。

12月8日，美国对日本宣战；12月9日，国民政府对日宣战。

人们都还记得，卢沟桥事变时，国民政府曾经发表过一个《自卫抗战声明书》，之所以搞这么个不伦不类的东西，据说有三个理由：一、由于中国军队的军需品不能自给自足，相当大一部分需要由国外输送，如果对日宣战，日本人会以交战国身份禁止一切军需物品输入中国；二、日本海军握有绝对制海权，中国没有能力保护海上援华通道；三、考虑到在日本的中国侨民可能因为宣战而遭受到迫害。国民政府因此决定：不宣战，不断交。

对此，中国人大都想不明白，所述三条，今天不是一样没变吗？

12月10日,《黔报》为此发表社论,其中有这样的内容:"用朝秦暮楚来形容当今之国民政府,再恰当不过。在历史条件并没有丝毫变化的今天,国民政府终于在别人的阴影里站了起来。我们先不说动机,就事情本身而言,是值得称道的。当然,也难免仰人鼻息、拾人牙慧之嫌。"

老大没等读完文章,便迫不及待给周世涛挂了电话。

老大说:"这篇文章先生真就只是动了几个标点?"

周世涛在电话那头说:"千真万确!全部出自二少爷之手。"

快吃午饭的时候,老大接到周世涛派人送过来的《黔报》,里面夹了张纸条,上面写着几行字:二少爷是极有潜质的后生,该文章可见一斑。我不过动了几个标点,还望先生得空一阅。世涛即日。

周世涛说的"二少爷",就是文大同的兄弟,文大喜。

才眨个眼睛的工夫,七七事变那年秋天考入浙江大学的四个娃儿,文大喜、文心仪、文心志和胡瓜,现在齐刷刷都大学毕了业。

那年填专业的时候,文大喜问过老大,当爹的想都没想,直接就说:"汉语言文学"!仿佛早就成竹在胸。至于三个孙子辈的娃儿,老大让他们去问自己父母,说是也让他们的爹妈担点责任。最终,文心仪和胡瓜志趣相投,学理科;文心志也喜欢理科来着,只是因为姐姐报了理科在先,平时一直被文心仪压着一头的这个兄弟知道争不过,又不愿意"跟在姐姐屁股后头",这才违心报了个工科。

老大之所以在文大喜的专业报考上"想都没想",其实也是私心使然。

一直以来,循着老太爷文理渊走过的路,文家的营生大都跟"文"字沾点边,如若不是,肯定也会将赚取的银子花在教育啊,出版啊,总之是文家人心仪的事情上。因此,将两个儿子的志向固定在同一个方向上,当爹的责无旁贷。至少你要把他们引上路,至于将来能否成器,那是他们自己的造化。但老大相信一条,功夫不负有心人。

所以,当他确认《黔报》9月10日的社论出自文大喜之手,老先生周世涛不过动了几个标点时,有一个形容词可以准确刻画文家老大那时那刻的心情,"喜出望外"。如果非要用句贵阳话,当然还是那句:"只有那么安逸了!"

说到学以致用,汉语言文学专业毕业的文大喜比起文家其他几个学子来,就业上有优势。书局和报馆，随便哪里都是用武之地，不愁。两爷子坐下来一交流，儿子说愿意去报馆试试看。听着话语中带着的谦虚谨慎，老大很受用。于是，在把二少爷交到周世涛手里时，说了句："就当自家娃儿管！"

中国人将汉语言文学学得好的标准，定义在"写得一手好文章"上。几千年了，只要你写得一手好文章，皇帝都能把自己家的千金小姐嫁给你，还被人尊称为"驸马爷"。虽说现在没了科举，老百姓仍然愿意遵循这个标准。一旦有谁达到或者接近了这个标准，一家人欢欣鼓舞。

欢欣鼓舞的老大怀着"拜读"那样的郑重，把"社论"一字不漏重读了一遍，随后督着刘彩云也"拜读"了一遍，还分享了一回读后感；之后，两个人来到蔡花蕾屋里，将《黔报》铺展在老太太面前，然后一个主讲，一个补充，把文大喜的情况叙述了一遍。

蔡花蕾当然知道，他们这是在想着法子让自己高兴，就说："当然嘛，这肯定是一件值得高兴的事嘛！只是……那几个呢？"

"那几个？"老大一下子被问住了。来之前，心里还真就只装着文大喜，至于老太太说的"那几个"，他真没想。现在一说，他想起来了，前几天曾听刘彩云说起过，说是文心仪跟她摆龙门阵的时候，讲过想去外国继续读书的话。是不是老太太也听到了这个说法？如果这样，还不如敞开来说。

老大先把彩珠子支走，找个挨老太太近的椅子坐下，清了清嗓子说："妈，你老人家是不是……也听说了去外国读书的事？"

蔡花蕾说："我听小眼睛说的，她是听你们家长孙女说的，当然喽，那个儿马婆啊，精得很，绕了半天就是为了说给我听，我晓得的。"

老大说："哦！是这样哈，妈，我打听过了，他们说的外国就是我那年去过的美国。当然喽，老话说学海无涯，娃儿要是愿意，当老的没有反对的理由。我找人算了算，如果读个硕士，一个人三年的学费加上生活费，大约……六万美元；假如读完了硕士还想读，再接到把博士读完，两年再加四万，一共十万，美元哈。假如只文心仪一个人，勒勒裤腰带也能对付过去。只是后来听说……文心志还有胡瓜都嚷嚷着要跟姐姐去。这样的话……妈，我……"

刘彩云赶紧接着，说："妈，实在不行，就让……文心志一个人去？"

蔡花蕾说："为哪样嘞？"

"耶，哦……我和知辉也问过他们爹妈，都说文心志总归是个男丁，所以……所以啊……"刘彩云最终没说出一个所以然。

蔡花蕾沉默片刻，漫无目的地看看窗户，再看看桌上的报纸，这才开始说话："要说嘞，几个娃儿都乖！就说你家那个儿马婆的脾气，小时候就犟起，赶她家姑妈！真要是去一个不去一个，伤人家的心嘛！还有胡瓜，人家是外姓，凭空就多出一层想法，你再来个厚此薄彼，明摆着拿话给人家说！不能拿话给别个说。不就是缺钱嘛，想办法嘛！不是有句老话吗，瘦死的骆驼比马大。从我们蔡家老爷爷卖包饼油条开始，这么些年了，还能想不出一点办法？哎呀！爹妈总是欠着儿孙的，一辈子还不完就二辈子还，造孽哦！"

老大和刘彩云都听出了老太太的弦外之音，两人互相看了一眼，又不敢臆断，只能用询问的目光看着老人家。

蔡花蕾喃喃道："你们不用这么盯着我。这么多年了，我之所以一直坚持请个乡亲守着老宅，是因为有东西埋在那儿。"

老大瞪大了眼睛，说："妈，什么时候的事情？"

蔡花蕾说："老外婆走那年，我就起了个心。二十个金元宝，连你爹都不知道，就为了应付个危急什么的。都说狡兔三窟，其实不是狡猾，不过是防患于未然。读书是天大的事情，只要娃儿们自己愿意，那就是祖上修来的福！文家人一定是举双手赞成的！不就是钱吗？哎呀，总算派上了用场。够不够的，就这么多了。"

老大一脸的痛，身体一沉，慢慢跪了下去，刘彩云马上跟着跪，两个人双双垂下了头。

老大苦着个脸，因为这让他想起了当年在刀把镇柴房魂飞魄散的那一幕。这么多年了，他独自承受着，没有告诉任何人。在接下去的岁月里，老大仍将继续承受孤独带来的心灵创痛，于是小声嘟囔道："妈！儿子……不孝！"

第三十三章

1

阳历新年之前,文大同、徐子和李备去了一趟刀把镇,按照老太太标注的地点,在老宅挖出了二十个打着双"吉"字样的乾隆年间十两金元宝。不敢耽搁,马不停蹄就回了贵阳。把这些金疙瘩在蔡花蕾面前铺开,老人家嘟囔了一句:"就这么多了!"

语气有点复杂,释然之外,还有点失落。

老大明白,这些就是母亲的全部了,算是倾其所有。好在"读书"这样的用途让她这个文家媳妇收获更多的是欣慰,是温暖。要说遗憾,也有,那就是再没有了。假如还有,蔡花蕾照样还会让儿孙们去挖。

当天夜里,老大和刘彩云差不多都要睡下了,小眼睛过来让去老太太屋里一趟,说是有事情。

两个人跟着小眼睛来到老太太屋里,见蔡花蕾和衣靠在大床栏杆上,下半身盖着大红缎面被子。

老大毕恭毕敬喊了一声"妈",刘彩云上前将被子往上提了提,顺势在床边坐下,说:"妈,什么事情这么急?耽误了休息多不好,是吧?"

蔡花蕾说:"老大,你也坐。"

小眼睛挪过来个凳子,老大坐下。

蔡花蕾说:"是这样,我想了想,既然……去国外读书的钱我拿,那我有个想法也得说说。我的意思,一家去一个比较妥当。大同家选一个下来,让文大喜去。"

老大正想张口，被老太太抬手拦住。

老太太说："这样好些，免得出闲话。至于大同家谁去，你们商量好了就行，我没意见。"

是嘞，人家的钱，你还不让人家说点意见？这是一；其二，老大对于老太太的话历来言听计从，早已不是什么新闻，家人外人都知道。只是这么一来，完全打乱了老大心里的如意算盘。

打老太太捐了金疙瘩，原本根本没有可能的三个人同时留学变成了可能。老大想都不用想，就文心仪、文心志和胡瓜了。只要文大喜留在报馆，接续上老文家的那根脉络，再娶妻生子一步一步顺下去，这肯定也是老太爷文理渊的想法。文大同接续了文家的香火，现在再来个文大喜能继承了祖辈的衣钵，那就等于去弘福寺求签时得了个"唐明皇祷告天"的上上签。老大就是这么盘算的。

现在好，老太太一句话，把老大心里排列得整整齐齐的算盘珠子打散了一地。

见老大怅然若失的样子，刘彩云就说："哎呀，也不是什么坏事情，出去走走看看，还长见识。再者说，多读书总是好事情吧？至于婚事，我担心的倒是文心仪。二十五岁嘞，我二十五岁那年，她爹六岁，文珠都三岁了。啧！也不知道她怎么想的？还不能说嘞！"

老大说："是啊，我也想明白了，文大喜再去读多少书，只会增长他的学识，百利而无一害，是吧？耶，文心仪和文心志不是还没定吗？你怎么说……那意思就是文心仪留下了？"

刘彩云说："你还不知道文心仪那个儿马婆？文心志什么时候争过她了？再说，一个女娃儿家跑那么远，总归让人不放心。等她三年五载转回来，那都老成什么了？还嫁得出去？所以啊，就文心志去。我们啊……就来个将计就计！"

老大说："就什么计？"

刘彩云想想，说："要么成了亲去，要么文心志去，让她选！"

老大说："哟，你这个是逼婚嘞！"

刘彩云说："那也要看，当年我不是被我妈逼着嫁给了你，也没什么不好啊！"

"那文珠嫁给老何家呢？"话一出口老大就后悔了，趁着刘彩云还没回过神来，赶紧说，"算啦算啦，我们两个在这里打什么嘴巴官司？让他们爹妈自己去定。"

　　刘彩云不是没回过神来，是懒得理他。上了年纪的人，身体各个器官也跟着老，反应速度哪里能跟当年比？当年滴水不漏，举一反三那劲头变成现在话都说完了才知道错。还好，还晓得补救。

　　事不宜迟，刘彩云觉得应该先去跟儿子儿媳通通气，不管谁去，事先最好跟不去的那个把道理说通透，免得到时候又哭又闹的，让二老爷家看笑话，那不是老大家的风范。

　　几十年了，除了文珠，老大家这一支都还算中规中矩，没给家里添过什么乱子。你把榜样立在前面了，二老爷想来一个邪门歪道的时候，他有顾忌。老大就是"上梁不正下梁歪"的那根"上梁"，自己端端正正了，其他人想歪，没人支持，"歪"不起来。这也是文理渊、蔡花蕾对长子的要求，虽然从来没明说过，几十年一步一步走过来的一点一滴，叠加起来便成了今天刘彩云所说的"风范"。

　　结果，文心仪这个"儿马婆"居然让全家人大跌了一回眼镜，主动把留学的名额让给了文心志。

　　文心仪说："从内心深处讲，你们肯定希望文心志去，因为他是儿。我听老太太讲过，那年在刀把镇，去省城读过高级中学的女生，她老人家是头一号。你们以为我就不想成为贵阳头一个去美国读书的女生？昨天老太太喊我去吃糕粑稀饭，其实是有话要说。说要是早些年，不要说三个，就是十个娃儿一起送去美国，老文家也不在话下。咋个办嘞？意思我生不逢时喽嘛！既然老太太定了一家一个，那就他去嘛！反正我也到了急着要泼出去的年纪了，我不想大家为我一个人着急，不想！"

　　文心仪说这番话的时候，刘彩云、文大同、金雨天都在，加上文心志，差不多一个家庭会的规模。过程中，谁也没吭气。三个大人脸朝一个方向，盯着文心仪；只有文心志垂着个头，犯了错似的。

　　刘彩云看着文心仪的目光突然变得陌生起来，她想起了那年在茅台镇，老妈气喘吁吁跑到学校来"谈婚论嫁"的情景，自己气呼呼犟着个头，完全不顾及母亲的感受。那样的情景跟眼面前这个被蔡花蕾一直喊作"儿马婆"的长孙女一比，简直天壤之别。

刘彩云眼里泛起了泪光……

文心仪不知道自己的话哪儿错了，揪着个眉头说："老太太，我不是答应你们了吗？"

刘彩云这才回过神来，忙用手绢抹去已经流到脸颊上的泪水。

金雨天急忙说："你家奶是高兴！她高兴！"

后来，刘彩云总结了两条，一来人家文心仪到底是浙江大学的正牌大学生，自己充其量算个中学，还是茅台镇的，知识结构上就没法比；二来时代上差着几个等级，新人新思想，观念上也一个天一个地。

于是，刘彩云只能叹息，年纪不饶人啊！

2

民国三十一年（1942）春暖花开的季节，一家人把三个娃儿送上了经由柳州转去广州的长途木炭汽车，准备从那里乘大海轮去美国。那时候，中国的大多数沿海城市相继沦陷，广州湾成为唯一自由通商的港口。

走之前，老大让文大同把所需费用正正规规算了一遍，精细到每人每月的伙食费。按照当时的金价，按照三个娃儿都读完硕士，老太太的二十个金元宝，学费刚刚够。也就是说，旅费加上吃喝拉撒，还得家里一笔一笔按时间寄过去。因为是在美国，物价等什么情况都不一样，加上大人都怕娃儿受着委屈，所以，摊到每个娃儿头上的用度差不多是家人在贵阳平均用度的两倍还多，正所谓穷家富路。

这样一来，大人们只能克扣自己了。

进入全面抗战以来，日趋严重的物资短缺，必然导致的物价飞涨，让所有人都感觉到了生活的困顿与艰难。你要让娃儿们在异国他乡冻不着饿不着，自己就得饥一点寒一点。

老大说："比起那些拖家带口逃难过来的下江人，我们起码根基没动着，一家人冻不着饿不着的，知足吧！"

天底下好些道理，都是前人经历之后验证过的，比如，"富不过三代，皇帝家除外"。从蔡好仁算起，到老大这里，就是第三代。钟鸣鼎食的日子长了，说不定哪天就会翻转过来，都不说缺吃少穿，过一过勒着裤腰带的生活，对文家人也算是人生的一种补充。

文家风光了几十年，到目前，就剩下三单买卖：烧房、书局和遵义的土地。两单赚钱一单赔钱。烧房不用说，凭着那年打造的规模，至今仍然是茅台镇的头牌。由于地处边远，战争的负面影响几乎为零，而正面影响却与日俱增。你想嘛，大凡去前线之前壮个行、辞个别什么的，能少得了酒？加上血气方刚、英勇赴死的军人随处可见，还都是端着大碗喝酒，直接导致云辉烧房的茅台烧一直供不应求，还短时断过几回档。

再说土地，除去那年跟何万年斗法脱手的一千亩，还剩下六千亩左右。老大自己立了一条规矩，租子按平常年份定，丰年不增，灾年酌减，你家里临时有个大小情况，还能缓交；真遇上个什么难处，落实之后说不定就免了。这使得佃户们放心大胆地忙活路，旮旮旯旯都精耕细作，跟种自己家的田似的。这在不涝不旱的黔北，自然是一笔稳定收入。

剩下的书局，货真价实一个赔钱货。

话说回来，打那年老太爷盘算办书局的念头开始，压根就没想过要拿它赚钱。从最早雇人挑着书箱见人送一本，到后来督着儿子把书局立起来，成批成批地送；这么些年下来，是座金山也有被掏空的时候。掏空不怕，所谓慈善，不就是花钱让别人说你好吗？灾年施粥是慈善，送书同样是慈善。老文家花钱送书的目的，就是承袭老辈子的遗愿，让文明之光能够经过自己的手不间断地流布，最终惠及地方；惠及那些有思想、有远见而又困顿一时的读书人。用一句文绉绉的话，叫作"福荫乡梓"。

就眼下这个情况，只要老大下定决心说一个"断"字，把书局脱手，烧房和田地足够文家衣食无忧的。但是，老太爷的在天之灵怎么办？文家乐善好施的名声怎么办？卖包饼油条起家的老外公都知道捐资助学，你号称贵州首富的文家老大，好意思把经营了几十年的书局脱手？名声是什么？名声就是文家的脸面，丢得起吗？丢不起嘛！

所以时至今日，文家都到了需要节衣缩食过日子的地步了，老大压根没动过书局一丝念头。

蔡花蕾底气十足地说："看见了吧？这就是我儿子！"

刘彩云也当了文家几十年媳妇了，说："你要他的命，可以。"

小眼睛说："爹就是这么个人。"

按说，文家老大的个人品性轮不着小眼睛来评说。从前一个丫鬟，现在也不过是个干女儿。就因为跟老太太贴得近，之间没有需要回避的话题。因此，当蔡花蕾说起儿子时，小眼睛也就顺着这么一说。

蔡花蕾看了小眼睛一眼，突然想起似的，说："你爹呀，要是跟二老爷一样想得开点，也添一房，也许就少些烦恼。"

正在给徐天媛缝制小褂子的小眼睛头都没抬，说："怎么呢？"

蔡花蕾说："耶，心思多一个去处嘛！"

小眼睛笑了，说："那不一定，说不定还跟妈争。"

蔡花蕾哼了一声，说："也是，一山难容二虎哈。耶，也不晓得那三个娃儿到地方没有？该不会像文德范，几年里都没个音信嘛！"

小眼睛说："绝不会！老太太，路远得老火，你以为是刀把镇啊？两天就跑个来回！那年爹去美国，不是好几个月啊？不急，哈！"

蔡花蕾说："你说说，哪里不能读书？为哪样非要去那么远嘛！"

善于起眼动眉毛的小眼睛从蔡花蕾的话语中，知道老人家已经从文珠的"意外"里走了出来，并在第一时间告诉了老大。也不知道从什么时候起，小眼睛又成了老大家两口子的"眼线"，蔡花蕾有个什么风吹草动，小眼睛都会及时把消息传递过去，原先需要去猜、去琢磨老太太的心思，现在不用了，这让老大省了不少心。

家里一下子走了文大喜和文心志，大家都觉得仿佛院子都宽敞了许多。特别是吃饭的时候，原先一桌人围得滴水不漏的场面，突然间出现两个缺口，给人什么东西短了一截的感觉，总之不完整。尽管李素娥将椅子和碗筷挪动到看上去依旧是个圆，终究没抹去人们心头的缺失。大家闷着头吃饭，只剩下了咀嚼的声音。

金雨天找了个话题，就是为了打破饭桌上的这种沉寂，这种时候说什么是次要的，关键要有人说话。

金雨天说："按说，我们家文心仪早就到了谈婚论嫁的年纪了的，只是娃儿争强好胜，这才等到了今天。前几天大同一个朋友把自家侄儿的八字送了过来,姓李,说是年纪相当,老家在遵义南北镇,算是半个老乡。我们商量下来,准备去看一眼。不知道老太太、爹妈有什么要交代的?"

文心仪不吱声,低着个头,只拣挨着自己面前的几样菜夹,孤苦伶仃的样子。

蔡花蕾看看文心仪,说:"南北镇不南北镇的,不用考虑,主要人要好。穷啊富啊,都不是问题,人好了,怎么都可以;人不好,其他再好也免谈!哈!"

没等旁人开口,老大接过来说:"就老太太这个标准,其他的,你们自家斟酌。"

刘彩云说:"媒人肯定都夸自家人,不能全听。私底下找人问问,会更有把握些。再不能……总之再不能……"

大家都在等"再不能"后面的内容,刘彩云却没了下文。

这时候,文心仪抬起了头,说:"老太太的意思,再不能像文珠姑妈那样,眼泪只能往肚里流,是吧?"

刘彩云怔住了,做了什么错事一样,脸都白了。看看文心仪,再看看蔡花蕾……

文大同呵斥道:"你个小孩子怎么说话的?!"

蔡花蕾放下筷子,用湿手巾沾沾嘴唇,不紧不慢说:"这一条跟她姑妈一个模子!"

徐子放下碗筷,站起身,垂着头说了句"我吃好了",便转身离去。

3

民国三十一年的"端午水"涨得比哪年都早,芒种过了两天就开始下雨,从早到晚,淅淅沥沥,没完没了。而且雨还大,彩珠子拿个小木盆放到屋檐下面,没多大工夫就有本事溢出来。要不说涨端午水呢?汇在一起就是洪流,低洼一点的地方肯定被淹。偶尔也有停的时候,不过很短暂,倒显得金贵起来。

夏至前一天,差不多黄昏时刻,雨停了,黑压压的云层依旧让人感觉压抑,心肺功能差点的会让你觉得吸不进气,总之难受。

好几天了,蔡花蕾都是让小眼睛把已经有一把雪白胡须的慧聪法师请到自己屋里来诵经,这也是老爷特别叮嘱的,说避免老太太出差池。这是老大的原话。

趁着天边有了一点亮色,蔡花蕾赶紧让小眼睛去告诉慧聪师父,打算把这天晚上的那遍经挪回佛堂去。毕竟房间这边只是临时办法,随便你如何布置,佛堂里面几十年的包浆显露出来的庄重,是布置不出来的。虽然也燃香点烛一样不少,就是没有佛堂里面的香烛那么沉稳,让人感觉轻飘飘的。当然,蔡花蕾也想趁着没雨,哪怕走几步呢,身子也舒展舒展,再呼吸几口湿漉漉的空气,到底在屋里憋了这么些天了。

没承想,还真就出了"差池"。

通往佛堂的路要说滑,小眼睛和彩珠子不也走得稳稳当当的?要说不滑,下了这么长时间的雨,难免哪里就冒出些青苔来,只是还没染上绿颜色,不大看得清楚罢了。蔡花蕾就踩着了这样的青苔,尽管一手抱着经书的小眼睛和彩珠子奋不顾身赶紧抢救,为时已晚。

蔡花蕾摔倒在地,大腿根那儿正好担在花径边一块护路的青砖上。后来听马神仙说,那个部位叫股骨头。

后来,小眼睛悄悄跟刘彩云说过,说都听得见骨头折断的、稀里咔嚓的声音,说得刘彩云的牙根都是酸的。

马神仙是第一个赶到的,按说他不是骨科,好在中医分不到那么细,一般碰着什么治什么。比如,伤筋动骨了,大多用一些舒筋活络的验方,有口服的,也有包扎的,主要还是把损伤部位固定住,然后让骨头自己慢慢去长。至于那些根根草草,次要作用是治疗,主要功能则是慰藉。

马神仙行了一辈子的医了,什么情况没见过?不怕你伤筋动骨到何种程度,只要骨头两边都在,马神仙肯定能让你至少恢复到一定程度。不然人家敢应下"神仙"这个称谓?那就是块金字招牌。

但是,马神仙最终没敢在蔡花蕾身上动手,只是轻轻摸了摸受伤部位,把了脉,分开眼睛看了看,还用手背在老人家额头上试了试。

马神仙把一脸哀痛的老大和刘彩云拉到隔壁小眼睛屋里,还关上了门。

老大一看这阵势,急了,瞪大了眼睛喊:"神仙大哥,你可不能吓我啊?!"

马神仙伸出手掌压了两下,说:"文家大爷,不急不急。我先问两个事情,你一定要如实回答我。"

老大说："问问！你问！"

马神仙说："如果我没有记错，老人家应该八十一了吧？"

老大说："八十一的整岁！"

马神仙说："高寿！好，如果我没有记错，从刀把镇到今天，老太太是头一次遭这么大个难。"

老大和刘彩云对了一回眼，点点头。

"好。我刚才看了老太太触地的部位，"马神仙用手按按老大的大腿根，说，"这儿！我们叫股骨头，是大腿支撑、活动的关键。这个部位受损，不容易修复不说，病人还需要承受巨大痛苦。而且……"

"而且怎样？"老大着急说。

马神仙说："我刚才诊脉时，发现老太太静如止水，仿佛睡着了一样。不对，应该说，老人家就是在睡觉，而且睡得很安逸！"

老大说："怎么会？"

马神仙说："会！有些伤病，初发阶段会麻木，不会马上有痛感；加上老人家一大把年纪，痛感还会滞后。这个先不说，我最担心的，是出现并发症！"

老大说："并发症？"

马神仙说："就是由股骨头的伤情引发其他疾病，而且往往比最初的伤病来得凶险！那样的话，现在的救治不啻让老人家多受一重罪！"

刘彩云说："那……神仙大哥的意思……"

马神仙看看刘彩云，转而看着老大，说："暂缓治疗！"

老大又急了，说："暂缓……治疗？！"

马神仙说："如果……我是说如果哈，四个时辰之内没有出现并发症，或者老太太自己醒了过来，我们再实施治疗。不过话要先说到，老太太这样的情况，治疗一定是更大的痛苦，这一点毋庸置疑！到时候，所有人必须回避！"

刘彩云想起什么，说："那神仙大哥你……"

马神仙知道她的意思，说："我会一直守在这里。"

老大家两口子还能说什么呢？请师父做主，只能点头。

当挂钟敲了七下，蔡花蕾屋里除了主人，只留下四个人，马神仙、小眼睛和老大家两口子。

小眼睛的两个眼睛哭得红泡泡的，伤心还不敢出声，搬来个凳子挨着蔡花蕾脚那头，泪眼迷离，头轻轻靠在床头的雕花栏杆上。刚才听刘彩云转述了马神仙的意思，小眼睛理解为让老太太先睡，睡安逸之后，再说。

那就守嘛，小眼睛心想。

假如，我手上不拿着那些经书，哪怕等老太太到了地方再跑一趟呢，也许就能撑住老人家沉重的身体了；假如我也犟一回，今天就不去佛堂，就在房间！又怎么的？再不然……假如不是下雨……假如雨一直下，不在那个时刻突然停住……

小眼睛在心里翻来覆去设置了若干种假如，最终的结果也许都会跟现在不一样。于是更伤心。

在满脑子的愁绪中，小眼睛想起了老太太对她一个小小丫鬟各种各样的好，多得让人都没法一件一件去数清楚。就记得民国二年夏天来文家的第一天，老太太给自己叫了个"小眼睛"，一喊就是二十九年。有一次蔡花蕾问起过她的名字，她也说给她听了。就她老人家和妈，文家再没一个人记得小眼睛姓甚名谁。

其间，刘彩云过来跟小眼睛耳语，说他们去外面喝点水，还说让她看着点。小眼睛点点头。

当四周安静下来，当屋里就剩下了这一老一少时，小眼睛心里忽然掠过一丝不安。她赶紧转过身子，看着依旧平静的老太太，突然浑身一阵莫名的寒意，她下意识抱紧了手臂，还是没阻止住心里倏地划过的一道颤栗，从脚板心一直麻到头顶，最后在额头和脸颊两侧散开。小眼睛急忙俯身过去，看看老太太，只见老人家仍然闭着眼睛，仍然平静。于是，她用手使劲搓搓自己的脸，打算把刚才的混沌驱散，没搓着几下，手突然停住……

小眼睛再次俯下身子，凑近了老太太的脸。这回看清楚了，在蔡花蕾的嘴角，半滴有点混沌的、类似口水样的液体挤在唇齿之间，要出还没出来。小眼睛忙拿来手巾，小心在嘴角那儿碰了一下，没想，一小股液体流了出来，一股带着点酸味的腐败味道扑鼻而来……

小眼睛赶紧把手巾按到蔡花蕾嘴边，手指触碰到肌肉的瞬间，感觉冰冰凉。她急忙摸摸额头，冰冰凉；伸手在被子里面抓到了蔡花蕾的手，还是冰冰凉；小眼睛的心也在刹那间变得冰冰凉……

屋子外间，从茅房回来的马神仙刚刚坐下，端起茶碗正要喝，就听见小眼睛歇斯底里的一声呼号："老太太啊！！！"

以至于马神仙的茶碗放回茶几时没放稳当，落地摔了个粉碎，水花和着瓷片四溅开去，撒了一地。

4

后来，老大把他知道的所有先人按年纪排成一列，蔡花蕾无疑是蔡家和文家的最长者，八十一。

老外公走那年三十六，文理渊五十五，老外婆五十七，徐孃七十八，没一个比得了蔡花蕾。另外，用马神仙的话，蔡花蕾那叫无疾而终。虽说有腿伤，但一直守在近旁的小眼睛对天发誓，说老太太一直安安稳稳到她发现嘴角的异样。这样看来，老人家晓得到了辞别大家的时候了，于是就这么阴悄悄走了，没一点动静，也没有一丝痛苦。

马神仙说："还是那句老话，生不带来死不带去，就图个干干净净来，清清静静走。只有大富大贵之人才能享受这样的福分嘞！你以为！"

灵堂照例设在客堂里。规模上和文理渊差不多，也同样黄花白花、白绸黑纱一样不少，慧聪师父还从弘福寺请来十个身着袈裟的和尚，做法事的家什一样不少，再把香蜡纸烛什么的都点着，之前还清清静静的场面一下子庄重起来。和尚们除了这种场合该诵读的那些内容，老大特别交代，把母亲平时喜爱的大悲咒、佛说阿弥陀经等，都念它一遍两遍的，以便让母亲一路上走得踏实，走得心情舒畅。

子夜过后，黔灵山上下来的师父们吃完夜宵便去了佛堂，那里有同门师兄慧聪和尚为他们安排好的地铺，以便第二天继续操练。突然，从灵堂那边传来诵读《佛说阿弥陀经》的一个女声，师父们有些惊奇，都扭头朝那边看。

慧聪说："老人家一个干孙女，跟着诵经也好多年了。"

和尚们点着头，把嘴巴圆成发"哦"字的形状，只是都没出声。

客堂里，紧挨着供桌下面的长明灯，披麻戴孝的小眼睛独自盘腿坐着，手里的经书翻开的页面对着长明灯摇曳的光，声音不高，只因为夜深人静而传得很远。

听过诵经的人都知道，诵经人一般都会根据内容把声音分成一段一段的，而且读成一起一伏的效果，让人听起来感觉抑扬顿挫。大概是担心读的人或者听的人时间长了乏味，而特别要求的一种音乐节律。

小眼睛正是在这样的音乐节律中轻轻晃着身子，给人感觉，只有那么投入，那么专注……

老大把该走的地方走了一圈，把那些该去休息的人都劝走了，这才回到客堂。整整一天的迎来送往，按说应该很疲惫，但他没有一点倦意。因为他至今没有接受母亲已经驾鹤向西的事实，只要一看见供桌上面那张母亲六十岁时拍的照片，当年在柴房里刀起血溅之后，母亲说的那句："儿啊！读书是天大的事情哪！要像你参那样啊！如果你改了，妈这只手……就是……就是……劈柴劈的"就会在耳边响起。时至今日，物是人非，原本知道这个秘密的两个人，现在就剩下一个了，老大的眼睛被涌上来的泪水蒙住……

来到客堂，老大强迫自己不要去看照片，正好听见小眼睛诵经的声音，就在她对面的一个烧纸用的铜盆跟前蹲了下来。忙乱了一天，这是他烧的第一张纸钱。

纸钱在燃烧，跳跃的火焰东歪一下西舔一下，炙烤着老大的手，都能闻到手背上、指节上被炙煳的汗毛特有的味道了，他像是没有感觉的人，继续往火盆里添加着……

手中的纸钱三张一折往火盆里投放，老大的眼睛却停在了小眼睛不断摇动的身体上，再循着身体往上到脸，老大看见一张满是哀伤，同时满是虔诚的脸，那么执着，那么忘我……

老大被感动了。

老大忽然想，一个丫鬟之所以能如此，一定是对应着一颗充满慈爱的心。爱心无限大，是可以包容进天地的。假如天地都被装进去了，生死还是个事吗？不过是轮回中的两个环节，在这边和在那边，不都一样吗？要说母亲这一生，真没做过什么惊天动地的事情，不过是在日复一日的、平平淡淡的人生过程中，把自己的善良播种在了后人心上，让他们接着善良下去，一代接着一代……

老大站了起来，拍拍手上的纸灰，来到供桌前面，下跪、抱拳、俯身、磕头；

再抱拳、再俯身、再磕头……

过程中，小眼睛只抬起眼皮扫了老大一眼，仍然诵经，没停过。

老大起身后，直到将母亲的棺椁在刀把镇的家族坟地里安顿妥当，没再流过一滴眼泪。

按理，蔡花蕾应该跟老太爷文理渊一起葬在百花山，但是那里的坟头横一个竖一个的，杂乱无章，根本不能跟刀把镇比。大家一商量，决定就去刀把镇。还说以后找机会把老太爷也迁过去。

5

老大的这个状态，刘彩云在去刀把镇之前就看在眼里的，只是不知道什么原因。她赞同"男儿有泪不轻弹"这个说法，什么事情心里能装得下，就装在心里，因此就没问。直到从刀把镇回来，老大突然发起高烧来，而且几天不退，刘彩云这才开始着急，这才埋怨自己。说有事要让他发出来嘛，憋在心里，不病才怪，早晚的事情。

好在有马神仙这个拜把兄弟一般的郎中，有他在，文家人提着的心大都落回了原处。

用马神仙的说法，老大这叫急火攻心。

中医是中国的国粹，源远流长，几千年了，郎中们全靠"望闻问切"以及那些草草根根治病救人。中医的阴阳五行学说和道教有关，或者说两者都根植于被尊为中华"人文初祖"的黄帝的古代哲学思想的土壤中。于是，中医和西医便遵循各自的、不同的方法论。

比如，马神仙说的这个"急火攻心"，如果让西医来看，首先判断身体哪儿有炎症，施以广谱抗菌药物，直接作用于炎症部位，通常疾患很快会好。中医则不然，讲究"固本清源"。认为只要巩固了根本，清理了源头，症状自然会好。这个说法其实也没有错，只是"路"绕得远了一点。加上贵阳也没什么像样的西医，人们大都愿意信任马神仙这样的中医。由此，老大的病只能"固本清源"。

于是，高烧接下来是低烧，低烧之后肯定就虚弱，虚弱就需要调养，这样一个过程还会根据当事人的体质或长或短；如果中间再来点反复，治疗过程就跟着延长。于是，"病来如山倒，病去如抽丝"便成为中医诊疗的一个特色。

老大的病当然也要经历这么个过程。由高烧转入低烧之后，只见药汤大半碗大半碗地灌，一天灌好几回，就是不见好。老大也难受，睡吧，睡不踏实；不睡吧，萎靡不振，整天愁眉苦脸的，时间长了浑身痛；说不定什么时候又反复一回，全身又发烫，还说胡话。

再把马神仙请来吧，人家苦口婆心跟你说"病去如抽丝"的道理，你好意思一而再再而三地请？你不累，人家累嘛！

这样的情况很磨人。

假如老太太在，还有个拍板的主心骨；大概是上面罩着个"菩萨"的时间长了，习惯之后一下子真还扭不回来。把刘彩云急得哦，六神无主，自己差不多也快病了。

俗话说，病急乱投医。刘彩云因为碍着马神仙的名望，倒是没有去乱投医；但是，她听赵青梅说了个"偏方"。

赵青梅先是紧绷着个脸，然后若有所思地想，再起身去把房门关上，一样一样把前缀都做够了，这才压低了嗓音说："怕是要冲一回喜！"

赵青梅绝对不会害老大，一定是为他好，这一点刘彩云十分自信。那么，在没有别的办法的情况下，孤注一掷的刘彩云自嫁到文家之后，头一次为自家男人拍了一回板。

冲喜是中国一种古老的办法，找个女子跟家里久治不见疗效或者"病去如抽丝"的病人成亲，以期望"药"到病除。在男尊女卑的时代，这种完全没有科学根据的方法正好对上了一些人的心思，比如，文家的二老爷。这种方法具体始于哪朝哪代，无考，明代汤显祖的戏剧《牡丹亭·诊祟》，里面就有冲喜的情节，至少也是几百年了。冲喜还有另外一个说法，假如一时间找不到跟病人合适的人选，让病人的子女儿孙成亲，也算。

平心而论，如果让文家老大再添一房，作为正房的刘彩云，不说完全没有可能，心里面不爽是人之常情。但是，如果能有个子女儿孙什么的把事情办了，那就叫两全其美，她肯定举双手赞成。人嘞，有点私心才真实。刘彩云拍板时，正是基于这个思路，而且首先想到的就是文心仪。她爹妈不是正张罗着这个事情吗？要不是家里接二连三这么些变故，兴许都开始张罗婚事了。

没想金雨天在女儿跟前碰了一鼻子灰。

文心仪说:"妈,我之所以让文心志去了美国,还答应嫁人,是因为我长大了,我懂事了,我晓得忍让!但是,你们大人就可以乱五乱六了?哦,老太爷要冲喜,喊我嫁人?搞错没得?我成什么啦?我还是个人吗?哎,你们到底把我当成个人没有?嗯?!"

金雨天相当为难,既不能回答"是",也不能回答"不是",一下子真没找着恰当的话。

文心仪接着说:"这和我答应嫁人是两回事情嘞!首先我是具有独立人格的一个人。我嫁人,除了你们的愿望之外,主要还要我愿意!如果嫁个我不愿意的人,刀架在脖子上也不行!其次,愿意娶我的人还必须我认可!哦,拉个人来红盖头一搭,就进洞房?那是你们那一辈,我不行!必须认识、了解,然后才有后面接下来的步骤。所以,麻烦你转告老太太,两个字,不行!"

原话传到老太太那里,刘彩云一拍桌子,喝道:"反了她啦!!"

金雨天都没敢过来亲自说,是文大同自告奋勇来做这根"蜡烛"的。

刘彩云不会说什么"小蹄子"之类的难听话,只是凭她一脸的铁青色,文大同知道母亲真正动了肝火,这是他第一回见到。

不管刘彩云动没动肝火,她都知道文心仪这条路算是堵上了。现在她才开始后悔,那时候要是没用文大喜把"儿马婆"换下来该多好?如果那样,文大喜肯定责无旁贷嘛,自家儿子还能见死不救自家亲亲的爹?现在好,到底中间隔了一层。而且你一个"老人家"话还不能说得太重,真要逼得小东西翻了脸,红眉毛绿眼睛地跟长辈对着干,那真不是老文家的风范。

"再想想,再想想!"包括赵青梅,一家人都在帮着想人选。最后,连文心武和茅台镇刘青云的孙子刘和天、两个十七岁的娃儿都过了一遍,刘彩云这才感到了绝望。

刘彩云崩溃的不仅仅是精神,身体也差不多到了崩溃的边缘。

一到晚上,躺在老大身边的刘彩云一般都要忙活一夜,一会儿老大说胡话了,一会儿又要换降温的毛巾了,一会儿湿漉漉的毛巾又被老大压在了枕头上,哪样你不得起来料理一遍?总之没有消停的时候。这几天还好,小眼睛把徐天媛交给了金雨天临时看管,过来跟着累了好几晚上,这才让刘彩云连续睡觉的时间超过了三个钟点。

白天更不清净。现在这个状况，家里有个什么大物小事都来问刘彩云，尽管之前已经把事情都分了工，一部分交给文大同，一部分交给文昌寿，最后终归要汇总到她这里，躲都躲不开。

刘彩云终于尝到"山穷水尽"是个什么滋味了。一边是老大低烧高烧轮流转，让人团团转得昏了头；一边是寄希望于"子女儿孙"的努力落了空。就剩下最后一条路了，填房。

"填房"这个词语很直观，房子里缺少了一个人，填一个。

被逼得山穷水尽的刘彩云也想通了，管他的，先把人救下来再说。

文昌寿赶紧把消息放了出去，直接就说冲喜。凭着文家这么多年在贵阳的名声，只要别太挑剔，问题应该不会太大。

的确，名声大了就是个优势，第二天就有几拨人登了文家的门。只是带来的第一个"对象"，连把第一道关口的李素娥都看不下去。人倒是比李素娥小五岁，但长了一副苦脸，而且走起来还有一点点瘸。让文昌寿直接送出了大门。

连着看了几个，不是这里的问题，就是那里的问题，总之对不上眼。有两个过了李素娥这一关，在赵青梅那里就被"毙"了，没有一个到达刘彩云面前的。按理说，真要定个苦脸子，人家老大看都懒得看，刘彩云还省了心；又一想，那不是给一家人添堵吗？这才设了三道关口。倒是比红脸将军关云长那年过五关少了两关。

那晚上，小眼睛依旧过来陪着，刘彩云翻来覆去就是睡不着。想到伤心处，刘彩云转过身子，背对着小眼睛。

小眼睛看见了刘彩云抽动的身体。她停下手里的活路，过去在刘彩云跟前蹲下，轻轻喊了声："妈！"还取下别在腋下的手巾，替刘彩云擦眼泪。

刘彩云哪里还忍得住？撑起半边身体，一把抱住小眼睛，哭着，还压着声音，说："我咋个办嘛！小眼睛哦！！"

小眼睛立马也湿了眼睛，赶紧直起身子，将刘彩云紧紧抱住，边拍边安慰："妈！不着急哈，会好的！肯定会好的！妈！"

刘彩云什么也不说，抱紧了小眼睛，竟然哭出声来，呜呜呜的，如同一个受了多大委屈的孩子。

小眼睛索性坐下，陪着当妈的一起哭……

最后，刘彩云是在小眼睛怀里睡着的，真的像个孩子。

小眼睛艰难地把刘彩云放下，盖好被子，再把被子的边边角角压好，如同伺候蔡花蕾那样。之后，过去换下盖在老大头上的、差不多快干了的降温毛巾，再压好被角。一样一样做完了，小眼睛这才轻手轻脚在椅子上坐下，深深吸一口气，再慢慢呼出去，平静地看着眼前这两个躺在一起的老人，已经没有了一丝睡意。

不知怎么的，老太太曾经说过的一句话突然就在耳边响起，还带着嗡嗡嗡的回声："你爹呀，要是跟二老爷一样想得开点，也添一房，也许就少些烦恼。"

小眼睛一愣怔，到处寻找声音的出处。当然，除了睡在大床上的两个老人，就剩下了她自己。

6

第二天一早，李备刚刚起床，拿着脸盆口缸准备去接水，拉开门，看见小眼睛立在外面。

"哟！"李备有点意外，说，"有……有事？"

小眼睛点点头，说："太太让我告诉你，今天如果还有人来，冲喜的，就说已经不用了，请他们回去就是。"

李备"哦"了一声，想想问了一句："有了？"

小眼睛看着李备，约一迟疑，点了一下头之后转身离去。

之后，小眼睛又去了厨房和二老爷他们院子，把同样的话跟李素娥和赵青梅都说了一遍，李素娥说了声"哦"，赵青梅则瞪大了眼睛，心想莫非昨晚上又来过一拨？

之后，小眼睛来到昨晚上坐了一夜的那间屋子。

大床跟前，刘彩云正在给仍然浑浑噩噩的老大洗脸，洗完了脸再擦手……

小眼睛径直走到刘彩云身后，一下跪在地上。

刘彩云听见脚步声，扭脸一看，不知道怎么个情况，急忙说："哎哎哎！干什么呢？你！"

小眼睛很平静，说："太太……"

"太……太太？！"刘彩云拦住了对方，想想说："搞什么名堂哟？起来起来！"

小眼睛没动，说："昨晚上我想了一夜，想了很多。我想好了，我来给老爷……冲这个喜。"

因为刘彩云听得真真切切，所以她才不相信自己的耳朵，只觉得浑身战栗了一下，手里的毛巾一下子没捏住，掉在了地上。她看看老大，再看看小眼睛，突然小声道："他……他是你爹！"

小眼睛依旧平静，说："干爹。"

刘彩云终于放开了，大声喊："干爹也是爹呀！！"

小眼睛一点不急，说："既然干爹可以认，当然也可以解除。太太，自从老太太走了，我心里也曾经死灰一样，我一直在后悔，后悔没能陪她老人家一起去。那天晚上我在诵经，老爷进来先烧纸钱，接着又在灵前磕了三个头。我突然之间清醒过来，是，老太太是走了，但她的家人还在，老爷太太还在！如果让她老人家再定夺一回，她一定……一定……希望我留下来照顾她的家人！直到昨晚，我才看明白，老太太之所以留我下来，就是要救老爷于水深火热的啊！太太！！"

小眼睛俯下身去捂住了脸，从第一声哭泣开始，竟是那种由心灵深处发出的悲恸，听着都让人难受。

刘彩云的心紧紧的，像被一只什么手捏着，不是痛，是那种挣脱不了的难受。活到这把年纪，她从来没遇见过，当然更不知道该如何应付这样一个场面。

束手无策的刘彩云看着面前这个缩成一团的……她都不知道该怎么称呼人家了，女儿？小眼睛？抑或是女人？她不知道。

刘彩云艰难地挪动着脚步，距离小眼睛不过两步远，却如同隔着千山万水，她慢慢弯下腰，轻轻扶起看起来那么单薄、柔弱的肩膀，等她看清那张满是泪水的脸庞时，一把捧住，顺势拉进了自己的怀抱，两个膝盖很自然就弯了一下，让两个人在同一个平面上相拥在一起，而且越来越紧……

刚才在过道上，文昌寿听李素娥一字不漏地复述了小眼睛的原话，嘴上没说，心里犯起了嘀咕。不用了？不对哟？假如真是"不用了"，那也一定是刘彩云直接跟自己说，怎么会让小眼睛来找李素娥？不对！不行，这事必须问问清楚。文昌寿不敢耽搁，抬腿就走。

快到老大他们房间了，隐约听见哪里有人哭，仔细听听，还真是从老大他们房间里面传出来的。文昌寿心里一紧，都来不及去猜想，三步并作两步就到了门口。他没有冒失往里闯，而是轻轻将房门推开一条缝，都没工夫去寻找哭声，目光直接奔大床而去……

恰好，老大被呜呜咽咽的哭声吵醒了，正艰难地支着个头在看。

文昌寿一直提着的那口气这才松开，终于有时间去了解其他情况了。耶！太太跟小眼睛娘两个怎么会跪在地上抱成一团，还哭成那样？

文昌寿百思不得其解。

第三十四章

1

小眼睛在刘彩云差不多焦头烂额的时候挺身而出，真有点大义凛然的意思。一般而言，一个人能做到大义凛然，多数与"主义"有关。都知道的比如秋瑾，明知道大难将临，依旧不改初衷，坚信"革命要流血才会成功"，最后慷慨赴死。你没有一点奉献精神，何谈大义凛然？小眼睛当然不敢跟人家女英雄比，什么主义不主义，不过是心存感激之情，想报答老太太的知遇之恩罢了。

知恩图报，也是人的美德。

那晚上，小眼睛想了一夜，公鸡打最后一遍鸣的时候，天还是黑沉沉的，只有天边现了一线鱼肚白。她从坐了一晚上的椅子里站起来，拢了拢耷拉在脸颊上的散发，看看仍然昏睡之中的老大，眉心那儿揪成了一个疙瘩，就那么站立着，看着。良久，径直朝李备的住处走去……

到了差不多该吃早饭的时间，包括二老爷家那边的下人，人人都知道了小眼睛寻死觅活要给她干爹冲喜的事。赵青梅一脸的恍然大悟，说原来是这么一出哦！

赵青梅都等不得将嘴里的那口糕粑稀饭吞下去，稀里呼噜直接说话："我说嘛！真没见过这么能算计的！说这个不行那个不行，搞了半天自己要上！不对呀？自己家亲亲的爹嘞……哦，认的哈……那也是爹啊！"

二老爷白了她一眼，说："你把东西吞了行不行？没得哪个跟你抢！"

要是以往，就这句话，已经够赵青梅借题发挥说两句的。自从老太太归西去了刀把镇，赵青梅从此便收敛了。都知道她是蔡花蕾"钦点"的儿媳妇，不要说在几个妾跟前,就是跟二老爷,也趾高气扬了大半辈子的。现在情况发生了变化,你如果不晓得跟着变化,吃亏的一定是自己。这叫自知之明。

赵青梅规规矩矩把糕粑稀饭吞了,跟着还咽了口唾沫,然后才说:"真没看出来嘞,你不要看眼睛不大,心眼还真不算小。啐!"

柳月红看看赵青梅,说:"要说……真是有点救急的意思在里头。就不晓得……她妈咋个想的?"

赵青梅听得出来柳月红话里话外怂恿自己的意思,要是换个事情,她才懒得理这个憨包婆娘。只是现在不一样,因为她比柳月红还着急想知道刘彩云的态度。而且赵青梅知道,不论刘彩云点头还是摇头,都是说不完的精彩故事。

知其然而不知其所以然,对于赵青梅无疑是一种痛苦。她都等不及通常一碗糕粑稀饭外加两个烧卖的惯例,撇下面前粉彩小瓷盘里的一个烧卖,直接奔了出去。

刘彩云到现在还是没把前因后果之间的榫卯对接好。

尽管听明白了小眼睛的话,但是,她怎么也不相信其真实性。按说,不是已经都在张罗着物色人选了吗?虽然还锣不齐鼓不齐,就凭文家在地方上几十年的名声,不过是早一天晚一天的事,不会有什么问题啊?小眼睛这是干什么?义无反顾就那么跪下了,还通知这个通知那个的,仿佛已经就是个铁板钉钉的事情了。

不是说……不是说完全不可能,只是……你要让人有时间前因后果想想清楚,之后再……再那个什么,也不迟啊?刘彩云在心里想这个事情的时候都是磕磕绊绊的。

直到赵青梅过来探究"所以然",刘彩云仍然沉浸在纠结之中。

赵青梅说:"那意思……是先斩后奏喽?!"

刘彩云说:"那倒不是,她也没有先斩了谁。只是……按说哈,人家也是一番好意,知根知底一个人,又那么一个身世,方方面面都是个好人选。唯独……我是说唯独父女相称都这么多年了,一下子转这么陡一个弯,我怕……我怕人家说闲话!"

"哦,"赵青梅想想,说,"你意思……人还是合适的?"

刘彩云说:"莫非你不觉得?"

赵青梅想想,说:"关键……她和老太太亲,应该不会有二心。"

刘彩云说:"二哪样心,青梅?你就是另外再给她一颗心,小眼睛只会把两颗心并在一起用!我是在想,如果老太太还在,不晓得她老人家会咋个办哈?"

赵青梅说:"那才是想生娃儿的婆娘拜观音,找对了地方!老太太肯定眼皮子都不会抬一下,直接说,办!"

刘彩云想想,说:"我也是这么想来着。但是……"

赵青梅一把抓住刘彩云悬在半空中的手,说:"姐,我站在你的立场帮你想哈,跟找个外人来冲喜相比,小眼睛方方面面都占着上风。最主要一点,你放心!至于……你说的父女关系,小眼睛没说错,既然可以认,当然就可以解除。我们娘家那边就有现成的例子,两老不会生,就抱养了一个姑娘;结果自家又生了一个儿,就是人家说的招弟。后来姑娘说还是想自己家亲爹亲妈,于是就解除了这边的关系回到了那边。你看!"

刘彩云瞪大了眼睛,差不多是喊:"真有哈!"

赵青梅说:"啧!姑娘还跟你一个姓,刘啥子雪!"

赵青梅就是这种横竖都说得出道理的婆娘。刚听见小眼睛的事情,她说人家憋着留给自己;现在跟刘彩云对上情况了,她也有另外的判断。总之老文家随便是个什么事情,没有她赵青梅插不上话的。我们这边管这种人叫作"人尖尖",赵青梅就是这样一个人尖尖。

"这回就对了!"刘彩云拍着自己的大腿,也不知道是在跟赵青梅说,还是在跟自己说。那意思找到了理论根据。

中国人把"循规蹈矩"看作行为处事的依据。有圣人语录者,为上;在经史子集里找得到根据者,次之;野史杂文提到过,则再次之;如果以上都没有记录,那就剩下乡邻之间的口口相传了,哪怕只是个故事,也行。刘彩云得到的"理论根据",就属于最后这种。

你可不要小看了这种"依据"的力量,它导致刘彩云直接吩咐文昌寿筹办"冲喜"仪式,而且省略了对婚姻当事人——文知辉的告知义务。也就是说,文家老大是被文大同通过朋友临时从兵营借来的一张行军床抬着,跟小眼睛一拜天地,二拜蔡花蕾的遗像,三拜……

当然,之前由马神仙主持的另外一个仪式,已经把原先的"父女关系"处理清爽了的。为了慎重起见,刘彩云还专门请来了周世涛、王举才、慧聪师父和李备,作为证人见证了仪式全过程不说,还在周世涛草拟的确认文书上郑重地按下了五个红手印。这样一来,白纸黑字红手印,把文知辉和小眼睛的关系用中国人这种沿袭了几千年的契约方式固定了下来。

因为事情急,根本来不及身上、床上一样一样去新置办,刘彩云便快刀斩乱麻一般动员全家翻箱倒柜地找。到底家底厚,最终一样不少,凑齐了所需物品。

被子是老太太用过的一红一紫两床被面,一苏绣一蜀绣,都是百鸟团花之类的吉庆图案,颜色舒服且绣功讲究,合适得很。至于穿的,本来刘彩云说就用文珠穿过的那套粉色旗袍,说颜色式样都合。没想赵青梅多了句嘴,说冲喜不能用净色,以大红大紫为好。于是,金雨天找出来一套大红色的紧身对襟短褂,外加宽摆百褶裙,绣功不详,但图案很别致,白色的梨花衬在嫩绿的叶片上面,再缀上赭色的枝干,关键绣出了灵气,让人一眼看上去就两个字:安逸。估计是哪个名不见经传的绣女的潜心之作。据说是金雨天早年在上海滩卖艺时,在十里洋场淘来的。后来进了文家这样的大宅就没敢穿,怕人家说。这回终于派上了用场,虽然不是自己穿着,至少能体现出当事人的品位,总算没糟蹋。

就这么,小眼睛穿着大红百褶裙套装,跪着;老大由四个临时从书局喊来的年轻人抬着,躺着,在客堂进行了一个因陋就简的仪式。因为没了高堂,便在八仙桌上端端正正放了一幅老太太的照片,权作"高堂";只有那两个不知道用过多少次的、带着喜字的红色烛台,能够多少反映一点仪式的性质,假如配的是黄花和黑纱,真不知道一动不动躺在行军床上的老大算个什么。

为了让仪式顺利进行,刘彩云请马神仙开了剂安眠的方子,按照喝汤药的时间给老大喝了。她害怕过程中老大突然醒过来,真还不是一句两句解释得清楚的。一旦发飙,场面混乱是小,要是因此冲了费气巴力营造的喜气,那才叫大麻烦。

周世涛作为司仪,那天不巧有点伤风,加上身处异常庄重的环境,声音上自觉不自觉也朝"深沉"上偏,喊出来的"一拜天地"等一应内容,全都带着一种不合时宜的苍凉感,让人产生了心往下沉的感觉。好在都是自家人,还是符合此时此地人们的基本心情的,至少在表情上。

之所以说"至少",是因为二老爷虽然表情上跟大家没什么异样,心里头却在暗暗骂娘，说狗日的他什么都占着先哈，生病都快生成个憨包了，还娶一房小。妈的哦！

2

按照刘彩云的意思，仪式当晚就圆房，才叫章程。在刘彩云心里，循规蹈矩就叫章程。仪式之前，她已经把自己的被子拿去了文珠他们成亲用的那间套房，把小眼睛垫的盖的拿到了大床自己这一侧，铺放整齐。那意思具体能做什么，到时候再说，至少你要有"圆房"的形式——两个人睡在一张床上。

小眼睛坚决不同意。

小眼睛气呼呼说："都不知道该叫你什么了。"

刘彩云说："叫姐，就是个姐。姐妹之间好说话，我还真要听听你不圆房的理由。"

小眼睛说："那我就……真叫姐了哈？姐，之所以我来冲这个喜，几层关系，姐。第一层不言而喻，老太太对我的知遇之恩也好，再造之恩也好，总之该我报答的！现在老太太走了，她老人家最爱惜的长子又病成这样，急需冲个喜，你说我是不是责无旁贷？我敢肯定,这就是她老人家最希望看到的结果！对不对？第二，姐，真要娶一个外人进来，人心到底隔着肚皮。且不说老爷会不会改变，二老爷家一大两小就是例子，一天到晚断不完的官司，头痛嘛，姐！第三，那晚上我就想到头了的。我来冲这个喜，在老太太那里是报恩，在老爷这里是救急，在你这里……姐，是解难。退一万步，因为人心隔肚皮，真要是招来个狐狸精，《聊斋》里面那种，一家人不得安宁不说，你要受好多苦哦，姐！"

刘彩云满脸霜色，说："那我就请她走！"

"那要是老爷不干呢？"小眼睛没等刘彩云开口，抢着说，"姐，要不说'夫为妻纲'呢？真要是那样了，吃了苦还说不出口的人，只有姐姐你自己。所以，我来！既解了姐姐的燃眉，还报答了老太太的恩典。一石数鸟！"

刘彩云说："对呀，那为什么不圆房呢？"

小眼睛说："姐啊，我之所以站出来，目的是冲喜，而不是圆房。一个仪式而已，就是用热闹的喜庆场面驱除掉冷冰冰的病魔。而且，老爷和姐姐这么些年，情深义重，儿孙满堂的，知道的人都羡慕不已。我敢说，真要是让健康状态中的老爷自己来断，他绝不会娶小。我听老太太说过，说她亲口跟老爷说过娶小的事，被老爷给推了。"

刘彩云说："那倒是。但现在情况不一样啊，既然已经成了亲了，没有不圆房的道理嘛！"

小眼睛说："姐啊，只要你和老爷好，小眼睛就报答了老太太一回。以后如果还有二回三回，我都会第一个站出来，不会含糊的啊，姐！"

刘彩云心头一热，突然想哭，眼泪盈在眼眶里转啊转，最终还是溢了出来，顺着脸颊滴落，啪嗒啪嗒的……

小眼睛没哭，过来抱住刘彩云，小声说："姐，我知道的，老太太一定愿意我这样做！所以，我是责无旁贷！"

刘彩云说："我知道。只是……一定要圆房！"

小眼睛推开刘彩云，满眼的责怪。

刘彩云说："行，我答应你，今晚上不圆房。但你也要答应我，早晚必须圆房。时间你自己定，否则叫什么夫妻嘛！"

小眼睛还要说话，被刘彩云一把捂住嘴巴，说："荷花，就这么一条，你必须答应我！"

连"荷花"都喊出来了，小眼睛真的有些感动。这是刘彩云第二次叫小眼睛爹妈给的这个名字。第一次是小眼睛嫁到茅台镇那年。你不要看只是个名字，在小眼睛听来就是情真意切。你还好意思再犟下去？只能答应下来，先把眼面前这个台阶下了，其他的，以后再说。小眼睛不是硬得下心肠说"不"的那种人，无可奈何，点了一下头。

那晚上，两个女人就这么依偎着。每每老大有个什么动静，总是小眼睛抢在前面去弄，换个毛巾喝口水什么的，完了又回到刘彩云这边，用刘彩云特意准备的那床红缎面被子盖着下半身，接续起刚才的话题，一直到天明。

3

也不知道是不是冲喜的原因，也许就是病去如抽丝的漫长过程到了时候，总之，老大逐渐恢复了元气。马神仙及时调整方子，加入一些新药再去掉些旧的，就是中医说的"将息"，说通俗了，叫调养。

那天，刘彩云把"将息"的第一道药汤端到老大面前，顺便就把冲喜的事说了。这之前，她怕仍然虚弱着的老大因为接受不了冲喜的既成事实而导致病情反复，因此一直瞒着，直到"将息"开始。刘彩云盘算好了的，这个时候就算反复，也不至于回到说胡话那时候去。

老大一下子没听明白，说："千万不要！好都好了，冲什么喜？"

刘彩云说："啧！已经冲过了，要不能好得这么快？"

老大眼睛一鼓，喝到嘴里的一口药汤如同天女散花般喷了出来，淋了刘彩云一身。就这样也没忘了问一句："谁？！"

刘彩云一边收拾残局一边说："人家可是自告奋勇站出来的。你想想，有谁，会在文家老大需要冲喜的时候，自告奋勇？"

老大真想，想了一圈，说："莫不是……小眼睛？"

这回该刘彩云鼓眼睛了，说："哎哟！看来还真是个众望所归嘞！"

老大说："你的意思，我和小眼睛……"

刘彩云点了一下头，从口袋里拿出一张纸递过去。一切都是有备而来，怎么进，怎么递进，都设计好了的。

老大打开纸条，只见抬头大大的"契约"两个字，一看就是周世涛的笔迹。后面证人一栏的五个名字上面，印着五个鲜红的手印，格外醒目。

一切都那么中规中矩，有根有据。

老大一个字都不敢漏掉，读了一遍之后又读一遍，愣怔了有半分钟，揪着个眉头说："谁的主意？"

刘彩云看看对方，那样一个表情让她很不舒服，便垮起了脸，声音也加了些分量，说："谁的主意？莫非你还追究不成？你的意思人家害你喽嘛？"

老大说："不是这个意思！我是问，怎么会想起这么一出？"

"怎么会想起这么一出？那我还要问问你嘞，你的意思，我应该想起哪一出才对呢？"刘彩云说着把药碗往桌子上一蹾，一副势不两立的架势。

在老大记忆中，洞房花烛夜那年，当新娘子知道了"火疖子"的真相之后，刘彩云就是这个表情。这么多年了，这是他看到的第二次。人人都知道"久病床前无孝子"，自己一病不起这么长时间，老太太又没了，偌大一个家，方方面面都需要关照到，其间的辛苦劳顿自不必说。一个妇道人家能撑着走过来，刘彩云现在这个脸色，应该跟这段时间吃过的酸甜苦辣咸是对等的。

"啧！"老大先来个不重不轻的感叹，然后说话，语调还很平和，"知道你受累了，要不然，还叫夫妻？"

就这么一句，刘彩云的眼泪就下来了。

老几十岁了，老大突然发现，不知道从什么时候开始的，就没有了年轻时候那样的冲动了。换成当年，一把揽过来抱在怀里，脸庞，脖子，眼睛，嘴唇什么的先亲它一轮，然后根据环境和情况，能弄就弄；不能弄，当天晚上也跑不脱。

真的想不起是哪年哪月开的头，和刘彩云之间的肌肤之亲少了，间隔的时间长了，感觉没那么热烈了，动作也变得迟缓了。年轻时，没有条件创造条件也要上，现在反过来了，现成条件也推三阻四绕着走。一句话，老了。

但是，老大十分清楚，现在这个时候你不能老，必须有一个恰当的、能够安抚对方的办法。老大抬手搂住刘彩云的肩膀，用力勒了两下之后，一把揽过来抱在怀里，只是省略了后续的一系列动作，改成就那么紧紧地抱在一起。

刘彩云当然也是个懂得尺度的女人。你必须学会到什么时候说什么话，否则，自己给自己找气生。眼下老大能这么抱着自己，就是在服软，就是在道歉，就是在安慰。

少顷，刘彩云推开老大，轻声说："你要感谢人家小眼睛，只有那么懂事了！老太太真没白疼她一回！我都跟她说好了，看她自己，愿意什么时候就什么时候。"

老大说："什么啊？"

刘彩云说："圆房啊！"

老大说："还要圆房啊？！"

刘彩云坐下喝了口水，说："算了吧，装那样嘛装？我还不晓得你们男人，三妻四妾最高兴。"

老大一下提高了声音，说："那是老二。我要是有那样的想法，不会等到今天！"

刘彩云说："知道的。即便是今天，你也是事先不知情的。只是木已成舟，不把房圆了，还真不能称作夫妻。当然，事情也还得按照章程来，我们这个正房是不能动的。已经安排好了，徐子搬回文珠原先那间，腾出来的那个小套间，就是小眼睛的新房。你要是不习惯，就先去那儿单独睡几天试试，让小眼睛还睡她原来的屋。再说了……几十年了，我也需要适应一下……要说呢，一个人睡觉也不是什么不得了的事情！"

老大说："知道你费心了。只是，觉得这样的口气有点像是在吩咐下人。"

刘彩云很平静，说："那是你理解错误，你哪里会是下人？你是上人，是上上人！我这是在和你商量。"

老大说："原来怎么睡还怎么睡，至于你说的那些，再说。"

刘彩云说："再什么说？你们已经是夫妻啦，你们一天不圆房，我心里面的这个疙瘩就一天解不开。晓得不？"

老大看看刘彩云，摆摆手，说："我不想惹你生气。这个事情总应该让人考虑考虑，是吧？"

刘彩云说："考虑当然应该，只是要在一个前提之下，那就是，你们已经是拜过堂的两夫妻了！"

老大没吭气，看看一脸庄重的刘彩云，再看看窗户上那些花花绿绿的格子玻璃。

说实话，对于在那样一个时候能够用那样一种方式挺身而出的这个小眼睛的女人，除了感激之外，老大还心怀着一份敬重。

无论你怎么分析，人家小眼睛跟老太太的关系说到底就是一种相互依存、相互关怀的关系。因此，人家没有以身相许的义务。之所以那么做了，那是在你困难的时候人家伸出的一双援手；是几十年朝夕相处生成的一份情谊；说得再深一点，那是一片爱，一片跟男女之爱无关的爱，是一种奉献。

接下来的几天里，老大虽然没有如刘彩云"吩咐"的那样一个人搬到小眼睛的新房去"体验"，只是一连几晚上都失眠了。

翻来覆去，想来想去，想了前因接着想后果，起夜的次数也趋于频繁；最后得出结论，过一段时间，慢慢地把"去体验"的整个过程拉得长一些，温和一些。总之，不能让刘彩云受到刺激。

结论出来了，天也亮了，眼睛皮也撑不住了，刚要合拢，就听见刘彩云在说话，迷迷糊糊地也没听全，就听清了"你打算哪天去体验"这么一句。老大顿时泄了气，而且立马没了睡意，索性翻身起来，抱着自己的被子要走。

刘彩云问："你这是搞哪样？"

老大说："去体验！"

刘彩云想想，说："哦，终于想通了哈？"

老大一脸无奈，抱着被子一屁股坐回床上，往后一倒，又睡了回去。心想，这个婆娘什么时候变成这样没心没肺了？

刘彩云另外加了一句："装！"

4

自从知道了实情，虽然还没有完全接受这个既成事实，老大再看到小眼睛时，心里居然一紧，还感觉耳根部位的温度有了变化。

往常两人见面，因为是晚辈，都是小眼睛先喊一声老爷，或者爹，遇着有事就说事，没事则各走。这回不一样了。因为小眼睛由"爹"再转回"老爷"这个称呼是第一次，除了陌生之外还有点女人的羞涩，毕竟身份彻底颠覆了，不仅仅是称呼，心里面角色转换的那个机关还没有及时扳过来，如同倒时差，一定的时间内还在迷糊着。因此，见着老大竟然没说话。

老大呢，也有一点跟小眼睛差不多的"迷糊"，再加上尊卑顺序，平常大都是别人先自己后这么习惯了，对方一下子没按常理出牌，搞得他也无言以对，愣在了那儿。

还是小眼睛先"清醒"过来，低着头，闷声闷气喊了声"老爷"，便匆匆离去。

老大"哦"了一声，等人家走得没了影，这才回过劲来，想想都觉得好笑。

原先，碰上类似的事情，老大一定会跟刘彩云说。这回却不然，他怕刘彩云多想，怕节外生枝，怕凭空多出些事情来。由此，老大竟生出了去那个小套间看看的想法来，还等不得。

他看看四周，仿佛担心有什么人在注视自己似的，随即抬手在眼前扇了几下，表情厌恶，应该是对自己的这种无聊想法嗤之以鼻吧？就这样，也没挡住他一探究竟的渴望。

这是一个连通的套间，外面一个小间放着一圈做工精致的红木圈椅，椅子之间有茶几隔着；墙上一幅唐寅的墨竹卷轴，让人立刻有了沏一壶湄潭翠芽，边喝边说话那样的欲望。里面卧室要大些,一张大床,一个衣柜,一个梳妆台,一张桌子外加几个凳子,全都是红木雕花,在日光的折射下,闪着贼亮贼亮的光。

老大的目光落在那张桌子上。文珠和徐子成亲的时候老太太让搬过来的,上面依旧放着那两个缀着红喜字的烛台。

老大不免感慨,眉心那儿揪成个疙瘩,迟迟展不开。

床上,一红一紫两床被子叠成条形摞在靠里面的木栏杆前面;两个枕头一里一外并排着,上面搭着鸳鸯戏水图案的绸布;绣着海棠的帐幔分两边挂着,青铜做的帐钩上面淡淡浮着些绿颜色,给人一种古朴感。

一切都那么熟悉,只不过此时此刻,一切全都显得那么陌生。一丝惆怅悄悄浮上老大的心头。

他想找个地方坐坐,看了一眼大床,眼中无疑充斥着期待,却硬生生将目光移开,最终挪到一张圈椅上坐下。

老大双手放在两个膝盖上,脸向上,慢慢吐了一口气,突然莫名其妙喊了一声"人啊"!便没了下文,随后起身出了房间。

那天晚上,等刘彩云上了床,老大背着身子说:"我想好了,明天就……就搬过去。"

刘彩云说:"哟,这回可不是我吩咐的哦!"

老大说:"是我自己要去的。"

刘彩云说:"就是。一个人还是两个人?"

老大说:"一个人。"

刘彩云说:"也对,有个过程哈。"

第二天的晚饭桌上,出了个小插曲,让老大觉得必须加快进程,以便让小眼睛变更身份这个事情尽快得到家人的认同。

晚饭桌上,文心武距离自己爱吃的凉拌海蜇远了点,够不着。用眼睛瞅了瞅一脸正色的老太爷,没敢吭气。

打老太太归西去了刀把镇,文大同在老大的默许下,让小辈子们统一尊称老大为老太爷,把尊卑关系及时顺一遍,相当于先前的一个空缺有人替补上了,称谓上不会乱,还保证了辈分上的严谨。

文心武当然不敢劳驾老太爷,便用胳膊肘碰了碰身边的小眼睛,说:"请姑妈帮我递一下那个,海蜇皮。"

"嗯?"刘彩云马上放下碗筷,声音里还带点严厉,说,"说什么呢?要叫二太太嘞!"

文心武连忙说:"哦,请二太太。"

金雨天紧跟着说:"是娃儿不对,请……二妈原谅!"

小眼睛满脸通红,急忙说:"不不不!不怪他!不怪他!"

贵州话属于北方方言区,但跟北方话又有区别,有它自己的特点。比如,"二太太"这个词,你把"太太"两个字都读成去声,在贵州话里就是对夫人、老婆的称谓;如果你把第一个"太"字读成轻读音,而把第二个读成去声,就成了对祖母、外婆的称谓。刘彩云让文心武称呼小眼睛"二太太",正是后面这种叫法。

总之,一家人在称呼上都疙疙瘩瘩的,全都没有进入角色。老大虽然什么也没说,却在心里面认定这个责任在于自己。

那晚上,老大平生第一次,睡到了家里一张不属于自己的床上。之前几十年间,老大的枕头那边都是刘彩云。尽管这儿铺的盖的都是刘彩云一手操办的,跟原先那张床基本没什么差异,老大还是睡出了不一样的感觉。

他一会儿伸展开双臂让自己敞着;一会儿又翻身过去侧着,还拍拍另外一个枕头;一会儿干脆把两个枕头摞在一起试试,立即又将它们分开。就这么折腾了差不多一个时辰,这才心满意足地睡了。这一夜,老大感觉睡得特别踏实,特别沉,好像身都没有翻一个。

第二天刘彩云问他怎么样,他面无表情地回答说:"还行。"

"还行?"刘彩云试探着问,"那你的意思,是继续呢?还是增加一个人?"

老大两个手指头毫无目的地敲击着桌面,不吭声,也不看刘彩云。

刘彩云明白了,说:"行,我去跟小眼睛说。"

老大起身正要走,被刘彩云叫住了。

"哎,"刘彩云说,"以后啊,大哥就不要说二哥了,两个差不多。"

老大忽地扭头盯着刘彩云,一脸愠怒。

刘彩云根本不怕,直视着对方的眼睛,说:"莫非不是?"

老大紧锁着眉头，用手指指点着刘彩云，跟戏台上的角色生气时手指抖动的动作一样，差别只是戏剧里的人物用两个指头，老大只用了一个。由于没了后续手段，老大最终悻悻而去。

可悲哦！从自家宣称的"体验"，到默许加一个人，中间仅仅相隔了一个白天。刘彩云心想。

5

跨进小眼睛的套房门槛的那一瞬间，老大闻到了一股子桂花油的清香。他不知道那是刘彩云让彩珠子专门给小眼睛送过来的。

早些年，他在文珠身上闻到过类似的味道，那时候文珠正跟徐子走得近，什么时候头发都梳得亮光光的，散发着桂花的香。

刘彩云把"老太爷"的默许告诉了小眼睛之后，小眼睛没吱声，表情上有一点点不自然，最终还是点了一下头。只是彩珠子送来桂花油，还说大太太吩咐让睡觉前用一点时，小眼睛突然有了一种陌生感。她不知道是自己变得陌生了，还是大太太。想来想去，最终还是把"桂花油"想成为自己好，这才试着用梳子蘸着，把自己的头发梳了一遍。小眼睛原来见过大小姐这么弄来着。至于油光光的头发有什么好，她并没有感觉，只是觉得不要辜负了大太太的一番好意。一个丫头出身的女人，哪里有工夫去体会桂花油营造的光亮给自己带来的好处？仅仅是不能驳了大太太的面子。

现在，小眼睛已经很习惯称呼刘彩云"大太太"了，只是怎么也习惯不了别人叫自己"二太太"。

从桂花油的味道上判断，小眼睛已经如约而来。老大慢慢转过身，轻轻别上了门。

屋里的光线是那两只红烛台上的蜡烛发出来的，不时跳动几下的火苗让屋里产生出一种虚飘飘的感觉，仿佛把人变轻了，还随着烛光摇动起来。老大的呼吸忽然也急促起来，似乎有了眩晕的感觉，他一把抓住近旁的圈椅扶手，坐了下来。

有顷，老大的目光慢慢转向帐幔，帐幔垂着，海棠花静静地悬在上面，一动不动。

老大突然有些后悔了，是不是唐突了点？他问自己。刚要起身，屁股都离开了椅子，又想起了刘彩云，咋个跟人家说呢？他问自己。

虽然不是该出汗的季节，老大还是感觉到了身上什么地方潮哄哄的，像是在冒汗。

就在这时，帐幔后面传来小眼睛的声音："老爷。"

老大一怔，"啊"了一声。

小眼睛说："要不要我来帮老爷宽衣？"

"不不不！不不不！"老大连声说。

小眼睛说："那……需要我做什么？"

老大说："不需要！不需要！"

"那……早点过来歇着？老爷。"说话间，小眼睛将帐幔掀起一边，用青铜帐钩挂好。只见她着一身藕荷色缎面绣花睡衣，老大记不清什么时候见到过，总之有点眼熟。

人家都做到这一步了，莫非你还真让人家帮你"宽衣"？老大站了起来，慢慢走了过去，最后在床跟前站定，看看一直垂着脑袋的小眼睛，轻轻坐了下来。

就这么，一个窝在床上，一个坐在床边，僵持着。

通常，这种场合会有一根"喜秤"用来掀红盖头，现在看来，真是很有必要。那样的话，男人女人都有个事情做，也许就不会出现眼前这样的尴尬。中国人啊，聪明得很，连什么情况下人会尴尬，都知道，还预备下了相应办法。

坐下来之前老大就想好了的，不能让人家小姑娘再主动说这说那的了。已经是夫妻了，而且你还是个男人，主动的应该是自己才对。

在老大心里，从蔡花蕾把这个女娃儿叫作"小眼睛"的第一天起，她一直都是个小姑娘。

老大清清嗓子，说："如果你不反对，我想还叫你小眼睛。"

小眼睛抬起了头，轻声说："我不反对，老爷。"

老大顿了顿，说："谢谢你的救命之恩！"

小眼睛慌忙说："不不不，那都是我应该做的，老爷！"

老大摆摆手，说："天底下本就没有应该不应该一说，小眼睛，那其实是一片情谊！人人都晓得冲喜对女人来说，有委曲求全的无奈。家里艰难一点的，也许就为了一口饱饭而以身相许。你不一样，我听刘彩云说了，完全就是一心一意为了我们文家分忧解难。老太太的在天之灵若是知道了，一定会说，那就是我们文家的福气！晓得不？所以，没人应该为别人做什么。真要说，也是我们应该感谢你的救命之恩才对。"

老大说话过程中，小眼睛直起了身子，就那么看着老大的半边脸，越听越觉得自己的心跳在加快，等他快说完了，也不知道哪里来的勇气，一把抱住老大，脸还贴着了人家的肩头。

老大被突如其来的情况乱了方寸。起初，他也努力想把持自己，希望不要因为自己的不当而伤害了别人。只是这样的努力没能坚持多大一会儿，就被同样加快了的心跳虏获了。

尽管年纪偏大一点，老大也是人，而且各方面的情况大体正常。

就在这种根本无暇顾及其他的亢奋中，老大也没忘了伸手把青铜帐钩松开，让两边海棠花图案的帐幔拢在了一起……

6

让所有人都没想到的，是老大的这次"冲喜"，居然还刺激了二老爷一回。就在老大跟小眼睛圆房之后没多久，二老爷郑重其事向老大提出了再添一房的要求。

老太太在的时候，这类事情都是跟当妈的说。现在老太太不在了，只能跟"当家的"说。按照惯例，"再添一房"需要从当家的那里支钱，必须热闹一回。既然冲喜在先，二老爷去找老大说事的时候，让人感觉了一点理直气壮。

"哥。"二老爷说。这是他平生第一次使用这个称谓，之前一直喊"老大"。应该有提醒对方两人是平起平坐关系的意思。

一开始，二老爷还是用诉苦的口吻在讲述。诸如因为文德范没了，虽然有个文心宽，那毕竟是孙子，而且就这么一根独苗，经不起那些突如其来的天灾人祸，心里总有个疙瘩，等等。

老大听出了中心思想，就说："你说得也不是没一点道理，只是你要想好，且不说你还生得出生不出个儿子，就这笔花销，你也得算算，是不是在自己的能力范围之内？"

二老爷一听就来气，眼睛一鼓，说："我自己的能力？耶！你硬是得了便宜还卖乖哈！哦，你娶小可以花家里的钱，那为哪样我就不行嘞？"

"老二，先搞清楚，我不是娶小，冲喜和娶小是……"老大说。

"讲哪样哦？！"二老爷打断对方，声音还凶叉叉的，说，"都是讨个婆娘，有哪样区别？！"

老大说："当然有区别！一个是治病救人，一个是三妻四妾，懂不懂？"

二老爷被点着了腰眼，一下提高了嗓门，说："三妻四妾咋个啦？那也是妈给我办的！咋个嘛？！"

老大说："如果你真是这么想的，那我就明明白白告诉你。第一，我们家不比那些年了，支撑不了想娶一房就娶一房的那些念头了！第二，我跟小眼睛的这回，不仅没用家里一分钱，也没有用我自己一分钱！一切都是屋里现成的不说，不怕你笑话，连睡衣都是捡刘彩云用过的。"

二老爷直接嗤之以鼻，说："摆故事给我听哦！"

老大不理他，接着说："所以，如果你自己有能力娶一房，你娶；要么你就捡别人用过的，也没人拦着！总之，家里的这点钱，只能负责吃得饱，穿得暖！我说清楚了吗？"

二老爷气毒了，吸了口气正准备开骂那架势，被老大抬手拦住："老二，人要懂得知足，哈！"说完拂袖而去。

剩下二老爷自己在那里"咦！咦"地咦了半天，最终没"咦"出个下文。

当然，如果二老爷因此真就没了下文，那他就不是二老爷了。在平白无故生了一台糟心气之后，二老爷决定，以其人之道还治其人之身。

这么些年来，二老爷有一个包括柳月红都不知道的、一直保留着的对付老大的方法。因为之前两人一直还算相安无事，所以一直就没派上用场。现在终于是时候了，否则那也是一种浪费。

二老爷是在文大同去书局的半路上"巧遇"侄儿的。因为实在找不到引出主要话题的借口，二老爷干脆直奔主题。

二老爷说："大同啊，有个事情憋在我心里多少年了。不说出来吧，难受；说出来吧，也难受！想来想去，不是有句话吗，知无不言，言无不尽，言者无罪，闻者足戒。谁说的我记不得了……"

文大同拦住对方说："二叔，有什么事麻烦你老人家直接说，我还忙去书局呢！"

二老爷说："好好好，是这样，这事只有我和你爹两个人知道。那年好花红要去江浙一带跑码头，临行前……"

文大同抢着说："好花红？二叔的意思……还有另外一个叫……"

二老爷说："哪里来的另外一个？就是你家金雨天！知道了吧？临行前，你们家金雨天就来了我们家，找谁呢？找你爹！晓得了吧？就在你们那边大门的门廊下，你爹给了人家一包东西，我没看清是什么。因为天黑……对了，还是夜晚，两个人在那里推推攘攘，我不知道啊，一下子就撞见了。哎呀！那个场面我都……啧！说不出口！大同哈，之所以这么多年没说，就是因为说不出口。"

文大同有点蒙，目光散着，不知道在看哪里。

二老爷知道出效果了，就趁热打铁追加了一句，说："大同啊，二叔如果有半句假，天打五雷轰！"

第三十五章

1

在文大同心里，即便不添油加醋，二叔的那番话已经就分量十足了，完了还诅那么一个咒，相当于把文大同挂到了悬崖边缘，上又上不去，下也下不来，有点风还晃里晃荡的。相当难受。

如果换一个人，张三李四王二麻子，随便哪个，文大同都可以直接挑明了问，问明白了该怎么就怎么，一点不会含糊。文大同虽然不是"脑壳掉了碗大个疤"那样的硬汉，男人的血性还是有的，只是多点少点而已。

眼下的情况不一样啊，自己家亲亲的爹，大病初愈还刚刚冲了个喜，你打算怎样？你能怎样？

事情也不敢跟金雨天挑明。他知道金雨天不见着水落石出绝不罢休那德行，哪怕二叔的话里只有半根鸡毛，一定会被当成个鸡毛掸子挑出来理论。那不跟直接找爹理论一个样？

所以，文大同很难受。变了个人似的。在书局，人家来问他东边的事情，他往西边扯；回到家，愁眉苦脸像谁欠了他好多钱。文心武问他方程式的解法，他让文心武去问唱青衣的妈；等到人家金雨天过来和他说道理，他又推说书局有事要去打个电话什么的，总之躲开。夜晚更衣上了床，金雨天心想我看你还往哪里躲。没想才说了一句话，文大同就说脑壳痛，用被子蒙住了头。

就这么一连好几天，搞得金雨天丈二和尚摸不着头脑，当然很生气。

"不行！"金雨天说，找了个机会把事情给婆婆娘说了。

刘彩云说："为哪样嘞？"

金雨天说："不晓得啊！就那么躲，找各种借口躲！"

刘彩云想想，说："是不是生什么病了？也不对呀？有病不会顿顿三碗饭啊！"

金雨天说："就是啊，吃不饱一样！"

刘彩云说："不行，我来问他！"

金雨天说："要不要给爹说一下？"

刘彩云想想，说："看嘛，我先问问文大同。"

当天晚饭桌上，文大同照例刨了三碗饭，放下碗刚要起身，被刘彩云喊住。

刘彩云说："大同，来我那里一下，找你有个事情。"

文大同看了一眼金雨天，说："现在？"

刘彩云说："现在。"

在跟着母亲这一路上，文大同已经想好了，因为母亲不是当事人，直接说出来也没关系。既然是个事，早晚要有个说法。这几天自己的确有点失态，金雨天一个戏子，哪里懂什么方程式？也好，说开来总会有个是非曲直。

来到书房，刘彩云在书桌后面的椅子上坐下，说："你也坐。"

文大同关上门，拉了一根凳子挨着母亲坐下，说："是不是金雨天给你说了什么？"

刘彩云说："晓得哈？那你自家说。"

文大同把凳子往前挪挪，说："妈，我要是说出来，你千万不要一惊一乍的！"

刘彩云说："不至于！都这把年纪了，吃的盐巴也比你吃的饭多，说！"

临要开口了，文大同又犹豫起来，说："哎哟！我都不晓得……妈，如果事情牵涉你最亲的人，你咋个办？"

"最亲的人？"刘彩云想想，说，"你爹？"

文大同点点头。

刘彩云说："那更是非说不可喽！哎呀，你说嘛！你打算急死我是不是？"

文大同说："关键还牵连到文心武家妈，所以我才……"

刘彩云瞪圆了眼睛，说："金雨天？"

文大同点点头。

刘彩云想想，说："那你不用说了，你是不是听到了什么？说金雨天跟你爹？"

这回该文大同瞪圆了眼睛，说："真有这事？！"

刘彩云说："你先不要鼓眼睛，先说是不是听你家二叔说的？"

文大同说："是。"

话音刚落，就听见身后的房门"砰"的一声被撞开，只见老大一脸怒气立在门口，大声喝道："放他的狗臭屁哟！！"

原来，母子两个在饭桌上的一来一往就被老大看在眼里的，只是没吭声。等他们前脚出了门，老大便跟了出来，隔着门把两个人的对话听了个一清二楚。听到怒火中烧了，抬腿一脚踹开了门。

刘彩云和文大同吓了一跳，站起来面面相觑。

老大站在原地没动，梗着个脖子，说："他还跟你说了什么？"

"就说你和……"文大同都没好意思把话说完整。

老大说："好！文大同，你是我跟你妈的儿子，你说一句，你是信我们，还是信你家二叔？"

"我……"文大同最终没有下文。

文大同到底是读过大学的人，有自己认可的方法论。外国的不说了，比如，孔夫子说的"子绝四：毋意、毋必、毋固、毋我"，就是反对臆测、武断、固执、主观的一种思想方法。即使面前是自己的爹，文大同也不愿意把结论下在调查研究之前。你都没搞清楚原委，何谈相信谁？

老大见儿子竟然没个态度，心里不安逸是肯定的，只是没有发作的由头。又一想，文大同这是被人欺骗了，能怪他吗？而且，老二为什么要演这么一出戏，连刘彩云都不晓得，你当然有必要把前因后果说清楚啊！于是，点着头说话，那架势，有"居然连爹妈都不相信了"的怨气在里面。

老大说："好！我来告诉你们来龙去脉。那天，老二来找我，说因为有这次冲喜在前，他也要用家里的钱再娶一房小。我不同意，并且告诉他这次冲喜不但没用文家的钱，连我们自己家的私房钱都没用一分。你二妈，穿的盖的，全是家里面的旧东西。我后来才晓得，连那件藕色睡衣，都是你母亲穿剩下的！老二不相信，说我骗他。这才……过来搬弄是非，无非报复一回！我要讲的就这么多。至于……你母亲会给你一个公道。"

说完之后，老大拂袖而去，头也不回，脚步还噔噔噔噔地踏出了动静。

等到刘彩云把那年老太太如何过寿，家里如何请戏班，姓马的军官如何调戏金雨天，文家老大如何挺身而出，最后金雨天要去巡演之前如何来道别，之后二叔如何在自己跟前挑拨离间，自己又是如何回答的，一系列过程一说，文大同马上感觉到了脸红。

刘彩云当然知道当年那个"好花红"在文家老大心里搅动起的那点涟漪，但那东西不能说。没根没据的事情，说了没人承认不说，人家还会说你吃醋，说你小家子气。况且，不就是一点"涟漪"吗？一阵风吹过都会出现的情况，你把它当作一阵风，不就完了？

刘彩云说："大同啊，你爹……是个有担当的男人，什么该做，什么不该做，清清楚楚的！这些些年了，按说你也应该看得明白。虽然说不知者不为过，但是这种事情，会伤他的心！"

2

民国三十二年五月，癸亥年立夏那天，文家人把文心仪嫁了出去。就是上一年送八字过来的那个文大同朋友的侄儿，叫李东海，比文心仪大两岁。

二十七岁的老姑娘了，按说没人家敢要，怕生起娃儿来不顺当。但是，文家这边因为是老太太生前就点了头的，说无论如何不能违背了老人家的心愿。加上李东海家爹妈心痛儿子一个人在贵阳营生，找个大户人家的女儿做媳妇，相当于给儿子买了一份保障。再说了，李东海下面还有两个兄弟，即便大儿媳妇这边有个什么情况，也不致命。而且，谁说二十七就不能生啦？好些四五十岁的照样生儿育女。能生不能生，那是命，跟年龄无关，比如文珠。

就这样，文心仪嫁到了李家。

李家在贵阳没有房产，又不愿意儿子入赘文家，于是在距离李东海供职的银行不远的背街上租了三间房子当新房。入赘不入赘是人家的考虑，总之了了老文家一桩心事。老大就是这么想的。

临上花轿前，刘彩云拉着长孙女的手，难舍难分，千言万语汇成了一句话，说："想我们了，尽管回来！缺钱花了，尽管回来！啊？"

打扮得有红有绿的文心仪说："大太太，你千万不要流眼泪哈。因为我不想流着眼泪离开家！你一哭，我也会跟着哭。不要，哈！"

刘彩云不说话,让送亲的人赶紧领她走。等听着一干人马拐出大门,动静渐渐消失在大墙之外了,刘彩云这才开始抹眼泪。小眼睛过来安慰,说儿大女成人也是当爹妈的福气,更不要说老爷太太了。两个人就把小时候文心仪拿文大喜当马骑的故事翻出来说,这又想起了远在美国的三个娃儿,说才眨了个眼睛,又是一年,不免感叹。

　　小眼睛说:"就是在这样的牵挂当中,母亲的皱纹又多了一根,而且要这么一根一根多下去。"

　　刘彩云反倒笑了,说:"你还不要说,六十多岁的人,如果脸上真要是没一根皱纹,那才怪哦!"

　　就为这句话,大太太和二太太想起就笑,最后笑成一团。

　　从窗户外面路过的文昌寿听见书房里传出来的笑声,摇摇头。心想这两个人有点好玩嘞,一会儿哭成那样,一会儿又笑成这样。

　　二老爷的无事生非,让老大结结实实气了两天。紧跟着的长孙女的婚事,总算冲淡了些。有一天打电话给文大同,电话里的声音很严肃,就说让过来一下,没说什么事。文大同放下电话就琢磨,既然没有在早上出门之前说,那就是临时起意。

　　在颠颠地回家路上,文大同心里一直忐忑,琢磨不出什么新情况,就只能按旧事重提那么做准备。二叔的确也是个小人,那么个德行,根本没有资格当文德范的爹,不配!文大同在心里狠狠地想。

　　快到书房了,文大同放慢了脚步,平复一下心绪,准备着兵来将挡水来土掩。

　　推开虚掩着的半扇门,见爹立在窗户前,两手背在身后,呈思考状。听见动静回头看了一眼,也不说话,绕到书桌后面坐下,将面前一摞账本样的东西推向桌子另一头,还用手示意了一下。

　　文大同说:"什么啊,爹?"

　　老大顿顿,说:"这是茅台镇和书局在我这里的一应账目。按说……早就该交给你的,不是不信任,总感觉不到时候,有不服老的意思。直到文心仪出嫁那天,我才幡然猛醒!孙女都嫁人了,你一个老人家还等什么等?所以今天,我把它们交给你,算是了却了一桩心事。从今天起,你就是我们文家的掌门人了。除了遵义那些田产，因为它们用不着经营，所以还留在我这里。就像老太太在刀把镇埋藏的那些金元宝，应个急什么的，到时候不至于抓瞎。希望你能理解。"

文大同急忙说："我理解的，爹！"

老大说："我请李孃晚上加几个菜，也算给大家一个交代。"

文大同说："好好好，我听爹安排。"

文大同谈不上高兴不高兴，自然规律而已，早晚的事情。只是完全在预料之外，当然也印证了早先妈对爹的评价，什么该做什么不该做，他清清楚楚的。

晚饭桌上，除了多了几样菜，茅台烧是必不可少之物。等老大把事情一说，连文心武都嚷嚷着要个酒杯，被金雨天喝住。还是老太爷解的围，说都十七的人了，随便他。老文家的儿孙真要不沾酒，那才怪。

刘彩云有点伤感，说："加上他总共才七个人，你再把他撇开，只剩下六个人了！"

文大同心里高兴，就打帮帮腔："再说了，老文家的男丁要是不喝酒，真是糟蹋了那么好一个烧房！"

小眼睛数了一圈，老大、刘彩云、文大同、金雨天、徐子、文心武加上自己，说："可不是七个？嘖！"

徐子赶紧岔开，举起酒杯大声道："来来来，爹，妈，喝酒！"

这顿酒喝到最后，老大家两爷子是被人半架半抬着出去的，小眼睛和徐子负责老太爷，文心武和金雨天负责文大同。

3

文大同当家之后的第一个决定，就是把徐子派往茅台镇。

这之前，刘青云至少跟老大提起过两次。说自己也是花甲之人了，也不知道从什么时候起，颐养天年就成了唯一心愿。说手艺上刘广黔完全靠得住，就因为闷头研究如何酿酒去了，对"掌柜"历来就没兴趣，还说这叫一心不能二用。所以，让老大尽快派个掌柜过去。

老大也知道这是个事，只是家里接二连三的情况让这事一直没能排上日程。这回文大同走马上任,很快选中了徐子。说给爹听,老大举双手赞成。

"只是有个问题。"金雨天在听了文大同的情况介绍之后说。

"说。"文大同进入角色的速度很快当,有打官腔的意味。

金雨天懒得理他,说:"徐子大男八汉一个人,莫非你让他把徐天媛带在身边?"

文大同说:"那不能,必须留在家里。"

金雨天说:"好,这是一。还有,长期这么一个人单着,也不是办法嘞!起码生活上要有个人帮衬着,他才会安心当他的掌柜。"

"倒是。这个我还真没想。"文大同说着,看看金雨天那张带着点炫耀意味的脸,说,"你的意思,连人选都想好了喽?"

金雨天歪了一下脑袋,那表情是在说"你以为",然后说:"钱彩珠。"

文大同想想,说:"耶!也是哈。"

金雨天说:"合适不?"

"嗯!"文大同点点头。

钱彩珠步小眼睛的后尘来给蔡花蕾当丫鬟那年才十五岁;在她二十一岁那年,她家里为她找了个男人,文家人当然不会干涉人家女大当婚的好事,好言好语相送,还包了个二十块大洋的红包。为此,钱彩珠感激不尽,磕一遍头不够就再磕一遍,说一辈子忘不了老太太的恩德。没想那个从未谋面的男人竟有痨病,咳咳喘喘,还直不起腰杆。钱彩珠的爹妈也悔不迭,说因为人家送的彩礼厚了点,就"忽略"了见面,典型的见钱眼开。既然木已成舟,婚姻只能继续,也不管钱彩珠哭没哭成个泪人儿。大概是老天爷知道了还是怎么的,总之天干饿不死瞎家雀。没出半年,情况急转直下,痨病男人撒手人寰。但是,只要夫家不点头,如同何万年当年高低不写一纸休书一样,钱彩珠仍然是死了的痨病男人的婆娘。

绝望之中的钱彩珠想起了文家送的那个红包,当然就想起了老太太。便找了个机会过来把情况给文家说了,还说即便做牛做马都愿意回到文家,愿意来伺候老太太。那还说什么呢?文家很快找了个中人,带上钱彩珠男人家想推托都推托不了的一堆袁大头,顺顺利利便拿到了休书。

也因为痨病男人的有心无力,这才让钱彩珠捡得了一个清白身子。这个故事文家上上下下都知道。你说,他文大同能不点头吗?

把情况跟三个老的一汇报，都问是哪个的主意。文大同顺势把自己家婆娘推到前台任凭大家夸奖，也算是回报了金雨天不跟他计较二老爷闹腾的那一回。

其实，金雨天之前就在彩珠子那里探过口风，问她假如这样，意下如何。彩珠子还能说什么？差不多在火炕边上绕了一圈又回来的人，还不要说人家徐子是文家的前"驸马"，人高马大的，跟那个痨病根本不能比，在彩珠子眼里就是个潘安；再加上文家为那张休书支付的银子，钱彩珠没有说个"不"字的理由。

两个都是过来人，就不讲究什么形式了。只是有一样没省略，刘彩云照例把徐子和钱彩珠的生辰八字放到了中人马神仙面前。马神仙有言在先，说只能业余地看一看。

老大就说："你还不要说，也许还强过那些戴个黑眼镜的家伙！"

结果自然是皆大欢喜。

马神仙说："有点小瑕疵，但是不碍。今天的值日星神是玄武黑道，天狱星，君子用之吉，小人用之凶。徐子坦坦荡荡一介君子，还怕什么呢？"

"哎呀！"老大马上招呼徐子和钱彩珠给马神仙磕头。

当天晚上，把周世涛以及书局的几个同仁都叫上，连同二老爷家那边七个，加上文知琴家两个，文霏霏家两个，满当当的三桌。

自打老太太走了，这是文家人第一次聚得这么齐。也终于轮到老大主一回事了。

老大起身，大家也都跟着站了起来，都端起了酒杯。

"为文家列祖列宗的在天之灵！"老大举着酒杯说完这句，将杯口向下，撒了一个半圆。然后说："请坐，大家请坐！我有几句话要说。"然后自己斟满了茅台烧之后端起来，说："第一句话，那年从逃荒路上把徐子捡回来，他四岁。几十年了，徐子这个娃儿在我们文家，上上下下，有口皆碑！第二句，徐子就要去茅台镇履职了，虽然只是个烧房，那也是文家的半壁江山呢，希望他能尽职尽责！第三句话，今晚上，是两个新人的大喜日子，来的都是挚爱亲朋，别的没有，茅台烧管够！来，干啦！"

那晚上喝醉的人很多，第一个就是徐子。被钱彩珠找人背回房间，在床上放平了，还在一个劲"我对不起老爷！我对不起爹啊"地喊，没完没了。直到"哇"的一声，将肚子里的茅台烧倾腹而出之后，才昏昏睡去。留下钱彩珠一个人收拾残局。

彩珠子真的命苦，好不容易天上掉下来个如意郎君吧，洞房花烛之夜还是这样度过的。

第二天差不多中午了，刘青云派来接新掌柜的马车都到了文家大门外了，徐子还没醒。文昌寿一个上午没见着新郎官，知道宿醉还没醒。赶紧躲开老大，直接去厨房让正在那里帮忙的彩珠子去叫醒徐子，他怕徐子被斥责。

昨天晚饭之前，一家人就已经把徐子的一切都安排好了的。钱彩珠跟着徐子去茅台镇，已经三岁的徐天媛留在贵阳由刘彩云、小眼睛和金雨天三个人负责照顾，说好谁得空谁管，以小眼睛为主。

小眼睛肯定愿意，而且是她提出来留住徐天媛的。娃儿生下来她就一直管着，圆房那段时间交给金雨天了也没断过嘘寒问暖。这回不仅替别人解了忧，还弥补了自己女人天生带着的母爱情结。能把爱给需要爱的人，多好一件事情？

钱彩珠和马车夫把已经提前准备好的东西搬上车，等徐子匆匆刨了两碗饭，两个人一起，逐一跟大家道了别。

文大同把徐子送到大门口，依依不舍，说："云辉烧房现在是文家的衣食父母，只能搞好，不能搞坏，我就指望你了！"

徐子点点头，说："我们走了！"

当徐子从马车的小窗口望出去，看见大门跟前人群中小眼睛扯着徐天媛的小手正朝这边挥动时，徐子放下窗帘，闭上了眼睛。

4

这一年的3月间，中国有一本书的出版吸引了很多人的目光。那就是署名蒋中正，实为曾经做过汪精卫政权宣传部部长、后来成为蒋先生侍从秘书的历史学家陶希圣代笔的《中国之命运》。因为自己经营着书局，文家两爷子对于书籍就比较关注。

这本由国民政府通过行政手段推出的书籍，据说三十天就发行了十五万册，而且用了最好的纸，价格也出奇地便宜，说最终在中国发行了一百万册。文家人知道，这可是史无前例的情况。由此更加关注。

老大立即让文大同去买了几本回来，反正便宜。还让文大同送给周世涛一本，意思大家都读读看。之后约了一个周末，两爷子加上周世涛，三个人在书房聚了一次，老大说算是个读书会。

老大说："也许是我老了，总之没看出什么新名堂。不过是再强调一遍三民主义和国民党的唯一合法性。而已。"

周世涛说："不知道文先生注意到一个内容没有？'新式封建与变相军阀'。如果我没猜错，应该是指共产党。"

老大说："对对对，明确提出反对共产主义和自由主义，就是针对文德范他们那个共产党的。"

文大同说："据说共产党那边一个署名陈伯达的先生专门写了一篇文章，叫《评〈中国之命运〉》。直接就说这是一本对人民的宣战书，是为发动内战的思想准备和舆论准备。"

老大说："哦，你是怎么晓得的？"

文大同说："朋友之间都在传。"

周世涛说："我也听说了一些，主要是西南联大一些教授，说把中国的政治、经济、社会、道德，还有文化的堕落，全部归罪于不平等条约，也有失公允。"

文大同说："据说英美方面也有批评的声音。"

老大说："那这回老蒋就得不偿失了。也不晓得他想达到个什么目的哈？"

周世涛说："一家之言哈，巩固自身权势是肯定的，同时让国民政府站上道义的最高点。另外啊，大同说的那个陈什么达说的'舆论准备'，看来也不是空穴来风嘞。"

老大说："先生的意思，等打完了日本人，两家再打？"

周世涛连忙摆手，说："一管之见，一管之见而已。"

"读书会"尽管只是泛泛而论，但从隔年共产党的毛先生明确提出今后要由共产党而不是国民党来担负起解放中国的责任这个结果看，有一个成语用来形容蒋先生的《中国之命运》还比较贴切，叫作"弄巧成拙"。

日本人你都还没有打出个名堂，就开始谋划起算计"友军"的主意来，明眼人一看便知，这一定是缺乏智慧的表现。由此推断，蒋先生孔武有余，而谋略不足。

　　1943年的日寇，虽然还在世界各地嚣张着，比如，从法国人手上夺取了广州湾、导演了缅甸的独立、在东京召开了一个"大东亚会议"等，但世界法西斯阵营已经现出了颓势，比如，日军被迫撤离瓜达尔卡纳尔岛、苏军在列宁格勒发动反攻以及德军在斯大林格勒缴枪投降、随着墨索里尼的被捕导致的意大利宣布向盟军投降以及随之而来的对德国宣战，还比如开罗会议的召开等，无一不在显现世界反法西斯阵营正逐渐迎来光明的征兆。

　　蒋先生在这个时候发表《中国之命运》，你要说他憨吧，他又是把世界大趋势看明白了的；你要说他聪明？那也是一种带着强烈偏执意味的"聪明"，即《后汉书·党锢传序》里面说的"党同伐异"。这么多年了，国共两党差不多在一个战壕里共同抗击着倭寇，蒋先生始终没有忘记他亲自确立的大政方针：攘外必先安内。

　　问题是，现在的共产党，还是民国二十四年被他满地追杀的那个共产党吗？

　　对于国民党和共产党，老大虽然哪边都不沾，但是他有个基本判断。连文德范天是王大他是王二那样的愣头青都一心一意归了共产党，至少说明共产党懂得拢人心。人心都被拢了去，还有什么事情是不能办到的呢？

　　在老大心里，天翻地覆不敢说，谁胜谁负真还不知道。只能长起眼睛看。

5

　　文大同接手文家"掌门"之后，之所以急着把徐子派去茅台镇，就是打算腾出手来处理书局一直以来堆积至今的"痼疾"。只有茅台镇那边稳固了，自己才能一心一意扑到书局上。

　　一直以来，文大同对于散尽千金只求一个"福荫乡梓"的虚名完全嗤之以鼻。他认为，福荫乡梓没问题，但是要有一定回报。如果散尽千金只是用来支撑一个精神需求，那不干。为这，他曾经和文家老大讨论过，也争论过，最终谁也说服不了谁。只因为自己不是掌门人，说了话不算数，于是只能按照别人安排的做。这回咸鱼翻了身，文大同表面平静，内心却一直按捺不住来一回翻身道情的冲动。不过他明白，爹虽然把大权下放给了自己，假如直接就改弦更张，绝不会有什么好结果。既要改弦更张又要有个好结果，有点难。想来想去，只剩了"明修栈道暗度陈仓"这一计，等到做出了成绩，书局的方方面面都展现出旧貌换新颜了，舆论自然会有一个让别人无可奈何的评说。文大同心里的这个"别人"，就是他爹。

抗战爆发之后，对社会生态各方面带来的不可逆转的破坏，最终让书局陷入了困境。都快揭不开锅了，老大还是那句话：凡是有关抗战的，凡是有关励精图治或者能够鼓动起民族精神或者能够宣传盟国战绩或者能够揭露法西斯罪行的书，贴钱也要印。至于拿什么钱来贴，如何维持那么大一个摊子，他给文大同说过一句不知道从哪里看到的话，叫作"借贷是工业生产的润滑剂"，意思你自己想办法去借。

在老大那里，借钱不是什么难事。但是他不知道，战时的银行也是在做无米之炊的生意。老百姓捏在手里的钱都是用了今天愁明天，哪里来的闲钱？没人存钱，银行用什么做"润滑剂"？既然银行这条路走不通了，只能打民间借贷的主意。不是不行，而是文大同不敢。

人人都知道，"民间借贷"还有另外的称呼，"高利贷""印子钱"等等。

高利贷比较形象，就是利息高；印子钱也一样，因为每次归还本息的时候要在折子上盖一印记，故曰"印子钱"。有首民谣是说印子钱的："印子钱，一还三；利滚利，年年翻；一年借，十年还；几辈子，还不完。"说得再形象点，印子钱就是一张张血盆大口，保管你有去无还。

银行没钱贷给你，高利贷、印子钱又不敢碰，书局又还要继续经营下去，怎么办？那段时间，文大同整天晕乎乎的愁在心头。

之前，文大同写信跟徐子探讨过，看看能不能找一家有实力的书商，接一些好卖的书来做。所谓"好卖"，说穿了就是一些登不得大雅之堂的东西。

中国人多，还参差不齐。有人爱看经史子集，自然就有人喜欢花前月下、风流秘史，甚至于"房中术"什么的，总之是正人君子不齿的那些东西。文家人阻挡不了那些什么来钱印什么的现象，于是只能把持着自己的道德底线，不介入、不参与、不同流合污，眼不见心就不烦。现在两害相权取其轻，成了没有办法的办法，也只能悄悄地睁一眼闭一眼了。

文大同为什么要找徐子探讨呢？那是因为徐子稳靠，不会把大舅哥的秘密到处讲。这么大的事情文大同自己也没个准主意,总得找人商量一下。

没想徐子压根不同意找书商的事,说爹肯定不会答应。徐子在信中言之凿凿,让大舅哥三思而行。

这家伙怎么这样?文大同心里想。

早知道都懒得跟他说。而且箭在弦上,没有再收回来的道理。管他的,既然是经营范围之内,自己也当家做了主人了,那就当他一回家!况且,非常时期你要有非常之举……文大同觉得这么些理由已经足够,不需要继续堆砌。

所以,"找书商"才会被文大同称为"明修栈道暗度陈仓"。就是用印制一些"好卖的书"赚的钱来补贴经史子集。你要是问二老爷,他老人家肯定说那是天经地义,将本图利,很正常嘛!

下定了决心,文大同根本不用去找书商,因为文渊书局的印刷质量历来地道,之前已经有好几拨书商上门接洽过,只是文大同一直含糊其词,说再等等看。现在终于主事了,可以拍板了,两边一拍即合。而且立马安排开工,加班加点搞出来一批东西,书商看了,直接把大拇指翘得高高的,很快又送过来第二批。

就这么一批两批三批,文大同没多久便让书局渡过了难关。而且保密工作做得好,都是夜里来夜里去,无声无息,如同那年他去文德范家要左顾右盼一样,小心翼翼。他想好了的,至于爹那里,过一段时间,看看情况,再说。

说无债一身轻,说的就是这个时候的文大同。都快五十的人了,走起路来跟小年轻无异,轻快得很。文大同终于可以腾出时间来梳理一下其他情况了。恰巧,一个喜讯便从天而降,仿佛是奖励文大同的办事能力,踩着点子就到了文家。

淞沪抗战那年,因为负责印制教科书的商务印书馆毁于战火,国民政府教育主管部门曾经把教科书下放给各地方让自行处理。因为当时的主管官员蔡晓波伸手要三万现大洋的好处,老大咬着牙关没松口,这笔业务最终流向了四川。

一晃十多年过去了,为了统一教科书的出版质量,教育部在全国各地遴选了七家出版单位,成立了一个"国定本中小学教科书七家联合供应处",简称"七联处"。先前书局设立的那个编辑所竟然派上了用场。编辑所里面好几个教授跟教育部的一些官员都熟识。得益于教授们的极力举荐,文渊书局顺顺利利就被列入了"七联处",负责西南地区教科书的生产。如果能得到批准,一本万利不说,还绕开了蔡晓波那样的小人。这对差不多办了一辈子书局的文家来说,褒奖之意自不必说,关键还解了书局的燃眉之急。年初报上去的,现在终于等来了公函。

文大同拿着公函的两只手在微微发抖,都顾不得上班不上班喽,出门叫了辆黄包车就往家里赶。

老大、刘彩云、小眼睛加上金雨天,四个大人正在书房听徐天媛背《三字经》。

从徐天媛满三岁那天,老外公给了外孙女一本《三字经》,开始一句一句教。这才半年,已经能把《三字经》一字不漏背一遍。你只要读个上句,比如,"昔孟母",徐天媛马上就接上"择邻处,子不学,断机杼",你要不喊停,她就"窦燕山,有义方,教五子,名俱扬"这么念下去。把老头老太们高兴得不行,找着个机会就让小姑娘背一遍,差不多成了一种娱乐。

文大同回家报喜那天,徐天媛背得正来劲。

金雨天一看文大同满头是汗,而且没按钟点回来,忙问:"什么事情把你急成这样?"

文大同都来不及搭理她,径直来到老大跟前,拿出公函递过去,说:"批了,爹!七联处……批了!"

"啊?"老大接过公函,小眼睛马上把老花镜递了过来。看了之后问:"七联处……这不是年关前,咱们书局报的那个吗?"

文大同说:"就是那个,批了,爹!"

"批了?!"老大打算尽量控制住情绪,无奈声音还是有些颤抖,说,"这么说,我们文家的书局……已经就……跻身中国七大书局……之列啦?!"

文大同也激动,说:"就是就是!"

老大顿顿,像是想什么,完了喊:"小眼睛!"

"唉!"小眼睛急忙过来。

老大说:"上香,上香!"

小眼睛赶紧去找出一个印着"熏香"字样的纸袋,取出三支,划了一根火柴点燃了,递给老大。

老大接过熏香，想想，来到窗户跟前，对着天空把香举过头顶。刘彩云跟了过来，小眼睛拉着徐天媛跟了过来，文大同和金雨天也跟了过来，大家在老大身后站成一排，众星捧月的样子。

老大有点哽咽，他用力吞咽了一口唾沫，说："老天爷！我们文家的一片赤诚……终于被你老人家看见了！文家这么些年经历的风风雨雨，前赴后继……值！！！"

6

那几天，老大的心情格外好，居然哼起小曲来，虽然五音不全，没一个人听出来唱的是什么，总之大家跟着高兴。

那天，目睹了爹激情满腔的祭天过程，把一个精神追求者的心理状态淋漓尽致地展现了一回。逼得文大同不得不思考，书商的事情再这么瞒下去，合适吗？假如结论是否定，晚说就不如早说。趁着七联处带来的兴奋劲还在，加上书商的订单毕竟带来了丰厚利益的实际情况，文大同决定摊开来说。

为了在力量对比的天平上自己这边多一点砝码，文大同找了个"汇报"的借口，把徐子叫回了贵阳。虽然徐子不赞同具体办法，至少他知道文大同的所思所想，理解无米之炊的艰难。哪怕只是一个同情者，也比自己单打独斗强。由此看来，文大同对这次"摊牌"其实没有多少底，有点不得已而为之的意思。

徐子到达那晚上，文大同跟他商量到很晚，全部话题都是"书商"，最终结果是"走着瞧"。

"即便是鸡蛋碰石头，也只能先碰了……再说！"徐子最后说，语气中充满担忧。

文大同说："行，那就碰一回，趁着他高兴。"

第二天，"摊牌"现场还多了三个人，大妈、二妈、金雨天。这是徐子昨晚上给文大同递的点子，说假如出现什么情况，中间有个缓冲。来之前文大同还跟母亲说好了的，爹要是问起，就说是大妈喊的二妈，反正闲着也是闲着。

果然，老大先就皱起了眉头，说："你两个来干什么？"

刘彩云装成不以为然的样子，说："怎么了？家里的事情不能听听？闲着也是闲着。"

文大同忙说："可以听，可以听！又不是什么秘密，对吧？"

在文大同的讲述过程中，大妈、二妈和徐子，三个人的注意力一直没离开过老大。大家都看得见，随着文大同的讲述，老大的表情一点一点在变化。当文大同讲到"获利颇丰"时，老大冷不丁举起拳头，"砰"的一声砸在桌上，上面的笔墨纸砚加上笔洗、笔挂什么的都跟着蹦了一下，所有人都被吓了一跳，数徐子最甚。

这还没完，老大倏地站起来，两只手从左到右，秋风扫落叶一般，将刚才已经蹦了一下的那些家什，一股脑扫将出去，产生出巨大响声的同时，一片狼藉。

所有人都惊呆了，原先作为"缓冲剂"请来的两个妈，不但没起到作用，也和两个小辈一样，脸上没了颜色。

老大随后喝道："你这是造反给谁看啊？文大同！！"

你看，一下子就提到"造反"的高度上来了，这让所有人无言以对。都怕再有哪句话不对头，不知道要被说成什么。

文昌寿循声而来，被刘彩云支了出去。

文大同虽然不敢吭气，但心里是梗着的。嘴不说心想，这不行，那不行，怎么才行？银行贷不了款，印子钱不敢借，空手道又不会，抢银行还犯法，逼良为娼啊！心里面这么想着，脸上肯定就会有所表现。

于是老大继续吼："说出来嘛！我倒是想听听你能说出一个理由来！"

刘彩云择机进入，说："哎呀！一家人嘞，什么话，好好说嘛！"

老大瞪了刘彩云一眼，说："好好说？那要看是什么话，怎么说！人家把祖宗十八代都抛了一地，肆意践踏了！还能好好说吗？！"

这句话也把文大同的火气点燃了，梗着个脖子说："爹！先不提祖宗十八代，你说个办法，我照着做就是！"

老大也梗起了脖子，说："文大同！当年你家老太爷把一大摊子交到我手里的时候，并没有捎带着'办法'嘞！"

文大同说："那个时候日本人也没有打进来啊！"

"大同！不能这么说话！"刘彩云完全忘记了自己是来给文大同打帮帮腔的。

文大同说:"好,我换一个说法。银行银行贷不出款,印子钱又不能碰。我知道你宁可食无肉,不可居无竹。可是爹啊,连下锅的米都没了,那竹子能当饭吃吗?!"

老大痛苦地摇着头。

文大同感觉自己的话起了点作用,似乎看到了一点希望,就趁热打铁,说:"爹,我不过是想证明文家的书局自己能够养活自己,这有什么错?而且这段时间的情况,也证明了我和徐子的方法……"

老大打断说:"别扯上徐子,他没那个胆!"

文大同说:"行行行,是我自己的主意!但是我给书局确实解决了一些困难!莫非你也不承认?"

老大吼道:"我不承认!!子曰:不义而富贵,于我如浮云!"

已经这样了,刘彩云只能给文大同使眼色。

文大同只当没看见,反正已经开了头,便由着性子敞开了说:"那好,就说咱们家姓文,就说我们秉承了祖宗的意愿,就说不甘愚昧,就说是为了一方百姓的良知,这些我都认!可我们也可以印一些有用的书来养活文家的书局,养活你的那些经史子集……"

"有用的书?"老大脑袋一甩,提高了嗓音,"什么叫有用?是对眼睛有用还是对心灵有用?是今天有用?明天有用?还是将来有用?永远都有用?!我文知辉做梦都没有想到,我们文家的书局……也开始印刷那些东西啦!"

文大同说:"东西?经史子集是书,那些就不是书?"

"是,都是书!可书品跟人品一样,也分着高下呢!"老大一下子激昂起来,大声道,"都知道咱们文家的书局已经到了岌岌可危的境地!可你……竟然把书局仅存的钱财纸张,再搭上那些机器和人工,去印那些你所谓有用的书!赚钱的书!你还是我们文家的子孙吗?你这是背叛!!"

文大同瞪大了眼睛,说:"爹!您不能这么说我!我背叛了谁?我背叛了什么?"

老大说:"你背叛了……文家的祖训!"

"祖训?"文大同想想说,"行德崇文?可我们……我们这是在做生意呀,爹!"

"你错了!"刘彩云说,"你爹办书局,从来就不是做生意,而是……"

"我知道！"文大同打断母亲，"爹是要散尽千金给天下人送书！可文家的金山银山已经散尽了呀！书局都要不复存在了，我们用什么来让文家的书局起死回生？如果书局都没了，你叫我怎么子承父业？！爹，你这么做到底是为了什么？为什么呀？爹！"

老大被儿子这一连串的逼问，竟有点喘不过气来，摇晃了一下，大家赶紧扶他坐下。

金雨天说："你别再说话啦！大同！"

老大看着围上来的人，看看这个，再看看那个，喃喃道："我为什么？我为什么……"

"我知道爹为什么！"徐子突然站了出来，只见他目光坚定，说，"爹曾经问过我，说司马迁为什么要写《史记》。当年，司马迁被投进大牢，受尽了酷刑，九死一生也没断过写《史记》的念头。出狱后短短五年间，就写出了一百三十篇，五十二万言的《史记》！爹说，司马迁是为了继承他爹司马谈编订史书的遗志；是为了继承孔圣人《春秋》的精神，接续《春秋》！爹还说，中国的历史和文化，就是许许多多像司马迁这样的人一代一代传下来的！我能感觉得到，爹……不过是想成为这个人群中的……一员！"

老大瞪圆了眼睛，看看徐子再看看文大同，说："儿啊，你听听！连徐子都明白你爹！你怎么就……"

他突然捂着胸口，痛苦地闭上了眼睛。

大家围了上来，喊声一片。

老大睁开眼睛，看看大家，目光最后停在刘彩云脸上，说："大同他妈，我有个事要说啊！"

刘彩云说："你说你说！"

老大一脸痛苦状，说："现在再不说出来，我怕以后……我没机会了！"

小眼睛说："老爷！那你就说出来吧！"

老大缓了一口气，说："都知道……老太太的那根断指吧？"

刘彩云说："老太太切菜切的啊！"

老大摇摇头，大家面面相觑。

老大振作了一下，说："断指之痛啊！在我心里整整埋藏了六十年啊！那年我六岁，在刀把镇是出了名的淘气。每次母亲让我读书，我是能躲就躲，能溜就溜,也不知道让母亲哭过多少回。就在我气走吴老先生的那天,母亲拉着我直奔柴房,当着我的面举起了柴刀……咔嚓一声……把自己左手的无名指……齐崭崭就剁了下来呀!!"

全体人大惊,金雨天倒抽了一口气。

"母亲泪流满面,说'儿啊,读书是个天大的事,你要改啊!你要是改了,妈这只手指……就是……就是切菜切的呀!'"老大已经泪流满面。

三个女人唏嘘不已……

老大用手在两边眼睛一边抹了一把,直起了腰:"母亲断指教子,还为我隐瞒了一辈子。老天爷!我惭愧了一生啊我!为此,我也跟自己较了一回劲,发誓为天下人送书,死而——后已!!"

文大同目瞪口呆,膝盖情不自禁一弯,跪在了文家老大面前。

第三十六章

1

人可以有追求,前提是你要具备支撑你的追求的资本或能力。比如,英国的爱德华八世,不论辛普森夫人是否美丽,爱德华八世就爱她,非她莫娶,以至于不惜放弃大不列颠及北爱尔兰联合王国的王位,降格为温莎公爵而在所不惜。爱德华八世的资本就是大英帝国的王位。他必须交出王位。

道理都一样,你文家老大既然选择追求高尚,还不允许文大同采用自己认为不齿的方法,那你就得拿钱。

问题是,文家老大无钱可拿。

当然,说他"无钱"是说没有现成的钱。至于可以变成现钱的东西,比如产业什么的,文家有,还不少。只是文知辉心里有障碍。

在中国,人们常把依靠变卖祖产来维持生计的人称为"败家子",同时把出现这种状况称之为"破落"。曾经富甲一方的文家,无论如何不能接受"破落"这样的定义,哪怕仅仅是可能性。

生活窘迫一点不怕,只是丢不起人。

那么,高尚和丢人之间,有没有折中一下的可能性呢?老大把脑壳都想痛了——是那种有一搭没一搭的跳痛,比持续的痛更烦人,因为它让人猝不及防——也没找到一个可供实际操作的办法。

就这么连着挣扎了好几天,老大决定,卖掉烧房。

在老大心里,书局是精神追求的承载体,没有买卖这一说。那为什么不是卖遵义的田地,而是卖茅台镇的烧房呢?因为在他看来,卖田卖地比卖烧房更贴近"败家子"一些。烧房至少可以称为实业,你把它说成"转让",也是可以的,总比赤裸裸就一个"卖"字要委婉些,不那么刺激人。

话说给刘彩云和小眼睛听,刘彩云直接说:"你那是自欺欺人!"

小眼睛则说:"好像差不多哈?"

一家人没一个同意卖烧房的。文大同还说:"爹呀,你想嘛。真要是卖了烧房,那就是一锤子买卖,卖了就彻底没了!田地呢?你可以一点一点出手。需要得多,就多卖点,不行我就少卖点。卖掉一些,不是还剩着一些吗?"

后来,老大跟刘彩云说:"哎呀,看来我真是老了哈?连那么一个加减乘除都没有算清楚!"

刘彩云就说:"是。那几年爹和妈陪老外婆打麻将,爹妈只要一算错账,老外婆就会说,咦!小时候喊你读书,你要骑猪。"

老大一闭眼睛,说:"这回骑猪的是我了嘛!"

最终,大家一致同意卖掉一部分田地。

老大也想明白了,反正都是败家,败什么都是败。而且当年之所以买这么多田地,也是因为土地没有心眼,你想怎么样它就怎么样它,让它干什么它不会反对。这么些年下来,地租就不说了,地价还涨了一截,也算是物尽其用了。

就这样,遵义的田地一次减少了五百亩。心痛是肯定的,只是没办法。"福荫乡梓"原本就是建立在"散尽千金"的基础上的。还好,这么些年了,"福荫"了不少"乡梓",金子始终没散尽。另外,借着这个机会把心底埋藏了一辈子的秘密公之于众,仿佛卸下了一个包袱,不仅自己轻松,还让小眼睛和文心武陪着去了一趟刀把镇,跪在蔡花蕾的石碑前面把前因后果说了一遍,起身之后,顿时觉得身子都轻了许多,竟然有了解脱之感。

在文大同看来,一个危机总算暂时渡过去了。不论五百亩土地换回来的法币能撑多久,总是撑着的。只是这样的放松心情没撑着几天,家里就接到了文大喜和文心志叔侄两个由美国寄来的家书。

把两份家书放在一个信封里寄回来,是侄儿文心志的发明,说既然抬头跟落款都一样,干脆省个信封再省笔邮资。为此还得到老太爷的嘉许,说这个娃儿有经济头脑。

都说"家书抵万金",没料到文大同看完家书不但没有"抵万金"那样的感动,头还痛了起来。立刻拉上金雨天,也不管爹妈睡了没有,总之第二天都等不及。到了地方敲门进去一看,头更痛了。原来爹和妈也在拿着文大喜的家书，从表情分析，头也在痛着。

家书的落款日期是1944年2月16日，距离三个娃儿去美国已经两个年头了，年底即将结束学业。在家书中，学习哲学专业的文大喜和学习天体物理专业的文心志同时提出读博，意思继续深造。

文大同说："这还上了瘾了！"

刘彩云就问："那胡瓜呢？"

文大同说："文心志说了，说人家胡瓜从一开始打的就是硕士完了就回来的主意。只有我们家这两个，一样完了想一样，没完没了了都！那博士完了还有博士后呢！博士后完了……"

刘彩云等了半天，最终没听到博士后完了之后是什么，就说："先说眼前喽！博士……要读几年嘛？"多励志的一件事，让刘彩云说得痛苦万分。

文大同说："好像是三年左右？"

老大说："好像咋个行？要问清楚嘞！还有，老太太给的那些金元宝，够读到个什么？"

文大同说："那时候就算好的，三个娃儿读两年，路费生活费还要另外拿。"

刘彩云说："意思如果还要读，另外要拿钱喽嘛。"

文大同说："就是这个意思喽！所以我的意见……都回来算啦！"

老大不说话，捻着胡子那样子是在琢磨，大家就等。这在文家早就习以为常。最后还是刘彩云没耐住这种折磨人的等待，先开了口，说："哎呀！就说个行或者不行，就这么难！"

老大说："是嘞，书到用时方恨少，事非经过不知难。后面还跟着一句叫屋漏偏逢连夜雨，你还哪壶不开提哪壶？"

刘彩云白了他一眼，懒得理他。

老大说："要说呢，读多少书都没有错，错的是没钱。所以我在想，既然已经不远万里去了美国，那地方我晓得，光坐船就能把人的脑壳搞大！还有，既然都读了一样了，而且两个娃儿自己还愿意读，这一点很重要哦！与其今后让他们指着你说那时候我要读书是你们不让，还不如现在卖田卖地！咋个办喽？自家的儿孙喽嘛！我们就是负责找钱的，他们就是负责花钱的。只要是摆得到桌面上来的用途，花就是嘛！"

文大同说："爹，不少的钱哦！"

老大说:"不少是多少?多少你都得死撑着!不是吗?但是有一条,这回只能我们家这两个了。胡瓜他爹妈也是明事理的人,量体裁衣是对的,读完硕士也很好,我们这里连三字经都没读过的娃儿,遍地都是!"

刘彩云说:"那就让大同再算一个数给你?"

老大说:"所以那时候,我只是把书局和烧房交给你,现在知道了吧?"

文大同说:"我知道了,爹。"

2

对于茅台镇,徐子谈不上熟悉。来这里仅有的几次,都是办事,来去匆匆。这回不一样了,名副其实的掌柜,夸张点,叫说一不二。"说一不二"是茅台镇的百姓对云辉烧房掌柜的总体印象,从林家如到刘青云。起先刘青云还稍微好一点,到了后期,恭维话听得都饱和了,"说一不二"应该属于身不由己。

徐子不一样,谦卑了一辈子的人。哪怕跟文珠正式拜了天地,在文家大院终于成了有身份的人了,不论见着谁,说话之前仍然要躬一躬身,改不了了。

第一天见着刘青云,说一句话躬一回身说一句话躬一回身,刘青云就笑,说:"你这样不行嘞,徐掌柜。你要端着。"

徐子就笑。

道理都晓得,"端着"谁不会?无非眼睛朝上一点,胸口挺着一点,说话尾音长一点,走路手背着一点。北方话说"摆谱",贵阳话叫"烧",就是炫耀。跟在老板后面跑腿跑了大半辈子了,知道老板需要的是踏实,虚头巴脑的事情,徐子做不来。

其实也不然,非那样就办不了事情?我就来试试看。徐子想。

因为带着家眷,刘青云就把原先丰汇盐号那栋小楼二楼的两间向着赤水河的房间给了徐子,让他自己安排。

盐号关张多少年了,房子一直充作云辉烧房的客栈,上下都布置成了客房,凡是来烧房办事的人都住这里。小眼睛的前夫马大宏后娶来的老婆,没什么事干,被刘青云叫过来帮忙干一些打扫卫生、洗衣服之类的杂活,按月在烧房领一份工钱,也算是刘青云对马大宏这个跟文家多少有点关系的人的一种关照。

钱彩珠认识刘青云。那年把文珠藏在自家院子里，密不透风生了娃儿，文家人感激刘青云的同时还让下人们知道了茅台镇还有这么一个智勇双全的舅舅。作为接风，到茅台镇的第一顿饭是在刘青云家吃的。一桌子的菜，有鱼有肉，虽然颜色和味道都差点意思，全都是刘广黔家婆娘亲自下厨做的。唯独那道红烧肉，完全承袭了高大脚的精髓，原汁原味。

以前，诸如举杯啊，讲两句啊之类的场面上的事情都是刘青云在做，现在都换成刘广黔了。

刘广黔举着酒杯说："徐哥哈，还有嫂子，用我们茅台镇的话，叫说一千道一万，烧房的好酒敞起灌；道一万说一千，烧房的好酒尽管添！来，干哈！"

刘青云就笑，说："狗日的还一套一套的。"

那年，老大跟着老太爷文理渊来茅台镇办"交割"，准备把一应事务都交给儿子那回，用的就是这种一杯二两五的大酒盅。当时老大一口气喝了十多杯照样站着说话，桌子上的老少爷们都竖起了大拇指。今天刘广黔端着同样的杯子喊"干啦"，徐子只能硬着头皮驳了主人家的面子。

徐子原本不喝酒，跟着老大的时间长了，慢慢有了长进。但是不能喝猛了，一点一点喝，二两五这一杯没问题。真要一口闷了，至少站不起来。换作往常来茅台镇跑一回腿，站不起来也不怕，顶多第二天走晚一点。这回不行，别说第二天，晚上回客栈还一大堆事情等着。于是徐子说："兄弟，本身我干不了，况且晚上和明天都是事。所以，我一口一口喝。哈？"

没想刘广黔不乐意了，皮笑肉不笑，说："哟，不给面子？！"

徐子真诚地笑笑，说："嘿！跟面子没关系，主要是不胜酒力。"

刘广黔把酒杯往桌上一蹾，垮着个脸说："行，那就吃饭！"

这个情况让徐子始料未及，愣住了。

刘青云急忙打圆场，说："徐掌柜，你不要理他！他就是这么个猪狗脾气，喝不喝酒都发酒疯！"

林家漪也加入进来，说："人家徐掌柜是客人，你这是……"

刘广黔打断母亲，说："我也没怎么啊！不喝酒就吃饭，没错啊！"

徐子第一天就领教了刘广黔的"粗犷"，他宁愿把这称为粗犷，也不愿意做其他臆想。假如真是粗犷，刘广黔不该如此不讲礼数。眼下只能先过了这道坎，没有老文家派来的人让别人说三道四的道理。

徐子端起了酒杯，说："兄弟，既然主人家如此盛情，我遵命就是。我先干为敬。"说完一口闷了。

刘广黔什么话都没说，板着个脸拿起酒杯也一口闷了，再倒一杯再闷，一连来了三回。完了再看，徐子那边已经满脸酒红不说，还平白无故地笑，呈现出人们常见的那种酣态。这也太快了点嘛。刘广黔心想。

那天晚上，徐子是被刘广黔找来的人背回客栈的。

后来徐子才知道，刘广黔之所以那样，还真是事出有因。

原来，刘青云跟老大说自己花甲之人了，颐养天年成了唯一心愿；还说手艺上刘广黔完全靠得住，就因为闷头研究如何酿酒去了，对"掌柜"历来就没兴趣，让赶快派人过去当掌柜等，都是刘青云自己的想法。

问题就出在刘家两爷子的性格上。刘青云是一心踏踏实实办事，不愿意张扬，懂得感恩的那种人；刘广黔前半截随他爹，也愿意踏踏实实办事，同时还希望办得风风火火，威风八面，甚至独一无二。对于云辉烧房，刘青云觉得刘家有股份，加上自己有地方发挥专长，丰衣足食，挺好。刘广黔呢，觉得烧房的一切都是他们刘家人辛辛苦苦干出来的，老文家不说坐享其成，至少没有付出过汗水。于是，当刘青云即将退出，对于该由谁来接这个"掌柜"的问题，两爷子结论迥异。

刘广黔觉得，这还用得着商量吗？不论功劳苦劳，非老刘家长子莫属。刘青云则认为，那是人家主人家的产业，得由人家来决定和安排。由此，两爷子摩擦不断。最后把刘青云搞冒火了，这才不断催促文家老大，让赶紧派掌柜过去。

刘青云还有一层考虑，自己家亲亲的姐和姐夫，几十年来心心相印，只有那么融洽了，怎么可以让"掌柜"这种事情轻易就破坏掉？刘广黔呢，也还没到天是王大他是王二那程度，刘青云最终梗着脖子鼓起了眼睛，他也没办法。

所以，这才有了接风酒席上那么一出。

这回我成了蜡烛了。徐子心想。也好，凭我跟着老爷鞍前马后几十年的那些酸甜苦辣咸，刘广黔这种，应该不是什么大难题，顶多再忍辱负重一回。

3

马大宏后来娶的这个婆娘叫张小鱼，赤水河上游挨着四川边边，一个叫元厚的地方嫁过来的。马大宏那年典来的女人生的那个儿子后来取名马伟泊，等到马大宏得知当年唐玄宗的随行将士处死了宰相杨国忠，还逼迫"三千宠爱在一身"的杨玉环自尽的那个地方也叫马嵬坡，跟自家儿子的名字读音相近时，儿子已经七岁，"马伟泊、马伟泊"已经喊得家喻户晓了。当年，名字是请一个路过茅台镇的算命先生起的，当时先生一个劲夸奖这名字好，为此马大宏还憨痴痴多给了人家一些钱。现在后悔也没用了。

改名字吧，怕人家说他找事做；不改吧，对于曾经打打杀杀死了那么多人的那个马嵬坡又忌讳。权衡来权衡去，最后决定给马伟泊改名字。为此专门去了一趟仁怀县城，找的街上一个"代写书信，讼词状子"的坐摊，最终选了个"马青松"，试着叫叫还挺气派，这才交钱走人。同时决定将"马青松"算作大号，"马伟泊"降格为乳名，这才了了马大宏一桩心事。

张小鱼给马家生了一儿一女，最后是马大宏担心再生都养不活了，之后还生过一个女儿，刚满月就送了人。

徐子到任烧房掌柜这一年，马伟泊十三岁。

马伟泊经常跟着张小鱼来客栈，帮着后妈扫扫地，倒个垃圾什么的，总之是个帮手。加上嘴巴甜一点，尽捡人家爱听的喊，客人们都喜欢他，钱彩珠也不例外。一来二去熟识了，钱彩珠要去街上临时买点辣椒、蒜头、盐巴之类，张小鱼就让马伟泊跑腿。渐渐地，马伟泊进进出出钱彩珠家如同菜园门，随意得很。

没想有一天，徐子交给钱彩珠保管的一个口袋不见了，里面有点钱，不多，主要是文大同书写并签署盖印的"掌柜任命文书"在里面。张小鱼和马伟泊毛焦火辣在屋里帮着找，住店的一些客人在外面围着看热闹，里里外外翻了几遍，没找到。

钱彩珠的目光无意之中停在了马伟泊身上，她是在回忆之前的情况，目光停在哪里都是停。没想就被张小鱼看见了，也不知道有心还是无意，张小鱼过来就问马伟泊："是不是你拿了？"

就这么一句，没想马伟泊一下子竟然哭起来，还不说话。

这个情况让那些围观者一脸的恍然大悟，当着张小鱼的面还不便评论，便一哄而散。那意思已经水落石出了。

现场有点尴尬，钱彩珠也不知道该怎么办，就问张小鱼，说让徐掌柜过来处理行不行。张小鱼也不说行也不说不行，反反复复念叨一句话："从来没有过嘞！从来没有过嘞！"

最终，徐子来了。跑去烧房叫徐子的人也没说清楚具体什么事，就说客栈出事了。现在一听是这么一桩事，目光就落在依旧抽泣着的马伟泊身上。只见他蜷缩在床和柜子之间，一小颗，看着就让人可怜。徐子过去伸手抓住一只小手，马伟泊顺从地站了起来。

徐子看看马伟泊那张稚嫩的脸，突然有一种似曾相识的感觉，他自己都觉得有点奇怪，便问："叫个什么名字？"

钱彩珠说："马伟泊。"

徐子皱起了眉头，说："啧，我问娃儿呢！"

钱彩珠说："哦。"

徐子说："读书了吗？"

马伟泊说："爹不让。"

徐子一怔，说："你爹是谁？"

马伟泊说："马大宏。"

徐子听着耳熟，一想，顿时瞪大了眼睛，扭脸问张小鱼："我们烧房那个马大宏？"

张小鱼点点头说："茅台镇就这么一个马大宏。"

尽管马伟泊跟小眼睛压根没一丝丝关系，徐子还是把两个人绑在了一起。他拉起马伟泊的手，看着那双泪眼，说："我知道你不会拿别人的东西。"

眼泪从马伟泊差不多快干涸了的眼眶里面重新涌了出来，徐子张开双臂，一把抱住了扑过来的马伟泊。

马伟泊一边哭一边说："我没有！真的没有！"

那天晚上，钱彩珠问徐子，说："你怎么就能断定？"

徐子说:"我没断定。不过是直觉告诉我,这孩子受了委屈。而且,我一听说他是马大宏的娃儿,不知道为什么,我就把他跟二妈联系到了一起。你知道这娃儿的母亲吗?"

钱彩珠说:"张小……哦!你这么一说我想起来了,这孩子没妈!是那个典妻生的,对吧?!"

徐子脸上没什么表情,眼睛里感觉空落落的,说:"比我好一点,有个爹。"

第二天上午,一个客商拿着个口袋来找钱彩珠,问是不是这个。钱彩珠一把抓过来打开,文书还在,钱没了。就问:"哪里来的?"

客商说:"我同屋的那个云南客商,今天一大早退房走了,我捡袜子,看见他床脚有个这个,就捡来了。"

钱彩珠想想,匆匆锁了门,她要把这件事亲口告诉徐子。

差不多同一时间,徐子把马大宏叫了去。

因为马大宏在徐子"履职"之前打过交道,比起烧房的其他人来,跟徐子就近。正因为这个,说话也会显得轻松些。

马大宏说:"嘿嘿,徐……子哈!你好你好!"

徐子说:"你好,马大宏。我请你来是想跟你说,我打算把你家马伟泊认作干儿子,不知道你是否愿意?"

马大宏愣了一下。乡下人大都不相信天上会掉下个金娃娃之类的蹊跷,首先怀疑有诈。马大宏看看徐子,眼睛转了好几圈之后再停回到徐子脸上,这才说:"为哪样?"

徐子说:"马伟泊很诚实,我喜欢他。"

马大宏昨晚上已经听说了客栈里发生的一切,他还抓住张小鱼的头发在被子上摁了两下,咬着牙关说:"你呀,就是不待见他!"

马大宏对待妻子的这种态度,正是为张小鱼在客栈想都不想就问马伟泊"是不是你拿了"而泄愤。

现在听徐子夸奖自己家娃儿乖,马大宏顿时笑逐颜开,说:"我就说嘛!这个娃儿从小到大,一直乖!"

徐子说:"所以,我愿意做他的干爹。"

马大宏说:"哎呀!那……那天上……还真有金娃娃哈!"

徐子接着说:"你必须送他去读书,我拿钱。"

后来,马大宏和张小鱼琢磨了很长时间,最终也没琢磨出来徐掌柜为什么要拿自己的钱给别人家的娃儿读书。

那天,钱彩珠找到徐子说了口袋的下落之后,徐子只"哦"了一声。

4

这一年的6月6日,芒种。按照黄历上节气划分的注释,芒种是有芒作物收获以及晚季作物播种的分界点。收获幸福和播撒希望并举,由此可见,我们这个民族是个满怀憧憬的民族。巧得很,"二战"时期的盟军就在这个日子发起了诺曼底战役。把差不多三百万士兵以两栖登陆的方式送上诺曼底海滩,从而开辟了欧洲西线战场,最终加速了纳粹德国的灭亡。应该也能算作一次播撒希望的行动。

从1939年9月德国军队以"闪电战"入侵波兰,英、法两国对德国宣战开始的第二次世界大战,到1944年6月的诺曼底登陆,轴心国的法西斯小团体也折腾得差不多了,用中国人的话叫作"秋后的蚂蚱没几天蹦头了"。因为世界反法西斯阵营的齐心协力,人民慢慢看到了带着点暖色的晨曦。

《黔报》刊登这条消息的时候,特地把大标题套了红,虽然因为设备老旧让"套红"偏离了既定位置,看上去有些别扭,终归还是体现了以周世涛为首的《黔报》同仁们对光明的憧憬。

周世涛带着两张"套红"的《黔报》登上文家大门外的台阶时,脸上现出尴尬之色。送报纸不过是个借口,实际是来催问已经拖欠了两个月的薪水的。假如仅仅是自己的薪水,打死周世涛,他也不会过来丢这种人现这种眼。但是牵涉到全体同仁,好多人就指望这点薪水养家糊口,周世涛只能把脸拿下来放进荷包,假装送一回报纸。

老大还能说什么?"好好好,我这就让文大同去安排!哎呀,实在是不好意思啊!周老先生!"

周世涛比刘彩云还大一岁,整整七十。这么大把年纪让人家一次次地跑,老大是真心实意的"不好意思"。

有哪样办法呢？再卖五百亩喽嘛。

卖一回心痛一回，再卖一回再心痛一回。文家人就在这样一次一次的心痛当中一点点老去，老成了两鬓斑白。

刘彩云稍好一点，到底是女人，一直就留心脸上头上白了皱了的诸多情况，女人之间还互相推荐一些抵抗和延缓衰老的方法，有用没用都来一遍，也许多三少二有点作用。老大就惨了，那张脸上就剩下眉毛还有点灰黑色，其余全白，如同染了一层霜。

小眼睛看得心痛，说："干脆把田产也交给大同算了。"

老大说："那不行！我这里就是个阀门，就那么点东西了，松一点紧一点，关系到坚持的时间长短。哎呀，也不知道这个仗要打到猴年马月！看来呀，还得紧！"

于是，继续紧缩成为势在必行，最简单易行的办法就是裁人。不论你大老板小老板，但凡有个风吹草动，最先想到的办法就是裁人。先从家里面裁，完了再书局，再《黔报》。一步一步走。

面对这个问题，老大苦着个脸，对刘彩云说："这事你们几个商量着办吧！"

刘彩云说："哦，这种做蜡烛的事情你就甩手啦？"

老大说："哎呀！你这个人！"

刘彩云和文大同家两口子合计了一个上午，一致认为既然老太太走了也两年多了，原先为她老人家设立的佛堂也失去了存在的理由，加上两个师父也有现成的去处，在这里和回山上都是吃斋，干脆就说到明处，请佛回山。由文大同跟两个师父一说，人家只有一个请求，希望这边不要断了香火。文大同当然连声应承。

如果可以把慧聪、慧能两个师父看作"佛"的话，那另外还得选两个"凡人"配着。选来选去，大家决定先定一个试试，看看情况之后，再说。最后确定为小红。

小红其实也差不多五十了，按道理该喊"红孃"，只是一直就这么喊习惯了，懒得改。小红是用人中的"元老"。文家大宅建成之后没几年来的，那时十多岁。这一晃三十多年了。小红的三个女儿都嫁了人。不论女儿们命运如何，至少小红没了包袱，一人吃饱了全家人不饿。加上她家大女婿是个厚道人，大女儿家有她一席之地。小红就是因为这些情况被刘彩云选中的。

先是金雨天出面把前因后果细细说一遍，小红低着头，反反复复就一句话，"我知道"。然后，除了那一个月的工钱之外，刘彩云拿了五个"袁大头"，算是盘缠；最后，小眼睛把一个文珠小时候玩的玉蝴蝶塞到小红手里，说是算个念想。等把小红送走了，小眼睛来收拾小红的住处，这才看到"袁大头"和玉蝴蝶整整齐齐在枕头上排着。

小眼睛抓起东西追了出去，跑过巷子的转角到了大街了，放眼望去，茫茫人海中只有一个个上下跳动的人头。

泪水挡住了小眼睛的视线……

5

为了让老大变卖田地的速度尽可能放慢一点，刘彩云提出了"女人也尽一份力"，算是倡议吧！

那些年钱多的时候，女人们都喜欢购买。需要不需要不管，仅凭高兴，喜欢就买。有时候男人们遇见女人们喜欢的东西了，也愿意一掷千金让女人高兴一回，这是男人的通病。因此，女人们自然就积累起了"私房"。在文家，数刘彩云的私房分量重。

老外婆的，蔡花蕾的，一个传给一个，最后都集中到了刘彩云这里。什么珍珠啊，翡翠啊，羊脂玉啊，应有尽有。金雨天也有些，只是没大太太那么惹眼罢了。唯独小眼睛是个白丁。刘彩云说这个不用攀比，一样两样是个意思就行。小眼睛就拿出了那年出嫁去茅台镇时，文珠送的那个羊脂玉扳指。

刘彩云一把抓了过来，说："这不行！你晓得不？这是光绪皇帝送给丁大人，丁大人转送给我们家老太爷，老太爷再转送给老爷的？"

小眼睛摇摇头，说："皇帝？这我真不知道！我去茅台镇那年，文珠送给我的！"

"是。文珠出嫁那年，老爷给她的。"刘彩云说着，拉过小眼睛的手，把扳指放上去，再把小眼睛的几个指头弯回去包住扳指，说，"收好了！这东西在你这里就到头了，不能再转来转去的。听清楚了？"

小眼睛点点头。

刘彩云说:"在我那一堆里面选几样,算是你那一份拿出去。听见没有?"

小眼睛说:"这样不好!"

刘彩云说:"啧!哪样好不好?就是一个过场,最后堆在一起换成钱,还分得清楚你的我的?"

小眼睛还是犹豫。

刘彩云说:"就这么定了。另外你自己挑一样,手镯、项链、戒指随便你,算是我送你的礼物。冲喜那时候没想起来。"

小眼睛连连摆手,说:"我不要!我不要!"

刘彩云说:"啧!说了就是哈,你若是不要,从今往后不要见我!听见没有?"

小眼睛见大太太说话当当响,不敢再拧着,想想,说:"那……你自己也留一个嘛!"

刘彩云说:"哎哟!你以为呢?老太太送给我的一个翡翠镯子,那是老太太给的礼物,所以得留着。"

最终,小眼睛选了一块翡翠玉佛挂件,不是很大,绿莹莹的,不仅水头好,做工也很精致。循的就是"男戴观音女戴佛"的说法。

当刘彩云帮着她在脖子上挂好了翡翠玉佛,小眼睛竟然顺势靠在了刘彩云的肩头,完完全全依恋那样的感觉。

刘彩云没动,只是声音粗了一点,说:"哎哟哎哟!这种'东西'你要拿给老爷才对!"

小眼睛脸红了,两手捂着脸笑。

俗话说"盛世古董乱世金"。你把这句话拆开来分析,只要世道乱了,人就只认金子,其他的都一个"贱"字。明明该一百元的珠子,人家就敢齐腰一刀,五十。知道最终先憋不住的是你,一个子都不加,强硬得很。就这样,文家女眷凑出来的细软,卖了个勉强支撑文家三个月吃喝拉撒的价钱,杯水车薪。

刘彩云说:"也行,那些东西不当吃不当喝,你能怎样?"

比起古玩行里说的"捡漏",这回应该算成明抢。

日子越过越艰难。

9月里的一天,周世涛来了文家一趟。一见面首先声明真正是来送消息的,没有其他目的。这让老大红了一回脸。坐下来才知道,原来他在朋友那儿听了一个"小道消息"。说是共产党最近竟然给国民政府摊牌了,大大方方提出组建联合政府事宜。

周世涛眼睛向上看着对方,说:"文先生估计会是个什么结果?"

老大想想,说:"姑且不论小道大道,假如确有其事,老蒋肯定会说,行嘛,你等到嘛!"

周世涛说:"先生的意思,蒋先生嗤之以鼻?"

老大说:"肯定嘛!否则那几年'攘外必先安内'全都白干了?"

小眼睛进来送茶水,老大就说:"你给李孃说一声,就说周先生在这里吃饭。"

周世涛忙说:"不不不不!我那里还一摊子事情!"

老大说:"哎呀,多双筷子多个碗!再者说,你那些事,不急这一顿酒的工夫。"

周世涛就笑,笑得嘿嘿嘿嘿的,还顺便捋捋稀疏的胡须。

6

仅仅靠节省,没人抵挡得了战争带来的时空错乱、社会凋敝、民不聊生。趁着云辉烧房一直以来的好景象,如果能扩大一点规模,应该是眼下文家唯一能够把握的增加财富的办法了。

想法是徐子提出来的。文家的女眷们都在忍痛割自己的"肉"了,徐子还有无动于衷的道理吗?思来想去,扩大规模是最切实可行的一个选项。除了资金,哪样都是现成的。为此徐子专门跑了贵阳一趟,把想法给老太爷和大舅爷一说,两个人对这个想法都举起了双手,不过一说到资金,两个人又同时垂下了双手。总之提起钱就不亲热。

老大说:"遵义的田地不是不能动,我是怕什么时候真需要救个急了,多少你要拿得出来!所以,如果……能在仁怀那边想办法筹集一点,那最好!"

除了平静,徐子脸上还有一点不易察觉的松弛,文大同看出了端倪,说:

"你是不是……已经有了眉目？"

徐子说："是。几个长期经销我们茅台烧的客商，都愿意出钱，有五六家这样的也就够了。还说了，持股不敢奢望，算点利息就行。或者把价格固定住，拿茅台烧抵账。我就是来商量这个事的。"

文大同笑了，说："好啊！两种办法都行。都行都行！"

徐子说："主要是我们的茅台烧地道。"

老大说："这话说到点子上了！行行行！再把条款写清晰，不要让别人吃亏，也避免我们自己上当。这对双方都好。"

徐子说："知道了。我想……到了签合同那一步，还是要让大同过去一趟。"

文大同说："不用了吧？你是掌柜！"

老大说："也行。一来显得郑重，二来亲自向那些客商表示感谢，也让人家知道我们文家知书达理。也行。"

回到茅台镇，徐子立刻把五家客商的代表拢到了一起，推杯换盏之间，就把条款的框架敲定了。同时定了一个日子，还提前告诉大家老板亲自过来签合同。这就算水到渠成。

签合同那天一大早，徐子陪着文大同来到刘青云家，无论如何让刘青云走一趟，要请舅舅主持仪式，还说是文家老大的意思。刘青云下意识地看看自家儿子，从刘广黔近乎麻木的那张脸上，刘青云知道儿子又被刺激了一回。

刘青云也顾不得了，连声说："走走走！"

徐子当然也注意到了这一幕。这几天忙正事去了，还没来得及跟文大同说刘广黔的事。现在看来，必须让文大同知道，他打算签了合同之后说。

当大家跟着刘青云和文大同走进打扫得干干净净的办公室的那一瞬，徐子看到三个面孔陌生的男人，穿戴整齐还戴一顶同样的黑礼帽，总之与众不同。也许是人家客商的随员，要不还能是谁？徐子就没在意。

等到文大同说"下面我们就正式签署合同"这一句时，"慢着！"一个声音从门外传来，跟文大同的话正好一个前后句。所有人愣怔的同时，目光同时转向了门口……

四个跟先前那三个穿着打扮一模一样的人簇拥着一个戴着墨镜的人鱼贯而入，在文大同面前停下。

你个家伙不就戴了个墨镜吗？凭什么就如入无人之境一般？文大同有点生气，说："你谁呀？！"

"家伙"这才摘了眼镜，有点像戏台上的亮相。

文大同立刻瞪圆了眼睛，脱口而出："蔡晓波！"

"正是在下！大少爷。别来无恙啊？"蔡晓波伸出一只手，准备跟文大同握握手，不料文大同没动。

蔡晓波根本不在乎，说："大少爷成亲那年，我还到府上讨过喜酒喝。忘了？"

蔡晓波真能装，前几年为教科书的事，还用手指头蘸着茶水在茶几上写了个"3"。文大同不知道这回他又要干什么，来者不善是肯定的。

没等文大同问，蔡晓波跟边上的人打了个手势，一个随员指指蔡晓波，说："这位是省政府战时经济秩序局蔡晓波局长。"随后展开一纸公文，照本宣科道："据查，仁怀县云辉烧房图谋动用战备物资扩大一己私产，违反了国家战时管理的相关条款，战时经济秩序局决定立案侦办。从立案之日起，责令云辉烧房停止扩建事宜，听候处理。"

要是早些年，不要说文大同，徐子早就直眉瞪眼扑上去了。现在不一样了，经历了那么多沟坎，心里的那些棱角早就没有了，变成了人体关节那样的圆弧，早已经没了锋芒。

生气归生气，文大同还是从那家伙带着点邪恶意味的"官腔"中听出了破绽。文大同先是对那些面面相觑的客商做了一个安静下来的手势，然后说："战备物资？请问蔡先生，何谓战备物资？这是一。第二，我们连出资合同都还没有签署，就是说钱都还没有落实，拿什么来购买你们所谓的战备物资？第三条，你们尽可以立案。但是，假如最后只是个查无实据的莫须有，那……我们省主席那里见！"

文大同的"第三条"不过是个急中生智的"诈"，他哪里认识什么省主席？不过还管用，似乎把蔡晓波镇了一回的同时，还让客商们拍起巴掌来。

蔡晓波当然不是等闲之辈，挥了一下手臂大声道："吵什么吵什么？！"

人们安静下来。

蔡晓波看看文大同，说："大少爷，我这可是办公务！另外我还有几句话要说，如果你愿意听，借一步说话。如果大少爷不愿意听，就不要怪我公——

事——公——办！"

文大同虽然不知道蔡晓波的葫芦里还有些什么药，但一定得听听再说。

等屋子里就剩下蔡晓波和文大同了，蔡晓波找了个地方坐下，说："来来来，我们坐下说。"

文大同坐下，保持着一定距离，还板着个脸。

蔡晓波皮笑肉不笑，说："文大少爷，老相识了，用不着这么横眉冷对嘛。"

文大同说："蔡局长，你们一上来也不是和颜悦色的啊？"

蔡晓波说："好，那我们就言归正传。大少爷，我马上要说的话，只有我们两个人听见。你如果拿它来攻击我，我肯定说你诽谤。听清楚了吗？"

文大同眼里充满了警惕。

"你用不着这么小心。不说话表示你听清楚了。我就开始说。是这样，你们文家的情况用一句话来形容，叫作江河日下。"蔡晓波阻止了文大同，继续说："等我说完！人人都知道，最近卖田卖地卖得也差不多了。的确，这个仗打得啊，都会让人疯掉。那么多的头绪，还有几个在外国读书的娃儿，处处都需要用钱。你知道的，鄙人一贯关注你们文家，这次也不例外嘞。得知云辉烧房遇见了难处，毕竟是老相识。如果你同意，我愿意……啊，以一个好价格收购云辉烧房。一来解了你们的燃眉之急，二来呢，也让茅台烧有个好的归宿。一举两得。不知道大少爷听明白没有？"

文大同笑笑，说："哦哦，刚才……原来是先打三百杀威棒哦。问题是……如果我们不愿意呢？"

蔡晓波笑了，说："大少爷如果硬要拿鸡蛋往石头上碰，我就只能公事公办了。至于你说的省主席面前见，我蔡晓波又不是被人吓大的。你怎么选择，我怎么奉陪！"

文大同摇摇头，说："蔡先生，你真的有点无毒不丈夫的味道嘞！"

蔡晓波一抱拳，说："大少爷过奖了！"

第三十七章

1

如果说"七联处"是飞来之福,蔡晓波的这次发难就是飞来之祸。不是说福兮祸所伏吗?还真是这样哈。天底下没有免费的午餐,蔡晓波就是阎王爷派来收债的小鬼。

老大就这么考虑问题。正所谓小鬼难缠。

刘彩云火冒三丈,说:"都说人不要脸百事可为!那年那个马师长算一个,还有林家漪的哥,这回又出来一个蔡晓波,后面不知道还有个谁?隔段时间来一个,隔段时间来一个。一群王八蛋!"

骂完了还没解气,把文大同叫了去,说:"大同哈,这件事一点不能含糊!随便他蔡晓波玩哪路,不行上法院,告他龟儿子一回!"

文大同说:"妈放心,砸锅卖铁,也不能让这样的阴谋诡计得逞!否则还有完啊?文家又不是软柿子,想起捏一下,再想起再捏一下!"

嘴巴上骂安逸了之后,你还得准备具体手段。否则蔡晓波那样的来头,动不动就把政府的牌牌举在头顶,一般人根本不是他的下饭菜。就是文家这样的体量,如果不认真对待,吃亏的概率也很大。

于是,文大同请了一个本地还算知名的王姓律师,把具体情况套在法律条文里面一推演,人家直接算出了胜诉概率,说是五成七。

文大同说:"先生的意思,还是有四成三的败率喽?"

王律师从眼镜上面看着文大同,点点头。

文大同说:"明摆着的仗势欺人,怎么还有那么些败率呢?"

王律师用手顶了一下眼镜中间的支点,说:"实不相瞒,这还是贵府这样的背景。换一个人家，败率还要高。文先生总听说过衙门朝南开的民谚吧？这还只是其一；其二，官官相护也听说过吧？当然，假如能遇上一个包拯包龙图那样的黑脸，胜率也许就会往上走。"

文大同说："先生的意思还要看运气喽？"

王律师说："文先生不是还没最后决定吗？假如你确定要打这个官司了，请放心，本律师定当竭尽全力，不管他白脸黑脸，绞尽脑汁也要帮你们家拿下！如何？"

文大同只能说回去跟家里商量一下。

商量下来的结果是，以静制动。

主流意见说先看看。看看蔡晓波能出张什么牌，你这里才知道需要张什么牌去打压他。跟打麻将差不多。对手打一张什么牌出来，是从一溜13张牌的哪个位置抽出来的，那个位置的左右隔壁现在大概还剩下些什么牌，你心里要有个谱。对方不要的牌我留着，这就增加了对方放炮的概率；反过来对方不要什么你就跟着打什么，同样减少了自己放炮的概率。这就是《孙子兵法》里面的"知己知彼，方能百战不殆"。文家不敢奢望"百战不殆"，就这一回能把蔡晓波镇住，不来捣乱就行。

多少年了，蔡晓波利用诸如在茶几上写数字的方法，积累了不少资本金。战争打响之后，蔡晓波及时将它们兑换成黄金，避免了通货膨胀的损失。时间一长，他又觉得黄金太重，生不出利息不说还要交保管费。最有可能"坐赢不输"的办法，是把黄金变成诸如云辉烧房那样的朝阳实业。日进斗金不说，还有天下最好的美酒敞起喝。假如那样，如同走上了"康庄之衢"，就是人们常说的康庄大道。

这个成语出自《史记·孟子荀卿列传》，按照《尔雅》的解释，"四达谓之衢，五达谓之康，六达谓之庄"。用来形容四通八达的大路，比喻光明无限的前途。蔡晓波就是希望自己能创造一个光明的前途。

所以，当他得知云辉烧房准备借钱扩大规模的消息之后，蔡晓波认为实现"光明前途"的机会来了。于是便有了在茅台镇跟文家的第一个回合。蔡晓波在文大同面前说的那些话，有虚张声势的成分。多少年来他都是这么说话的，很多时候效果还不错，于是就一直沿用。正所谓撑死胆大的，吓死胆小的。

一开始，因为面临的是大户人家，蔡晓波也想换一个别的什么办法，以避免两败俱伤。只是找了一圈没找到，而且人家签署合同的日子又是固定好的，没有等你想好了办法人家再签合同的道理，于是只能旧壶装新酒，试试看。成了最好，不成再说。这么看来，后来这个结果蔡晓波是有心理准备的。人家都恭维你"无毒不丈夫"了，接到想办法对付就是，活人还能被尿憋死吗？

　　俗话不是说"只要功夫深，铁杵磨成针"吗？这话本身没有立场，既能鼓励做好事的，当然也能怂恿做坏事的。于是，蔡晓波没费多大功夫就打听到了刘广黔一直以来的不满情绪。正应了那句老话，世上没有不透风的墙。

　　被领到蔡晓波面前的一个以前云辉烧房的工人说："是的，刘广黔就是他们文家的外甥。"

　　蔡晓波说："那么……能有个什么办法挑拨他们一下吗？"

　　工人说："挑拨？那我就不晓得咯！"

　　蔡晓波想想，说："这样，我把办法想好，你负责去云辉烧房把事情说给你原先那些工友听，如何？"

　　蔡晓波说"如何"两个字的同时，拇指、食指、中指三根手指叠在一起搓了搓。工人当然看得懂这个已经流行了不知多少年代的动作，琢磨了片刻，说："那原先说的价格，乘以十！"

　　"龟儿子居然晓得乘法！"这一句蔡晓波是在心里喊的，嘴上则说，"老子真的佩服死你了，老兄！成交嘛！"同时伸出手去，意思击个掌，庆祝一下。

　　工人看看蔡晓波的手掌，说："咋个嘛？还要拉钩？"

　　"嗨哟！"蔡晓波从没见过这么憨的人，吼道，"行啦行啦！但是有言在先哈，先给一半，有了效果了，再给一半。"

　　工人一下子急了，说："那咋个行？你要是跑了嘞？！"

　　"嗨哟！"蔡晓波咬牙切齿地说，"都给都给！一条小水沟，老子谅你也翻不了浪！"

　　没几天，风言风语就在云辉烧房的各个角落慢慢散开去。有说老掌柜刘青云卖祖宗求荣的；也有说刘广黔不敢跟有钱亲戚叫板，忍气吞声的；还有说徐掌柜是贵阳派来接收烧房的。谣言不光光一个轮廓，还有鼻子有眼睛。说计划先让老掌柜颐养天年，紧跟着再把刘广黔架空，不伤和气的前提下养起来，最终改弦易辙。说跟当年汪精卫成立南京伪政权用的是一个办法。

　　脾气火暴的、原先就憋着一肚皮气的刘广黔哪里听得这个？当即去找刘青云，问当爹的到底管不管？说你管我帮你，你不管我管！态度相当强硬。刘青云丈二和尚摸不着头脑，怎么连汪精卫都扯进来了？就说："你不要乱来哦！肯定有人在乱说！"

　　刘广黔歪着脑袋说："你是不是不管？"

　　刘青云也歪着脑袋说："你是哪样意思？"

　　刘广黔扭头就走，跟他一起过来的五六个兄弟也跟着扭头就走。把路上的细碎石子踩踏得蹦来蹦去的，还扬起了一片灰尘。就剩下刘青云一个人在那里喊："你们搞哪样？不要乱来嘞！"

　　文大同离开茅台镇之前，徐子把刘广黔的情况说了。当时文大同心里被"蔡晓波"三个字塞得满满当当的，加上刘广黔一个小自己九岁的表兄弟，怎么也没想出他能翻出个什么样的浪来。即便整出来个动静了，即便舅舅都收不了他，后面不是还有他家姑妈刘彩云吗？刘彩云一直都是茅台镇刘家的偶像级人物。

　　等到刘广黔一竿子人冲到办公室来指着徐子的鼻子质问时，徐子这才后悔没有督促文大同拿出个办法。

　　这些天，徐子也听到了一点风言风语，只因为事情牵涉到徐掌柜，那些摆故事的都躲开了他，徐子晓得有人在说悄悄话，不知道具体内容，只知道大概跟刘广黔有关。还没想出应付的办法，人家就上了门。要不是刘青云后脚就赶了过来，真不知道会发生什么事情。

　　刘广黔被刘青云推拉着离开办公室的当天晚上，刘青云和徐子紧急商量了一个意见。由刘青云负责安定人心，追查谣言；徐子第二天一早赶往贵阳，争取尽快拿到主人家的处理意见。

2

　　谁都没料到，徐子回到贵阳的第二天早上，吃了早饭正准备上车回茅台镇，就看见一挂马车疾驰而来，在徐子身边一个紧急刹车，都让人感觉到一股气浪扑来。车帘子一掀，竟然是林家漪和已经二十岁的刘家长孙刘和天。

徐子相当诧异,说:"舅妈这是……"

林家漪不等徐子说完拉着就走,说:"赶紧赶紧,去见姐姐姐夫!"

不用说,茅台镇那边又出大事了。徐子没敢问,直接领路来到吃饭的小厅。老大家三个、文大同和金雨天都在,还没放下碗筷。

一见着刘彩云,林家漪就没止住眼泪,说:"姐呀!我对不起你们啊!呜呜呜呜……"

徐子急忙扶舅妈坐下,这才想起,说:"哎呀!舅妈这是赶了一夜的马车啊!是吧,刘和天?"

刘和天红着个眼睛,点点头。

刘彩云着急说:"到底出了什么事情嘛?!"

林家漪想说,抽泣了几下没说出来……

刘彩云更急:"哎呀!你说话嘛!!"

文大同把刘和天拉过来,说:"你说!"

刘和天说:"我爹……拉了十来个弟兄,离开了烧房!老爷爷让我陪老太太来送消息,他自己……还守在烧房!"

除了徐子,没人相信自己的耳朵。老大碰碰刘彩云的手臂,说:"他说哪个走了?"

刘彩云有点木讷,想想,推推林家漪,说:"他是说刘广黔吗?"

林家漪一边抽泣一边点头。

刘彩云还是抵触着,她不愿意相信一个小娃儿的话,以及兄弟媳妇在哭哭啼啼状态下点的头。

这么多年了,茅台镇的刘家跟贵阳的文家相处得只有那么融洽了。现在突然冒出个"离开了烧房",而且是刘家嫡亲的长孙,不可能的事情嘛!肯定是哪个环节搞错了。

刘彩云说:"刘广黔离开烧房?他去哪里?去干什么?"

刘和天像是要唤醒刘彩云,一下提高了嗓门:"姑奶奶!我爹要去另立门户,要跟云辉烧房对着干!姑奶奶!!"

刘彩云被憋了一下,猛地咳嗽了几声之后,身体突然往前一浪,嘴里"噗"的一声喷出一口什么,成散射状溅落在洁白的桌布以及那些餐具上。

是血,鲜红色的血。在那样一个情景中让所有人触目惊心。

小厅顿时乱成一片……

马神仙的长子"小神仙"后来说:"你们那天把大太太及时送到医院输血是对的,要不不知道会是个什么后果。"

那天,徐子和李备赶到马神仙家,老的小的都不在。只能原路赶回来。文大同当机立断,直接把刘彩云抬上马车往最近的湘雅医院送。

西医的方法比较通俗,血没了就输血。结论也很具体,"支气管管壁血管破裂"。

穿着个白大褂,脖子上挂一个听诊器的医生说:"人的血液有个基本量,少到一定程度了,呼吸和心跳就会停止,最终导致器官衰竭而亡。老夫人送来得及时,否则,你们见不到她了。"

小眼睛一听就哭,眼泪就那么流,止都止不住,哭得"嘤嘤嘤嘤"的。林家漪也不例外,由刘和天一直守在医院里,陪着大家流眼泪。

直到第三天上午医生查房,询问了病人和家属若干情况之后,这才正式宣布刘彩云脱离了危险期。

这边算是有了个头绪。文大同立即把母亲托付给二妈和金雨天,把老太爷托付给文昌寿和李素娥,自己带上徐子、舅妈还有刘和天,连夜赶往茅台镇。

第一眼见到刘青云,毛长嘴尖不说,还一脸憔悴。林家漪又哭一台,还念叨:"都是刘广黔那个讨债鬼,他到底想搞哪样嘛?把一家人害成这样!"

回茅台镇的路上,文大同已经跟舅妈和刘和天说好了的,姑奶奶的事情一句都不能说,真要把刘青云也搞崩溃了,两边都乱,那才难得收拾。文大同怕舅妈哭到伤心处忘记了叮嘱,把刘彩云的事给哭诉出来,赶紧拉着刘青云往烧房走。

在去烧房这一路,从街坊邻居看他们三个的眼神上就知道已经没有秘密了。即便这样,文大同和徐子还得装出宠辱不惊的样子,你不能让茅台镇的人在两个贵阳人脸上看出一丝焦虑,尽管刘青云满心都是焦虑。这也是徐子提议步行去烧房的原因,就是做给茅台镇看。

刘青云当然该焦虑。

刘广黔不仅拉了一竿子人出去,还躲着刘青云。他觉得既然下定了决心"揭竿而起"，就只能一头走到黑。真要和老爹眼睛对眼睛了，他怕犟不过对方。毕竟自己一身的好武艺，全是当爹的一点一点手把手教出来的。于是刘广黔干脆躲到仁怀县城去，打算躲过了风口浪尖再说。

"你有本事给老子站出来说个么二三嘛！"找不着儿子的刘青云只能一边喝酒一边骂。

至于谣言，最后追查到那个会乘法的工人身上时，家人说他已经去亲戚家帮忙建房子去了，不知道什么时候回来。联系起事情的前因后果，三个人一致推断跟蔡晓波有关。只是没有证据。

文大同说："那些都不说了，总有水落石出的一天！问题是……眼下烧房怎么办？"

估计这之前刘青云就拿定了主意的，只见他眼睛一鼓，挺直了腰杆，说："大同外甥！你回去告诉你爹妈，有我刘青云在，文家的烧房永远都是茅台镇的头牌！"

文大同鼻子一酸，眼泪自然也没忍住。

这么多天了，包括亲眼看见母亲喷血，文大同这是第一次流泪。上前一把抱住刘青云，哽咽着说："舅舅！我这里……先替爹妈谢谢你了！有你老人家这句话，我……"文大同松开刘青云，抹了一把眼泪："不说了，舅舅！能让云辉烧房的伙计们尽快动起来，就是对蔡晓波之流的最好回击！"

"子不教，父之过嘞！他刘广黔做出这种亲者痛仇者快的事情，怪舅舅！舅舅给你……赔罪！"刘青云说着要下跪，被文大同和徐子一把抱住。

"哎哟哟！使不得使不得！"文大同大声说，"舅舅啊，一家人就不说两家话了！茅台镇这边全仰仗你老人家了！需要怎么做，徐子会全力以赴。只是我给你老人家提个建议哈，再从茅台镇街上走过时，如果胡子头发都光光鲜鲜的，也是对蔡晓波的回击嘞！"

刘青云说："是不是啊？"

徐子说："一定是！"

文大同没有说错。当刘青云从剃头铺子出来，焕然一新在茅台镇街上一走过，消息很快就传到了蔡晓波远在贵阳的办公室。

蔡晓波就琢磨："把胡子刮了？意味个什么呢？莫非……要不然再……不忙不忙，先看看。看清楚了再说。刮胡子？嘿嘿！"

一连几天，刘青云咬着牙关，把刘广黔的兄弟伙留下的那些"窟窿"一点一点补好，完了一点火，云辉烧房又恢复了先前热气腾腾的景象。这让茅台镇那些等着看热闹的同行们有点失望。

这一回让徐子刮目相看的还有马大宏。因为是烧房的老人，所有工序都不陌生。让干什么干什么，还拿得起放得下。有这么一个人带头下力气，一些想观望的人就不好意思。这就加快了恢复进程。

马大宏是个懂得知恩图报的人，刘掌柜和徐掌柜都曾经有恩于自己，现在就是报答他们的时候。

事到如今，刘广黔就剩下"上梁山"这一条路了，他是自己把自己逼上去的。一开始只是赌气出走，另立不另立的没完全想好。姑妈气得吐血的事是后来偷偷跟自家婆娘见面时听说的，那也是令人糟心的一件事。事到如今，老爹已经把儿子制造的那些窟窿一个一个都填平了，这就意味着现在的云辉烧房有他不多无他不少。原来呼风唤雨一个人转眼之间居然成了个闲人，你还有返回去的本钱吗？真让他来一回负荆请罪吧，他又觉得他爹不配当蔺相如。而且，跟着出来的那些兄弟肯定会因此瞧不起他。所以，刘广黔顾不得许多了，只剩下了另立门户这一条路。

你不要看另立门户不过四个字，真要做起来，那可是天大的麻烦。

那天，刘广黔独自来到赤水河边，面对这条孕育了天下美酒的、茅台镇的母亲河，他跟自己发了个狠。

刘广黔从河里找了一块鹅卵石，在一块大石头上一拍两半，捡起其中一块，亮出锋利的破口，直接在左手臂内侧一拉，马上现出一道一寸长短的口子。血渗出来了，流下来滴在小草上、石头上、河水里……

刘广黔攥紧了拳头，目光从那道伤口移到赤水河上，小声道："不混出个人样，老子绝不回来见你！"

后来有人在传，说是蔡晓波曾经找过刘广黔，主动提出联手，被刘广黔拒绝了。还说人没有离开仁怀，跟他那帮兄弟在一起，当然更离不开烧房这一行。至于在哪家，都说不知道。这是传说。

关于蔡晓波的，则不是传说，文家正式聘请王律师为云辉烧房的代理律师，和蔡晓波打起了一场民告官的官司。

3

接近岁末，文霏霏家胡瓜如期而归。严格说来，因为文大喜和文心志还没回来，胡瓜应该算是老文家的第一个留学生。二老爷一高兴，破天荒在自己家摆了一桌，特地过来请老大和刘彩云，还顺带叫上文大同。

刘彩云跟老大说："老二脸皮真厚，还好意思喊文大同！"

老大说："哎呀，他那个人！我主要想知道儿子孙子的情况，不然啊，我宁愿在家吃李孃煮的素白菜蘸辣椒水。"

刘彩云说："啧！就是把李孃喊过去掌勺嘞，你以为呀！"

老大说："哦！那给李孃说一声，做一个我最爱吃的红烧狮子头。"

刘彩云说："你这个人！是老二家请客嘞！"

老大一拍脑门，说："老了老了！那就客随主便，随便。"

到了日子，二老爷家前所未有地热闹。蔡花蕾在的时候，文德范好不容易偷着回来一次，亲爹亲妈还要跑去大院那边听"汇报"。现在终于和老大平起平坐了，这也是二老爷极力主张把酒席摆在家里的原因之一。

文大同起先不打算给二叔这个面子，况且爹妈已经代表这边了。金雨天就说："怎么说他也是个长辈。许他不仁，我们不能不义。一顿饭的工夫，最主要我还想听我们家老二的消息。去！"

一般情况，文大同都听金雨天的。

后来才晓得，文大同不虚此行。不但把文心志学习生活的消息一样不少带回来，还带来了文心志已经在美国成亲的消息。

"啊！"金雨天张大了嘴巴。

文大同说："你先不要'啊'，他和我兄弟文大喜一天成的亲。"

"啊！"金雨天又来一回。

文大同说："给你讲了先不要'啊'，文心志给你找了一个美国媳妇！"

这一回，金雨天真没有"啊"，而是张着个嘴巴愣在了那里。直到她的脑筋转啊转，转回到了那年在上海和文大同在租住的房间里结婚，同学们前来祝贺的情景了，这才缓过劲来。心想，这个娃儿，不搞个青出于蓝来他硬是不安逸哈!

据胡瓜介绍,文大喜的妻子叫柳文君,是福建厦门去的留学生,和文大喜学一样的专业,算是志同道合。这是胡瓜的原话。文心志呢,找了一个叫安吉拉·琼斯的美国妞。

"琼斯"在美国是个排列前十的大姓,意思是"上帝的恩宠";安吉拉在英文里面是"上帝的信使";而且安吉拉家就信奉上帝。胡瓜解释说。安吉拉不是文心志他们天体物理的,而是旁边一栋楼,学经济管理。跟文心志同岁。两对新人选择在美国的联邦假日"独立日"那天结婚,就图一个日子好记。因为美国没有"天地"啊,"高堂"啊之类的说法,所以文大喜是在外面租的一间公寓结的婚;文心志则是按照基督教的办法,在安吉拉家亲戚朋友们的见证下,在教堂举行的婚礼。

胡瓜最后说:"如果谁还有疑问,我负责解答。"

大院过来的三个人听得云遮雾罩的,哪里只是"有疑问"?全都是疑问!但是当着二老爷家一屋子的人,文大同的脸色虽然红一点白一点的,最终还是憋成个笑脸说:"好好好,都知道了,都知道了。"

老大哪里还有心思喝什么酒,匆匆刨了两小碗饭,也没吃出李孃专门做的一道"松鼠鱼"是个什么滋味,便告辞而去。

回家的第一件事情,就是拨通了周世涛的电话,老大请他帮忙查一查美国独立日的准日子,再让小眼睛找出本黄历翻到公历7月4日这天。一对照,上面写着"甲申年、庚午月、己巳日",即农历猴年的五月十四日。这时候,文大同和金雨天也来了。老大第一句话就说:"你们家文心志是搞个哪样名堂?居然找个外国人!还是什么上帝的什么人?"

文大同说:"信使。"

老大说:"对,哪个同意他去当信使的?"

刘彩云马上说:"哎呀!跟他爹妈有哪样关系嘛?你没听胡瓜说吗,都是那个什么'拉',她家里搞的!"

老大说:"成何体统嘛?"

文大同说:"爹啊,你老人家也不要急。因为,急也没用。他那边天高皇帝远的,包括我兄弟,既不管天地,也不管高堂,不是一样把事情办了吗?要说呢,跟我们当年在上海一样,不同的只是地点换成了美国。既然木已成舟,而且，将在外边君命都可以不受，何况我们不过是父母之命呢？你跟那两个见都见不着面的家伙生气，他们知道吗？没必要！对吧？"

刘彩云说："是这个道理喽！关键你还不能把他们咋个的，还得继续拿钱嘞！"

老大也差不多被儿子说服了，于是梗着脖子说话："唉！老子就断他们一回粮草！"

刘彩云说："好啊，你不妨试试看。"

"咦！"老大一脸做出来的痛苦，说，"两个冤家哦！"

文大同摸出一张折叠着的信纸递过去，说："爹，这是文大喜请胡瓜带给你老人家的。胡瓜刚才忘了，让我交给你。"

老大说："什么啊？"

文大同说："你看嘛！"

老大打开信纸，戴上小眼睛递过来的眼镜，念道："秋日偶得，文大喜。哟，一首诗。异国秋色远，游子寒衣线。遥看月中影，慈母灯下连。"

谁也不说话，似乎都沉浸到了文大喜创造的绵绵意境之中。

老大有点动情，说："也行！知道惦记人了，也行啊！"

4

因为第二次世界大战接近了尾声，民国三十四年（1945）注定就是个不平静的年份。从年初同盟国和苏联在黑海之滨瓜分战利品的"雅尔塔会议"开始，到岁末美军四星上将巴顿将军遭遇车祸去世，大戏一直没断过。

2月，盟军开始了针对德国城市德累斯顿的大轰炸，三天之中，将近14万德国老百姓死于铺天盖地的炸弹。到了3月，美军对东京也进行了相似规模的大轰炸，两天时间里，十万日本老百姓同样死于铺天盖地的炸弹。

那些年，日本人轰炸贵阳，轰炸重庆，轰炸他们想轰炸的每一个中国城市时，他们大概不会想到自己也有今天。但是，短短几天里反过来去炸死他们那么多人，善良的中国人会觉得于心不忍。这就是战争的残酷性。炸弹没长眼睛，不会只炸坏人不炸好人。凡是摸着自己良心的人，都不会为盟军对德累斯顿和东京的大轰炸喝彩。

到了4月底，意大利法西斯头目墨索里尼被自己国家的人民处决之后没两天，苏联红军攻克柏林。希特勒在位于总理府的地下室自杀身亡的同时，一位红军战士把一面印着镰刀斧头的红旗插上了德国国会大厦的最高处。这是个一定会赢得全世界人民喝彩的时刻。

6月，五十国代表在旧金山签署了"联合国宪章"，预示着世界即将进入一个新时代。世界的事情不再是个别国家说了就能算数的，必须大家商量着办。比如，德国人再要入侵波兰，日本人再要霸占中国的东北三省，对不起，全世界联合起来打你。

7月16日，美国试验并引爆了第一颗原子弹。据说希特勒也朝思暮想拥有这么一颗玩意。假如老天爷遂了他的心愿，世界也许会是另外一番景象。十天之后，中、美、英三国发表"波茨坦公告"，促令日本人投降。这是对日本人的最后通牒。说实话，如果那时候日本人了解了原子弹的威力，同时知道美国人果真敢丢，也许就提前投降了。正因为日本人失道而寡助，全世界都想灭了这个最后的法西斯国家，所以没人告诉他们实情。哪里像当年？中国特工截取了日本人即将攻击珍珠港的消息，第一时间告诉了美国人。

因为无知，日本人还在打算负隅顽抗。这就怪不得人家了。8月6日，被命名为"小男孩"的原子弹来到广岛上空，几分钟之后，美军士兵引爆了"小男孩"。

8月8日，苏联对日本宣战。数十万刚刚打败了德国军队的苏联红军战士，掉过头来直扑中国东北。没等已经晕头转向的日本人缓过神来，8月9日，另外一颗名叫"胖子"的原子弹在长崎上空爆炸。

还是那句话：战争太残酷！

日本人终于领教了一回什么叫作"以牙还牙"。也怪，这一回不知道比德累斯顿和东京多死了多少人，却没人指责。这不禁让人想起了《孟子·公孙丑下》里的那句话："得道者多助，失道者寡助。"

终于，疯狂占领、残酷屠杀、野蛮奴役亚洲达十四年之久的大日本帝国，举手投降了。8月15日，日本天皇发布"终战诏书"，宣布无条件投降。9月2日，在美国战列舰密苏里号的甲板上，日本代表在投降书上写下了自己的名字。邪恶势力集团链条上的最后一个法西斯国家就这么覆灭了。

从日本人踏上东北的第一天起,十四年了,中国人民一直以自己的血肉之躯抗击着东边这个历来偏执、蛮横、霸道的邻居,一天也没有停止过。在欢庆胜利的同时,人们不禁要问,那个一直在策划、组织、参与并指挥了全部战争过程的裕仁天皇怎么就逃脱了惩罚呢?据说是美国人网开一面。人们不禁又问,美国人凭什么这么做?谁给美国人的这个权利?就因为原子弹是他们丢的吗?

也许,美国人正是从第二次世界大战的结果中看到了自己所向披靡的能力,从而萌生了做一回世界警察的想法,试着来一回"网开一面",真还管用。由此,世界进入了美国人"一言九鼎"的时代。正是由于美国人导演的这次对日本的不彻底清算,导致了日本一些人固执地用偏执的观点来理解和讲述这场战争,那是后话。

整整一年,文家人跟普天之下的中国人一样,是在欢笑和泪水中度过的。《黔报》的头版,任何时候都是留给那些突如其来的消息的。后来老大嫌报纸太慢了,让文大同去买了一台收音机回来。什么消息再不用等到第二天了,旋钮一打开,新闻、消息、专题,什么事情都给你说得清清楚楚。即便这个时间错过了收听,下一个钟点人家还会再说一遍。只有那么方便了。

老大不禁感慨,说:"真是的,哎呀!你要说通上电,电灯泡就亮起来,这个我信。现在居然通上电就有声音出来!你说他们咋个想出来的哈?哈哈哈哈!"

日本明仁天皇宣布"终战诏书"的讲话录音就是在收音机里面听到的。虽然听不懂叽里咕噜的日本话,但是知道说的都是服软的话,大家也很开心。

虽然听不懂日本话,也阻挡不了文家老大要骂人,他说:"狗东西的小日本,就因为他们以次充好,害得周世龙老先生命断东瀛,实在可恨!这回被彻底收拾了吧?不是不报,时候不到!"

1945年8月15日这天,是农历的七月初八,距离被佛教称为"盂兰盆节"的"七月半"还有七天。老大的意思,找个"吃一顿"的理由。想想不合适,觉得隔得远了点。

刘彩云说:"想吃还找什么理由?吃就是。"

老大说:"不不不,师出无名嘛。要说……打败日本人肯定是个正经理由。只是我们中国人想喝酒了,一定要有一个中国的理由。我们不像日本人,把自己的欢乐建立在别人的痛苦上，那叫不义！"

金雨天说："那就七夕节嘛，昨天的事情。"

文大同说："牛郎织女鹊桥会，愿天下有情人终成眷属。对，这个理由好！"

老大一拍桌子："就是它了。把周世涛喊过来，大家一起庆祝！"

刘彩云说："你呀，老了老了，还馋。"

小眼睛说："是老爷胃口好。这么大年纪了，也难得哦！"

老大说："你们都说错了。是老天爷青睐我们文家，把那么大一个烧房赐给我们。那么安逸的陈酿美酒，在月亮上面叫琼浆嘞！我们自己不找机会多喝一点，对不起老天爷他老人家嘛！"

5

在欢庆胜利的锣鼓声中，10月10日，国共两党在重庆签署了《双十协定》，把中国两个最大政党的合作推进到了一个新的高度；10月24日，联合国正式成立，《联合国宪章》生效；10月25日，国民政府在台湾举行光复仪式，宣布收复台湾及澎湖列岛。

当然，战争的终结，带给人们的不都是欢乐。比如书局，战事一结束，当年为躲避战火迁到贵州来的那些机关、单位纷纷原路返回，当然也包括参加书局编辑所的那些教授学者们。原先开个编辑讨论会，会议室找不到一把空椅子那场面一去不复返了。一下子空了闲了，不光文大同，排字房的那些工人也不习惯。大家都在忐忑中等待，等待哪天书局冷不丁下来一个通知，让某某某和某某某暂时回家，发上班时四分之一的薪水，等哪天业务来了，再通知你回来上班。

曾经繁荣一时的战时后方经济由此一下子出现了一个巨大的真空，同时也把文大同的心情搞得空落落的。书局这么大个摊子，你总要有东西做。"福荫乡梓"那一坨钱虽然从老太爷那里出，总不能像教科书那么哗哗哗地印；教科书呢，有季节性，在规定时间送到规定地点。剩下的时间里活路全靠自己找。前些年一直在印刷跟抗战相关的书，现在呢？文大同只能期待另外一个特殊时期的到来，好让他把那些拿四分之一薪水的工人再请回来。忙惯了的人，一下子闲下来会觉得手脚都不知道该往哪儿放。

还好，文大同很快就有事做了。

也是因为抗战结束，不论政府部门还是社会机构，全都卸下了"战时"那个后缀，开始了日出而作日落而息，敲钟吃饭盖章拿钱的常规运作。于是，拖了差不多一年的"云辉烧房诉蔡晓波案"，被地方法院提上了议事日程。

律师一般按单子收费。有标底的，按标底的百分比；没有标底的，双方商量一个价钱，败了多少钱胜了多少钱。王律师接的这一单，一边是大户人家，一边是省里头的官员，输赢都有钱进不说，因为关注度高，还有助于提高声誉。所以，王律师花的心思是一般官司的若干倍。不但把蔡晓波觊觎云辉烧房的来龙去脉搞得滴水不漏，还收集了一些蔡晓波行贿受贿的证人证言，准备根据进展再决定是否拿出来以及什么时候拿出来。算是豁出去搞一回。

王律师之前听说过蔡晓波不是等闲之辈，之所以还敢这么下力气整，是因为自己代理的原告也不是等闲之辈。此案必然被社会高度关注，加上文家自己家还有报纸，相当于把官司放到光天化日之下让大家看。王律师由此估计蔡晓波不敢乱来，这才铆足了胆子干。

后来的实际情况的确也如王律师所料，蔡晓波真的做了一回规矩人。法院让干什么干什么，还准点来准点走，中规中矩。根据庭审情况，王律师估计用不了多久便可以如愿拿到"胜诉"那一档的费用。

没想有一天，王律师接到主审法官找人带过来的口信，让王律师几点几点到距离王律师家不远的一个酒馆见面，说有事相商。

律师当然不敢得罪法官。如果法官有心偏袒另外一方，律师纵然把口水讲干了也是枉然。天底下哪有铁板一块的诉状？随便找你个小瑕疵，保管你只输不赢。所以，律师当然要仰主审法官的鼻息。

王律师进了酒馆的包间，一看，主审法官旁边居然坐着蔡晓波。这种情况王律师当然经历过，当诉讼程序遇到问题时，还有另外一种程序叫作"庭外调解"，类似于私了。从主审法官和蔡晓波脸上较为轻松的表情判断，热热闹闹的一场官司八九不离十要被私了。

主审法官不过讲了几句开场白，便借故走了。留下原告律师和被告慢慢商量。王律师懂的，主审法官就是来亮个相，相当于告诉王律师，无论双方谈成个什么结果，他都认账。

被告方的意思,这回他认栽;然后文家撤诉,他也不再追究云辉烧房其他事情;诉讼费用他出。至于因为撤诉给王律师带来的"损失",蔡晓波把一个有些厚度的信封放到桌上,用两个指头推到王律师面前。王律师拿起信封直接放进西装内衬口袋的动作相当娴熟,脸上没有任何表情。

当然,王律师没办法左右文大同脸上的表情。

文大同相当冒火,眼睛瞪得溜溜圆的,说:"哦,他想咋个就咋个?那还要问我同意不同意嘞!诉讼费用他出?他蔡晓波只要公开赔礼道歉,我出双倍诉讼费!行不?"

王律师用手顶了一下眼镜中间的支点,说:"文先生,主要是主审法官也有庭外和解的意思,所以……"

文大同手一挥,鼓着眼睛说:"问题是我没有庭外和解的意思啊!他是不是收了蔡晓波的昧心钱了?!"

王律师笑着摆摆手,说:"你这个先生啊!一听就是气话。文先生,这样,你也消消气。我呢,再去跟主审法官说说看。公开赔礼道歉我不敢说,如果私底下……"王律师故意没把话说完。

文大同又挥了一次手,说:"必须公开!"

王律师说:"好好好,我去说,我去说!"

一个礼拜之后的一天晚上,《黔报》一个上夜班的编辑赶完了当天的稿件刚刚迈出报社的大门,就被扑上来的几个黑影一顿拳脚。现场就听见编辑"哎哟哎哟"的叫声和拳脚接触软组织发出的有点闷的声音。等到报社里面的同仁听见声音跑出来,街上就剩下编辑一个人躺在地上呻吟,眼镜也被踩成变了形的空架架。送到医院,在灯光下面一看,四个字:皮泡脸肿。

闻讯赶来的家人就问,是不是得罪什么人了?是不是欠了别人的钱没还?是不是寻花问柳找错地方了?编辑一概摇头。家里人就说不认账也行,反正痛的是你自己。

中间仅仅隔了一天,另外一个编辑也遭遇了一模一样的情况,也被送到了医院。

文大同这才恍然大悟,对毛焦火辣的周世涛说:"一定是蔡晓波那个狗杂种！"

周世涛想想，说："我们没怎么嘛？挨不上啊！"

文大同说："你不管了，周老先生。这事我来处理！"

第二天，文大同打电话通知王律师，说他同意"私下"方案。王律师在电话那头说哦哦哦，好好好，说他马上就去告诉主审法官，就说文家同意法院的庭外调解。

文大同"啪"地挂断了电话。

具体情况只有金雨天一个人知道。等老太爷问起时，文大同就说已经解决了。

老大说："怎么个情况啊？是不是按照我们的要求啊？"

文大同说："那当然，绝不能便宜了那家伙！"

老大很高兴，说："就是应该这样嘞，要不然他狗东西无法无天嘛！"

在场的金雨天很想堆出个什么表情来迎合一下老太爷，如同过去唱戏时那样。不论当时你是个什么心情，该笑你得笑，该哭你得哭。金雨天最后选择了泪往心里流，转身离去。

第三十八章

1

鸡年的腊月初八,是公历 1946 年 1 月 10 日。中国北方有喝腊八粥的习俗,贵州这边不兴这个。因为时值小寒、大寒之间,正是冷的时候。风刮得大一点,都听得见赤水河两边的树梢上发出"嗖嗖"的哨音,感觉都能把个半大娃儿吹倒。这种天气出门的人不多,都窝在屋子里烤火。

一大早,从客栈二楼徐子家占用的那两个房间里传来一声婴儿的啼哭,立即让围在廊道上的男人们露出了笑脸。这之前,人人都听得见钱彩珠用尽全身力气的声音,以及产婆子催促钱彩珠用力的叫喊。

徐子和钱彩珠是羊年五月成的亲,按照自然规律,最迟猴年的五月,钱彩珠一定要有个说法。结果鸡年的五月都过去了,钱彩珠都没有个说法。由此不仅导致了一批跟着着急的人,还产生了一批等着看笑话的人。因为之前从文家来到茅台镇的小眼睛就是那么一个结果,如果钱彩珠的肚皮依旧不争气,舆论上肯定对文家不利。你看,人家都撇开具体当事人,直接追溯到了根子上。所以,徐子只能被舆论裹挟着走,也重视起"种瓜种豆"的问题来。

这之前,实事求是说,徐子对钱彩珠没什么感觉。和大小姐生生死死那么长时间,最终修成那么一个让人悲伤的结果,徐子已经心死如灰烬。后来要到茅台镇了,老文家一家人热情似火地帮你张罗这帮你张罗那,连马神仙都披挂上阵,"值日星神是玄武黑道"都给你算明白了。徐子只剩下听从别人安排这一条路,你还能怎样?所以,之后在茅台镇的这些日子里,徐子和钱彩珠的夫妻之礼,多是被动地行使丈夫之责。

你一个男人家干正经事时冷眉冷眼的,人家钱彩珠还以为你不喜欢她。时间一长，两个都被动起来。加上烧房的事情，刘广黔的事情，蔡晓波的事情，一样一样没断过，晚上躺上床了，迷糊之中一会儿跳出个蔡晓波，一会儿又跳出来个刘广黔；有一次跳出来的人居然很像钱彩珠，似飘非飘那么悬在徐子眼前。你看，都成了一种折磨了。

按说两个人在一起不应该没有结果，没想真的就高低没个结果，你能怪谁？

钱彩珠也是老实人，觉得就这样能睡在一张床上已经很好，至于弄不弄的，你不能强求。人一知足，对生活就不挑剔，也就没有怨言。直到鸡年的春天，徐子回贵阳办事被文大同问起，说大太太跟二太太不知问了多少遍了。徐子这才把关于肚皮的事情提上了议事日程来。

当然，对于钱彩珠一直以来的兢兢业业做太太、无怨无悔当配角，徐子也是看得见的，这才感觉到了对人家钱彩珠的不公平。加上恰好来到春季这样的好时节，不论农事家事，特别有利于犁地呀、播种呀之类的活路。还有一条，那是徐子突然之间发现的，即便按照老太爷当年捡他回来定的那个没法验证的年龄，虚岁也已经五十三了。意思该抓紧了。

等到徐子来一回主动，钱彩珠反而脸红了。好在黑灯瞎火的没人看得见。虚岁三十五的钱彩珠第一次体验到了人生中前所未有的幸福。这种事情即便不是建立在两情相悦之上，只要没毛病，怀孕的概率也很高。现在两情相悦了，种瓜种豆自然都是很轻松的事情。

这一回，钱彩珠收获了一个儿子。

当产婆子把这个消息高声公之于众时，外面的刘青云、刘和天、马大宏家两爷子，还有烧房的几个同仁，围着徐子又捶又打的，闹成一团。中国人都这样，如果是个女娃儿，他们就会说"也好也好"。

之前，徐子想好的，不论生男生女，都叫"徐文"，纪念文珠的意思。当时说给钱彩珠听，还解释了一遍，钱彩珠就说了一句话"我都听你的"。结果是个"男"徐文，钱彩珠不由得流下了眼泪。

徐子一定要把这样的喜悦尽快让文家人分享，就跑去发了封电报。把喜悦心情精简成四个字"老徐添丁"。结果第二天就接到对方回复的电报，也是四个字"抱来参观"。

徐子一看，心想怎么一点不像老文家的口气呢？后来才知道，是文大同让文心武去发的电报。为这，文心武还被老太爷揪了一回耳朵，说文心武就是"福荫乡梓"的那些书看得少了。

徐子耐着性子等到徐文满月，急匆匆在茅台镇新开的一家馆子办了两桌满月酒，把该请的都请到，喝空了一堆茅台烧的瓶子，拿翻了七八个茅台镇上的"酒仙"。第二天一早，带着钱彩珠母子上了路。一来让大家"参观"，二来，他也想徐天嫒了。

文家的热闹可想而知。从老太爷开始，梁山泊英雄排座次顺着往下传，嫩娃儿先传到大太太刘彩云手里，然后二太太、赵青梅、金雨天，最后连徐天嫒都抱了一回。徐子负责传递，如果中途徐文冷不丁哭两声，由钱彩珠过来安抚。

数刘彩云心情复杂。要说是自家外孙？挨不上；要说是别人家的？又那么千丝万缕连着。看着看着眼泪就出来了，只是大家都看得出来那不是因为悲伤。刘彩云把脸埋在徐文的小衣服上，闻闻奶香，顺便蹭蹭眼泪，说："哎呀！你说我们咋个不老嘛！啧！哎呀！"

钱彩珠也泪眼婆娑的，突然想起什么事，碰碰徐子，小声嘀咕了一句。徐子马上说："对了，舅舅还让我告诉大太太，他已经给刘和天说了一门亲，女家是茅台镇许家的小女儿许翠玲。舅舅说大太太知道的。"

刘彩云想想，说："许家？他兄弟那年被土匪打死的那个许家？"

徐子说："应该是，还说准备今年秋天成亲。"

刘彩云突然笑了一下，说："你说我们咋个不老嘛！"

也许是受到了感染，那晚上文大同家两口子都睡下了，金雨天突然想起说："哎，干脆我们也给文心武找一家算了。"

文大同说："找一家？你的意思……跟刘和天一样？"

金雨天说："就是，两个人一般大。都不说，我们家大儿子看来是指望不上了！我是乱说哈，即便生个娃儿，黄头发蓝眼睛的，咋个看嘛？不要说爹妈，我都觉得有点怪！"

文大同不吭气。

金雨天推他一下，说："莫非你不觉得？"

文大同说："也是！"

金雨天说："那就要趁早！把女家固定下来，大家都安心。"

文大同说:"我看可以。"

"还有……"金雨天欲言又止。

文大同都不用猜,直接点破,说:"我就晓得你要说文心仪!"

金雨天突然哭起来,说:"我们没干过什么缺德事嘛?!"

文大同说:"你的意思……二太太干过缺德事喽?"

2

金雨天真的不知道老文家祖上是不是有人干过缺德事,否则,为什么文心仪的肚子至今没有动静?对于自己解释不了的事情,人们总是要找一个自己没有责任的理由。比如,生不了娃儿,或者生的娃儿没屁眼,统统归结为上辈人做了缺德事,总之让别人承担责任。

虽然李东海下面还有两个兄弟,谁家不希望有个长房长孙?

在中国,长子家的长子,才是一个家庭中排在第一顺序上的重点对象。不怕老二、老三胡子一大把了,一定被排在刚刚出生的老大家儿子后面。所以,谁家都希望大儿子及早生个儿子,为的就是固定排序。因此,李东海爹妈的着急比起文大同和金雨天的着急,有本质意义上的不同。

先是马神仙,后来是马神仙家小神仙,号脉之后就按照疗程喝药汤;一段时间下来,再号脉,再喝药汤。前后一年多了,药汤渣渣都堆成个小山包了,文心仪的肚子照样没有动静。后来还是小神仙提议去西医那边看看,没直接说死马当活马医,总之是那意思。

早就听说西医野蛮,直接下刀子动钳子用锯子,什么家伙都敢用。文心仪当然害怕。回娘家跟金雨天一商量,当妈的说总比怀不上强吧?真要是动了家伙能怀上,冒一回险也值得。就这样,文心仪去大太太输血的湘雅医院做了一次"输卵管疏通术"。遵照医嘱,手术之后又调养了半年。

金雨天跟文大同说起这件事情的那晚上,是调养之后的第八十九天,文心仪那边仍然没有消息。包括赵青梅在内,一家人都在盼星星盼月亮一样盼望着文家大小姐尽快没了"桃花癸水"。

也许是老天爷被文家人念叨得烦了,也许是西医针对患部直接下家伙的办法管用了，也许是调养期间神仙家的汤药理顺了各个部位的相互关系，也许一样都有一点，叠加在一起的力量就大，结果硬是把文心仪的"桃花癸水"给逼了回去。

按照常规时间没见动静还不敢高兴，又等了半个月仍然没有动静。文心仪这才由李东海架着回娘家来报了喜。两娘母抱在一起痛哭流涕的同时，也让老太爷又找到了一回喝茅台烧的借口。

这是调养之后第九十四天的事。

先是徐文诞生，跟着刘家、文家的两个娃儿定了亲，现在老大难的文心仪又终于怀了孕，文家接二连三的喜事让老大竟有些困惑起来。老话说"小人一欢必有祸"，喜事和祸事总是伴随在一起，而且交替发生的。老大虽然坚信自己不是小人，小心一点还是有必要的。这种时候出点纰漏，会抵消先前的那些快乐，划不来。因此，那几天不论吃饭、走路、睡觉，老大都格外小心。直到有一天从《黔报》看到国军进攻中原解放区的消息，这才恍然大悟，说原来祸事在这儿。终于可以放心大胆地过日子了。

老大一看时间，1946年6月26日，找出笔来把心里面的日子写下来一对照，这一天距离日本人投降不到一年；距离年初国共双方签订《停战协议》，并在北平成立军调处执行部不到半年。后来才知道，这是中国全面内战的序幕。

这一仗是早晚的事。

三年前国民政府隆重推出蒋总裁的《中国之命运》，就是为这一仗打的舆论基础。早先是攘外必先安内，现在换几个字，叫作"攘完外必安内"。这回美国人无奈做了一回蜡烛，夹在两个党派中间左也不是右也不是。还是罗贯中那句话，"天下大势，分久必合，合久必分"。况且共产党跟国民党从来就没有真正"合"过，而互相称呼对方为"匪"也已经有些年头了。

管他的呢，无论谁坐天下，老百姓都得吃喝拉撒一天一天地过。比起抗日战争，内战的两边都是中国人，被夹在中间的老百姓相对好受一点，不会被日本人那样灭绝人性地格杀勿论。当然喽，老百姓肯定是不愿意打仗的，但由不得你呀。假如有一天打仗之前先要征求一下老百姓的意见，仗永远打不起来。

接二连三的战争让所有人都喘不过气来，即便表面光鲜的文家，背地里也是一肚皮的苦水，文大同就是这么个情况。按说"掌门人"是个很有派头的称谓，不论政治、经济、家庭还是黑帮，总之是大权在握的同义词。文大同这个掌门人却没有这样的体验。自接掌文家以来，文大同一直好比一个奔波劳碌的"衙役"，办不完的糟心差事还看不到前景也都罢了，同时还要提防、对付那些突然从暗处冒出来算计文家的小人。天底下哪有这样背时的掌门人嘛？

"背时"是我们这边的俚语，倒霉的意思。

前一关盼望有一个能改变书局现状的机遇，等来的居然是另外一场战争。不要说改变现状了，原先卖掉五百亩田地能办的事，现在需要卖掉七百亩。早晓得，第一次就卖空了它，价钱至少高三成。连老大都糊涂了，不是说土地没有心眼吗？怎么也跟着算计起主人家来了？现在看来，再精明的人心也算计不过世道。

文家老大更惨。搜干算净，那年置下的六七千亩土地，现在就剩下了不到二百亩。管理田产的机构早已撤除。回过头看看，败家的过程竟然只是一阵风吹过的过程，风一过，家就败没了。

好几次，老大都不好意思正视文大同的眼睛。

俗话说的"死要面子活受罪"，就是对文家老大一直以来人生理念的写照。一个人的时候，把自己人生中一个个节点在头脑里过一遍，如同后院小戏台上轮番飘飘而过的一出出戏剧，不论悲剧、喜剧、正剧，都能让老大唏嘘一番。

人也怪，大多数都喜欢看悲剧。要说都是讲故事，但是悲剧故事的出发点不一样，那是用揭露人性弱点和缺陷来拷问人生的过程；而其他故事大都是在粉饰生活。

老大的人生戏剧则是以正剧开的场，莫非真要以悲剧来结尾？老大就是这样诘问自己的。

老大想起了爹。

一个落魄的读书人鬼使神差来到刀把镇，有了点银子的第一个念头就是"福荫乡梓"，自己践行还不过瘾，还拉上儿子，儿子又拉上了孙子，子子孙孙都不知道什么时候是个段落？哪怕只是打个逗号呢？总该让人歇歇脚。还有妈，剁一截什么不好非要剁自己的一截手指头？还说那些让人一辈子都耿耿于怀的话！你们倒是甩手甩脚走了，让我一个人在这世上被煎熬，咦！还让不让人活嘛！

老大银白色的胡须在暗影中抖动着，泪流满面。

3

刘广黔离家出走之后，老婆没离开过刘家半步。女人在家庭中的任务一是上孝公婆，二是下养儿女。她娘家姓孙，嫁过来之后家里那个只图好养活的名字从此没人喊了，改成刘孙氏。这种把夫家跟娘家的姓合起来后面加一个"氏"的名字，在中国可以追溯到商代甚至更远。"氏"字的含义很丰富，既是古代姓的分支，也是区别贵贱的标志。不论孙家这个女儿之前叫个孙什么，嫁过来就喊"刘孙氏"，这是规矩。

刘和天下面还有一个妹，比他小五岁，最早起名刘菜花，因为刘菜花一直嫌自己的这个名字难听，读书的第二年经刘青云点头改成了刘秀玉。刘孙氏觉得不如菜花叫起来亲切，刘秀玉就说她妈不懂。

儿子秋天成亲这件事，刘广黔是听女儿说的。那天刘秀玉到仁怀县城去买胭脂，理由就是哥哥成亲那天准备用一回。路上竟然遇见了父亲，便将此事和盘托出，从这天起，刘广黔心里面装了个事情。

打抗战胜利前一年秋天离开茅台镇，差不多两年的时间，刘广黔和他的兄弟伙所有的劳动所得一律只支取够日常生活的钱，其余的全部存入仁怀的钱庄，到现在已经是一个不小的数字了。刘广黔原本打算再多积攒些，直接开一家中等以上的烧房，有一天跟云辉烧房叫板时差距不至于太大。现在半中拦腰出来个儿子的亲事，自己一个当爹的，不闻不问肯定是说不走的。眼见着的问题就是要用钱。存在钱庄的钱是大家的，不是自己想动就能动。想来想去，最有可能应付急需的办法就是先盘一家小烧房来做，先有了进项，慢慢再图长远。说给大家听了，都说只能如此。

没多久，一面写着"天和烧房"字样的酒幌在茅台镇的大街上立起来的时候，虽然没见到刘广黔的面，大家都知道刘广黔终于回来了。茅台镇有点年纪的人都还记得，那年刘青云的爹刘天和的烧房毁于大火之后，唯独剩下当时挂在铺面上的这面酒幌。天和烧房虽然跟云辉烧房不在一个等级上，但在刘广黔心里，早晚是要唱一出对台戏的。现在只是第一步。

还是茅台镇的窖泥，还是赤水河的水，还是那一帮酿酒人，出产的东西跟茅台烧会有区别吗？只要价格合适，销路也差不到哪里去。没出两个月，刘广黔就把置办亲事所需的法币用一根麻绳捆着，放到了刘青云和林家漪面前。当然，刘孙氏跟两个娃儿都在场。

刘青云垮着个脸，说："还晓得回来哈？"

刘广黔不吭气。

林家漪忙说："好好好！知道回来就好！不过你也是狠得下心，一走就是两年，回到茅台镇了还在外面住。也不知道这脾气随哪个？你不要说，还真有点像他舅舅。"

刘青云说："这回对了嘛，外甥像娘舅！学点好的嘛，给娃儿带个好头嘛，大逆不道有哪样好？"

刘广黔说："我没有大逆不道！"

刘青云说："离家出走就是大逆不道！咋个？"

刘广黔正要开口，被儿子拦住。刘和天说："爹！你就不能少说两句？就为你，姑奶奶气得吐了血！两年的时间见不到你的人影，我和妈帮你照顾爷爷奶奶！你这个莫非叫孝顺？"

刘青云说："这回好，等你家儿来收拾你一回！"

刘和天说："你就当一回哑巴，让爷爷发一回脾气，有哪样嘛！"

刘青云说："你看，有我家孙子帮我撑腰，心情是不一样！不过嘞，你爹……有一样好，这回把天和烧房的幌子重新立起来，也算他没有白折腾这两年！"

林家漪说："我给你们说哈，我最反感的，是一家人分几头住，家不像个家的样子，还让街坊四邻说闲话！"

刘秀玉说："我也是。"

一家六口人，除了刘孙氏没说一句话，其余四个都反对刘广黔不回家。打从这天起，刘广黔搬了回来。原先，每天早晨两爷子一同出门奔向同一家烧房，现在变成了奔向两家烧房。一开始刘青云还觉得别扭，时间一长，习惯就成了自然。这样的改变还涉及了刘和天。这孙子一直以来就没打算"窝"在茅台镇，效仿徐霞客游历天下名山大川，品尝各地方美食美酒是他成年之前的梦想。后来他爹的离家出走紧跟着另起炉灶，完全打破了刘和天的少年美梦，只能老老实实跟随爷爷来到烧房一样一样开始学，弥补因为刘广黔的离去给云辉烧房造成的损失。既然没了选择，刘和天也就听从了家里给他安排的这门亲事。刘和天的性格随刘孙氏，只要别人高兴，自己即便受点委屈也没关系。何况，成亲不能算委屈。

茅台镇的秋天如约而来的时候，如约而来的还有刘和天跟许翠玲的婚姻。两家的根都在茅台镇扎得很深，枝蔓也就茂盛。于是，差不多整条街的街坊都来了，加上远近亲戚，硬是把刘青云家前院、后院都挤满，还在大门外摆了五桌。刘广黔直接请茅台镇的两家饭庄歇一天业，把大师傅都包了过来，在临时搭建的炉灶前一字排开，还交代大师傅什么好吃做什么。酒席的事情一样一样交代清楚，顺利得很。唯独在用哪个烧房的酒出现了分歧。刘青云说因为喝惯了，必须用茅台烧；刘广黔不干，说因为是老刘家自己的事情，没有用别人家酒的道理。

最后，"官司"闹到了代表文家专门过来朝贺的文大同那里。文大同面对脸红脖子粗的两爷子，想了一个折中方案。

文大同说："按说用哪家的都没错。这边是爷孙两个，那边是爹。既然都是一家人，看看这样行不行？我们用茅台烧的瓶子，装天和烧房的酒。这样既突显了云辉烧房拿过金牌的业内名望，又兼顾了天和烧房家族陈酿的情结。如何？"

要按性格，估计两爷子都会说不行，特别是刘广黔。只是眼下真要这么叫板下去，估计不会有赢家。

刘广黔说："就听大表哥的！"

徐子是和文大同坐一辆马车回贵阳的，同行的还有刘和天家小两口，他们是赶过去参加文心武的婚礼的。事前就定了这样一个两家错开的日子。按说文大同过来茅台镇，作为礼尚往来，这边至少刘广黔要跑一趟。但是刘广黔没脸去见刘彩云，刘青云也因为徐子必须去贵阳而只能留守烧房，茅台镇老刘家最后只剩下了刘和天。想想也行，一来长房长孙也很具代表性，二来刘和天说他也想看看姑奶奶，同时也让姑奶奶一家看看刘许氏。

许翠玲最不愿意人家喊她这个怪里怪气的名字，只是规矩摆在那里，没办法。她还跟自己家爹妈姊妹说好了的，回娘家不允许任何人喊"刘许氏"。

关于规矩，城里头要好些，早已经没人使用"刘许氏"这样的称呼了。刘彩云和金雨天都是，早早唾弃了这样的陋习。到了文心武这时候，虽然还必须遵循换八字、送彩礼之类的老礼，文心武家新娘子已经要求文心武称呼她未婚妻了。

文心武的未婚妻叫章悦，祖上好几代都是书香门第，一直教书育人，和文大同家老太爷是一路人。到章悦他爹这儿终于走了一回仕途，在税局得了那么一官半职。章家对于文家早有耳闻，八字放在一起也还般配，谁也没克着谁，便同意了对方秋季成婚的安排。

文心武和章悦的喜酒宴席之所以摆到了文家，不是像刘青云家为了找一个摆得下那么多桌子的大地方，而是因为这样节省。大师傅当然还是汉云楼的，只是没请主厨。二厨带上两个下手，味道都是一个路子，关键只要大厨三分之一的价钱。食材也是需要多少买多少，哪像原来，办酒席说得最多的一句话就是"多多益善"。

就这么个省法，费用的一半还是金雨天攒了大半辈子的私房钱。因为文心志和文心仪都省了，最后就剩下文心武这么一个，加上在章悦爹妈的眼里文家是财主，万一被人家看出个"破落"之类的端倪，会影响文心武今后在老丈人心目里的形象。金雨天这才倾囊而出，拼最后一次脸面。

那天最高兴的两个人是老太爷和大太太，人前人后都是笑脸。老太爷酒还喝安逸了的。金雨天都看在眼里，心想，这就值得。

4

转眼到了民国三十六年（1947）。春天，当文家在为文心仪的儿子诞生而高兴的时候，3月12日，美国总统杜鲁门发表国情咨文，公开敌视被称为"社会主义国家"的苏联。这个后来被定义为"杜鲁门主义"的国情咨文，宣称世界已经分化为两个敌对的营垒，一边是"极权政体"，一边是"自由国家"，说每个国家都面临着不同生活方式的抉择，并宣布美国将承担起自由世界守护神的使命。

"杜鲁门主义"是一个标志，它标志着美国和苏联在"二战"中同盟关系的结束以及被称为"冷战"的一个新时代的开始。

　　文家两爷子对于"主义"呀，"冷战"呀完全形不成概念。"二战"和抗战他们知道，亲身经历并且历历在目；真不知道冷战是怎么个"冷"法。还有"极权"和"自由"，也是第一次看见被纠集在一起，似乎跟中国老百姓的生活没有关联。

　　也不知道从什么时候开始的，凡是听说个什么大事件，不论中国的还是外国的，老大一定要找个人来评论一番，以抒发胸臆。潜意识里是强烈的参与意识，不吐不快。最早是和周世龙，周世龙走了之后找来周世涛的同时还捎带上文大同，现在不好意思总是麻烦人家老先生来回跑，终于压缩成了两爷子。

　　老大说："都是洋鬼子们吃饱了撑的！"

　　文大同说："还真是。没听胡瓜说吗？说美国老百姓的基本生活水平比我们高出一截。所以他们才有精力去管别国的事情。"

　　刘彩云最烦他们两爷子扯淡，就说："哎呀！尽讲些不当吃不当穿的事情。文大同打个电话问问嘛，问问你家姑娘好久抱重孙孙来我们看！"

　　文大同说："电话我可以打，但是……起码你让她坐完月子？"

　　刘彩云说："那咋个行？不行不行，那你们要陪我先去看一回！"

　　老大说："这个不成体统，哈！哪里有老太太跑到孙女婆家去看孙孙的？不成体统！"

　　刘彩云说："谁规定的？"

　　"嗨呀！这个还用问吗？王法在那里都几千年了，没有吃过猪肉难道你还没见过猪跑？"老大说。

　　"爹呀，慢着慢着！"文大同赶紧岔开两个老的，说，"妈呀，哪天让他们抱过来就是！"

　　日子过得舒心了，你就觉得光阴如梭；一旦背时起来，又会觉得度日如年。丁亥年对文家来说，前边大半年还算"光阴如梭"。刚刚看完了文心仪家被命名为李飞龙的儿子，立秋还差三天，章悦也产下一个六斤七两的儿子。

　　那天特别热，在屋里坐着不动都是一身汗，更不用说用尽全身力气生产的孙子媳妇章悦了。害得在旁边帮着忙这忙那的小眼睛和金雨天也是汗如雨滴。小眼睛拿自己的手让章悦抓着，以便章悦用劲时不至于瞎抓。小眼睛的另外一个职责是重复产婆子的口令。比如，产婆子喊"再用一把力"，小眼睛就会附在章悦的耳边说一句"就差一口气了，我们再加一把力哈"。

金雨天则给产婆子打下手，递这递那。

直到"稀里呼噜"一阵动静之后，小眼睛就看见一个肤色有点沉闷的嫩娃儿在产婆子手里倒来倒去，先剪脐带、扎个疙瘩；接着清除嘴里的异物；之后提着孩子的双脚拍屁股，边拍边喊："准备毛巾！"等嫩娃儿哇哇地大哭起来了，产婆子把嫩娃儿放到金雨天展开的毛巾上面，说了声"搞干净哈！"就马上过去处理嫩娃儿家妈。

眼睛都看直了的小眼睛这才回过神来，就觉得自己身上似乎什么地方也有了痛感，低头一看，原来刚才被章悦抓着的手腕处，几个颜色有异的指头印子清晰可见。

十天之后，从茅台镇传来消息，说刘许氏也生了个儿子，还说刘青云给起的名字，叫刘家宝。

文大同这才想起名字的事情，赶紧去找老太爷。到了书房，三个老人家都在，等文大同开口说了由来，大太太就说："等你们想起来，黄花菜都凉了。"

文大同说："哦？意思已经有了？"

老大用两根手指在面前的一张信笺上敲了几下，也不说话。文大同拿起来一看，见信笺上工工整整写着"文达观"三个颜真卿风格的毛笔字。

"文达观。"文大同说，"是不是有个哪样说法呢？"

"那当然！"老大说，"我查了黄历，那天是农历六月十九，恰巧是观世音菩萨的得道日。所以名字里面就取一个'观'字，加上通达四海的'达'字，达观。心胸开朗而见识通达的意思。沾点菩萨仙气的同时，希望他将来胸有大志，事事顺达。"

文大同说："哎呀！有根有据的，看来非它莫属了。"

刘彩云说："好是好，就是听上去有点像是大官，当官的官哈！"

老大把两根手指并在一起点一点刘彩云，说："愚人之见！"

刘彩云说："是，我们愚，哪能跟你比？"

按照规矩，文心仪家李飞龙出生那天，文家的老三口就升了一格的。正规的称呼应该是曾外祖父母，我们这边不论"内外"都喊老祖公、老祖太。真要喊成"外老祖太"了，也别扭。等到生了文达观，三个老人家才成了真正意义上的老祖公、老祖太。进一步细分，喊刘彩云叫大老祖太，小眼睛自然就是二老祖太。

那几天，无论做什么，老大的心情都不错。文大同也不忍心跟他提不愉快的事情。只是不愉快的事情总在那儿放着也不是办法，早晚有绕不开的时候。文大同转念一想，这年头本就没有多少值得高兴的事，能多一天快乐是一天。就这么连着等了七天。

那天，文大同吃过早饭没有直接去书局上班，而是去了书房。老大每天上午必到书房，原先有信札需要批复的时候，写写画画；"活路"交给文大同之后，看看书，练练字，总之不让自己闲着。

没多一会儿，老大进来了，都没看文大同一眼，直接来到书桌后面坐下。文大同刚要开口，被老大抬手拦住，说："大同啊，知道你为我等了这么多天，为此我谢谢你。我也知道情况只会越来越糟。遵义的田地就剩了差不多两百亩，而且其中一百亩早已经决定拿给周世涛的。七十三岁的老先生，为我们家辛劳了一辈子，他总要退休，退了休总要吃饭。所以，就剩了不到一百亩，已经杯水车薪。你如果需要，就卖了它。就这么多了。"

文大同就那么低着头听，少顷，从口袋里摸出几张纸，过去放到桌上，说："爹，这是徐子送过来的上个月烧房的账单。我看了一下，除开我们和二叔家的月银之外，大概还可以做一百五十本两百页厚度的经史子集。如果还像前几个月做五百本，恐怕要举债。现在的问题是正规途径早就无钱可借。非借不可，就剩下印子钱了。"

老大推开单子，说："经史子集我们最多的时候……每月多少？"

文大同说："三千。"

"百分之五。能不能……百分之……十？"老大说这话的姿态和语气，很像市场里那些卖东西的小贩。又怕生意做不成，又想多赚几个钱。商量的口气中有乞求的成分。

文大同一下子觉得心里难受，就说："爹啊！干脆……干脆我就借它一回印子钱，争取下个月还上。就按你老人家说的，做三百本！"

老大内心的煎熬明明白白都在自己脸上写着，还在极力掩饰。飘忽的目光不知道该停在哪儿好，因为他已经看见了文大同眼里闪烁的泪光。一边是折磨儿子，一边是煎熬自己的灵魂，又是一道非此即彼的选择题，真的好难！

"行吧，试试看吧！"老大讷讷地道，完完全全度日如年的腔调。

最终之所以这么选择，是因为老大觉得印子钱再恶，说穿了只是利钱多与少的差别。真要断了经史子集，则是对先人念想的亵渎，那才是老大真正没法承受的痛。如果任凭这么每次百分之几地减下去，总有百分之零的那一天。假如真到了那么一天，干脆去死了算球。头发胡子都白成这样了，眼不见心不烦！

看得出来，就这么个度日如年，老大仍然不希望真有"那么一天"。

5

10月10日是辛亥革命纪念日。仿佛才眨个眼睛，国民政府已经掌权三十六个年头了。双十节是中华民国的国庆日，各地都组织了庆祝活动，大多数地方召开个纪念会什么的，给与会的学生娃儿以及卫戍部队的士兵们宣读个报告什么的；也有地方组织游行的，总之庆祝一番。

谁也没有想到，共产党在这一天颁布了一个叫作《中国土地法大纲》的公告，宣布废除旧的土地制度，实行新的土地制度。

共产党这一招太厉害了。两个政党还在兵戎相见正热闹的时候，在国庆日出台这么一个颠覆性十足的公告，一下子把那些盼望了几千年能有一块自己土地的中国农民，牢牢抓在了手里。

那天是寒露的第二天，文家老大不仅仅身体感到了寒意，关键心也感觉凉凉的，不寒而栗。

"废除封建剥削土地制度，实行耕者有其田；没收地主的土地财产，征收富农多余的土地财产；废除一切祠堂、庙宇、寺院、学校、机关团体的土地所有权以及乡村土地改革以前的一切债务；以乡或村为单位统一分配土地，数量上抽多补少，质量上抽肥补瘦，所有权归农户所有。土地改革之前的土地契约、债约等一律缴销；工商业者的财产及其他营业受法律保护，不受侵犯——"

根据这个条文，不光文家老大，这之前中国广袤大地上所有的土地所有者，都将随着《中国土地法大纲》的实施而"破落"，同千千万万农民一起再从共产党手中领取一块"肥瘦兼顾"的土地，自给自足。

因为涉及所有人的利益，文家除了章悦，全体人参加评论。

"真正是文德范的风格嘞！"这是老大说的第一句话。

刘彩云说："不对呀，那是我们辛辛苦苦买来的东西，凭什么就没收？凭什么就要分给大家？"

文大同说："即便要分也是我们自己分，起码你得个人情嘛！"

老大摇着头，说："这都几千年了，一直就这么顺着下来的。你本事大一点，吃干的；你本事差一点，喝稀的。遇上个旱灾水灾的年份，各地还有粥棚，这有什么不好？"

文心武说："幸亏不是他们当权喽，要不然啊，乱成一锅粥！"

老大皱着眉头，"啧"了一声。

文心武说："老太爷这个意思，莫非他们……还能把老蒋的队伍赢了去？"

文大同说："所以说你不看报纸不听广播呢！6月底，一个姓刘还有一个姓邓的，率领的野战军已经渡过了黄河，宣称是战略进攻的开始！共产党已经不是那几年文德范他们在江西打游击那时候了，现在叫野战军！谁赢谁输，真不是老蒋自己说了算！"

金雨天说："地主？富农？咋个区分呢？"

文大同说："没说，我还没搞懂。'工商业者的财产及其他营业受法律保护，不受侵犯'？意思你拥有工商业财产可以，机器、工厂、店铺，唯独不能拥有土地？"

刘彩云说："文德范要是还在就好喽，估计只有他说得清楚！"

文大同说："如果真是这样，那……共产党的名堂比国民党的名堂还要多嘞！"

老大忧心忡忡，说："那都不是我们左右得了的喽！离我们最近的一件事，就是原来打算给周世涛老先生的那一百亩土地，共产党真要把国民党打败了，只能喊老先生来我们家吃来我们家住喽。"

小眼睛说："问题人家还有家眷！"

老大说："哦！那就……那就……哎呀！那就一起过来，有干吃干，有稀喝稀！有哪样办法嘞？！"

从那天起，文家老大对文德范他们这个政党的看法来了个一百八十度的大转弯，虽然文家的土地已经所剩寥寥。

就因为这个，老大每天看报纸、听广播时候的心情完全变了。原先谁赢谁输觉得跟自己没多大关系，老百姓都是吃喝拉撒一天一天过。现在不一样了。真要让共产党赢了，中国或许就不叫中国了。每人平均分得一份肥瘦兼顾的土地自己种自己的？那会是一个什么情景呢？假如你分的这块离家近，我分的那块离家远，人家要是不干呢？那只能近的远的都一切二，每家近的远的各一块？万一后来一家添了三个丁，又娶媳妇又生娃儿的，另外一家只生了一个姑娘还嫁到了外乡，那又咋个办？

每次无一例外都要把老大的脑壳想得痛起来，还每次都没有结果。

11月上旬，《黔报》上登载的一则消息让老大的脑壳又一次胀痛起来。报上说，11月6日共军占领了石家庄。因为没有后续内容，老大只能猜。要么国军争口气，反过来也占领一回石家庄，之后共军再夺回来一次，就是人们说的拉锯战。

谁知道文大同下班回来带来了新情况，说根本没有拉锯，还说这是共产党解放的第一个中原城市。

具体不知道从什么年代开始的，中国就有了"得中原者得天下"的说法。

传说黄帝曾在郑州附近的新郑古城建都，立一石柱，上刻"天心石"三个字，意思这里就是天地之中。后来，不论谁想灭了谁，你不把中原占领了，没人承认你的统治地位。所以叫"群雄逐鹿，问鼎中原"。几千年下来，中原大地不知道演绎了多少人间悲喜剧，朝代更迭，文明兴衰。直到这次共产党解放石家庄。

老大不完全明白"解放"的含义，占领是显而易见的。

石家庄距离郑州不过四百公里，如果开汽车，也就天把两天。正所谓：指日可待。

老大又感觉脑壳痛起来。一阵一阵的，还不能确定具体疼痛部位，是一种很折磨人的症状。

接近年底，美国的两个娃儿来信了，这多少冲淡了一点文家人对于战争以及对于国家未来的忧虑。

老太爷看完了儿子的，接着看孙子的。两封信除了遣词造句的差别之外，内容大同小异。文大喜和文心志双双博士毕业，文大喜为了两家人有个关照，特意搬迁去了文心志老丈人家所在的加利福尼亚州，在那里的一家英文报社谋了一份差，另外在一家中文报纸再兼职一份校对工作，目的是多挣钱；福建籍媳妇柳文君在一所中学教语文。两口子一起工作是为了尽快买房，还说买房之后才能考虑生儿育女。

文心志是一个什么研究机构的雇员，据说薪水不少，都不需要安吉拉去上班。说到生孩子，文心志说洋媳妇根本没有这方面的计划。至于什么时候会有个计划，说是要等，看心情。

刘彩云就说："这回真正晓得什么叫天高皇帝远了吧？那就是你当皇帝的再急，太监一点都不急，你还管不了他。哎呀，还是放在身边好啊！比如文达观，想看看，几步路的事情。"

老大斜仰着头，目光飘忽着，说："哎呀！都不是省油的灯啊！"

第三十九章

1

马伟泊是被徐子安排来贵阳读中学的。

之前,马伟泊在茅台镇把小学大体读完了的。之所以说"大体",是因为马伟泊去学校那年已经人高马大了,和一年级那些小娃儿站在一起比人家高一截,总是成为班上同学取笑的对象。被取笑的马伟泊大都要回敬两句,于是他们那一班的课堂秩序就乱。老师把情况反映给校长,校长就把马大宏叫了去。校长建议让马伟泊跨年级,从三年级读起。马大宏不知道该点头还是该摇头,把问题带回去跟徐子说。徐子就把三年级的课本和一年级的课本放在一起让马伟泊看,马伟泊说差不多。于是,马伟泊就从三年级开始读,一直读完高小。

徐子问马伟泊是否愿意继续读书,马伟泊想了想,点了头。

民国三十七年(1948)春天,马伟泊进入贵阳一所中学就读。连带问题是要给马伟泊找一个住处,徐子和文大同一商量,文大同说报馆离学校近些,让他去给周世涛说。周世涛早就听说了徐子资助别人家孩子读书的事,现在干干净净一个小伙子站在自己面前还荡漾着一副笑脸,很高兴。不仅安排了住的地方,还安排他在报馆值夜班,多少拿一份薪水,够马伟泊一个人吃饭的。有点勤工俭学的意思,实际是周世涛帮徐子排忧解难。

徐子赶在回茅台镇之前,带着马伟泊去文家大院转了一圈,顺着辈分跟所有人见了面。徐子的意思,让马伟泊空闲的时候多过来看看,什么地方需要帮忙要有眼色,勤快一点。

跟老太爷见面时,小眼睛不在。大太太说在她屋里监督徐天媛做功课呢!

两人来到小眼睛房间外面，就听见里面小眼睛的声音："不能这么贪玩的。什么事情要你自己想明白，把书读好了才能嫁个好人家。少让大人操心，听见没有？"

"嗯。"是徐天媛的声音。

徐子沉默片刻，推门进去。他把马伟泊拉过来，说："二太太，这就是马伟泊。这是二太太。"

马伟泊弯了弯腰，说："二太太好！"

徐子说："这是徐天媛，我女儿。"

趁着马伟泊俯身去看徐天媛作业的当儿，小眼睛拉着徐子的衣角转了个身，小声说："怎么带到我这里来？"

徐子还没弄明白这话的意思，马伟泊就过来说："二太太，下回我来的时候，妹妹这些作业包给我了。二太太就休息。"

"哦！"小眼睛看看马伟泊，又看看徐子。

徐子后来才知道，小眼睛不愿意见到马伟泊。

徐子真没想出一个让马伟泊不要再去见二太太的理由。那么多人，让他唯独不见这一个，编什么样的理由都只会让马伟泊更加关注。徐子想了一圈，也只能听其自然了。

后来，马伟泊是从周世涛老先生那里得知二太太跟自己的爹的那段故事的。周老先生不知道马伟泊是"男主角"的儿，而马伟泊又从二太太躲避的目光里看出了蹊跷。于是绕山绕水套周老先生的话，最终真相大白。

也怪，自从马伟泊得知二太太居然是自己的……"妈"肯定不能用；"后妈"？人家二太太在前，也不能用。"继母"？跟后妈是一个意思！那么……马伟泊一个半截小学刚刚毕业的文化水平，到底没有找到一个恰当的称呼，要是沿用二太太呢？试着套用一下，"得知二太太居然是自己的二太太"，更怪。算喽，既然他们这里已经把大老婆、小老婆分成了"大太太"和"二太太"，要不干脆就叫大妈。马伟泊想。

马伟泊得知二太太居然是自己的大妈，起先很吃惊，因为他不知道大妈是如何成为二太太的，辈分上差了一格；后来，"大妈"在他脑袋里出现的次数多了，平白无故就有了好感。之后每次去文家，干爹临走交代的"找事情做"倒成了一个借口，目的是找机会多看看大妈。搞得小眼睛每每无意之中一回头，总能看到马伟泊那张挂着淡淡笑容的、年轻的脸。起初不觉得，次数多了，小眼睛还犯嘀咕，心想这孩子这是怎么啦？

自打马大宏的"典妻"断奶离开了茅台镇，马伟泊再没有过人人天然都会有的"母爱"体验。记事以后，张小鱼当着马大宏的面一个样，背着马大宏的面另外一个样。虽然没动过手，有时候一个眼神都能让马伟泊心中一紧，伤害往往在不经意间发生，总之让你感觉冰冷冰冷的。要不然那回徐子张开双臂，马伟泊会哭成那样？

马伟泊对于母爱的渴望和期盼，竟然可遇不可求在二太太身上看见了可能性。尽管二太太横眉白眼的，有时候还躲，马伟泊已经认定二太太就是自己的"大妈"。

时间一长，小眼睛也开始感觉到了孩子目光里的渴求。也许马大宏对他讲了什么？不管他讲了什么，夫妻一场至少是个缘分。慢慢地，小眼睛也松弛下来，看马伟泊的目光也多了些和顺，偶尔还带上一点笑意。这让马伟泊真的看到了希望。

换一个人，也像马伟泊这样三心二意地上学，也许就会荒废了读书，马伟泊不。自从心里有了大妈，心中仿佛一下子又多了个砝码。原先只有爹和干爹，现在又多了个大妈。三重重量让他下决心要认真读书，将来求个功名什么的，好报答他们。

正如小眼睛说的，好多事情都是缘分使然。缘分到了，你躲都躲不开。

有一天下午，学校没课，马伟泊本来跟同学约好了去书店买书。也不知道哪根筋涨了，半路上突然决定去文家。同学说"马大个子"你有病啊？马伟泊也不管，头也不回走了。

到了地方，照例提了桶水，拿上拖把，准备把老太爷、大太太、二太太的房间顺着拖一遍。现在文家没用人了，来这么一个气饱力壮的大小伙子干这种杂活，最合适不过。马伟泊呢，因为可以名正言顺地进入大妈的房间，因此对这一桩活路就特别上心。正所谓周瑜打黄盖，一个愿打一个愿挨。

干着干着就来到了二太太门外。马伟泊轻轻敲敲门，没反应。耳朵贴着房门听听，里面好像有动静，只是听不出来是什么样的动静。马伟泊小心推推门，"吱"的一声，虚开一条缝，一眼看去，只见躺在床上的二太太身体扭曲着，不是正常在睡觉姿势，总之出现了异常。

马伟泊忽地掀开房门，冲了进去，这才看清二太太面色苍白、大汗淋漓，呼吸困难……

马伟泊仅仅迟疑了半秒钟，"快来人啊！！"呼天抢地跑了出来，那声音估计连二老爷家那边都能听见。

很快，人们纷至沓来。开窗户的开窗户，打电话的打电话。没多久，小神仙匆匆赶到，将闲杂人等喝退之后，小神仙挽起了袖子……

马伟泊一个人蜷缩在廊道角上，两手合十置于鼻子到嘴巴的中轴线上，看样子是在祈祷。只是没人注意他。

后来小神仙有了结论。说是从全身风团样丘疹，以及浑身发热，瘙痒难忍，胸闷、呼吸困难等症状看，是比较严重的过敏性皮疹。

小神仙说："几乎所有东西，比如，花粉、粉尘、油烟都有可能导致这样的过敏，严重的还可能引起昏厥，也有致命的病例。而且一部分人过敏原因不明。究竟是什么原因导致了二太太的过敏，没办法判断。好在发现得及时，也是二太太命大呀！"

一家人心上的石头这才落了地。等二太太呼吸均匀地睡了，人们这才想起那个近乎歇斯底里的呼喊。大家都说那种声音听不出是谁。还是最先赶来的文昌寿说是那个马什么坡。

刘彩云也想起来了，说："是的，就是马什么坡！他在拖地嘛！"

文昌寿马上去找，只有木桶和拖把还待在原来的位置。

小眼睛喝了小神仙的汤药，又睡了两天，可以下床之后的第一件事是给周世涛打电话。她请周老先生转告马伟泊，说让他无论如何今天过来一趟，说她在自己屋里等他。

马伟泊过来的时候，天已经黑了。因为听周世涛说了大家都在夸赞自己，于是有意躲着，从一个侧门进入，避开了老太爷和大太太。这时候，他心里只有大妈。

屋里亮着灯，二太太满脸倦容，斜靠在被子上，正休息。听见越来越近的脚步声，二太太睁开了眼睛。

马伟泊长这么大，头一次感觉自己的心脏跳得"怦怦怦"的，不捂着就会蹦出来一般。他捂着胸口，半张着嘴，真没料到一步一步走向大妈的过程竟会这么艰难。二太太直起了身子,用力吞了一口唾沫,也不知道怎么想的,也许是下意识,就朝马伟泊张开了双臂。

马伟泊一下子扑到二太太床跟前,顺势跪了下去。一把抓住二太太的两只手,眼泪夺眶而出,脱口喊了一声:"大妈!"

小眼睛其实没听清他喊的什么,不过这时候哪还管得了那些,一把将马伟泊搂过来抱结实了,眼眶里盈满了泪水。

后来,小眼睛问过马伟泊为什么要喊她大妈。马伟泊就把原因说了一遍。小眼睛想想,说:"也是,好像没有比大妈更合适的了。但是有一条,当着大家的面,只能喊二太太,这是规矩。"

马伟泊说:"我听你的,大妈。"

2

立夏的第二天,李备走了。

身体一直不错的李备不过是拉了几天肚子,从二太太那里听来一个偏方。拿两头大蒜连皮在火上烧焦,用煎药的黑砂罐加水煮开十分钟,空腹喝下,早晚各一次,连服三天。两天之后症状缓解,李备便省略了二太太交代的连服三天。也许就因为这个,第四天夜里又开始腹泻,李备打算天亮了再说。谁知那个晚上竟起来了四五次,最后还拉在裤裆里一次。天亮之后文昌寿去叫他,这才发现李备全身冰凉,已经没了气息。都不用麻烦小神仙了。

一家人都难过,老大最甚。细细一想,李备来贵阳那年是光绪二十六年,才二十五岁,至今已经过去了四十八年。四十八年里,李备每天兢兢业业看家、护院、赶车、办事,从来没人听见李备说过自己需要个什么。好几回家里不同的人说起帮着找个女人,他总是笑一笑,摆摆手,最终都不了了之。平常不需要的时候见不着他,有事情了他总是第一个出现。真正任劳任怨了一辈子。

这么一个好人怎么突然就走了呢?老大赶紧找来黄历翻开,李备走那天是农历三月二十八日,再看,这一天还是东岳大帝的诞辰。老大心想这就对了,东狱大帝就是泰山神,主管着世间一切生物的出生大权,是天上和人间沟通的使者。一定是泰山神那边有个什么事情忙不过来,让李备当差去了。

说给小眼睛听,小眼睛说:"哦!"说给刘彩云听,刘彩云懒得理他,继续喝自己刚刚沏好的绿茶。

没想老大竟然生气了,一拍桌子,喝道:"你这个人,跟你说话没听见吗?!"

小眼睛就给刘彩云挤眼睛,意思将就他一点。

刘彩云想想,说:"人老了,要心平气和。生活不是做给人家看,而是自己活得安逸。谁都知道李备是去赶差事,为什么人家都不说,就你一个人颠来倒去说,还非得要别人回答呢?"

老大让刘彩云问得不知道如何接话,心里面骂了一句"老子懒球理你!"站起来就走,下巴的胡子一颠一颠的,明显在生气。

等他出了门,小眼睛说:"老小老小,你哄他一句就完了。"

刘彩云说:"就不!我都哄了一辈子了,现在该你了。"

"行,该我!"小眼睛说完跟了出去。

对于李备的后事,老大也想跟徐孃那年一样,在客堂停上几天再出殡,一样一样按程序走完。没想说出来之后没人搭腔,大家都闷着。

老大又不高兴了,说:"摇头点头总要有一个啊?"

文大同说:"爹,那就是个形式而已。且不说尊卑有序,我们家早已经不是徐孃那几年的境况了,省一点是一点。把人装在自己心里,才是最好的祭奠。"

老大歪着个头,看样子是认同了儿子的说法但又有不甘,于是说:"那……埋到刀把镇去总该可以吧?"

文大同说:"那肯定。热闹不说,清明节去一个地方就办完了所有事情。这个你们放心,我会通知徐子在刀把镇等着,这边由文心武恭恭敬敬送过去,于情于礼都说得走,我说的是礼节那个礼哈。"

"这样最好喽!"刘彩云都不等文大同问自己,马上表了态。她这是说给老大听的,意思先把自己这一票亮出来,即便没人再跟着,至少也是二比一。刘彩云有这个把握,自己已经表明态度的事情,没人会唱对台戏,除了老头子。

自从文大同接管了这个家,有个什么事情都会先来问问几个老的。就像原来老大问蔡花蕾。只是文大同处理得更周到些,把二太太也包括了进来。

文大同说:"二太太觉得呢?"

小眼睛说:"哦,很好啊!"

小眼睛闹不明白,最近以来大太太为什么总是跟老太爷过不去。而且每次一定会让老太爷生气,一生气老太爷就会去小眼睛那里过夜。想问问原因吧,大太太就朝"荤瞌睡,素瞌睡"上扯,说小眼睛有荤瞌睡睡着的,当然不会生气。搞得小眼睛都想掐她几爪。心想多大一把年纪了,好意思说这种话?

好在小眼睛有个法宝。每当老太爷在大太太那里受了气,她就让徐天媛上场。要么帮他捶背,要么给他暖脚。小娃儿火旺,暖和得很。徐天媛也乖巧,只要二婆给个眼色,小姑娘一骨碌就钻到老外公脚底下,抱着那双皮肤干燥的脚不放。一股暖流顿时由下而上,把老外公的全身一下子都温暖透了,就听他在那里喊:"安逸安逸!太安逸了!哎呀,只有我家乖孙体贴我!"

等到徐天媛睡着了,小眼睛把她抱到隔壁屋的小床上,盖上被子,掖好被角。回去再把老大脚底下理顺,掖严实,这才上床。

也记不清从什么时候开始的,小眼睛和老大也开始各盖各的被子了。好像有一次弄完了事情,半夜里老大说背冷。黑暗中小眼睛翻身过来一摸,两个人的背都是空的。第二天老大还咳嗽了。就那一回起,小眼睛的床上铺成了两个被窝筒子。

小眼睛轻手轻脚上了床,钻进自己的被窝筒子还没把睡觉的姿势调整安逸,被子靠中间那边就被掀开,老大钻了过来。

小眼睛说:"干什么啊?"

老大把小眼睛的身体转过来,揽在怀里抱着,这才说:"我都睡着了的,徐天媛一动,我就醒了。就觉得冷,正好你来了,只是暖暖身子,不干什么。"

小眼睛像往常一样,身子往下挪了挪,把脸贴到老大脖子与肩胛之间的部位,抱紧了对方。

也不知道过了多久,小眼睛的心热了起来,身体也随之扭了扭。这相当于发出了信号。如同发电报,这边发过去"老徐添丁",你那边要回一个"抱来参观",这叫往来。通常老大接着信号了,一定会回复。好多时候都是他先发出信号,等小眼睛回复。

等了片刻,小眼睛见对方没"回复",抬起头准备看看什么情况,就在那一瞬,她听到了老大的鼾声,不大,但很均匀,一听就知道是真睡着了。

小眼睛一下子撤了"火",松弛下来的同时闭上了眼睛,一点一点把身子转回去,背对着老大。在等待自己的心慢慢凉下来的过程中,小眼睛心里说:这种么,你不要逗嘛!

3

"如火如荼"在《国语·吴语》中原是用来比喻军容之盛,"白裳、白旗、素甲、白羽之矰"谓荼;"赤裳、赤帜、丹甲、朱羽之矰"谓火。后来多用来形容气势磅礴的大规模行动。如今用"如火如荼"来形容民国三十七年(1948)间国共两军之间的大决战,再贴切不过。

如果说过去的若干年是国军打共军的话,现在快反过来了。

自上一年11月6日共军占领了石家庄,从石家庄到郑州四百公里的路程,共军走了差不多快一年。10月22日,共军解放郑州。这是从9月12日开始的被共产党称为三大战役之一的"辽沈战役"的延续,同时也是为发动下一个大战役"淮海战役"创造条件。

两党两军逐鹿中原,最终以共产党的胜利而告结束。

1946年6月开战之初,国军与共军的兵力对比是3.14比1;到辽沈战役之前已经变成了1.3比1。仅仅过了五十二天,到辽沈战役结束之后,共军第一次在兵力数量上超越了国军,300万比290万。

无论你在感情上倾向哪边,有一个情况是任何人都不得不承认的。那就是:共军会打仗。

辽沈战役,共军仅以伤亡7万余人的代价,消灭了国军47万余人,俘获国军少将以上军官186人。

让倾向国民党的人更揪心的,是辽沈战役仅仅是个开始。

连擅长写诗填词的毛泽东都不禁喜出望外,说:"原来预计,从1946年7月起,大约需要五年时间,便可以从根本上打倒国民党反动政府。现在看来,只需从现在起,再有一年左右的时间,就可以将国民党反动政府从根本上打倒了。"

毛泽东说这段话的时间是1948年11月。

11月6日,淮海战役开始。经过16天的战斗,共军以死伤13.4万人的代价，消灭国军55.4万人；俘获、投诚、起义的国军少将以上军官154人。

根据淮海战役的统计数字，共产党组织了543万民工支援前线，士兵与民工之比达到1：9。这个数字比消灭了多少多少敌人更扎眼，因为它表明了人心向背。

就这么个损兵折将，真不知道国军到底还能撑多久？

还有一个情况得说说。1948年11月1日，共产党决定将其麾下的、最早称为红军，后来改为八路军、新四军的那支队伍，正式改称为"中国人民解放军"。分为野战部队、地方部队、游击部队。总兵力三百多万。没人相信这就是那支1935年过湘江时被国军打得只剩下三万人马的队伍。那时候，红军被国军收拾得很惨；十三年后，中国人民解放军开始反过来收拾国军了。

三大战役中的最后一个战役是平津战役，12月5日开始，到第二年的1月31日结束，解放军用3.9万人换取了国军52万人，解放了北平、天津在内的华北大片地区。

三个战役一共歼灭国军150余万，不过是国民政府江河日下大趋势的一个缩影。

早在1948年1月，以孙夫人宋庆龄为代表的一批国民党老同志揭竿而起，宣布正式成立中国国民党革命委员会，其政治主张竟是推翻国民党的独裁统治。自家人起来反对自家人，这是国民党的悲哀，更是孙夫人的妹夫——蒋先生的悲哀。

到了8月18日，国民政府强制实行货币改革，发行金圆券以取代流通了多少年的法币。同时强行将老百姓手中的黄金、白银和外币统统换成金圆券。直接导致了前所未有的恶性通货膨胀，致使大量中产阶级破产，国民政府威信扫地。都不用去追究谁出的"幺蛾子"了，至少说明国民政府内部已经乱了套。

这种政治状态下的两军对垒，那还不是"兵败如山倒"？

4

北方战场一个战役接着一个战役的消息像是长了翅膀，在中国大地上漫天飞舞。连对共产党已经丧失了信心的文家老大也糊涂了，真理到底在哪儿？不是说得道多助失道寡助吗？一个失道者怎么会得到那么多老百姓的支持和帮助呢？几百万人担着担子推着小车支援共军的战场前线，中国大地上什么时候的战争见过这种场面？没有那么多人同时丧失判断力的道理嘛！老大迷惘了。

但是老大坚信一条，你把老祖宗的章法拿来打翻在地，就是欺师灭祖，就是离经叛道。

既然生在这么一个凄风苦雨的世道了，你小小一个平头百姓顶多只能捡块石头砸天。关键还够不着，石头掉下来的时候还有可能砸着自己。文家老大只能放弃了原先拿一百亩土地作为周世涛退休酬劳的想法。为此，他找周世涛谈了一次。从前世情缘一直扯到淮海战役，最后说："周老先生最终有一天想回家了，我一定根据我的能力提供帮助。有多则多，少了，就算得罪老先生一回。不知老先生意下如何？"

周世涛是读书人，历来把金钱看作身外之物，真要像神仙那样不吃不喝也能生存，老先生不需要一文钱。于是就说："随意就好，随意就好。"

这边安顿了周老先生，那边还惦记着"经史子集"的情况。高利贷究竟怎么个"高"法？能不能支撑下去？到底可以支撑多久？老大很想下定决心给文大同开个口子——能印多少就印多少。只是一次都没说出口。其实他是在等儿子先开口，比如，"实在没有办法了"之类，好让自己憋出个决心。每次文大同见着自己越是没事一样，老大心里越是难受。晚上说给小眼睛听，小眼睛就劝他，说一定是大同能够对付，否则他会跟你说。亲亲的两爷子不会见外。再说兵荒马乱的，读书的人就少，三百本已经足够了。

老大说："唉！还是你懂我啊！"

小眼睛说："这就是你的不对了，老爷。这个家两个最懂你的人，一个大同，另外一个就是大太太。几十年夫妻一场，哪一次你有难，不是人家大太太冲在最前面？还有，那年若不是大太太把你从酒缸里面捞出来，还轮得着你来搞经史子集？把我拉到你身边的，是哪个？有些话原先不该我说，现在成了夫妻了，我也斗一回胆。人啊，一是要知足，二是要懂得感恩。都是些很普通的道理，不能因为自己老了就忘记。老爷！"

老大看着小眼睛，不说话，也不是生气的模样。

小眼睛说："我没有说错嘛？"

老大说："没有没有！我是在想你是哪一年来文家的。"

小眼睛说:"民国……二年。"

老大说:"哦!现在民国三十七年,你看,都三十五年了。"

小眼睛说:"你把话说完嘛,老爷。"

老大笑了,说:"哟!这个也晓得哈?是,我要说的,三十五年来我是第一次听你说这么多话。"

小眼睛说:"不是,我只是替大太太打抱不平。你没有生气嘛?"

老大说:"哪里会?大的二的都抱成团了,我高兴还来不及!"

小眼睛看着对方:"真心话?"

老大手指向上:"老天爷在上。"

小眼睛说:"那今晚上你要去大太太那里睡。"

老大说:"哟,还学会支派男人了?"

小眼睛说:"老爷,不是要做什么,是表明你心里面有个位置是属于大太太的!世道越来越艰难,夫妻之间再不携手,还有谁会跟你携手?"

世道越发艰难,还反映在每天都要面对的油盐柴米上。李孃的差事很难当,王小二过年的趋势,一天一个样子。自从老百姓被憋着使用了金圆券,最早李孃拿个金雨天用过的钱夹子装钱,买完了一家人一天所需,钱夹子里面还会剩两三张大票子。几个月之后再去菜市场,用大太太早年的一个坤包满满一包金圆券,回来时坤包里空空如也,毫子都不剩一个。李孃还发现一个小窍门,宁愿早上多多益善买多一点,假如下午想起来还差点香葱、蒜苗什么的,再去买,上午买十棵香葱的钱只能买五棵了。见风涨。

幸亏文家还有一样好。因为老大觉得把有可能被没收的土地给周世涛当退休金是不齿,那两百亩水田最终留在了文家。加上兵荒马乱的,种田的农户都省去了卖粮交租的过程,直接用稻米交租。这不仅让文家在那个年头没断粮,吃的还是海龙坝的新米。

遵义海龙坝的米是贡品,最早只有皇上有这口福。老大当年圈的地,有一部分就在海龙坝。后来一直吃着渐渐就没了感觉,于是什么地方的米都买。最近徐子找人送来海龙坝的新米,这才吃出了贡米与非贡米的差别,四个字:香糯绵油。香容易理解;糯不是糯米那样的黏,而是介乎于糯米黏米之间,比黏米黏,比糯米甜;绵是一种不易言传的柔韧,说不大清楚,吃在嘴里就明白了;

油就是米里面的油，煮出来的饭亮铮铮的。

因此，在那个所有人都扛着钱袋子满大街寻食的年代，能吃到海龙坝的新米不啻是一种奢侈。文心武都不用菜，香葱苦蒜切碎了装入细瓷小碗，放点酱油放点糊辣椒面，再加一小点醋，拌匀了，白饭就能干三碗。

文家该知足了。有海龙坝的新米，还有云辉烧房的茅台烧，还想其他，那你就过分了。

文达观周岁那天，照例该庆祝一下。再是兵荒马乱呢，总是个大家吃一顿的借口。金雨天特地跟着李孃去了一趟菜市场。李孃负责挤到摊位跟前"抢"，金雨天负责在外围保管"战利品"。金雨天多少年没干这种事了，回家路上跟李孃说了一句："太辛苦你了，李孃！回去还要辛苦你一回。"

李孃说："这不怕。怕的是买都买不到了，我想做也做不成。"

那天晚上，临时把周世涛和马伟泊都喊了过来，加上文昌寿和李孃，十多个人围着一张圆桌，挤是挤了点，但大家高高兴兴围成一团，加上热气腾腾的饭菜，"挤"反倒成了大家快乐的理由。

圆桌上只有六七个菜碗，跟蔡花蕾过六十大寿那年比，不过三分之一。而且多是蔬菜里面装饰性地加一点瘦肉，肥肉都用来熬油了。没有一碗是净肉。

周世涛举着酒杯，一副笑盈盈陶醉在幸福之中的表情，说："哎呀！还说什么呢？海龙坝的米加上茅台烧，不要求多，一年有这么一回，足矣！来，干啦！"

5

凡是好东西，其诞生和发展都离不开和平安定的环境。比如，茅台镇地处偏远还雨细风轻，没有天灾，也没有人祸。人们心无旁骛，一门心思就琢磨怎么能把烧酒做得更好。人与人之间有点矛盾也大都因为酒。天时地利人和都占全了，茅台镇没有不出好酒的道理。所以，刘广黔拉起"天和烧房"这面大旗不过两年，就收编了两家小烧房，规模顿时翻了一番。现在已经有模有样，敢在茅台镇说排第几第几了。虽说没法跟云辉烧房相提并论，但趋势一直在向上。

对此，徐子不仅看在眼里，还放到了心上最敏感的部位。

其实，文大同亲亲的表弟在茅台镇多开一家烧房，对于徐子来说跟云辉烧房扩大一点规模差不多。但是徐子放心不下，症结就在于刘广黔对云辉烧房怀有敌意。

这个问题徐子分析了很久，去贵阳还和文大同一起分析，都没有找出刘广黔如此的理由。最后只能归结于人格缺陷，也可以说成"偏执"。用科学的方法解释"偏执"，能与"器质性精神病"挂上钩。

有些人就是这样，明明白白摊在面前的道理他就是不认，一定要用自己的不同寻常的思路来分析和理解。结果绝大多数人都认为他不可理喻，他却认为人们在和他过不去。观念一旦形成，还很难扭过来。不撞南墙不回头，严重的，撞了南墙都不回头。

既然不能改变对方，徐子只能改变自己。除了在烧房跟刘青云家爷孙两个正常交往，徐子基本不去他们家。真有什么事情必须去刘家一趟，就让马大宏代劳。

自从刘广黔离开云辉烧房，马大宏就被任命为勾兑那一块的头，负责把握住烧房的要害。久而久之，马大宏也练就了一手勾兑的好手艺，因为烧房的各个环节他都待过，所以干什么都行。加上满怀着对徐子栽培马伟泊的感激，凡是徐子交代的他都认真去干。人一认真起来，没有什么事情干不好。

除了把勾兑交给马大宏，徐子还交代了一件事。他让马大宏多长一个心眼，利用和茅台镇酒工之间剪不断的那些零碎关系，留心所有与天和烧房有关的情况。哪怕只是一点风吹草动，都必须马上告诉他。

马大宏又一次认真起来，没多久就跟天和烧房的一个勾兑师傅搭上了关系。因为是同行，有共同话题，说话就容易投机，再有点小酒花生米什么的，该说不该说的就都说。马大宏说什么对方不会在意，而对方说的，马大宏句句留心。没多久，一个有关天和烧房的消息就传到了徐子耳朵里。徐子顿时大吃一惊。

事情还要追溯到何万年那里。那年，何家为了跟文家斗狠，买了刘广黔家舅舅林家如的正合烧房，还聘请善于翻云覆雨的仁怀人姜腾蛟，准备把文家置于死地，最终还是败给了文家。这么多年之后，这件事情居然有后话。

那年，心灰意冷的何会长最终把正合烧房转给了茅台镇一个叫常见双的本地人。常见双是个本分人，又目睹了云辉烧房跟正合烧房那一场恶战，更加坚定了本本分分做自家生意的一贯原则。经营了这么些年的正合烧房，害怕连本钱都泡汤的常见双从没动过"巴拿马博览会金牌"的一丝念头。那年省主席把金牌的使用权判给了云辉、正合两家烧房，整个仁怀县做烧房的，尽人皆知。

这么多年来之所以没人再打这个主意，第一，连省商会会长都没斗过云辉烧房，其他人当然要量体裁衣地想想自己的情况；第二，只要你思维正常，就不会去做这种损人还不一定能利己的事情。

现在问题出来了，就出在刘广黔不大正常的思维方式上。

也许是这一路顺风顺水的天和烧房勾起了刘广黔的野心，加上对徐子一直以来的不顺眼，再加上跟刘青云这么多年忠心耿耿于文家的不舒服，当然还有一点想炫耀一下的潜意识，天和烧房暗地里收购了正合烧房。刘广黔开出了一个让常见双相当满意的价格，之后一家人搬迁去了仁怀县城，远离了是非之地。

刘广黔的目的很明确，就是要全面赶超云辉烧房，不论规模还是那块白酒类国际金牌。

得手之后，刘广黔没有马上着手金牌的应用，他不是怕文家，而是对于自己的爹有所顾忌。他不想马上就把成天生活在同一个屋檐下的一家人搞得剑拔弩张。他打算好了的，给爹一个自己适应的过程，让他不至于过于生气。看来，刘广黔还是预料到刘青云会生气。

徐子真不知道刘青云会生那么大的气，否则，他不会那么快就让刘青云知道。

刘青云火冒三丈。

那一年，刘广黔亲亲的舅舅干了一回让刘青云家两口子无地自容的事情；二十五年后，刘广黔居然把一模一样的事情再干一回。真是太有想象力了！刘青云气得吹胡子瞪眼，拉上刘和天就要去正合烧房找刘广黔。徐子赶紧劝，刘和天也劝，都说先不急，气头上不利于事情的解决。刘青云根本听不进，拔腿就走。徐子和刘和天只能一边一个跟着走，边走边劝。还没走出云辉烧房大门，就看见刘青云身体一软，徐子和刘和天急忙扶住，只听刘青云说了一句"喘不上气"，嘴巴看着看着就歪斜了。两个人赶紧抬着走，到了办公室把人放平，再拍再喊，人已经没了意识。

茅台镇的郎中很快赶到烧房，摸了摸脉，扒开眼皮看看，随后说了四个字：准备棺材。

郎中解释了刘青云的死亡原因，说老爷子这叫痰症，是因为脑袋里面出血导致口痰堵塞了喉咙管，窒息而亡。徐子后来问过西医，人家把这种情况称为脑溢血，跟郎中所言差不多，的确是功能障碍导致了呼吸道不能主动咳痰，缺氧窒息。

一夜之间，正处于上升期的、在茅台镇百姓眼里是个有想法也有办法的男子汉的刘广黔被千夫所指，一落千丈摔成了一摊烂泥。

按说，刘青云的死，直接原因是他身体某一部位的缺陷。但是茅台镇可不这么看，老百姓就觉得是刘广黔害死了他自己的爹。你如果不去琢磨什么金牌银牌的事，你如果不去打算跟云辉烧房唱对台戏，你如果孝顺一点，你爹都不会这个时候死。

在中国，无论儒家道家，对于孝道都有许多论述。最有名的，是清人王永彬《围炉夜话》中的"百善孝为先"。一个人对自己的爹妈好，被视为中国人的基本品德之首，这也是导致刘广黔成为众矢之的原因。

有一天刘广黔从茅台镇街上走过，竟有几个半大娃儿在后面追着用小石子砸他。娃儿懂什么？都是听大人念叨多了，这才壮大了胆子。

鉴于上次刘彩云吐血的经历，徐子跟林家漪和刘和天说好了的，在姑奶奶面前只能说刘青云的痰症，不说导致痰症的原因。文大同和文心武代表文家过来奔丧，都被反复告知回去万不能告诉大太太。

出殡那天，在文大同和徐子的劝说下，刘和天没有阻止刘广黔一同上山。只是原本该由刘广黔作为孝子主持的一应活动，均改由刘和天主持。刘广黔伏在刘青云的坟头上哭得呼天抢地的，额头在地上都撞出血了，大家脸上的表情似乎还在说：你早干什么去了！

客观地说，刘广黔没有主观故意。他只是在行为处事时想得多了，没有设身处地为他人考虑。刘广黔知道人心里有杆秤，只是不知道一桩那么普普通通的买卖居然会要了老爹的性命，还亲手把自己挂在了那杆秤上。

后来，刘广黔又失踪了。没人知道他去了哪里，包括他的那些弟兄。弟兄们继续经营着天和烧房，没人再提金牌的事。

也是，一块博览会金牌，在小小一个茅台镇前后闹出两桩大事件，其中一回还死了人，不禁让人唏嘘。甚至还有人说那东西本就不是什么吉利玩意儿，否则会惹那么多是非？

整个事件中受伤害最大者，非林家漪莫属。死了亲夫就够悲伤的了，长子又因为担了干系而下落不明。哀伤完了这边还要接着担心那边，广东女子身子骨本就单薄，都不知道能不能承受这样的痛？

还好，有重长孙刘家宝在怀里抱着，不论娃儿哭了笑了，都会给老太太带去感动，有欢笑，也有眼泪。

第四十章

1

民国三十八年（1949）的元旦节，是农历戊子（鼠）年的腊月初三，小寒前四天，正是冷的时候。从民国三十五年六月开始的国共之内战已经打了两年多了。虽然淮海战役还没结束，国军兵败如山倒的大趋势已经摆在全体中国人的面前了的。

新年伊始，国民政府在南京的总统府举行了"新年团拜会"，国民党领袖蒋先生发表了《新年文告》。第一次对共产党开出了国民政府对于和平谈判的最低条件：保留宪法、保留法统、保留军队。

无独有偶，共产党的领袖毛先生于元旦节前一天也发表了新年献词，标题为《将革命进行到底》。都不用看内容，标题就表明了共产党对于目前局势的态度。在新年献词中，毛先生不仅部署了中国人民解放军接下来的战略方向，还规划了共产党未来的政治目标。一、"召集没有反动分子参加的、以完成人民革命任务为目标的政治协商会议"；二、正式宣布，将成立名为"中华人民共和国"的新国家；三、"宣告将成立一个在共产党领导之下的、有各民主党派、各人民团体的适当的代表人物参加的民主联合政府"。毛先生还用"农夫和蛇"的故事来比喻眼前的国共关系，他把自己比作农夫，国民政府自然就是那条冻僵了的蛇。比喻很生动，意思与其让蛇暖和过来之后咬自己一口，还不如现在直接打死算了。

虽然都是新年致辞，可以肯定的是，两位先生事先都不知道对方要讲什么。相比之下，毛先生的新年致辞无疑是鼠年那个寒冷冬日的一声炸雷，震惊了国民政府的同时，也震惊了全体中国人。

这还没完。1月14日，毛泽东针对蒋介石的《新年文告》专门发表了一篇《关于时局的声明》。对于蒋先生开出的三个和谈条件，毛先生也开出了八个和谈条件：

1.惩办战争罪犯；2.废除伪宪法；3.废除伪法统；4.根据民主原则改编一切反动军队；5.没收官僚资本；6.改革土地制度；7.废除卖国条约；8.召开没有反动分子参加的政治协商会议，成立民主联合政府。

声明最后说："对于任何敢于反抗的反动派，必须坚决、彻底、干净、全部地消灭之。"

"世界上有两种武器，笔和剑，但后者往往没有前者那么犀利、有力。"这是法国皇帝拿破仑·波拿巴的一句名言。

1949年新年伊始的毛泽东，因为一只手紧握着几百万人民解放军这支有力的剑，另一只手同时握着犀利的笔，因此说起话来掷地有声，一句比一句打脑壳。在这篇声明发表之前四天，淮海战役刚好以人民解放军的完胜而结束；声明之后仅仅一天，人民解放军武力解放天津，并完成了对北平的大包围。所以毛先生才会说"坚决、彻底、干净、全部地消灭之"这样的硬话。虽然彻底、干净、全部三个单词的意思差不大，叠加在一起使用，便加重了语气，强调了决心。相当于"彻底、彻底、再彻底"，意思用不着跟谁商量。

1月21日，蒋介石先生宣布下野，由桂系将领李宗仁先生担任代总统。只不过坊间有许多不利于蒋先生的传言，说他明下暗不下，还说他就蹲在老家奉化的溪口镇，依然指挥着时局。同一天，国军驻守北平的将领傅义跟人民解放军签署协议，宣布和平解放北平。由此，人民解放军的战争科目中又多了一种方式——北平方式，和"天津方式"一起，成为共产党对付国民党的一文一武两个"拳头"。

在这样的大趋势下，作为代总统的李宗仁先生很想来一点跟老蒋不一样的办法，以展现自己的政治智慧，同时希望救国民政府于悬崖边。

就在人民解放军饮马于长江北岸的当口，李宗仁提出了"划江而治"。意思共产党玩北边，国民党玩南边。当然，蛰伏于溪口镇的蒋先生肯定是点了头的。眼下，这是国民党利益最大化的一个可行的方案。唯一的问题是，共产党是否同意。

节骨眼上，包括被中国共产党称为"老大哥"在内的苏联，加上美国、英国、法国，整整一个第二次世界大战期间的同盟国阵营，都希望共产党能够同意划江而治。他们的意思，两个中国其实也不错的。跟战后的南北朝鲜、东西德国一样，成为世界上第三个分而治之的国家，有什么不好？

同盟国阵营和蒋先生一样，对此心里没底。他们不知道毛先生会不会答应。

摆在毛泽东面前有两个选择，要么，就此罢手，做个江北王，比起那年在瑞金，地盘不知大了多少倍。跟当年在鸿门宴上放刘邦一马的西楚霸王一样，得饶人处且饶人。要么，打过长江去。

毛泽东在后来写的一首名为《七律·人民解放军占领南京》的诗中这样写道：

钟山风雨起苍黄，
百万雄师过大江。
虎踞龙盘今胜昔，
天翻地覆慨而慷。
宜将剩勇追穷寇，
不可沽名学霸王。
天若有情天亦老，
人间正道是沧桑。

现在看来，毛泽东不仅有剑有笔，还写得一手好诗词。一个政治家写诗写得好，至少说明他精力充沛，能在政治以及军事的间隙中腾出写诗的时间来。

《后汉书·皇甫嵩传》中有这样的内容："兵法（指司马穰苴的《司马兵法》），穷寇勿追。"毛先生却反其道而行之，就是要"宜将剩勇追穷寇，不可沽名学霸王"，就是要将革命进行到底。

4月20日，驻守在长江北岸一千多公里战线上的人民解放军部队接到总部"打过长江去，解放全中国"的号令，一举跨过天堑，于4月23日占领了六朝古都——南京。

至此，国民党跟共产党平分天下的打算告吹，国际阵营的两国构想也同时告吹。

已于3月下旬从河北的西柏坡迁入北平城办公的共产党的中央委员会按照自己的思路，指挥人民解放军开始了横扫中国大地的行动。

2

无论战争怎么打,老百姓的小日子依旧吃喝拉撒、油盐柴米一天一天过。看习惯了国军节节败退的文家老大也不再抱什么希望,心想算球了,共产党想来就来吧!天要下雨娘要嫁人的事情,分田地就分田地,反正就那两百亩,顶多不吃海龙坝的新米就是。这么一想,老大反而轻松起来。

才轻松两天,没想烦恼又自家找上门来。

那天,二老爷和柳月红过来,说是有个事情想商量一下,还说是文德范家文心雷的事。

不论二老爷多么讨厌,一旦事关文德范,老大家三个再加上金雨天一共四个人,都直起了身子,全都洗耳恭听的架势。

文德范家大小姐文心雷,十一岁上头死了爹,虽然文家不缺吃喝,没了爹的娃儿总归有所缺失,加上他爹愣头青那秉性多少会遗传一点给姑娘,大家都说不清楚在什么问题上就会出现个什么情况,都在担着心。解放军占领南京之前,文心雷就读于贵州大学中文系三年级,一直以来也没有出现过什么让人揪心的情况,这让二老爷一家都高兴,都说碰上了一个让家里头省心的娃儿。

眼见着到了二十一岁,早过了谈婚论嫁的年纪,二老爷他们就做主为文心雷寻了一个婆家。男娃儿的爹是省里头什么局的一个科长,八字也对得合适,男娃儿本人也由媒人领着让柳月红相过,说过得去。这样,两家人就把婚期定了,选了个"易嫁娶"的吉日,就是人民解放军占领南京的前一天,4月22日,农历的三月二十五。对此她妈谢知雨没什么意见,说女大当嫁总有这么一天的。没想人家文心雷不干,说是干涉了她的自由。

老大说:"什么自由?"

柳月红说:"嗯,说是婚姻自由?哎呀!我们活了都快要六十年了,这还是头一回听说有这么一种自由!"

金雨天不吭气。

刘彩云说:"那你们的意思咋个办嘞?"

柳月红看看二老爷,二老爷示意让柳月红说,于是柳月红就说:"一家人商量下来，想请大老爷出面说说。因为文心雷那个娃儿说过，文家她只佩服一个人，就是大老爷。"

老大说："佩服我？我有哪样值得她佩服的？"

柳月红说："姑娘亲口跟她家妈说的，说借钱都要印书送书的人，天底下唯独大老爷一个。"

老大说："哦，所以你们就打算让我去劝小姑娘回心转意，应下这门亲事？"

二老爷和柳月红一起点了一下头。一时间，所有人的目光都从二老爷身上集中到了大老爷身上。

老大想想，摇摇头，说："怕是凶多吉少哦！"

二老爷马上说："那也死马当成活马，医一回！"

老大说："这件事我不能先答应你们，要先问问小姑娘，问清楚究竟怎么个情况了，再说。"

第二天，文心雷如约到来。由小眼睛领着来到自己屋里，跟已经等候在那里的老大和刘彩云见了面。加上小眼睛一共四个人。

文心雷这个娃儿也怪，到了大老爷家这边跟当年她爹见了蔡花蕾一样，什么话都说。

原来，二老爷家这个小姑娘大学二年级就加入了共产党下属的一个叫共青团的青年组织了。跟国民党下属的青年组织三青团一样，都是政党的后备力量。这些年来，文心雷一直接受组织的安排，干着除学业之外的很多事情。随着北边战事的逐渐南移，文心雷他们的事情也多了起来。用文心雷的话，叫"积极工作，迎接天亮"。

"天亮？"老大想想说，"照你们的意思，我们现在是天黑喽？"

文心雷说："当然啊！要不是我们忙哪样喽？就是要把千千万万受压迫，受剥削的劳苦大众解放出来，让他们都过上好日子！"

到底是文德范家姑娘啊，跟她爹当年说起自家组织来信心十足那劲头，一模一样。老大心想。于是就问："按照你们的思路，就是要让所有人都吃得起海龙坝的新米，同时喝上云辉烧房的茅台烧喽？"

文心雷想想，说："茅台烧不一定，但海龙坝的新米是肯定的！因为人人平等喽！所以啊，我们家那两个老人家居然让我成亲？！那不是天大的笑话吗？大老爷、大太太、二太太，即便我要成亲，那也要等到新中国诞生那一刘彩云说:"新中国诞生?哪一天?"

文心雷说:"10月1日啊!你们连这个都不晓得?"

三个老人家面面相觑。

"而且,"文心雷显得有点激动了,说,"都什么年代了,还在搞'包办婚姻'那一套?我们是追求自由恋爱的一代人,完全格格不入嘛!"

完了,看来不光老二家两个,大老爷家这三个大概也在"格格不入"之列。因为他们对文心武也是这么"包办"了全过程过来的。

这还谈什么谈?老大心想。

实话实说在老二那里交了差,老大心里多少有点安慰,一是自己的运气还不错,没有摊上文心雷这样的"新青年";二来自己这一支该成亲的差不多都办完了,不会再有多余的烦恼。不过也好,跟文心雷过这一招,起码听到了一些新鲜词,什么自由恋爱、新中国、天亮,等等。对于很久没出过大门的自己也算是一点额外收获。只是觉得有点奇怪,这些新鲜东西怎么没在《黔报》上见到过?

3

立夏前一天,牛年四月初八,徐子和钱彩珠的第二个娃儿来到了人间,依然是个男娃儿。只是徐子高兴不起来,忧心忡忡的。

四月刚刚开始,一个消息就在茅台镇开始传。起先还半遮半掩悄悄地进行,没几天便大张旗鼓,一下子就尽人皆知了。"蔡晓波又杀回来了"成为各家各户茶余饭后的中心话题。

这事跟刘广黔有关。

自从刘广黔没了踪影,他名下的天和、正合两家烧房便处于群龙无首的状态。原先那些弟兄伙听他指挥已经习惯了,一下子没了着落,人心也跟着飘忽不定,干事情就缺少了劲头,懒心无肠的。时间一长,"干脆卖掉还省心"的想法就占了上风。消息一传出去,就有人在第一时间告诉了远在贵阳的蔡晓波。

自打上次偷鸡不成还蚀了一把米，蔡晓波一直耿耿于怀。一听竟有这样打着灯笼也难找的好事情，眼睛就亮了。但是，蔡晓波到底是有政治头脑的人。在1949年这样的乱局下，共军已经跨过了长江，把南京都给占了，现在再投那么多钱去买烧房，真不知道是不是明智之举。

　　人啊，有时候脑筋就偏那么一骨碌。朝这边偏一骨碌就海阔天空，朝那边偏一骨碌就万劫不复。蔡晓波因此很纠结。他想，俗话说的"乱中取胜"其实就是赌一把的意思。最近又听说国军在成都集结了大批兵力，由胡宗南胡长官指挥，准备和共军在那里决一死战，保住西南，以便作为国民党东山再起的立足点。

　　老子就赌国军赢这一回！输了那么多场了，赢一回都不行吗？跟打麻将一样，没有场场输的道理。况且，这种时候可以把价钱压到最低，一旦成功，那就是一本万利。赌！

　　接下来，蔡晓波果真以一个相当诱人的价格将天和、正合两家烧房收入囊中。还聘请刘广黔的那些弟兄伙打理，只是烧房姓了蔡。刘广黔的弟兄伙按照当初拉杆子时的人头，把刘广黔该得的那一份交给了刘孙氏，也算了结了一段故事。蔡晓波在两个烧房的名称中各取一个字，更名为"天和烧房"。

　　现在，蔡晓波的天和烧房将巴拿马博览会金牌大张旗鼓地贴在自己的商标上，名正言顺。你说，徐子能不忧心忡忡吗？

　　再忧心忡忡，你也得给自家儿子起名字啊！徐子连这个心情都没有，还把它当成了去贵阳的借口之一。

　　老大一听，说："莫非他不晓得共产党已经占领了南京？"

　　徐子说："不至于吧？茅台镇的婆娘都晓得。"

　　文大同说："那他就是没仔细看毛泽东的《关于时局的声明》。其中八个条件中的第五条，就是'没收官僚资本'。"

　　徐子说："这个就不知道了。没收官僚资本？你的意思，我们烧房……也属于他们说的官僚资本？"

　　文大同摇着头，说："这个……真不知道他们怎么算。"

　　徐子想想，说："没收？一分钱不给？"

　　老大说："没收就是一分钱不给！"

徐子说:"那……这样看来,蔡晓波不是聪明,而是憨?"

老大一挥手,说:"不管他,等他憨死了算!你不是说还有一个事吗?"

"哦,钱彩珠……嘿嘿,又生了个儿子。嘿嘿嘿!"徐子是听见蔡晓波有可能办了一件憨事,脸上这才有了笑容。

老大说:"你这个人,应该先讲这个事嘛,真是的,本末倒置!咋个不抱来参观呢?"

徐子说:"钱彩珠说了,满了月就抱过来。"

文大同说:"你的意思,让老太爷给个名字?"

徐子说:"嘿嘿,就是这个意思!"

老大说:"哎,你还不要说,最近我还听到几个新鲜的词汇,比如,'天亮'……哎!姑娘不是叫徐天媛吗?干脆这个就叫天亮,徐天亮,对,就叫徐天亮!"

徐子说:"好嘛,老太爷说了算,就叫徐天亮。"

回到茅台镇,因为心情来了个一百八十度的大转弯,徐子特地叫上刘和天去天和烧房门前转了一圈。边走边看,脸上还笑盈盈的。刘和天问他怎么个情况,他就把"让蔡晓波憨死去"那些话给刘和天说了一遍。

刘和天想想,说:"按照这个说法,我们烧房不是也要被没收啊?"

徐子说:"不一样!我们干了多少年了?老太爷说了,光绪二十三年就开始的,你算算多少年了?本钱利钱都回来了多少轮。懂了吧?"

刘和天说:"要是这么说,憨死他算球!"

两个人哈哈大笑。搞得人家天和烧房门口几个晒太阳的工人直纳闷,心想云辉烧房这两个掌柜是怎么了,笑得那么憨?

自从刘青云走了,文大同立即把刘和天提了上来,担任云辉烧房的二掌柜,主管产品。茅台镇头一次有了一个二十四岁的掌柜,而且是云辉烧房的掌柜。

那天晚上,徐子把徐天亮倒过去翻过来地看,怎么看怎么安逸,怎么看都看不够。

4

6月15日，共产党第一次在北平召开了新政治协商会议筹备会议。之所以前面加一个"新"字，是为了区别于1946年1月10日在重庆由国民党组织召开的政治协商会议，史称"旧政协"。当时参加会议的五方面为国民党、共产党、民盟、青年党和社会贤达。那次会议有三个议题：1. 讨论和平建国方案；2. 讨论召开国民大会；3. 讨论解放区归属问题。众所周知，会议没有取得什么实际成果。时隔三年半，新政治协商会议的筹备会议只有一个议题：筹备建立新国家，同时确定，于1949年10月1日在北平举行开国大典。

这个消息引起的震撼可想而知。因为不知道10月1日之后中国会是个什么情况，会出现什么结果。于是，人们各打各的主意，各用各的办法，真正叫作八仙过海各显其能，好些人都选择了离开中国大陆。到7月中旬，国民党及其国民政府绝大部分机构、人员都撤离去了台湾。

幸好中国有个台湾省，隔山隔海的，不像长江一个跨步就能过去。要不然你往哪里撤？

9月21日，被更名为中国人民政治协商会议的第一届全体会议在北平举行，除了通过相关政治文件，同时还通过了国名、国旗、国歌、国都、纪年等有关新国家的一应要务。让所有人都没有想到的，是那首在抗战期间被所有中国人广泛传唱的《义勇军进行曲》被确定为中华人民共和国代国歌。

中华人民共和国，人们第一次知道了新国家的名称。

9月27日，共产党决定将北平这个已经被确定为中华人民共和国国都的城市正式更名为北京。

这个历史上曾经被称为燕都、中都、大都的城市，从金朝皇帝完颜亮正式建都的贞元元年（1153）起，到1949年差不多八百年了。洪武元年（1368），大都改名为北平府；燕王朱棣经"靖难之变"夺得皇位之后，于永乐元年（1403）将北平改名为北京；直到民国十七年（1928），蒋介石把首都迁到南京，同时把北京改回北平；现在，共产党决定再改回去。

在接下来等待"天亮"的日子里，"10月1日"居然成了文心雷一帮子同学们心中的图腾。他们找来纸和笔，根据从广播里听来的对国旗图案的描述，自己绘制了一面"国旗"，再写上"1949年10月1日"的字样，贴在一间宿舍的墙壁上，大家围成一团，就那么凝望着、憧憬着那个属于普天下穷苦人的日子。居然看到眼泪汪汪。

对于那些去不了或者不愿意去台湾的人，比如，贵阳的文家和茅台镇的刘家，也只能等待。等待一个未知的、陌生的、充满疑虑的人民共和国的到来。

1949年10月1日，农历己丑年的八月初十，这一天距离中秋节还有五天。

位于北京故宫朝南的正门叫"天安门"。明永乐十五年（1417）建成时叫"承天门"，清顺治八年（1651）更名为"天安门"；既包含了皇帝是替天行使权力，理应万世至尊的意思，又有"外安内和，长治久安"的寓意。

当毛泽东率领一群跟着他夺取了江山的将领们以及中国的社会贤达们拾级而上，登上了过去只有天子才能登临的天安门城楼时，心里当然希望这个新的国家能够外安内和，长治久安。

站在天安门城楼上放眼望去，下面广场上聚集着的一个挨着一个的人群方阵，攒动的人头一会儿如同随风翻动的麦浪，一会儿又如同席卷而过的波涛，相当壮观。不用说，毛泽东那个时刻的心情一定很好。

下午三点整，中央人民政府秘书长林伯渠先生宣布大会开始，《义勇军进行曲》随之响彻广场，之后，毛泽东用他浓重的湖南湘潭口音向全世界大声宣布："同胞们，中华人民共和国中央人民政府在今天成立了！"

这一刻，距离民国十年（1921）7月23日在上海召开的中国共产党第一次全国代表大会、宣布中国共产党正式成立的那天，28年零69天；距离民国二十四年（1935）1月15日共产党在蔡花蕾的家乡遵义召开的政治局扩大会议，确立毛泽东在党中央和红军中的领导地位，14年零256天。

当北京在欢庆中华人民共和国诞生的时候，贵阳以及广州、厦门、桂林、重庆、南宁、昆明、湛江、成都、拉萨等，天都还没"亮"。管理这些城市的，依然还是国民政府的机构。但是大家都懂的，"天亮"不过就是时间问题。

心情激动的文心雷和她的同学们早早准备好了红皮鞭炮，准时在10月1日下午三点点燃。噼里啪啦的响声以及四处散开的蓝色烟雾无疑都是在提醒人们，今天是个大日子。

学校和行政当局当然都知道鞭炮声背后的内容，他们都是睁一只眼闭一只眼跟着听听热闹，完全没有了去问一问、管一管的底气。全然一副你们共产党什么时候来，我们什么时候交接权力的姿态。

文心雷晚上回家时，特意过来大老爷这边一趟，把中华人民共和国成立的喜讯告诉了大老爷一家。老大一家人的笑容虽然不是那么由衷，但都还是礼貌地堆出个笑脸，连声说好。

文心武说：" 哎，听说你也加入共产党了？"

文心雷说：" 还差一点，现在是团组织。"

文心武说：" 团组织？有什么差别呢？"

文心雷说：" 这么给你说，党是上级，团是下级。下级服从上级，全党服从中央。这是我们共同的组织原则。"

刘彩云说：" 意思……党是爹喽嘛？"

文心雷想想，说：" 恐怕不能这么说，大太太。党是个组织，爹是个个人。个人要服从组织。"

刘彩云说：" 哎，这个我知道。我的意思，个人服从组织相当于儿子要听他爹的，是吧？"

文心雷说：" 那不一样。我可以不听我爹的，但是我必须服从组织。不一样吧？"

刘彩云说：" 哟！照你这个意思，你爹在九泉之下会伤心哦！"

文心雷说：" 不会的，大太太！我爹是老党员，一定比我懂，知道个人服从组织的重要性！"

刘彩云还要说，被老大拦住，说：" 好了好了！这个情况以后慢慢分析。呃，我倒是想问问文心雷，你们的队伍怎么还没过来解放贵阳呢？"

"谁说没来？在半路上了！" 文心雷说话那口气，仿佛正指挥着中国人民解放军往贵阳赶。

文心雷真没说错，解放军是在朝这边赶。

从夏天开始，共产党的地下组织就组织工人、学生开始保护贵阳的工厂和学校，防止国军撤退时搞破坏，点把火啊，搞回爆炸什么的。同时大量印制标语、传单，张贴在各个主要路口和大街小巷，为人民解放军解放贵阳进行舆论造势。

11月14日傍晚，解放军抵达贵阳城郊。这之前，国军要么朝昆明方向，要么朝成都方向撤退完了，贵阳成了一个没有一兵一卒的空城。第二天，贵阳城里升起了第一面五星红旗。中国人民解放军举行了入城仪式，老百姓列队欢迎解放军，同时庆祝贵阳解放。

5

解放了，天亮了，翻身了。这些是那几天人们使用频率最高的几个词汇。因为即将开始一种崭新的生活，对自己的前程充满着无限遐想，文心雷他们当然兴高采烈。

文家则不然。新生活对他们意味着什么，共产党将如何处置他们在茅台镇的烧房，以及书局、报馆和遵义那两百亩地，都是未知数。高兴肯定谈不上，只是愁也愁不到哪里去，保持着观望态度慢慢看就是。如同看戏，锣鼓点子响起来了，各种角色就会依次登场，不论老生、青衣、黑头还是刀马旦，唱念做打一样一样演给大家看。最后还得有个交代，是正义得到了声张，还是坏人逃脱了惩罚，或喜或悲，总要让观众知道一个结果。

还是那句话，吃喝拉撒一天一天过。

那天，茅台镇有消息过来，说是一心盼望着国军在成都赢一回的蔡晓波终于掉下了眼泪。

从12月8日开始的"成都战役"，不过用了十九天，解放军就占领了成都。国军起义、投诚、被歼灭的一共四十余万人。彻底打破了蒋先生盘踞川西，待机反攻的算盘，摧毁了国军在中国大陆的最后一个军事集团。成都战役对于蒋先生，无非多一个失败的战例，而对国民政府前官员的蔡晓波来说，无疑是灭顶之灾。

蔡晓波真的落入了一个喊天天不应叫地地不灵的境地。早知道国军这么不经打么，当初买哪样狗屁的烧房嘛！哪怕吃了喝了，也比拱手交给共产党强。现在好喽，如同一阵青烟，飘散开来影子都看不见，背时哦！

后来，听说蔡晓波是在回独山县老家的第二天，被同村族人举报抓获的。他原打算躲藏一段时间之后，看看往哪个出海口方便，再寻机往台湾走。都准备好了过一段提心吊胆的日子的，现在也好，彻底踏实了。其实，心里踏踏实实地被关着，跟提心吊胆地在外面游荡没有可比性，大多数情况是，终于被逮着了,于是说"也好"。

鉴于蔡晓波的官职,后来被定了一个"官僚资本家"的身份,属于他名下的天和烧房,无疑就是官僚资本。按照共产党的章程,肯定在没收之列。因为一时找不到合适的人来接收,共产党的仁怀县人民政府开会决定,派一个副县长过来实地考察,调研出一个切实可行的方案,再报中国共产党仁怀县委员会批准实施。

让茅台镇的老百姓瞠目结舌的,是来考察的仁怀县副县长竟是刘青云家老二——刘承义。

人们大都还记得,那年文德范来茅台镇取银圆,刘青云怕文家少爷拿不动,就让小老二帮着送去遵义。就这么一趟,刘家小老二再没回来,跟着红军一走就是十四个年头。

刘承义离开茅台镇那年二十三岁,二十一岁那年成了亲,婆娘第二年为刘家生了一个女娃儿,刘青云取名叫刘水红,是因为看见赤水河的水的颜色得到的灵感。乡下人大都没有多余的钱专门请先生取名字,看见什么就叫什么。如果年关之前看见一只狗,生的男娃儿一定就叫小腊狗,意思腊月间的狗。

刘承义一走十多年还没个音信,刘青云不忍心看着刘水红家妈就这么守个活寡,于是代表刘家写了一纸休书,给了些钱,把刘水红家妈送回了娘家,刘水红也跟着去了那边。那年刘水红七岁。

没想刚刚"天亮",刘承义就回来了,而且是衣锦还乡。

共产党不光要解放中国的所有城市乡村,还要管理被解放的每一个地方。这对他们来说是个新课题。管理跟打仗太不一样了,一个是破坏,一个是建设。所以什么地方能和平解放是最理想的事情,大大减轻了修复的难度。为此,共产党早有准备,他们从军队干部中抽调一部分人进行短期集中培训,学的就是管理。之后跟随在大军后面,解放一个地方就留下一批人,再解放一个地方再留下一批人。

解放并接管贵州的,是人民解放军第二野战军的第五兵团,随五兵团过来负责接管任务的那支队伍叫南下支队,刘承义就是南下支队中的一员。说是当地人最了解当地情况。

茅台镇的老百姓高兴啊,说茅台镇的人不光光会酿酒,也会当官。一时间,认识的或者不认识的都来刘家串门,走亲戚一样堆着满脸笑容,喊什么的都有,总之套近乎。

刘承义是中午到的茅台镇,没有去天和烧房,而是直接回了家。先让林家漪坐在堂屋正中,表情严肃地跪下磕了三个头;随即安排一起过来的同志留在自己家里休息,单独让刘和天带路去了刘青云的坟头。

刘承义点燃了三支烟卷并排放在石碑顶上,磕完头之后没起来,说:"爹啊,儿子回来看你了!自古忠孝不能两全,你老人家一定懂得这个道理的。其实我也不知道还能活着回来。那年跟着德范同志一走就是十多年,辛苦你了,爹!"

从头到尾,刘和天没有在二叔脸上看到一丝愁容,有的只是冷峻的严肃。大概是打仗打的,刘和天想。在刘青云的墓碑前面,刘承义让侄儿把兄长刘广黔的事情原原本本说了一遍,其间也没说话也没问,就那么板着个脸听。

刘承义当天晚上就见到了女儿刘水红。是刘和天找人专门把她接过来的。看着女儿生涩之外还有些胆怯的眼睛,刘承义心里突然一阵难过,眼泪差一点就下来了。他一把抓起刘水红有些粗糙的手,看看,搓搓,再拍两下,说:"就住在老太太这里,过两天跟爹去县城看看,好吗?"

刘水红没有说话,还把自己的手抽了回来,捏在一起,搓着、抠着手指上面那些支棱着的死皮。

那天晚上,刘承义陪着母亲坐到很晚,把自己这些年走过的路和发生过的事一一跟林家漪说了。当她得知刘承义已经于五年前跟一个叫王玉芬的战友结为夫妻,并有了一个四岁的、取名叫刘冀中的男孩时,林家漪哭了。不过刘承义看得出来那是喜悦的眼泪。

刘承义问母亲家里还有什么需要,林家漪顿了顿,歪着个脑袋,眼睛看着桌子的一根腿,声音也很平淡,她说:"你哥……没有想要害谁,我知道的。如果你不麻烦……找找你哥。"

刘承义鼻子一酸,憋了一天的眼泪终于滚了下来……

6

徐子带着钱彩珠和两个娃儿回了一趟贵阳。一是说好的抱徐天亮给大家参观，二是把刘承义回来的消息告诉大太太。

刘彩云说："县长？"

徐子说："是副县长，大太太。"

刘彩云说："意思……是副的县太爷喽嘛？"

徐子说："是。回来当天就去给舅舅上了坟，晚上还把他那个姑娘接过来见了面。听刘和天说，还准备把姑娘接到仁怀去。"

刘彩云说："这么说还没忘本哈。新娶的太太叫什么名字？"

徐子说："叫王玉芬。说是他们内部不叫太太，互相称呼都是爱人。"

老大说："爱人？女的喊男的也叫爱人？"

"好像是。"徐子说完笑起来。

大家于是都跟着笑。

老大说："先生太太多好嘛！就是个称呼，国民党用过的你就不用？那国民党还吃海龙坝的新米嘞，这个我看你咋个改喽？"

文心武还没开口就笑起来，说："那就改吃海龙坝的陈米！嘻嘻嘻嘻！"

大家又笑。

晚上吃饭，文心雷过来参观徐天亮正好赶上，十二个大人，加上占座位的徐天媛和不占座位的三个娃儿，马上就有了济济一堂的热闹。自从没了下人，文昌寿和李孃就加入大饭桌一起吃饭。

最近的新话题是听说共产党提倡人人平等，反对剥削。文心雷回家的时候被喊过来问话，大家都想知道"剥削"的准确定义，免得坏了人家共产党的规矩。一朝天子一朝臣，规矩也会跟着变，有些老规矩不能用了，你要知道；有了新规矩，你也要知道。这是做百姓的本分。

文心雷举了两个例子，第一，原先二太太是丫鬟的时候，主人家使唤丫鬟，那就叫剥削；第二，主人跟下人分开来吃饭，一边好点一边差点，也叫剥削。

老大说："那样的话，我们家没有剥削也好长一段时间了，大家吃一样的饭菜。"

后来才知道，单单"剥削"两个字，说明程度不算重。如果前面加上"残酷"，后面再缀上"压榨"，问题就严重了。

那天那顿晚饭很热闹，不光光因为人多，还因为大家都讲了许多新鲜事。

徐子说："刘承义嘞，一点县太爷的架子都没得。他要是换一身衣服走在街上，人家一定以为他是哪家烧房的师傅，跟马大宏没有两样。"

老大放下酒杯，把口中的茅台烧吞了，说："共产党也是好玩嘞。什么时候听说过县太爷有副的吗？而且喊起来也拗口，副县太爷？真是的！硬是怕当官的人少了是不是？嘿嘿！"

刘彩云说："也好，要不然哪里有那么多正的嘛！你管他的，刘承义横竖是个县太爷。"

文心武说："我今天听说哈，说是要取缔明娼。"

小眼睛说："那暗娼呢？"

文心武说："那倒是没听说。"

金雨天说："如果真的取缔了明娼，会不会也……不晓得不晓得，也许留着暗娼，至少街面上好看。"

文大同说："今天我走到路口，原先指挥交通的那些警察没有了，什么车都往大街上拱。那些黄包车，你不让我，我不让你的，挤在路中间哪个都走不成。巡逻的解放军也没办法，只能好言相劝。"

徐子说："咋个呢？朝到屁股上就是一脚，你看他们还乱不乱！"

文大同说："那是原来，现在不行了！说是解放军有个什么……几个纪律几个注意，其中一条就是'不打人骂人'。"

老大说："哦！还有这个啊？都是哪些条款嘞？"

文大同说："我只记得不准拿老百姓一针一线，还有不准损坏庄稼，不准调戏妇女。"

老大说："哟！不行不行！大同啊，明天你给我找个完整的几条几条，我倒要看看，莫非真的变了天了？历来兵匪一家，多少朝代了，什么时候变过？那年老太太过寿，那个姓马的，地地道道一个流氓，你还得好言好语嘞，生怕得罪了他会乱来！真要是……大同哈，完整的几条几条哈。"

文大同说:"应该能找到。"

第二天,文大同果真带回来一张纸。老大接过来一看,不知道哪里印刷的,质量差点。只见抬头一行黑体字,"三大纪律八项注意"。老太爷一个字一个字读完之后,从老花镜上面看着文大同。

文大同说:"怎么了,爹?"

老大想想,说:"假如……我说假如哈。假如这个东西不是虚言,那……这一回恐怕不仅仅是换一批人那么简单嘞!莫非他共产党……真有翻天覆地的本事?!"

(第二部完)

2015年11月于贵阳兴隆城市花园桃源居

(2018年6月9日再订正)

(2020年5月10日订正)

(2022年5月30日整理于贵阳观山小区寓所)